魅丽文化 桃夭工作室

诡秘博物图鉴

绝世猫痞 著

江苏凤凰文艺出版社
JIANGSU PHOENIX LITERATURE AND ART PUBLISHING

图书在版编目（CIP）数据

诡秘博物图鉴 / 绝世猫痞著 . -- 南京 : 江苏凤凰文艺出版社 , 2021.3
ISBN 978-7-5594-5427-0

Ⅰ . ①诡… Ⅱ . ①绝… Ⅲ . ①长篇小说 - 中国 - 当代
Ⅳ . ① I247.5

中国版本图书馆 CIP 数据核字 (2020) 第 227605 号

诡秘博物图鉴

绝世猫痞 著

责任编辑　张　倩
特约编辑　刘思月　戴　铮
装帧设计　黄　梅
出版发行　江苏凤凰文艺出版社
　　　　　南京市中央路 165 号，邮编： 210009
网　　址　http://www.jswenyi.con
印　　刷　湖南天闻新华印务有限公司
开　　本　880mm × 1230mm 1/32
印　　张　10
字　　数　230 千字
版　　次　2021 年 3 月第 1 版，2021 年 3 月第 1 次印刷
书　　号　ISBN 978-7-5594-5427-0
定　　价　42.80 元

目录
CONTENTS

楔　子

萧肃发现自己迷路了。

这不算什么新鲜事儿，他二十六年有限的生命里有百分之八十的时间都在迷路。

问题是，这里是东非，战区。

不知道他是走了多大的狗屎运，才在完全没有方向感的情况下带着整个科研小组逃出交火中心，闯进这片山林，如此风骚的走位可以说是他的人生巅峰了！可惜巅峰过后便是一泻千里，随着太阳落山，天空漆黑一片，他彻彻底底分不清东南西北了。

“GPS 还是没信号。”后座的师妹“啪啪啪”地拍着手机，沮丧地道，“指北针好像也坏了……完了，我们怎么办啊师兄？”

怎么办？凉拌！

整组人没一个认路的，还得靠他这个方向盲来带队……萧肃满心绝望地吐槽，面上还要佯装淡定地安慰师妹：“没事，只要沿着和枪声相反的方向走就是安全的。等下了这座山，也许就有信号了。”

“万一还是没有呢？”师妹迟疑着问。

“总会有村子吧？到时候花钱雇个向导就好了。”萧肃被她问得头大，只好强行转移话题，“别担心了，越是这种时候就越要镇定，保存体力睡一觉吧，醒了好跟我换班开车。”

师妹可能是被他的淡定感染了，放下手机乖乖躺下，不久便沉沉睡去。四野静谧，夜风清冷，远处隐隐传来沉闷的枪炮轰鸣声，大概是交战双方又开干了。萧肃无声地叹息，点了支烟叼在嘴里。他们是一个月前应邀来东非一所大学做科研交流的，原本再有三天就能回国了，谁知本地的反对组织忽然和政府军翻了脸，轰轰烈烈地干起架来。

说真的，当地人民这一言不合就干仗的传统也是让人无语。

带队老师因为家里有事，提前一周回国了，临走前把整个科研小组托付给了大弟子萧肃。所以现在分不清东南西北的萧学长必须带着三辆车、五个同样分不清东南西北的学弟学妹、一堆仪器，以及数百份样品，在两天内抵达大使馆指定的撤离点，然后在武警的护送下赶赴机场，搭班机回国。

这可以说是史诗级的任务了。

抽完三支烟，车子终于下了山，萧肃驱车绕过一处弯道，前方忽然出现两道灯光。一辆深蓝色的越野车停在路边，打着双闪，一个高高瘦瘦的身影站在车尾，手里拎着一个银灰色的手提箱。

抛锚了？萧肃迟疑了一下，没敢贸然停车，只减速慢行。两辆车隔着四五米的距离缓缓错过，萧肃目不转睛地打量着那个人，那个人也默默注视着他。错身而过的一刹那，萧肃忽然觉得他很像是中国人，或者起码是亚洲人。

“嘿，需要帮忙吗？”萧肃远远地停了车，将头伸出车窗，用中文问道。

那个人顿了两秒，健步走来，言语中带着警惕的试探：“中国人？”

幽暗的天光下，萧肃看清那是一个年轻男人，或者严格一点说，连男人都算不上，充其量是个二十啷当岁的大男孩。他穿着黑色T恤、牛仔裤，戴着棒球帽，帽檐压得很低，看不清眉眼。

“车抛锚了？”萧肃倒车到他面前，“什么毛病？”

“发动机不打火，看不出是哪里坏了。”男孩俯身跟他答话，两道犀利的目光从帽檐的阴影下飞过来，极快地从他脸上掠过。将副驾驶位和后座扫了一遍，发现只有一个熟睡的女孩后，男孩紧绷的肩膀不着痕迹地放松了一点：“你们是游客？”

“高校交流团队。”萧肃见他年少，也放松了警惕，“你一个人？叫拖车了吗？”

“都打起来了，哪里还叫得到拖车。”男孩摇了摇头，问道，“你们要去哪儿？”

“使馆通知的撤离点。”萧肃将地址告诉他，又劝道，“要不你跟我们一起走吧。先把车子丢在这儿，有机会再想办法来拿。这兵荒马乱的，人身安全最重要。”

男孩有点犹豫，往一个方向看了一会儿，说：“我和朋友约定的集合点差不多在你们的行进线路上，能不能麻烦你稍微拐个弯，把我送过去？”

他竟然认识路！活的导航！萧肃精神一振，忙道：“没问题。不瞒你说，我们有点儿迷路，如果你能把我们带上正确的方向那就太好了。”

“你们基本没走错，沿着大路往前再开三个小时左右会路过一个小村子，今晚可以在那儿过夜。”男孩指着右前方说，“我和朋友约定的集合点在小村子东面，大概三十分钟车程。”

萧肃算了算，到时候让其他人在村子里等，自己把他送过去。返回最多到午夜，完全不耽误明天的行程，于是他爽快地道：“上车吧，我送你。”

“谢谢了。”男孩上了车，系好安全带后，将手里的箱子挨着小腿放好。萧肃发动了车子，问他：“车上没有别的行李了？”

“没有了。”

“你一个人？没和大人一起？”

男孩似乎被他的问题噎了一下，推了推帽檐，一字一字地说：“我就是大人。”

萧肃终于看清了他的模样，五官十分英挺，兼容了南方人的清秀和北方人的硬朗，稚气未脱，可眉宇间隐隐带着肃杀刚毅之气，有一种极为矛盾的气质，又单纯，又危险。

这个年纪，应该是大学生吧？搞不好还是个高中生呢……问题是一个学生怎么会独自驾车行驶在东非的山林里？萧肃一边开车，一边用眼角的余光观察他，发现他左手腕上系着一根金属链，链子的另一头锁在手提箱的把手上。

印象中只有保镖或者特工之类的人才会把箱子锁在手上，所以这家伙到底什么来路？萧肃满心疑惑，有心和他聊上两句，却发现他仰头靠在座椅靠背上，合着眼睛像是睡着了。不知道是月色太冷，还是光线太暗，他的脸色看上去竟有点不正常的苍白。一股极淡的味道从他身上散发出来，有些熟悉，有些让人不安，但一时又想不起来是什么。萧肃皱了皱眉，将自己的外套脱下来，轻轻地盖在了他的身上。

一路疾驰，三个小时之后，路的左侧果然出现了一个小小的村庄，大概只有二十几户人家。萧肃安排大家住下，又让师妹张罗晚饭，自己返回车上送那位神秘的年轻乘客去集合点。

夜色深沉，清风从车窗外灌进来。那个男孩醒了，将外套还给他，并跟他道谢。萧肃披上衣服，感觉那奇怪的气味越发清晰，吸了吸鼻子，却想不起是什么。

“可以吗？”男孩忽然指了指他的烟。

“随便拿。”萧肃平时也不抽烟，只有开夜车的时候才会备一包提神。

他低声说了句谢谢，取了两支烟，递过来一支。两个人在黑暗中沉默着抽烟，萧肃原本有许多疑惑想要问他，但他身上似乎散发着一种无形的压力，让人开不了口，甚至有些敬畏。

一支烟还没抽完，他的背忽然绷紧了，打开车窗机警地往外看去。几秒钟后，萧肃听到引擎的轰鸣声，外后视镜亮光一闪，一辆吉普车正从后面飞速朝着他们驶来。

“有车……”萧肃靠边让路，没来由地紧张起来。男孩倒是淡定了下来，将烟蒂丢进烟灰桶，关上车窗，摘下帽子抓了抓头发，淡淡地道：“过路的吧，只有一辆车。”

吉普车速度极快，不过片刻便追上了他们。错身时前车窗打开，一个目光阴鸷的男人探出头来，死死地盯着萧肃看了一眼，又看向他身边。男孩低着头，半长的额发盖住眉毛，看上去小了两岁，几乎完全是个中学生的模样。那个人收回视线，对着车里说了一句什么，加速超过他们往前疾驰而去。

萧肃松了一口气，同时感觉身边的人似乎也松了一口气。然而就在这时，前面的吉普车忽然闪了两下尾灯，然后毫无预兆地一个急刹车停了下来，紧接着车头一扭，横在路中间挡住了他们的去路。

萧肃骂了一声，一脚刹车踩到底，连防抱死功能都启动了，才勉强在撞车之前停了下来。在刺耳的刹车声中，依稀听到一声短促的闷哼。

萧肃吓出一背的汗，还来不及发火，一道雪亮的光便从窗外刺了进来。与此同时，一个粗犷的男声用生硬的英语问道：“你们是什么人？”

萧肃被强光刺得睁不开眼，抬手挡住眼睛，反问：“你们是什么人？”

光线挪开，那个人掏出一个证件夹在他面前一晃，然后飞快地收起来道：“我们是渡玛政府军的巡逻车，正在追捕一名反对军间谍。你们是什么人？把通行证拿出来！”

他的动作太快，萧肃根本没看清证件上的细节，但如今身在异国，多一事不如少一事，萧肃还是压着火气解释道：“我们是中国人，来参加学术交流的。”说着将自己的护照和通行证掏出来递过去。

“哦，中国人。”那个人仔细看过证件，意味不明地重复了一句，手电筒扫向他旁边的人，“他也是？”

“嗯，一起的。”

男孩静静地坐在那儿，像是被吓住了，垂着眼睑，脸色苍白。那个人略过他，又问萧肃：“后车厢里装着什么？”

“仪器和样品。”

“下来，打开检查。”

萧肃无奈地下车，打开后车厢，一看之下微微一怔——一堆大大小小的箱子下面塞着一个银灰色的手提箱，正是之前锁在男孩手腕上的那个。

他什么时候把箱子藏这儿了？萧肃心里轻轻“咯噔”了一下。

手电筒的光在后车厢里来回扫射，片刻之后，检查者退了一步，捏着别在肩头的对讲机说起了本地话。借着余光，萧肃看清他身上穿着暗绿色制服，没有戴军帽，既不像政府军也不像反对军，倒是一头寸发剃得极短，后脖颈文着一个似猫似虎的东西，张牙舞爪透着邪气。

怎么看也不像是好人。

萧肃刚要关后车厢，那个人一把将他挡住，道：“把这些箱子都打开，我们要检查。”

萧肃怀疑自己听错了，刚才这个人不是说他们在追间谍吗？这种装样品的小箱子哪里藏得下大活人，要开箱检查什么？

“这里面都是科研仪器和生物样品，全部是合法的，我有安检文件。”萧肃辩解道，怕样品开箱受到污染，又拿出清单给他看，上面有政府军的安检人员的签字。

“少废话！”那个人却不细看，忽然掏枪对准他的脑袋，“开箱！”

萧肃吓了一跳，下意识地想躲，冷不防后腰挨了一脚，踉跄两步后摔倒在地。不知何时那人的同伴从车上下来了，手里也拿着枪，两个人一前一后将他困在中间，一副要杀人灭口的样子。

傻子也看得出他们不是普通的巡逻兵，萧肃心跳加速，电光石火间脑海中忽然闪过车上那个神秘的乘客，直觉这两个人在寻找的东西恐怕与他有关。然而车里一点动静都没有，那男孩无声无息的，仿佛根本不存在。

萧肃定了定神，慢慢地从地上爬起来，道：“别……别冲动，我们真的只是来交流的学生，车上全都是仪器和样品。我只是不想浪费你们的时间……”

“闭嘴！打开！”那个人粗暴地打断他。

“OK。”萧肃无法可想，只能配合，将车里的箱子一个个拿出来，摆在地上打开。

拆箱仪器需要遵照标准流程，尽管萧肃的手已经很快，仍旧让检查者十分不耐烦。先前那个人扬手想要教训他，却被同伴拦住，两个人嘀咕了一句什么。萧肃听不懂本地话，只依稀辨出几个单词——“很重要”“不能破坏”……

所以他们找的根本不是什么间谍，而是某样重要的物品？萧肃一边开箱，一边快速思索着。他的视线扫过那个手提箱，隐隐猜测那东西可能就在里头，下意识地略过它，抽出下面一个样品箱打开。

“这是什么？”看见样品，两名检查者同时眼睛一亮，一个人躬身查看，另一个人用手电光对准上面的标签。

“一些生物样品，血液、毛皮、组织切片……请小心点。”萧肃担心他们破坏样品，谁知那个人的手法非常专业，竟然像是个行家。

对讲机忽然响了，两个人脸色一变，仿佛收到了什么紧急召唤，同时转身朝着吉普车跑去。萧肃如获大赦，长长地松了一口气，连忙收拾地上摊开的箱子，才扣好锁，忽见一双军靴出现在眼前。萧肃愕然抬头，只见其中一个人去而复返，一只手拎着汽油桶，另一只手握着枪，森冷的目光钉在他的脸上。

那是看死人的眼神。

灭口……吗？萧肃心中一片寒凉。打从十岁起他就知道自己随时要死，但从未想过会是在这个地方，以这种方式。

“你……你们想干什么……”萧肃起身，因为紧张声音微微有些颤抖，“我是中国人，大使馆知道我们的行踪，你们不能滥杀无辜……”他一边后退，一边看向不远处的路基，思忖着跳下去会不会摔死，有没有机会逃走……可那个男孩还在车里，自己就这样跑了他可怎么办？

脚跟一空，萧肃已经退到了路基边沿，再往下就是悬崖了。就在这时，一道黑影忽然闪过，一个矫健的身躯仿佛鬼魅般掠到试图灭口的那个人身后，右手一挥，然后迸出一道血线！

雪亮的微光一闪即逝，枪“吧嗒”一声掉在地上。那个人双眼怒睁，双手捂着脖颈发出恐怖的气声，殷红的鲜血从他的指缝间喷薄而出，在胸前的衣襟上迅速晕开。他庞大的身躯晃了两下，山一般倒在萧肃的脚下，双腿不甘心地抽搐了几次，然后凉了。

浓稠的血腥味扑面而来，萧肃后知后觉地低叫一声，一个趔趄往后倒去。电光石火之间，那道黑影飞身一跃，抱着他扑倒在地，飞快地往车子外侧滚去！

“砰砰砰——”清脆的枪声连珠炮般在耳边炸开，飞溅起的碎石子打得脸颊生疼。萧肃终于清醒过来，发现抱着自己的是那个神秘的乘客，一柄带血的匕首就叼在他的嘴里，散发着冰冷的血腥气。

车身暂时挡住了追击者的子弹，萧肃仰躺在地，惊魂未定。那个男孩飞快地起身，猫着腰举枪，连扣数下打光了弹夹。车窗粉碎，萧肃的耳朵都要被炸聋了，慌乱间被拉扯起来塞进车里。男孩一言不发地将他按倒在后座下面，摔上车门走了。

外面零星地响了几下枪声，接着便是利刃破空和重物落地的声音。萧肃终于恢复了听觉，第一时间摸到前座下面的扳手，打开车门冲了出去。暗淡的天光下，男孩的身形宛如一道颀长的剪影，单薄的匕首在他的手上仿佛有了生命，咬着对手的要害穿插削刺。丝丝血光飞溅，染红了清冷的午夜，残酷而妖异。

伴随着一声绝望的哀号，对手扑倒在地，壮硕的身躯和同伴的尸体叠在一起。萧肃的心跳得快要冲出胸口，握着扳手冲到男孩身边。

对视，难以形容的不可思议的对视，萧肃浑身的汗毛都竖起来，身体不受控制地颤抖，鸡皮疙瘩起了一身又一身。不单单因为怕，还有一种说不清道不明的……震撼。

然后，他看见男孩的眼神微微一冷，精瘦的身躯猛地一晃。

“喂！”萧肃抢上一步托住他，跪坐在地扶着他的脑袋，“你怎么了？受伤了？伤哪儿了？”

清淡的气味从他的身上散发出来，萧肃慌里慌张摸了几下，发现他的肋骨下方又湿又黏，终于明白自己外套上那似曾相识的味道从何而来——他从一开始就带着伤。

“止血。”男孩按住他的手，嗓音沙哑低弱。萧肃卷起他的T恤，看到腰部上方裹着绷带，左肋下不断有血水渗出来，大概是之前的旧伤崩裂了。

车上有急救箱，萧肃给他重新包扎了伤口，又打了止血消炎的药物。男孩的脸色越发苍白，但眼睛里有了神采，呼吸也不再那么急促了。

对讲机沙沙响了两声，男孩眼神一凛，挣扎着爬起来，从尸体上将它解了下来。那头传来叽里咕噜的本地话，语气很急。他侧耳细听，片刻后粗着嗓子以同样的语言回复了一句，然后挂机。

“他们还有两辆车，大概五分钟到。”男孩握着对讲机，看看萧肃的车，又看看那辆横在他们前面的吉普车说，“哥，请你帮帮忙，替我去集合点送一样东西。”

萧肃真心觉得自己应该管他叫哥！连忙受宠若惊地点了点头。男孩仿佛读懂了他的眼神，微微一笑，那种与年龄完全不符的杀气和沉郁倏然消失，隐隐露出单纯的少年模样：“你也不问问我是谁？”

萧肃噎了一下，从善如流地问：“那么你是谁？”

“现在不能说。”男孩嘴角的微笑扩大，露出整齐洁白的八颗牙齿，“等回去了，有机会请你喝酒。”

萧肃又噎了一下。

男孩从后备厢里拎出那个手提箱递给他：“你开他们那辆吉普车，去集合点把这个箱子放在桌子上，天亮之前会有人把它拿走。你的车子给我开，他们已经知道了你的车牌号，我会帮你引开他们。放心，两天内我会把车开回使馆指定的撤离点，万一赶不上，就直接开去机场还给你，一定不会让你们的科研成果受到损失。”

萧肃接过手提箱，担心他伤成这样还能不能摆脱两辆车的追兵。但他身上的气场太强大了，这番话全堵在胸口，说不出来，临末也只憋出两个字：“小心！”

男孩点点头道：“谢了，哥，你也小心！”

萧肃拎着手提箱上了吉普车。少年目送他发动引擎，两指并起在额前一挥：“再见！”

薄云初散，月光给他镀上一层蒙蒙的冷芒，又清冷，又夺目。萧肃感觉身上的汗毛又有竖起来的趋势，连忙挥手作别，一脚油门往集合点驶去。

第一章 风生兽

月光如水，突兀的枪响撕碎夜色，乌鸦惊起，扑棱棱地散开遮住了天光。纷杂的脚步步步紧逼，枪口顶在额角，冰凉的触感令人窒息……

“呼——”萧肃猛然惊醒，汗流浃背，气喘如牛。四周一片寂静，没有鸦声，没有枪响，清新的晨光从窗帘的缝隙里透进来，在羊毛地毯上留下一道明媚的暖黄。

都过去了，过去了……萧肃抹了一把鬓角的冷汗，披上睡袍打开窗帘。初秋的靖川市天高云淡，空气中弥漫着令人愉悦的草木香。他身在这座宁和美丽的城市，五个月前那场惊心动魄的偶遇不过是他人生中的插曲。

是的，已经五个月了，他顺利地离开了东非，顺利地回国，顺利地毕业，然后顺利地留在学校，成了一名光荣的人民教师。

因为那场差点要了他性命的叛乱，母亲二十六年来第一次对他发了火，勒令他不许再从事与野外相关的科研项目，不许出国，不许涉险，甚至不许随便离开靖川市。他同意了，他知道这是母亲的底线。二十六年了，母亲纵容他逃避家族责任，学习和商业完全无关的生物学，纵容他无所事事与世无争，甚至纵容他偷偷跟导师出国研学……但她不会纵容他轻视自己的生命。

他的命是用无数精力、无数金钱、无数好运堆起来的，属于他，却又不仅仅属于他。

萧肃揉了揉眉心，强迫自己抛开这些消极的想法。其实世界上大多数人都是像他这样庸庸碌碌、虚度光阴的吧，没有惊才绝艳，也创造不出什么特殊价值，实在没什么可自怨自艾的。

不过有那么一些人却是不同的，他们天生便如星辰般耀眼，如太阳般不凡。萧肃的脑海中浮现出那张熟悉而又陌生的男孩的面孔，五个月了，记忆越来越淡，有时甚至都有些记不清他的模样。但他永远都记得男孩在月光下的剪影，还有雪白的八颗牙齿。

那晚一别后他们就再没有见过，萧肃如约将那个手提箱送到了集合点，次日和同学们赶到大使馆指定的撤离点，搭班机回国。可那个神秘的乘客失约了，或者严格地说，也不算失约吧，一个低调得令人几乎记不住模样的年轻男人在机场给萧肃还了车，车上的东西毫发无损。萧肃询问他男孩的情况，那个人语焉不详，一副讳莫如深的样子，只在他问起伤势的时候说："没事，会好的。"

萧肃满心担忧地登上飞机，透过舷窗目送那个人离去。片刻后他看见一架尾翼带着国旗的小型飞机越过他们上了跑道，在地勤的指挥下飞上蓝天。

"专机啊，啧啧！"当时坐在他身边的师妹咋舌道，"牛啊！咱们这么多人挤一架波音，还得靠边站，等人家先飞。"

萧肃问："什么专机？你怎么知道？"

师妹见多识广，一脸不可说的表情："总之这个时候能动用官方专机的，肯定不是一般人。”

萧肃心有所动，微微蹙眉。师妹以为他心怀不忿，拍肩道：“这种时候，师兄你这样的土豪也没有用了！”

萧肃挡开她的手，脑海中闪过男孩苍白而刚毅的面孔，下意识地说道：“人家是执行公务吧？没有武警和军队的保护我们哪儿能这么快回国？”

“呃，师兄你这么激动干啥？”

“我没有！”

思绪早已飘到九霄云外，忽然响起敲门声，萧肃倏然惊醒，门外传来母亲的声音：“阿肃，起床吃饭！马上开学了，天天睡到日上三竿，还怎么教学生哦！”

“知道了，已经起来了！”萧肃连忙应道。

“为人师表，你看你整天混在网上成什么样子，都要变成死宅了！”母亲絮絮叨叨地数落着，“算了我也懒得管你，公司还有会要开……你早点下楼吃饭啊，牛奶都要凉了。”

高跟鞋敲打着大理石地板远去，萧肃无奈地摇头，去卫生间洗漱换衣。毕业之后他在家里宅了整整两个月，每天不是打游戏就是刷各种自媒体，都快把自己刷成网红了。他唯一一次出门还是去见医生。下周就要开学了，他也该振作一下，调整作息，准备开始过为人师表的生活！

下楼时家里静悄悄的，母亲已经去公司了，妹妹大概和男朋友约会去了，保姆刘阿姨请了假，连玻璃缸里的绿鬣蜥都有些无精打采。

“早啊大王。”萧肃伸出一根手指摸了摸绿鬣蜥，蜥大王竖起头冠表示不耐烦，转身用屁股对着他。萧肃讨了个没趣，悻悻退散，孤独地坐在餐桌旁啃面包，又掏出手机刷微博。

自从决定要留校当老师以后，人生忽然像是踏实下来，但同时又有点无法形容的空虚。为了让自己不那么无聊，萧肃注册了一个微博号，打算学以致用，给广大网友科普一下生物学小常识。一开始他经常写一些有趣的生物萌段子，后来渐渐有粉丝拍一些稀奇古怪的生物点名找他帮忙鉴定。再后来事情就完全跑偏了，每天都有一大票人给他发照片，问他："老师老师，求问这玩意儿是啥，能吃吗好吃吗怎么吃？"

萧肃就成了一个美食博物博主。

后来他反思了一下，人设崩得这么厉害他自己也有责任。一开始帮人家鉴定生物的时候就该严肃一点，别老在结尾加一句"这个好吃""这个难吃"，或是"这个绝对不能吃"。吃货的本能葬送了他在二次元的格调啊！

为了挽回人设，萧肃发起了一个"一百天博物挑战"——连续一百天以严谨科学的态度为当天第一个呼唤他的粉丝做鉴定，并撰写一篇不少于千字的博物科普短文。今天刚好是第一百天，看着专栏里整整九十九篇科学严谨又不失风趣幽默的小短文，萧肃感觉自己离人生赢家就差一步了！

就差一步！

"叮咚！"后台提示有新的"提到你"，萧肃点开一看，是一个名叫"猪精佩奇"的粉丝响应了他的挑战。

"猪精佩奇：@农夫 老师老师，不出世的神兽求鉴定！#一百天博物挑战#"

下面没有照片，只转发了一个名为"风水大师陈建国"的博主昨天早上发的一条微博。萧肃点进那条微博，发现是一条类似"转发锦鲤求好运"的垃圾内容。但奇就奇在，附图里那个据说会带来好运的"神兽"模样十分诡异，以他的眼力乍一看居然看不出是个什么东西，甚至连纲、目、科都有点拿不准。

"神兽"和花面狸差不多大小，外形却更像是石貂，胸口有白毛，尾巴约与身体等长。但它绝对不是石貂，因为它背部的皮毛是浅灰色，沿脊椎有一排极为明显的骨刺，双耳圆且大，吻突出，就脸部来看更接近鼠科动物。

假的吧？萧肃怀疑这图是修出来的，这个“风水大师陈建国”的ID一看就挺玄幻的，应该是现在比较火的网络神汉之类，合成个神兽出来转发吸流量的吧？

“农夫：@猪精佩奇 这位小朋友，合成出来的神兽老师鉴定不出来哦，这一条不算。另，今天是挑战的最后一天，大家给我一点惊喜好不好？”萧肃发完还附上了三个“狗头”的表情。

关闭微博，萧肃给自己泡了一大缸子枸杞桂圆西洋参茶，像个退休老干部一样坐在廊檐下晒起了太阳。

手机忽然响了，是他的好友吴星宇：“师兄你在家呢？”

这家伙本科和萧肃是一级的，读法学，毕业之后去律所（律师事务所）打了几年杂，又跑回来念硕博连读，于是好端端地成了他的师弟，但其实比他还大两岁。萧肃一听他这丧失人格的称呼，就知道他有事相求：“车又被剐了？”

“师兄英明！”吴星宇不要脸地继续抱大腿，“律所通知我下午去平桥镇拜访一个老客户，可系里这会儿还让我去给军训完的新生开会，开完会再坐长途车去客户那儿肯定来不及了……那什么，那地方据说山清水秀特别美，你有没有兴趣送我去一趟啊师兄？”

“没兴趣，自己去。”萧肃说，“车借你，下午过来拿钥匙吧，我在家。”

“谢谢师兄！”

“拜托你还是叫我的名字吧，我鸡皮疙瘩都起来了！”

吴星宇“嘿嘿”一笑，挂断电话。萧肃百无聊赖地在躺椅上瘫了一会儿，太阳大了起来，于是端着大茶缸子回到客厅，想起自己的博物挑战还剩最后一天，又打开微博瞄了一眼。不看不知道，一看吓一跳，不过一个小时的工夫，他的后台就收到了三百多条评论！

什么情况？萧肃点开通知，才发现是自己之前回复“猪精佩奇”的评论被原博主“风水大师陈建国”转发了。

“风水大师陈建国：@农夫 @猪精佩奇 本座乃修行之人，绝不会用合成出来的假图给大家转发祈福，不懂就问，不要拿无知当科学——图中的神兽乃上古祥瑞‘风生兽’，有辟火消灾之能，见之可得长寿。这张照片是我亲手拍的，神兽本尊现在就供奉在我的山庄之中，如有疑惑尽可以上门求证，本座随时恭候！”

开玩笑的吧……萧肃打开陈建国的主页，后知后觉地发现对方有三百六十二万粉丝，而他只有区区三万六千个。

哟，史诗级的任务又来了！

但世上怎么可能真的有什么“神兽”呢？萧肃根本不信这个邪，打开搜索引擎输入“风生兽”三个字，看着下面的条目啼笑皆非——风生兽，据古代神话传说记载，乃是上古南海神兽，十车干柴烧不死，十米大刀砍不坏，只有用神铁制成的大锤照着脑袋捶一千次才会挂掉。而且挂了也不怕，只要把它的嘴掰开对着风吹几天，还能复活。

更扯淡的是，据说喝它的尿能治风疾，吃它的脑花还可以活五百岁！

“什么鬼啊？”萧肃忍不住笑出声，点开微博上密密麻麻的三百多条评论，只见陈建国大师的粉丝——不对，人家自称是善男信女——纷纷给大师点赞，劝萧肃立刻删博道歉，皈依大师，不要再打着科学的旗号反迷信。神奇的是没有一个人骂街，大家的语气特别平和，特别诚恳，甚至带着一丝怜悯的感觉——真可悲啊，原博主这个无知的生物学家。

萧肃尴尬癌都要犯了，都二〇二八年了，九年义务教育普及这么久，一个网络神汉为什么还能有这么多拥趸？！他要是不把事情弄清楚，岂不是让科学败给了迷信？

正想去书房翻一翻资料，后台提示有未关注人私信，那个和他一起被风水大师挂出来打脸的“猪精佩奇”给他发了个哭脸：“老师老师，对不起我冒失了，直接转发了陈大师的微博，我应该把照片存下来发给你的，现在害你被那么多脑残粉喷。”

“农夫：没事，我猜你也没料到他们有这么强的战斗力。”

“猪精佩奇：是的，可能是你的那条微博惹到他们了吧。”

“农夫：他发那张图确实很像是合成的。”

“猪精佩奇：嗯……其实被您一说我也有点怀疑，所以我点进陈大师的号翻了翻他最近的动态，结果发现他上周还发过两个‘神兽’的短视频，特别真实，一点都不像是特效做的！”

居然有视频？萧肃十分意外，图好合成，视频想要造假可就难了，陈建国作为一个乡村神汉不可能专门找特效公司给他弄个假神兽出来吧？

“猪精佩奇：我想着这件事是我挑起来的，不能一击脱离，所以现在已经出发去陈大师的庄园帮您查实了！”

萧肃被这位粉丝的行动力震惊了：“你一个人去的？太危险了，还是赶紧回家吧！”

“猪精佩奇：没事，我家就住在平桥镇，离陈大师的庄园不远，他在我们乡下名声很大，好多善男信女都在他家听课，不会有什么危险。”

萧肃点开“风水大师陈建国”的信息页，果然发现简介里写着他庄园的地址，橱窗里还挂着他最近推出的“金秋祈福大课”，已经有一百多人在线报名了。

现在搞迷信的都这么拼了吗？萧肃目瞪口呆，他家教授在线开直播课也就五六十个人报名，一个知名博导的号召力居然还不如一个网红神汉，现实太魔幻了！

正被惊呆，“猪精佩奇”在前线发来贺电：“老师我已经到了，您把直播打开，我带您进去看看！”

萧肃还没用过直播功能，折腾了半分钟才联通了视频。“猪精佩奇”是个女孩，暗访起来隐蔽性倒是很强，在门口甜甜地跟看门大爷聊了两句就被放了进去。萧肃随着她的摄像头视野一路走进陈建国的家，听到她小声地讲解：“这是大门，里头第一进院子是陈大师接待客人和讲课的地方，第二进院子是他家人住的，第三进是自留地，种了很多有机果蔬，除了自己家人吃，还卖给善男信女们，可贵了呢。”

我的妈呀还多种经营，你交税了没有……萧肃简直被大师的智慧折服了。

很快，“猪精佩奇”就走进了第一进院子的主屋。今日的授课貌似还没开始，屋里的蒲团上坐着几个等待的善男信女，蒲团对面是一张矮条案，大概是陈建国的座位。条案后面摆着一个三层高的猫笼，最高层的吊床上趴着一只灰扑扑的动物，好像就是那只神奇的“风生兽”。“猪精佩奇”也注意到了那个笼子，轻声道：“找到了，那个粉红色笼子里头关的好像就是神兽，老师你等一下我再走近一点！”

萧肃看着晃动的视野，莫名有一种拍谍战剧的感觉，肾上腺素都升起来了。“猪精佩奇”倒是十分淡定，假模假样地跟一个大妈聊了几句，慢慢移动到笼子旁边，将手机从铁栅栏里伸了进去。

“真的是活的！”小姑娘低声惊叹道，“老师你看它的眼睛还会动呢，好可爱呀……就是眼神好可怜，好像有点厌世呢。老师，你说它不会是生病了吧？”

萧肃意外极了，万万没想到陈建国拍的“神兽”居然是真的，笼子里的动物的确是活的，背上的骨刺随着呼吸轻轻地伸缩，不像是粘上去的假体。

“我不太看得清。”萧肃对“猪精佩奇”说，“能往右面一点，换个角度拍一下吗？”

“呃，我试试……”“猪精佩奇”往旁边挪了挪，还想把手机凑近一点，忽听一声斥责：“嘿，姑娘你干什么？走开走开，神兽禁止拍照！走走走……不许再拍了，不然我叫人把你轰出去了啊！”

“猪精佩奇”吓了一跳，连忙收起手机卖萌：“小哥哥，神兽不可以拍吗？这么可爱人家好喜欢哦……人家还想做直播给粉丝看呢……”

萧肃被她突如其来的娃娃音雷得头皮发麻，不过驱赶她的那个男人显然十分受用，语气都变软了：“哎呀姑娘别拍了，不是我为难你，被陈大师知道就不好了。这玩意儿……不对，是神兽，神兽可值钱了，我可赔不起啊！”

软磨硬泡了半天，“猪精佩奇”还是被赶了出来。她沉痛地对萧肃说：“老师，对不起，我只能帮你到这里了！”

明明是严肃的取证行动，被她搞得充满喜剧色彩。萧肃跟她道了谢，让她赶紧回家，自己连午饭都顾不上吃，跑去书房查资料。

鼬科、鼠科、猫科……所有沾边的资料里都查不到和那个神兽类似的生物，萧肃不死心，把图片截下来放进学校图书馆的电子检索库模糊搜索了一遍，最符合的结果居然是小鼠。

“开什么玩笑……”萧肃感觉自己的智商受到了愚弄，关闭电脑，陷入了沉思。世界上确实有尚未被发现的新物种，但不可能出现在靖川这种人口密集的大城市周边，所以这神兽要么是陈建国用什么特殊的方法造了假，要么就是非法走私的外来物种。无论是哪种情况，他都必须把这件事弄清楚——一百天博物挑战，就剩下这最后一天了，作为一个强迫症，他必须让这件事圆满完成！

要不然博物大V的脸往哪儿搁？

萧肃一跃而起，将陈建国家的地址输入智能导航，然后拨通了“师弟”的电话：“吴星宇，下午我跟你一块去平桥镇！”

“哟，你不宅了？”吴星宇笑嘻嘻地说，“明智！我跟你说，我那客户老有钱了，整天飞乌克兰、瑞典这些地方打不老针，六十多了看着跟四十岁似的，你回头取取经给你家女王安利（分享，推荐）一下……”

萧肃嗤笑道：“别吹了，我妈永远十八不用打针！迎新会也该开完了吧？你现在就来我家吧，正好一起吃个午饭然后出发！”

吴星宇的呼吸有一瞬间的凝滞：“我可不可以吃完再去？”

“不是我做的，是刘阿姨早上做好的，我就热一下。”

吴星宇如释重负，说：“行，我这就去！”

萧肃挂断电话，叹气。别看他每天在微博上给粉丝科普能吃吗好吃吗怎么吃，其实都是纸上谈兵，他自己连个鸡蛋都煮不熟。上次他照着网上的傻瓜菜谱做了一次部队火锅，吴星宇吃完就拉肚子，整整拉了一个礼拜。

这也许就是命吧，他还是乖乖吃刘阿姨做的饭，别逆天改命了。

半小时后，吴星宇到了。因为要去见客户，所以他穿着衬衫和西服，手里拎着公文包，乍一看十足的青年才俊样儿。可惜一脱西装就露馅儿了，白衬衫后背隐隐透出铠甲勇士的优衣库联名背心，帝皇侠的大头狂帅炫酷。

二十八岁的汉子还喜欢铠甲勇士，萧肃也不知道该夸他有童趣还是劝他成熟点。

两个人在餐厅吃着刘阿姨做的爱心午饭，吴星宇狼吞虎咽，萧肃在心里盘算着下午的行动，半天才往嘴里扒拉几粒米饭。

“你怎么吃这么少啊？”吴星宇担心地说，“你不会是有了吧？”

“你爸才有了！”萧肃只想把饭碗扣他头上，“我在想事情！”

“什么事情？说出来兄弟我给你分担分担。”

萧肃想了想，说：“这件事还真得请你帮忙，手机呢？微博借我用一下。”

“干什么啊？你可别拿我的微博号干坏事，网警贼厉害了，我在律所处理过这种案子，啧啧，你看的每一个不良视频他们可都有浏览记录呢，超可怕的……”吴星宇一边絮叨一边把手机掏出来递给他。萧肃权当他王八念经，一个字也没听，直接打开微博搜索“风水大师陈建国”，然后关注，再买了最近一场的“金秋祈福大课”。

吴星宇对自己即将面对的命运一无所知，看萧肃掏出自己手机打开支付宝扫码付款，傻乎乎地问：“你给我买东西了？都是自家兄弟这么客气干什么，我这不就陪你吃个午饭吗？你们这些有钱人真讲究……”

萧肃将手机还给他，诚恳地拍肩：“下午好好上课，乖。”

吃完午饭稍事休息，萧肃开着他的Mini Cooper S往平桥镇驰去。吴星宇得知自己这个法学高才生居然要上什么见鬼的“金秋祈福大课”，表示严正抗议，宁死不屈。不过听萧肃说了前因后果之后他又兴致勃勃地同意了，表示愿意为好兄弟的博物科普事业两肋插刀。

萧肃非常感动，然而吴星宇的关注点漂移得十分严重：“猪精佩奇？我怎么感觉这名字有点耳熟……她和你视频了？她好看吗？多大了？可爱不？家里有兄弟姐妹吗？”

萧肃：你是不是有病啊？

陈建国的庄园在平桥镇以西二十公里的二道桥村，因为吴星宇和客户约好的时间比较急，所以萧肃先陪他去了镇上的客户家。吴星宇还真没吹牛，这位名叫张婵娟的客户果然十分有钱，别墅修得跟博物馆似的，坐落在山水竹林之间，充满诗情画意。按过门铃之后，一个干净利落的保姆出来开门。萧肃本想在车上等，吴星宇硬把他也拉了进去：“走吧进去给我壮壮胆，万一遇上性骚扰还能救救我！”

萧肃：张婵娟女士怕不是眼瞎了？

两个人进了客厅，只见一位打扮入时的中年女子从沙发上站起来：“小吴来啦，还带了同事？这位以前没见过呀，哎呀好帅气，可把你给比下去了哟！”

萧肃长得随父亲，剑眉朗目，温雅俊秀，属于谦谦君子那种类型的。当年他爸就是凭一副好长相空手套白狼，娶了他妈这个白富美。说起来他妈也算是颜控中的极品了，刚上大学没多久就不顾家人的反对怀了萧肃，他的穷鬼爸爸才得以父凭子贵，“嫁”入豪门。

可惜蓝颜薄命，帅哥总被雨打风吹去，他的爸爸不到四十岁就去世了。

萧肃礼貌地笑笑，不说话。吴星宇道：“他是我同学，今天顺路载我过来的。张姐你也太伤我的心了，我可是我们律所的所草，美貌与智慧并重的金牌律师啊！”

张婵娟被他逗得前仰后合，皱纹都笑出来了。萧肃坐在旁边无语望天，内心充满鄙视：大哥，你这像是怕被人性骚扰的样子吗？

不过有一点吴星宇没说谎，这个张婵娟保养得是真好，身份证上明明显示她已经六十二岁了，乍一看说四十二都有人信。萧肃坐在一旁听他们谈一个什么物业委托合同，暗暗思忖待会儿怎么开口问问她保养之道，那个“不老针”是在哪家机构打的，回头好给老妈安利一下。自从父亲去世后，整个家族企业的重担全部落到了母亲肩上。她一个女人又主内又主外，还要时时操心他这个儿子的身体，气色看着还没这位六十二岁的老太太好呢。

不过片刻两个人便谈完了，吴星宇巧舌如簧，哄得大姐……阿姨……奶奶心情舒畅，特别大方地在合同上签了字：“你们律所我信得过，小吴办事我放心！”

吴星宇得意地冲萧肃挑了挑眉。萧肃给吴星宇使了个眼色，吴星宇眨眨眼表示了解，一边整理文件一边问张婵娟：“张姐，有件事我特想问问您，又怕您生气……”

“问呗，跟姐还这么客气干什么？”

“嘿嘿，我想问问您有没有什么保养的秘诀。”吴星宇说，“说真的，头一回见面的时候我以为您也就四十岁，今天来仿佛更年轻了，说三十五我也信。”

这马屁拍得当事人浑身舒爽，笑道：“小吴你可真会说话，不过你才多大呀，男孩家用不着这么早考虑这些吧？”

“那也要未雨绸缪啊，谁还会嫌自己太年轻太帅气不成？”吴星宇一本正经地道，随即一笑，“开玩笑了，其实我是帮我妈问的。”

“真孝顺。”张婵娟叹道，“小吴你不是外人，我也就直说了——我这些年都在瑞典一家抗衰中心打一种不老针，效果特别好，不过就是有点贵，一针要一百万左右。”

吴星宇惊呆：“哇！一针半套房啊？”

张婵娟道：“也不用很频繁地打，半年或者十个月一次就够了。你看我，效果是不是特别自然？比那些×国医美靠谱多了。”

吴星宇连连点头，萧肃忍不住问：“您知道这种针注射的是什么吗？安全性怎么样？”

“这个我也不太懂，合同是瑞典文写的，签的时候医生大致讲了一下，好像是什么终端分化细胞治疗之类的。”张婵娟说，“安全肯定是安全的，人家在瑞典是有严格的医学认证的，只是咱们国内相关法律法规和国际上不一样，所以一直没有这方面的机构来引进。”

终端分化细胞？萧肃想了想，依稀记得那是干细胞的一种，而干细胞抗衰美容法十几年前就有了，只是因为原理和效果都比较……玄学，所以热闹了一阵子以后就沉寂了。

难道这些年死灰复燃了？看张婵娟的情况效果相当不错啊！

又聊了几句，两个人便告辞出来。张婵娟送他们到门口，谈兴尚浓：“小吴啊，我有个小道消息，听说国内一家公司已经在引进这家瑞典机构的代理了，说不定过段时间这个不老针会有国内版。”

吴星宇热心地问：“哪家公司您知道吗？我好提前关注一下，排个队啥的。”

“这个暂时还没有公开。”张婵娟眼神闪烁，故作神秘地说，“我估计国产针肯定会便宜点，让普通人也能打得起吧……你别急，咱们都是自己人，一有什么消息我马上告诉你。”

吴星宇：“那我先谢谢张姐了。”

“跟姐还客气什么！”

两个人告别张婵娟，驱车往西向二道桥村驶去。吴星宇问萧肃：“你感觉她说的事靠谱吗？那个针会不会有副作用啊？像科幻片里演的那样一开始返老还童，后来孽力反馈变得跟老树皮似的。”

萧肃说：“我回家问问我妈吧，她一直关注这方面的市场，最近一个分公司好像还要上个什么保健品项目，也许有人懂。”

吴星宇点点头，想起自己的“终极使命”，问：“话说，一会儿我上那个陈大师的课要干点啥啊？”

萧肃：“好好听讲。”

吴星宇：“啊……”

萧肃语重心长地说：“你态度认真一点，先取得陈大师的好感，等他讲完以后过去攀谈一下，把话题引到神兽上。你跟他说你表弟得了绝症快死了，求他开个价把神兽卖给你，拿回家好给表弟续命。”

吴星宇目瞪口呆，万万没想到还有支线剧情，讷讷地道：“他问我啥绝症我怎么编啊？”

萧肃早有准备，丢给他一个文件袋。吴星宇打开一看，更是惊呆了：“这不是你的病历吗？”

“我问淘宝店了，假病历下单最快也得明天才能收到，加急也来不及了。”萧肃说，“先用我的吧，我已经把名字涂掉了，你记住千万别让他复印拍照什么的，就声泪俱下地求他救人一命胜造七级浮屠吧，把你当初干微商卖面膜的本事拿出来！”

吴星宇的眼中充满敬畏：“表弟你可真是为了科普事业奉献终身啊……当网红对你的吸引力这么大吗？”

萧肃正色道：“屁话，我是为了传递科学的价值观！”

“你不如传递颜值吧。”吴星宇说，“你把眼镜摘了我给你拍两张照，不用美颜就能吸三千万粉，杀过去碾了陈大师！”

萧肃：“丑拒。”

吴星宇：“你这还叫丑？”

萧肃：“我说陈大师。”

说话间到了二道桥村，萧肃把车停在陈建国家门外的小树林里，叮嘱吴星宇道：“你听课的时候千万别睡着了，一定要全程仰慕地看着陈大师，让他觉得你特别虔诚！你把我的蓝牙耳机戴上，全程开语音，我要监听你们的谈话过程。”

“你就擎好吧，表弟！”吴星宇将隐形蓝牙耳机戴好，颠颠地走了。萧肃目送他戏精般的背影走进陈大师家大门，打开耳机开始同步监听。

讲真，陈大师的“金秋祈福大课”还挺有意思，引经据典的，跟说相声似的。萧肃私以为叫“歪批麻衣神相”要更贴切一点，好歹不怕吴星宇当堂睡着了。

三小时后课程结束，天也慢慢黑了，萧肃远远看见一大群善男信女陆续从陈建国家出来。耳机里吴星宇也和大师本人搭上了话，并发挥自己前微商大忽悠的本事把他老人家捧上了天。

计划有条不紊地推进着，萧肃听见吴星宇沉痛地带着哭腔地阐述着自己对“表弟”的担忧，强忍着才没有笑出声来。陈建国大师已经彻底被感动，特别慈祥地说：“吴居士，你对令表弟的兄弟之爱真是让人感动。这神兽，原本我是打算供奉终身的，但救人一命胜造七级浮屠，咱们俩又这么投缘，就送给你吧！”

吴星宇一噎，隔着蓝牙耳机的萧肃也是一愣，神兽这么珍贵没想到陈大师居然要白送，这精神境界也太高了吧！

谁知陈大师接着道：“不过最近来拜神兽祈福的居士特别多，你把神兽请走了，等于是把别人的希望也带走了，总要稍微补偿一下。”

萧肃：哦……

吴星宇牢记自己的人设，爽快地道：“您尽管开口！”

“就一百五十万吧。”

什么玩意儿？萧肃差点咬了自己的舌头，就听见吴星宇特别爽快地说：“没问题！”

萧肃汗都下来了，手忙脚乱地给他打电话：“什么没问题，当老子冤大头吗？让他去抢好了，我不买了！”开玩笑，一百五十万能买三千万微博粉丝外带一拨营销号了，我还用跟你掰扯这些科学道理？让粉丝把你骂到删号不就行了？

萧肃火冒三丈地吼了一通，电话那头吴星宇尴尬地“嗯嗯啊啊”了几声，然后干咳道：“我知道了知道了，你别急我这不是正向陈大师请教呢吗……”

萧肃愤恨不平地挂断电话，在蓝牙耳机里听见他对陈建国说：“家里人为了我表弟着急呢，可是……大师啊，这一百五十万也不是个小数目，我得回去跟他们商量一下……大师您千万别误会，我可不是嫌贵，我先替我表弟谢谢您！”

陈建国大概也想留住这么个冤大头客户，特别体谅地说：“理解理解，不急不急。”

吴星宇又诚恳地吹捧了两句，忽然问：“对了大师，我们全家都特别想尝尝您这儿的有机蔬果，不知道今天还有没有？”

陈建国道：“这个随时都有，我让人带你去后园里摘吧，需要什么你自己选。”

吴星宇千恩万谢地跟人去后园了，萧肃不知道他葫芦里卖的什么药，又不好再给他打电话催他出来，只能在车里等着。等了足有一个小时，天都黑透了，才见一个西装革履的男人从大门里走出来，肩头还扛着一个大麻袋。

萧肃简直无语了，好端端的，不明白他买这么多菜干吗，因为没送陈大师一百五十万所以心怀愧疚冲动消费吗？

吴星宇和看门老头儿客客气气地聊了两句，再假装离开，片刻后又从小道绕进小树林，打开车门把麻袋往副驾驶座上一放："萧肃，看这是啥！"

萧肃奓毛道："你疯了？干吗买这么多菜？这麻袋干净吗？别把我座椅弄脏……呃！"后半句吓得打了个嗝儿，噎回去了。

因为神奇的吴星宇同学从麻袋里掏出了一只神兽。

萧肃整个人都凌乱了："神兽？你怎么……你不会真答应给他一百五十万吧？"

"你要愿意出一百五十万，我干吗还买这么多菜？"吴星宇用看傻子的眼神看着他。

萧肃惊呆了："你……你偷的？你敢偷人家神兽？！"

"我还不都是为了你的网红事业！"吴星宇说，"什么偷，老子是借！你赶紧看看，看完我还得送回去呢！"

萧肃目瞪口呆，然而"借"都"借"出来了，只能不管三七二十一，先研究一下再说。

这个节骨眼上也顾不得什么真皮座椅了，萧肃小心翼翼地把神兽接过来，这神兽触感软滑，毛短而硬，皮下脂肪偏厚，四肢短小但十分有力，爪子很尖。它像是被吓着了，蹲在座椅上瑟瑟发抖，背部的骨刺也随之轻轻地伸缩抖动。萧肃摸了摸，里面有硬芯，但并不是特别坚硬，应该是软骨。

"这玩意儿到底是个什么东西啊？"吴星宇好奇地问，"长得跟四不像似的，难怪被陈建国当神兽敛财。"

萧肃看了半天，实事求是地说："我不认识。"

吴星宇"啧啧"道："不是吧，连你都不认识？"

"真不认识。"萧肃打开手机给它拍了几张高清照片，怕时间长了被人发现，赶紧说，“行了还回去吧……你怎么还？”

吴星宇刚要说话，就见远处亮光一闪，隐隐有嘈杂的人声传来。他一下变了脸色：“糟糕，他们好像发现了！”

萧肃头皮一紧，不管三七二十一，先把车子发动起来。吴星宇手足无措地在原地转了两个圈，眼瞅着手电筒的光越来越近，心一横干脆把神兽抱起来往他们的必经之路上一放，抱着麻袋蹿上车：“走走走！快跑！”

萧肃一脚油门，吴星宇这个时候知道尿了，整个人都缩在麻袋下面，一迭声地问：“他们发现我们了吗？追上来了吗？”

萧肃在后视镜里看到几个村民跑近神兽，把它抱了起来，这才稍微放了点儿心，加速往大道驰去：“没，他们带着神兽回去了。”

吴星宇松了一口气，拍着胸脯道：“那就好，那就好。”顿了一下，他想起自己怀里抱的麻袋，道，“这包菜花了我五百多块钱，估计成本也就三十……借他们神兽一刻钟，给这么多钱算对得起陈大师了吧？”

萧肃无力吐槽，吴星宇想了想，又道：“挺贵的，回头你给我报销一下？”

萧肃被他气笑了，想想他也是为了自己，便点头道：“报销！”

深夜十一点，萧肃拉着一麻袋陈大师开过光的茄子、豆角、西红柿回到了家。母亲方卉慈坐在餐厅里吃消夜，身上的西服套装还没换下来，显然也是刚加班回来：“这么晚去哪儿了？”

“陪吴星宇去平桥镇走访一个客户。”萧肃闻到食物的香味才发觉自己饥肠辘辘，二话不说先坐到桌边吃了一小碗豌杂面。

“慢点儿，小心噎着……吴星宇怎么越来越抠了，这么晚都没请你吃个饭？”方卉慈半开玩笑地说着，给他倒了杯果汁。

萧肃心说他哪里还有胃口吃饭，吓都吓饱了！不过这种惊险刺激的事情还是不要告诉家长了：“系里喊他回去弄迎新晚会，赶时间呢。”喝了几口果汁，想起张婵娟的逆龄脸，他问老妈，“对了妈，你上次说分公司打算上一个保健品的新项目，定下来了吗？具体是哪方面的产品？”

“女性分阶段保健，美白、抗糖、青春期抑痘、更年期养护……都是和护肤抗衰相关的。”方卉慈说，“你怎么忽然想起问这个？这个项目现在算商业机密，你出去讲的时候注意一点。我们已经和一家著名中医研究所达成合作，打算用他们的汉方成方做保健品，配合我们成熟的护肤品线推出。”

萧肃点头表示了解，他们家有一大半业务是做护肤品和美妆方面的，这些年国外大品牌都走起了保健品辅助美容的路线，逐渐得到了市场的认可，他们也是时候推出中国自己的美容保健品了。

“那你听过‘终端分化细胞治疗’吗？”萧肃问道，“好像是一种干细胞抗衰治疗法。”

“干细胞抗衰啊？当然听过，十年前还陪一个朋友去乌克兰打过不老针。”方卉慈说，“我感觉完全是心理作用吧，就我看是一点作用都没有。”

“今天吴星宇那个客户说她定期会去瑞典打一种抗衰针，和终端分化细胞治疗相关，我瞧着效果特别好，还想给你安利一下呢。”萧肃说，“她说国内有机构正在引进代理权，可能很快就要进入市场了。”

“哦，是吗？我让市场部的人了解一下。”方卉慈在商业方面十分敏感，立刻掏出手机给下属发微信。

萧肃无语望天。方卉慈发完微信回过味来，笑道：“哦，你是在给我安利呀？怎么，担心我变成老太婆？”

“谁会嫌自己太年轻貌美呢？”萧肃学着吴星宇的语气说。方卉慈被他逗笑了，站起来伸了个腰，道：“好了，早点去睡吧，你不能熬夜，明早我还叫你早起，OK？”

萧肃点头，目送母亲上楼。四十四岁的女人正是风情万种的时候，她却每天把自己包裹在中性刻板的西服套装里，如同身披甲胄的女王……

手不经意间抖了一下，萧肃惊觉，慢慢喝光剩下的果汁，回房睡觉去了。

次日一大早，萧肃去了市图书馆，下午又去了一趟系里的文献室，然而还是没能找到关于那只神兽的确切资料，所有的生物图鉴里都没有关于它的记载。傍晚开车回家的时候，萧肃忽然发现副驾驶座上沾着几根灰白色的毛，于是他灵机一动用样品瓶把那几根毛收集起来，打算等学校实验室开了以后拿去做个DNA鉴定。

无论如何，科学必将战胜迷信！

折腾一番到家时已经天黑了，萧肃头昏脑涨，饭也不想吃，扑到床上睡了过去。迷迷糊糊睡了也不知道多久，忽然听见楼下门铃在响。隔了几分钟，保姆刘阿姨敲了敲他的房门："阿肃啊，你醒一醒，有一位民警找你问话呢！"

"啊？"萧肃顶着一头乱发爬起来，半晌才反应过来她说的是"民警"，整个人一下子都清醒了。他打开房门一看，外面站着一个穿便衣的中年男人，手里拿着证件往他眼前一递："萧先生你好，我是平桥镇警察局的民警，有件事情想向你核实一下。"

平桥镇……民警……萧肃直觉要完，说话都有点结巴："什……什么事？"

"今天上午我们接到二道桥村一位陈姓村民的报警，说有一辆黑白间色的Mini Cooper S昨晚无故在他家门外的小树林里逗留，车主还企图偷走他的神兽……不对，是宠物。"民警说到这里抿了抿嘴，大概是在压抑无所适从的笑意，"我们根据报警人提供的车牌号去车管所查证了一下，发现这辆Mini Cooper S的车主是你。"

萧肃张口结舌。民警接着道："这位陈姓村民还提供了一条信息，一位名叫'农夫'的博主曾在昨天和他就'神兽'问题发生过争论。我们确认了一下，这个博主的实名认证手机号也注册在你的名下。"

民警掏出一张纸递给他："你看一下有没有什么问题，没问题跟我去警察局交代一下情况吧。"

萧肃忽然就绝望了。

深夜九点半，萧肃坐在警车上紧张得浑身冒汗，比五个月前在东非遇上歹徒有过之而无不及。

民警会问什么？怎么回答？说实话吗？不，不能把吴星宇扯进来……那就瞎说吧，说神兽是自己跑出来的？

嗯，就这么编吧……

纠结间警察局到了，民警让他在大厅等一下，于是他在接警台边坐下，丧着脸等待法律的制裁。这个警察局很小，就两层，一层是接警处和户籍科，已经下班了，只有一个女警在值班。二楼也不知道是什么部门，大晚上灯火辉煌的，不时有匆忙的脚步和对话声传来。

"人来了吗？"一个秃顶的中年男人从楼梯转角探出头来，问值班的女警。

女警往门外看了看，说："还没呢。"

那人"哦"了一声，掉头走了。就在这时，大门忽然被人打开，两个风尘仆仆的身影从夜色中快步走来，带进一股凛冽的凉风。女警立刻站起身来："您好，请问您是……"

走在前面的人掏出证件给她看了一下，女警的表情顿时恭敬起来："您可来了孙处长，黄队都问您好几遍了！"

孙处长点头，视线扫过萧肃，微微一愣，随即漠然地移开，对身后的人道："走。"

两个人快步上楼，背影消失在转角。萧肃整个人呆愣在那儿，简直不敢相信自己的眼睛——五个月了，他打死都想不到自己会在这个地方，这种情形之下，见到这两个人！

没错，那个被唤“孙处长”的男人就是五个月前在东非机场给他还车的人，而后面那个身材修长、英气勃勃的大男孩，就是那晚差点让他送掉性命的神秘乘客！

他们怎么会来这儿？他们明明看见我了，为什么假装不认识？因为我现在惹上麻烦了吗？太过分了吧？这不是过河拆桥吗……萧肃从震惊到失望到愤怒，短短几分钟便走过了极为复杂的心路历程，以至于当民警回来请他去问询室的时候，他已经完全不紧张了！

小小一间问询室，一桌两椅，民警对萧肃还算客气，说：“别紧张，就是请你来了解一下情况。”

萧肃点点头。民警问道：“昨天晚上，陈建国家的神兽……宠物，是你偷的吗？”

“不是。”萧肃矢口否认。他这也不算说谎，神兽是吴星宇“借”的，他只是摸了摸看了看，顺便拍了几张照片而已。

“但是有人亲眼看见你在小树林里抓着神兽，被发现以后才放在地上，自己开车跑了。这你怎么解释？”

萧肃硬着头皮瞎编：“我在车里看见一个毛茸茸的小动物跑过来，出于好奇下车把它抱起来看了看，他们一喊，我就赶紧放下跑了。”

“你跑什么？”

“他们人很多，群情激愤，又喊又追，我当然跑了。”

民警嘴角一抽，又问：“你是靖川市人，大晚上的跑去二道桥村干什么？为什么在陈建国家门外的小树林里逗留？”

“就是因为微博争论那件事，我对他说的‘神兽’抱有怀疑，所以想亲自查证一下。”萧肃说，“结果车刚开到小树林就遇上了神兽离家出走，然后莫名其妙被一大群人追赶。我怕遇上什么误会，和他们发生不必要的冲突，就改变主意赶紧离开了。”顿了一下，他又特别诚恳地说："民警同志，世界上根本没有什么'神兽'，陈建国这种利用古代传说散播封建迷信思想的行为对文明乡村建设非常不利，我觉得你们应该关注一下。"

"好的，谢谢你的提醒。"民警的额头上滴下一大滴冷汗。

"不用谢。"萧肃放了一波反杀，淡定地微笑。

"现在情况是这样的。"民警说，"这件事不大，说开了也就是个误会。不过呢，因为昨晚闹腾了这么一下，陈建国的宠物生病了。"

"哦？"萧肃一愣，"送医院了吗？"

"那倒没有。"民警尴尬地说，"因为是'神兽'，一般人也看不出是什么病，不会治，所以现在由陈建国自己照料。只是……他认为生病是因为你给'神兽'造成了惊吓，所以希望我们协调解决一下。"

萧肃拐了个弯才明白过来，对方是想讹钱。按理说把别人宠物弄病了，赔点儿医药费也没什么。但陈建国的神兽作为一个连他这样的专业人士都鉴定不出的奇葩物种，任何宠物医院都不会收治，所以很难有什么赔偿标准。

大概就是陈建国说赔多少钱，就赔多少钱的意思。

"他想怎么解决？"提到钱，萧肃就想起陈建国狮子大开口那一百五十万，不禁怒火中烧——他家不缺钱，却也不是冤大头，他这个人天生节俭（也就是抠），到现在还开着六七年前买的Mini Cooper S，连辆超跑都舍不得买，凭什么要把大把的钱往神汉口袋里送？有那份爱心捐给失学儿童不好吗？捐给濒危动物不好吗？

"他的意思是，请你象征性地补偿一点治疗费。"民警大概是被他脸上突如其来的狰狞吓着了，讷讷地道。

"他想要多少？"萧肃在心里"哗啦哗啦"地数着钱。

"这个需要你们自己协商。"民警道，"如果你觉得不方便，也可以由我们来出面协调。"

萧肃磨了磨牙，犹豫着是自己解决还是叫家里的律师。忽听有人敲了敲门，之前在接警台值班的那个女警探头进来："老王，陈大师他们又来啦，听说您把车主带回来了，嚷嚷着要当面协调呢！"

王民警一脸晦气的表情，看看女警，又看看萧肃："要么，咱当面协调一下？"

深夜十点半，萧肃走进警察局二楼的调解室。调解室很大，中间是一张长条形的会议桌，两边摆着椅子，陈建国已经在里面坐着了，旁边还站着五六个年轻后生，雁翅排开，气势十足。

萧肃顿时明白调解室为什么这么大了，大概打起来的时候，像他这样的弱势群体能有个逃跑躲避的空间吧？

"都坐吧。"王民警按了按双手，"时间不早了，大家开诚布公，早点处理完早点回家休息。"他说完拍了拍手里的记录本："我已经落实过了，萧先生是在树林里捡着'神兽'的，并没有带走，就是抓起来看了一下，这件事应该是个误会。"

"啥'捡'啊？"一个年轻人插嘴道，"神兽好端端地被关在笼子里，怎么会被他在树林里捡到？他就是溜进去偷的！"

"你有证据？"王民警瞪他一眼，"庄园里没有监控，你们又没把人当场逮住。再说了，家里的牲畜没关好跑出去溜达不是很正常吗？你家上个月走丢的那两只鸡，还是我带人帮你妈抓回去的呢！"

年轻人语塞，王民警又絮叨道："上回我们在一道桥村抓了三只猪崽，还给我们送了锦旗呢……我不是跟你妈要锦旗，我就是陈述一下事实！"

"咯咯。"仙风道骨的陈大师忽然咳嗽了一声，道，"无缘无故地他跑我家门口干什么？不就是因为在微博上质疑我的神兽，才跑来一探究竟的吗？结果他一来我的神兽就跑出去了，这难道是巧合？"

姜还是老的辣，这回轮到民警语塞了。陈建国冷笑一声："就算是巧合，他碰过我的神兽，这是我们大家都看见的。神兽乃上古先天之灵体，被他一抱，灵气遭到亵渎，一回家就病了，我这心里不知道有多难受！今天很多居士听说了这件事都来询问，大家都非常心痛！”

萧肃一个头两个大，一大群人蹲在警察局里讲玄学，美丽乡村建设还能不能好了？！

王民警也是无奈得不行，基层工作难做，法律法规撞上乡风民俗，稀泥难和啊……尤其是遇上陈建国这种辈分高、亲友特别多的“名人”，处理不好很可能会犯众怒。犹豫了一下后，他说：“陈师傅，你报的警，你先说吧，你想我们怎么协调？”

陈建国冷哼一声不答话，旁边一个壮汉倒是耿直：“赔钱，五十万！”

五十万？萧肃当场就想奓毛，抱一下就五十万，你怎么不去抢？

王民警也皱了皱眉：“过了啊！”

陈建国还没吭声，两边的亲友们已经七嘴八舌地吵了起来——

“那可是神兽，被你抱过都病了！”

“是啊，还不知道能不能治好呢！”

嘈杂之中，门忽然“哐当”一声被大力推开，一个高大颀长的身影健步走来，身姿挺拔，气势迫人。全场陡然安静，所有人都像被捏住喉咙的鸭子一般张着嘴、梗着脖子，而萧肃，更是震惊到几乎窒息。

他怎么来了？

男孩黑衣黑裤，面沉如水，胸口挂着警方的胸牌，肩上背着深棕色的枪套，黑黝黝的枪柄在腋下泛着冷光。他鹰隼般犀利的视线巡视全场，最后落在萧肃身上，声音冰冷，如同没有感情的杀手：“你！出来一下！”

萧肃打了个哆嗦，梦游般起身。全场鸦雀无声，没有一个人敢提出疑问。

“你们继续。”男孩冷冷地道，转身走人，“啪”的一声关上了房门。

什么情况？众人面面相觑——冤大头都走了，还继续个什么玩意儿啊？！

“跟我来。”调解室外，男孩对萧肃勾了勾下巴，转身往走廊的另一头走去。萧肃一肚子惊叹号和问号，但混在一起搅来搅去最后都变成了省略号，顿了一下，默默跟了上去。

明亮的灯光下，男孩的背影端直挺拔，仿佛比五个月前要健壮一些，黑衬衫下能看到明显起伏的肌肉线条，头发理短了，鬓角修得很整齐，显得下颌骨特别方正凌厉，多了几分成熟的男子气概。萧肃莫名想起那晚他在月光下的剪影，想起他咬在嘴里那把带血的匕首，不由得喉咙发紧，浑身的鸡皮疙瘩又冒了出来。

为什么每一次见他都这么刺激？

两个人穿过空无一人的走廊，路过一扇门的时候男孩忽然说：“等一下。”

他推门进去，萧肃注意到门上挂着“刑侦一科”的牌子。从半掩的门缝看进去，侧墙上挂着一块白板，上面贴着一些照片和便利贴，还画着繁复的线条和杂乱的符号。照片上似乎是什么犯罪现场，有远景，也有尸体的特写。有那么一张仿佛是在解剖台上拍的，死者胸口沿Y形切开，面容却栩栩如生，仿佛活着似的，令人毛骨悚然。

萧肃下意识后退了一步，挪开视线。片刻后，那个男孩穿着外套出来，臂弯还搭着一件风衣，说：“走吧。”

两个人沉默着下了楼，门口的车位上停着一辆摩托车，男孩将风衣递给萧肃，说：“穿上。”而后跨上车，对他扬了扬下巴，“上来。”

萧肃不知道他叫自己出来干什么，要带自己去哪里，但被他冷峻的气场压制，身体完全不受控制，中邪似的跨上车坐在他的身后。

“抓紧。”男孩提醒道，一捏把手，摩托车“嗡”的一声冲出了警察局的大门。萧肃吓了一跳，没想到这玩意儿加速起来这么快，他手忙脚乱地抓住男孩的外套才没被甩下去。

摩托车在村道上疾驰，初秋的风带着清新的凉意，田野里飘来沁人心脾的瓜果香。萧肃坐在摩托车上，半晌才对此刻诡异的情景有了那么一丝真实感——他就这样离开了调解现场，跟一个配着枪的警察在马路上飙夜车，没有民警，没有大师，没有神兽……

内心瞬间充斥着一种难以形容的危险的快乐，萧肃压抑着想要狂笑的冲动，大声问道：“去哪儿？”

男孩微微侧头：“什么？”

萧肃不得不把嘴凑到他的耳朵上：“我说你要带我去哪儿？”

男孩儿眼角的余光瞥了他一下，嘴角一勾，道：“送你回家！”

“什……什么？”萧肃以为自己听错了——他背着枪冷着脸当着那么多人的面把自己带走，居然是为了送自己回家？

神志飘了五秒，忽然理解到某种诡异的笑点，萧肃无法抑制地闷笑起来，笑得胸腔抖个不停。男孩察觉到他在笑，倏然回头，嘴角的弧度扩大，露出雪白的八颗牙齿，高冷的杀气瞬间不翼而飞，完全就是一副顽皮小孩作怪的模样。

萧肃再也忍不住，放声大笑起来。男孩几不可闻地“嘁”了一声，回头继续开车，身躯挺拔，四平八稳。然而片刻之后，他的肩膀却压抑不住地微微抖动了两下，泄露了他心中得意的促狭。

午夜时分，摩托车驶入灯火通明的靖川市，男孩轻车熟路地穿过一条条街道，在碧月湖边停了下来。再往前不过百米就是萧肃家所在的独墅区，夜风吹拂着湖边盛放的桂花树，不时有星星点点的小黄花飘下来，空气中弥漫着细腻的甜香。萧肃从后座上下来，身上还披着他的风衣，衣服有点大，显得空荡荡的。

男孩没下车，右脚撑着地，黑色牛仔裤包裹着修长的腿，肌肉线条极其完美，张扬着青春和力量。萧肃有些羡慕，又有些怅惘，将风衣脱下来递给他，心中有无数个问题想要问他，问他是谁，问他多大了，问他伤好了没有……但直觉自己不该问，即使问了，他大概也不会说。

“荣锐。”男孩仿佛读懂了萧肃的心声，接过风衣，忽然道，“光荣的荣，锐利的锐。”

萧肃在刹那间释怀，忍不住微笑起来，道：“萧瑟的萧，肃静的肃，我叫萧肃。”

男孩也笑了，说：“我知道。”

萧肃知道他知道，但仍然觉得他们有必要做一次正式的自我介绍——毕竟都两次了，他们这样“互帮互助”的，也算是“生死之交”了吧？

“回去吧。”荣锐敛起笑意，眼睛里的光却还是柔和的，“太晚了，早点儿休息。”

萧肃点点头，又惊觉他仿佛有点太理所当然了，毕竟自己已经在警察局挂了号，神兽的案子还没解决呢：“我就这么回家合适吗？陈建国他们还在等着我赔钱呢。”

荣锐反问道：“你想赔？”

萧肃当然不想赔，但这是他不想赔就可以不赔的事吗？

“村民没证据证明是你偷的神兽，也没证据证明神兽病了是你造成的。”荣锐道，“这件事跟你完全没关系。”

萧肃愣了一下，想想确实是这么个理。自己正睡着觉迷迷糊糊地被民警喊起来，脑子一直跟着对方转，居然完全没意识到这个问题。

“你也别怪民警诈你。”荣锐接着道，“基层工作很难做，陈建国那种人……一言难尽，平桥镇警察局今年都被他那些亲友闹过好几遍了，民警也是为了息事宁人才不得不把你叫过去，做个调解。”

萧肃回过神来，已经完全明白了，苦笑道：“是啊，只要我多少赔点钱他们就不会再闹了，可是……我看上去有那么傻白甜吗？”

荣锐不说话，眼睛亮亮地看着他，眼底又荡漾起笑意。萧肃无奈地自嘲道：“好吧，你不用回答我了。”

荣锐低头抿了抿嘴唇，说：“总之，你去也去了，口供也录了，没有义务再配合他们的其他要求。回头我跟民警说一声，让他们解决好陈建国那边的事，你就不用再管了。”

萧肃“嗯”了一声，由衷地道：“今天谢谢你。”

荣锐一哂，浓眉轻轻一扬道：“别在心里骂我就行。”

萧肃莫名其妙。他又道：“今天在大厅，你的表情……我知道你生气了。”

这家伙是什么东西成精了吗？萧肃简直无语，自己一举一动、一个表情、一个念头仿佛都逃不过他的眼睛。

“我没生气。”萧肃无奈地说，感觉自己有点像在哄小孩，“我是担心你的身体，上次在机场，我问过你们那个孙处长，但他什么都不肯说。”

荣锐了然地点了点头，说：“他就那样，职业病，该说的、不该说的一概不说……我都好了，不用担心。”

“那就好。”

两个人默默站了一会儿，荣锐道：“下次再有这种事，先打电话给律师，明白吗？”

萧肃已经记住教训了，从善如流地点头。他扬了扬下巴，拧动把手发动摩托车道：“陈建国这种人，都是基层给惯出来的臭毛病，你有钱也不要给他，捐给慈善机构好了。”

萧肃想起自己在调解室里的时候也是一模一样的想法，忍俊不禁，他们俩倒是“抠”到一块儿了。

“走了，拜拜！”荣锐一个潇洒的漂移，摩托车划了个陡峭的弧度飞驰而去，衣裾带起的微风拂动湖边的桂花树，金黄色的花朵像星星般散落下来。萧肃伸手接住一朵小花，只觉清香沁人心脾，一整天的疲惫、沮丧和愤怒全部烟消云散，满心都雀跃着轻松和愉快。

“喂！”一声呼唤忽然从头顶传来，荣锐已经上了湖边的拱桥，又停了车，隔着桥栏问他，“你特别喜欢那只神兽吗？”

“啊？”萧肃一愣。

荣锐有点不耐烦地重复道：“我说，你是不是特别喜欢陈建国的神兽，特别想要？”

“啊？”萧肃心头一跳，忽然有种不祥的预感，连忙拨浪鼓似的摇头，“不不不，我随便说说的，我只是好奇……”

“不要算了！”荣锐嘀咕一句，并起两根手指在额前一挥舞，“走了哥！”

“路上小心！”萧肃目送他飞驰而去，挺拔的背影不一会儿便消失在了幽静的夜色里。

“这家伙。”萧肃嘟哝了一句，捏着一朵小黄花慢悠悠地往家里走去。走到门口他才想起来，他们连个联系方式都没有留。

哦，无所谓吧，对荣锐那样的人来说，留不留联系方式都是一样的吧。萧肃想，他连自己家住哪儿都清楚得很。

不知道荣锐是怎么“说服”王民警的，王民警又是怎么“说服”陈建国的，那晚之后再没有人因为“神兽”事件找过萧肃的麻烦。而萧肃，也因为开学季的到来陷入了空前的忙碌中。

靖川大学是一所综合性大学，生物系隶属地球环境学院，大概是因为很多无知少年都怀着“研究萌萌的小动物多有趣哦”这种不切实际的幻想，所以今年招到的新生格外多。萧肃不带班只代课，也被系领导临时调去协助迎新工作，连着两周忙得晕头转向。

学校离碧月湖有点远，萧肃每天早上不到七点就得开车出门。晚上偶尔开个会，回家都快十点了。方卉慈心疼他来回奔波，干脆在学校附近给他买了一套精装小复式公寓，好让他有个歇脚的地方。

周末全家给萧肃搬家，方卉慈指挥刘阿姨打包衣物，妹妹萧然难得没跟男朋友出去约会，也留在家里帮哥哥收拾杂物。

萧然今年二十一岁，在本市一所重点大学读商科，刚上大四，已经开始接手公司部分事务。萧肃对这个妹妹多少有点愧疚，按理说他这个当哥哥的应该撑起家业，让妹妹选择轻松的生活，但他注定承担不起这份责任。好在萧然完全复刻了老妈的性格，开朗大方，聪慧果断，对商业乐在其中。偶尔萧肃表现出一点儿歉疚，她还反过来教育他，什么男女平等，什么刻板印象，一套一套的。

“大王也要接过去吗？”萧然抱着装绿鬣蜥的玻璃缸心痛不已，“哥，大王又不喜欢你，你就把它留给我算了！”

“谁说它不喜欢我，它都爱死我了！”萧肃把大王抢过来放进车里，“它只是比较傲娇，喜欢玩虐恋情深的游戏而已，我们情比金坚好吗！”

萧然送他一个白眼，坐到副驾驶位，跷着脚叹道：“你以后就是有行宫的人了，好羡慕啊……哎你那个小区环境怎么样？丁天一最近要买房，我要不要让他也去看看？”

丁天一是萧然的男朋友，今年夏天他大学毕业。但萧肃记得他家家境很一般，他本人也正在创业期，迟疑道：“你们一起买的？你告诉妈没有？”

“干吗告诉妈啊，他自己买的，贷款，跟我没关系。”萧然笑嘻嘻地说，“我老早就跟他说，我一个女孩在家没什么分量，家里的一切都是哥哥你的。哈哈，所以他压根儿没好意思跟我提钱的事。”

“他连这也信，该不会是个傻子吧？”萧肃说，“你也是，谈恋爱不是应该真诚点吗？哪能骗人呢？”

“他老家特重男轻女，所以他还真信！”萧然说，“你不懂了，我这是未雨绸缪，给我们的恋爱关系定好基调。像我这种白富美一开始不能对男人太好，免得把他惯坏了。”

萧肃无奈地摇头，作为一个母胎单身狗，他实在没资格在这方面教育妹妹。

“哎，这是什么啊？”萧然在手套箱里翻到一个小瓶子，“毛？”

萧肃拿过来一看，蓦然想起这是自己在座椅上找到的“神兽”毛。这两周太忙，倒把它给忘了，一直都没有拿去做DNA鉴定。

“这个可珍贵着呢，千万不能丢。”萧肃将样品瓶放进口袋，唏嘘道，“一百五十万一只的神兽，这撮毛也值好几千块钱！”

萧然咋舌道：“一百五十万？哥，你老吐槽我买的包贵，我看你们搞生物的才是烧钱的大户啊！”

萧肃：并不是……

然而几个小时后，萧肃就开始后悔了——后悔没烧钱！

收拾完新居他去了一趟系里，请值班的师姐给那撮毛做了个鉴定，鉴定结果相当神奇，因为仪器连走了两遍，出来的结果都是——小鼠。

小鼠，也就是小白鼠，啮齿目、鼠科、鼠属，最常见的实验动物。萧肃拿着鉴定结果不相信自己的眼睛——怎么可能是小鼠呢？小鼠虽然有很多品系，但最大体重也不可能超过一百克。而陈建国的神兽比猫都大，保守估计也得有十几斤！

他又想起上次在系里的文献库模糊检索，检索出来的结果似乎也是小鼠。难道它真的是小鼠，只是因为某些原因变异了？鼠斯拉？

萧肃还想做个染色体分析，但师姐说样品太少，质量也不好，很难做出什么有价值的结果来，建议他提供一点血液或者组织切片。然而萧肃上哪儿去找神兽的组织切片啊，他敢上门去切神兽，陈建国还不把他给切了？

傍晚七点半，萧肃恹恹地坐在新居里发愁。如果那只神兽真的是某种特殊的变异鼠类，那一百五十万也值了。当初就应该跟陈建国把它买下来的。小鼠突变系很多，但能突变到花面狸那么大，脊椎还生出骨刺的，可以说前无古人……古鼠了，无论如何都应该好好研究一下。

做人不能太抠啊……萧肃后悔不已，心疼得连晚饭都没胃口吃了。一想到那么珍贵的变异鼠被关在三百块的淘宝猫笼里，吃不好也睡不好，每天还被无数“居士”参观，他就恨不得捶胸顿足。

小鼠的生存能力本就差，这么折腾不会死了吧？半个月前陈建国就说它病了来着……萧肃再也坐不住了，拿起手机拨打吴星宇的电话：“老吴，你现在赶快给陈大师打电话，说你要买那只神兽，一百五十万就一百五十万……不不，你还是尽你所能地砍砍价吧，便宜一点是一点。”

吴星宇叹气：“唉，这个事儿啊，现在有点难办。”

“啊？”萧肃心头升起一丝不祥的预感。

“你在家吗？要不我现在去你家找你吧，电话里说不清。”

萧肃很少见他说话用这么严重的语气，忙把新居的定位发给他。吴星宇十分钟就赶到了。

“我×，这么大房子你一个人住？”吴星宇进门以后先是一顿感叹，“太奢侈了，你们这些有钱人太可恨了！”

新居分上下两层，统共两百平方米不到，一层是客厅、厨房和吧台，二层是开放式卧室，带一个巨大的星光浴室。吴星宇上上下下看了一遍，总结陈词：“你这地方太适合鬼混了，可惜你是单身狗，浪费啊浪费！”

“说不定我哪天想开了也找个人鬼混呢。”萧肃从冰箱里拿了一罐可乐丢给他，“到底什么事啊，说得跟有什么难言之隐似的。”

吴星宇灌了一口可乐，叹道：“还真有难言之隐……”他从公文包里拿出一个文件夹递给他，“按理说我应该明天通过EMS把这玩意儿寄给你的，但既然你问了，我就提前拿给你看了。对不起了兄弟，你看完先别骂我，听我慢慢解释。”

萧肃打开文件夹一看，乐了，竟然是一份律师函！二道桥村村民陈建国委托驻村律师吴星宇致函靖川大学老师萧肃，因其盗窃私人物品，导致价值三百万的贵重宠物病逝……

病逝？！萧肃笑着笑着愣了，失声道：“神兽死了？！”

“啊？”吴星宇见他脸色大变，还以为他生气了，忙解释道，“是这样的，司法局不是要求我们律所对下面的村镇进行帮扶吗？我们所就把我挂到二道桥村去当驻村律师了。陈建国认为那天晚上偷神兽的是你，现在神兽死了，他就找我们律所帮忙给你发函，让你给他赔款。我一看这不是撞枪口上了吗，就赶紧把这个活儿揽下来了！”

萧肃还在悲痛中呆滞，吴星宇又絮絮地道：“兄弟你别着急，我研究过了，他们基本没有靠谱的证据，就几个目击者，微博记录……最大的证据是你两周前在平桥镇警察局做的笔录，但那也只能证明你接触过神兽而已。反正你别怕，这事儿于情于理责任都不在你，我会想办法帮你们调解的。”

顿了一下，他想起刚刚的电话：“对了，你刚在电话里说啥？你想买神兽？”

萧肃郑重地点头，“啪”的一声拍在吴星宇肩上：“老吴，你去跟他们说，只要他们把神兽的尸体给我，我愿意给他们赔钱。当然，三百万是不可能的，毕竟都已经死了。”想了想，又道，“你让他把神兽的嘴掰开对着风吹几天，看能不能复活？神话传说不是这么编的吗？玄学这种事有时候也说不准。”

吴星宇打了个哆嗦，伸手摸他的额头：“萧肃你没发烧吧？怎么净说胡话呢？”

萧肃挥开他的手道：“这样吧，你跟他们说，想让我赔偿的话一定要保护好神兽的尸体，最好租个冰棺搁里头，千万别放臭了。另外，你最好把神兽的来路帮我搞清楚——赔偿得有发票或者收据什么的作为依据对吧？他到底跟谁买的，卖家联系方式是什么，当时花了多少钱，全给我弄清楚！”

吴星宇：“呃……”

萧肃已经迫不及待地想成为冤大头，抓着他的肩膀猛摇：“老吴，全靠你了，给我谈个好价钱，最好二折，如果超过三折就要求分期付款，明白吗？”

吴星宇对萧肃“打折”的要求嗤之以鼻，不过也实事求是地认为陈建国要三百万太扯淡了——这么大一笔金额，萧肃完全可以上法院起诉陈建国敲诈。以他家律师团的功力，哪怕不玩真的，也够这位大师喝一壶的。所以临走的时候吴星宇信誓旦旦地保证，在五十万内把神兽的尸体给萧肃谈下来。

讲真的，就算五十万买一只死神兽，他也觉得是吃饱了撑的。不过有钱人嘛，谁知道喜欢怎么玩。

送走吴星宇，萧肃热了一碗刘阿姨给他备的八宝粥，咬着肉包子翻微博。十来天没上线，后台堆满了各种提示，有陈建国的粉丝来劝他“皈依”的，有他的粉丝组团群嘲陈建国的，不过最多的还是看热闹的，大家纷纷询问他的百日挑战是不是糊了，最后一篇科普长微博为什么到现在还没发出来。

萧肃差点忘了还有百日挑战这档子事，忙发了一条微博说自己正在做相关研究，过些日子一定会把最后一篇科普发上来。想了想，他又打开陈建国的神兽视频，截几个不同角度的图，发了一个九宫格微博，请广大粉丝问一下亲友是否见过类似的动物。怕自己热度不够，他专门买了个粉丝头条，还追加了一箱卫龙辣条作为抽奖。

总之，他为了科学也算是大放血了。

抽奖刚发出去没多久，后台便显示有私信——

“猪精佩奇：老师，你还没放弃神兽的事啊？我得告诉你一个坏消息，神兽它已经死了。”

“农夫：我也是刚刚得到的消息，你也知道了？你知道它是怎么死的吗？”

“猪精佩奇：听说陈大师前一阵惹上了什么事，被上面的人查了。他的徒弟不大会照顾神兽，不小心把它给养死了！嘤嘤嘤……神兽好可怜哦。”

“农夫：他惹上了什么事？被什么人查了？”

“猪精佩奇：好像是宣传封建迷信吧，具体我也不知道啦，反正据说是闹出人命了，惊动了上面的大人物，专门派了‘御史’下来查呢。”

什么御史？萧肃对这姑娘的措辞也是服了，脑海中莫名闪过荣锐的身影，又闪过那天在“刑侦一科”门口看见的尸体照片，心中一动——荣锐和那个孙处长不会就是所谓的“御史”吧？

“农夫：什么人命啊？是他们村里发生什么凶杀案了吗？”

“猪精佩奇：我不知道哦，家里人最近不让我去二道桥村，据说消息已经被封锁了……不过老师，如果你想知道的话，我可以去帮你看一下。”

萧肃脑壳一阵发麻，生怕她再心血来潮跑去殡仪馆或者警察局给自己搞直播，连忙道：“不不不，我就是随便问问。你千万别去，凶杀现场可不是闹着玩的，被警察抓住要拘留的，而且万一凶手还在附近那多危险啊！”

“猪精佩奇”还想努力争取一下，萧肃费尽九牛二虎之力把她给劝了回去，大冷天的惊出一身汗。他在巨大的星光浴室里一边泡澡一边想，这件事他如果直接问荣锐，不知道那个家伙会不会告诉他。

不过想也白想，他连人家的微信号都不知道。

迎新过后，教学工作渐渐步入正轨，萧肃也闲了下来，代课之余十分惦记吴星宇……惦记他什么时候把神兽给自己弄回来。谁知足足等了三天也没等到律所的反馈，第四天，萧肃忍不住打电话给吴星宇："你到底还帮不帮我和陈建国调解了？有你这么当律师的吗？你可不能因为驻村律师不收钱就消极怠工啊！"

吴星宇哭笑不得："你是不是疯了啊，一只神兽，还是死的，就把你着急成这样……嗐！这件事快不了，陈建国摊上事了，估计短期内没工夫管你讹钱。"

萧肃一下子想起"猪精佩奇"的话，连忙问："他出什么事了？"

"电话里说不清，我还是去你那儿吧。"

正好是晚饭时间，萧肃索性去食堂打包了两份盒饭。吴星宇一进门就看见豪华大理石吧台上摆着四个塑料饭盒，咋舌道："你也太抠了吧？说请我吃晚饭，就买了两份盒饭？"

"还有刘阿姨卤的牛舌。"萧肃运用自己鬼斧神工般的刀法把牛舌切成了片、块、坨，最后自己也受不了了，"算了不切了，一个人一块咬着吃吧。"

于是俩人各自用筷子插着一大块牛舌就着盒饭吃，萧肃给吴星宇开了一罐啤酒："快给我说说，陈建国到底出什么事了？"

吴星宇嚼着牛舌瞥他一眼，神神秘秘地说："说起这件事，也是神了，我到现在都觉得后脊背发凉！"

萧肃恨不得踹他："卖什么关子，你倒是说啊！"

吴星宇灌了一口啤酒，压低声音问萧肃："你听说过配阴婚吗？"

萧肃一愣，不由自主地打了个哆嗦："什么叫阴婚？"

"就是让两个死人结婚。"吴星宇戳了戳萧肃的手机，通过智能APP将吊灯调成昏黄的暗色，然后用国产恐怖片标配CV（Character Voice，角色声音）旁白的语气慢慢地叙述。

配阴婚，也叫冥婚，新中国成立以前很多地方有这样的习俗，没来得及娶亲就死去的年轻人，是不能进祖坟的，而家里人为了能够让他们认祖归宗，享受后嗣的香火，就会找风水先生来给他们配阴婚。风水先生会根据死者的生辰八字为他们寻找合适的“对象”——当然，这个对象必须也得是死的——然后让两家的家长过门户帖、请“鬼媒人”合婚，最后举行一个仪式，将两名死者作为夫妻合葬在一起。

“你看过鬼片吗？”吴星宇压低嗓音问萧肃，一张帅脸在昏黄的灯光下泛着阴森的青光，“《京城 81 号》，讲的就是一个大户人家给一个妓女赎身，为家里的二少爷办冥婚的故事，可吓人呢！”

萧肃忍无可忍地调亮了灯光，斥道：“好好说话！”他到底忍不住好奇，在豆瓣上搜了一下，嘲讽道：“4.8 分的恐怖片你也看，你什么欣赏水平啊！”

吴星宇恼羞成怒道：“就许你看那些分数奇高的文艺片？老子就这么低俗怎么了？！”

萧肃见他恼了，连忙顺毛摸了摸，道：“行行，你说得都对……那冥婚跟陈建国又有什么关系呢？”

“陈建国这厮，上个月给他们村一户人家办了个冥婚！”吴星宇再次调低灯光，用旁白音娓娓道来——话说上个月某天，二道桥村一名二十七岁的未婚男青年因为酗酒过量，晚上骑电动车一头栽到了鱼塘里，在水里泡了整整一宿，早上捞起来完全没气了。这家人哭天抢地，临到办葬礼的时候才想起来自家儿子还没结婚，算是个孤魂，当下便请来了陈建国大师，让他帮忙给配一桩阴婚。陈建国不愧是网络红人，那叫一个神通广大，当天就通过 × 宝给他们找了一个合适的婚配对象。

“× 宝？”萧肃听得匪夷所思，“× 宝还有卖鬼老婆的？”话说鬼老婆算什么？殡葬用品吗？现在殡葬用品也能开网店了？

“那我就不知道了，也有可能是 × 鱼吧，或者微商？”吴星宇有点不确定地说，“你不知道，微商界卧虎藏龙，什么原味内裤都是小意思，古曼童僵尸道长应有尽有……”

萧肃赶紧把他拉回来：“大哥你还是接着说陈建国吧！”

“哦对，陈建国。”吴星宇灌下最后半罐啤酒，道，“陈建国这不是帮他们找了个配阴婚的鬼儿媳妇吗？因为看好的日子还没到，就搁在冰棺里头放着，谁知他家那个插座是坏的，冰棺连着一个礼拜没通电！”

萧肃只觉得一阵反胃，二十多天前正好是秋老虎过境，靖川市最高气温得有摄氏三十七八度，这么热的天冰棺没通电，那气味……

“难道没人闻到什么异味吗？”

“怪就怪在这里！”吴星宇卖了个关子道，“直到合婚那天打开冰棺，大家才发现没通电……但是！但是那具女尸居然没有腐烂，还栩栩如生，就跟睡着了一样！”

“啊？”萧肃打了个冷战，脑海中已经自动响起惊悚片背景音乐，“怎……怎么可能？”

吴星宇自己也有点儿吓着了，跟着打了个冷战：“具体我没见，我也不清楚。据陈建国的徒弟说，当时他们都吓坏了，因为那个女尸非但没有腐烂，头发还长了一点儿，指甲也……哎呀我的妈呀，我不想说了，太可怕了……兄弟今晚我能住你家吗？外面太黑了我不敢出去了！”

萧肃哭笑不得，点了点头。吴星宇摸着胸口继续道：“反正这件事太怪了，当时那家人觉得不对劲，怕这具尸体有什么蹊跷，就把仪式给停了，第二天直接报了警。”

萧肃又想起那天自己在刑侦一科看见的照片，照片上的死尸就是个女的，长头发，很年轻。当时他还感叹过，为什么尸体都解剖了，脸看起来还栩栩如生……难不成那就是吴星宇所说的“鬼儿媳”？荣锐和孙处长就是为了这件事来的？

“那后来呢？”萧肃追问道，“警察是怎么处理的？你说陈建国摊上事了，就是这件事？”

“配阴婚这种事，警察才懒得管呢，乡下地方，只要两家谈妥了就随便折腾去呗。”吴星宇牛舌也吃不下了，自己拿了一罐啤酒继续喝，“事情就出在这个鬼媳妇身上——这具女尸是陈建国弄来的，现在死而不腐，结亲的‘婆家’怕有什么蹊跷，不敢给儿子合婚了，就想把她还给陈建国。可陈建国又不傻，怎么肯让他们把尸体送自己家去？两边人大闹了一场，最后‘婆家’干脆把‘儿媳妇’送到警察局了。”

萧肃光脑补了一下当时的场面，就觉得酸爽无比。吴星宇“啧啧”两声，接着道：“警察真是招谁惹谁了，为了建设美丽新农村，连刑警队长周末都亲自带队去公园捡烟头。没想到马上要检查了，却弄出一具没名没姓的女尸来！所长一看这还得了，赶紧找到家里人给拉回去安葬呗。一问，说是陈建国给联系的，当场就把陈建国叫去了。”

“你不是说在 × 宝买的吗？”萧肃听到这里不知道为什么不怕了，还有点想笑，“直接申请售后，退货退款啊！话说鬼媳妇儿有七天质保吗？陈建国买运费险了没有？”

“他大概是上 × 鱼买的吧，所以没有售后。”吴星宇吐槽了一句，又继续道，“具体我也不清楚，反正卖家是联系不上了，手机和银行卡绑定的身份证都是非法套用的——想也想得到，这种事就是在违法的边缘试探，人家货物出手肯定要避一阵子——总之这具女尸就这么砸警察手里了。所长糟心得不行，只能上报市局，在全国范围内寻找家属。”

“找到没有？”

“还真找到了。”吴星宇说，“就在陈建国委托我给你发律师函之后的两天，市局通过技术手段确定了这个女尸的身份。前天下午家属赶到平桥镇警察局，现在正在和陈建国撕呢——所以我说你这件事急不来了，陈建国现在才没工夫讹你呢。”想起萧肃对神兽的狂热的执着，他又安慰道：“不过你放心，我已经让他徒弟把神兽的尸体安置妥了，我亲自拿电笔试了插座，这回冰柜绝对有电。”

“谢谢你了！”萧肃诚恳地拍肩，不过现在已经不太在意神兽的事了，反而对鬼媳妇案件十分关心，“那具女尸到底是什么人？”

“是一个十八线女演员……连演员都算不上，就是网红吧，在几部网剧里跑过龙套。”吴星宇说，“据家属说，这姑娘十几岁就因为直播耳骚（‘自发性知觉经络反应’的别名）红了，后来直接退学混起了网红圈，当过唱见（唱见是一个外来词，也叫歌见，唱见歌手是指在视频网站投稿翻唱作品的业余歌手）演过网剧，还开过网店。后来年纪渐渐大了，三十好几也没混出个名堂，又不甘心退圈，被家里人说了几次干脆离家出走。刚开始她还和姐姐有联系，最近几个月干脆彻底失联，家里人也不知道她在哪儿，在干什么。”

“三十岁也不大啊！”萧肃说，“你都快三十了还在上学呢。”

“网红圈你不懂。”吴星宇说，“十八岁就是老大姐了，二十五岁以上就是老阿姨，三十岁都该退休了——你当是你们学术圈呢，四十五岁还评青年科学家。”

萧肃十分庆幸自己待在一个对老年人如此宽容的圈子里，否则他现在已经是老大叔了。

“那这个网红是怎么死的？”萧肃问吴星宇，“不会是谋杀吧？”

“市局的法医鉴定是病逝，好像是心脏还是呼吸系统出了问题，抢救不及时导致死亡。”吴星宇说，“不过家属不认可，已经申请高一级的司法鉴定了，还说要告陈建国——这不，陈建国又跟我们律所申请法律援助了，还是我给他代理。”

萧肃感叹道：“你们俩还挺有缘分的……”

吴星宇奓毛了，惊恐地道：“这个 CP 我不吃！”

萧肃大笑，笑完了问他：“除了平桥镇警察局和靖川市局，还有其他人插手这件案子吗？”

“好像是有。”吴星宇道，“我昨天去跟陈建国签委托书，听他们说了一句，上面一个什么巨牛的单位派了两个调查员下来，不过具体查什么谁也不知道，据说是绝密的。”

萧肃猜测这两个人就荣锐和他上司孙处长了，难道这个网红的死还涉及什么国家机密？

没想到自己一时无聊搞个百日博物挑战，居然扯进了凶杀案里，现在还牵连到了国家机密……萧肃越想越兴奋，晚上躺在床上翻来覆去睡不着，又想起五个月前和荣锐在东非的那场奇遇。

他到底是什么人？属于什么单位？为什么年纪轻轻就被派遣到境外执行如此凶险的任务？网红之死会不会也和那个任务有关？

正胡思乱想，就见吴星宇裹着被子从楼梯口探出头来：“萧肃你睡了没？你害不害怕？我给你做伴好不好？”

萧肃被他气笑，没办法，往大床的一侧挪了挪：“过来吧。”

“沙发太小了我睡不下，还是和你挤挤吧。”吴星宇屁颠屁颠地跑过来，不好意思地说，“其实我也有点儿害怕，想想阴婚啊，女尸啊什么的，感觉凉飕飕的。”

“行了别说了！”萧肃赶紧阻止了他，把床下的夜灯稍微调亮了一点，顺手打开手机APP，打算在喜马拉雅FM上找相声驱驱邪气。

“为啥要听相声？”吴星宇嗤之以鼻，“两个大男人半夜躺在床上听郭德纲的相声，不是有病吗？”

萧肃无语了，吴星宇直接抢过他的手机下了个直播APP，一边挑房间一边说：“要看也该看直播啊！哇，好多大美女……还有女装大佬……哎，还有耳骚！”

萧肃记得他说那个网红女尸生前就是做耳骚的，好奇地问：“什么是耳骚？”

“我也不懂，听一下就知道了。”

萧肃傻乎乎地听了三分钟，面红耳赤：“什么鬼？”

直播画面上，一个穿着女仆装的主播正在揉搓一个奇怪的小工具，不知道为什么发出的声音居然和某种不可言说的大和谐一样！大概是怕观众不过瘾，主播不时还会发出模糊的哼唧声，配合小工具的声效，效果那是相当真实！

萧肃虽然是母胎单身，比较禁欲，但毕竟是个正常男人，听着听着就脸红了，躲瘟疫似的往旁边闪了闪，道："关了吧，这也太神经病了！"两个大男人半夜躺在床上听色情耳骚，比听相声还变态好吗！

吴星宇也察觉局面有点诡异，喃喃道："我一直好奇什么是耳骚，今天才……看直播真爽啊，简直像是逛窑子！"

萧肃："……"

两个大男人在暧昧的耳骚直播声中面面相觑，场面一度十分尴尬。幸好系统提示及时响起，拯救了他们的节操。萧肃迅速抢过手机，切换到系统，只见桌面上不知何时自动安装了一个叫"UMBRA"的APP，并显示APP里有一条提示。

萧肃打开提示，一个陌生的界面出现在手机屏幕上，和微信有点像，但风格更简洁。一侧的好友列表里有两个头像，一个是头上套着纸袋子的猫，叫荣锐，一个是戴眼镜的柯基犬，叫萧肃。

"纸袋子猫"闪了两下，荣锐发来消息："不是说不想要神兽吗？"

"眼镜柯基：啊？！这是什么软件？为什么会出现在我的手机上？！"

"纸袋子猫：从师兄那儿拷的通讯APP，安全性比较高……你还没说神兽的事，我上次问你你不是说不想要吗？昨天他们又说你打算花钱买了？"

萧肃还在震惊中，满脑子都是"我手机被黑了这个家伙简直无法无天"。

荣锐等不到他的回答，又闪了一下："那你到底要不要啊？"

萧肃自己生了半天气，不知为何又全消了，回道："本来没打算要，现在发现它比较特殊，所以想买下来做一些实验。”

荣锐：“哦……”

萧肃看着省略号，忍不住笑了，几乎能脑补出他傲娇的帅脸。荣锐问完了却不细说，只发了个链接给他。萧肃点开一看，是平桥镇警察局的官方微博，于是顺手关注了。

荣锐：“别理那个吴律师了，弱鸡一个，等我消息。”

萧肃：“你知道他？”

荣锐：“驻村律师，菜鸡，字写得那么丑……早点睡，不要再看不健康的东西了，晚安！”

什么叫“看不健康的东西”？萧肃莫名其妙，还想再问他几句，UMBRA 已经自动关闭，在桌面上消失了。

萧肃看着手机，怀疑自己刚才出现幻觉了。吴星宇见他脸色不对，凑过来问：“谁啊？你怎么了？脸色怎么这么难看？”

萧肃深呼吸：“没事，睡吧。”

手指一抖无意间又点开了刚才的直播 APP，惊奇地发现播色情耳骚的那个主播已经被查封了，粉丝作鸟兽散，房间首页贴着网警蓝底白字的违规直播查处通告。

“我 ×！”萧肃猛地打了个冷战，不知为何忽然有一种被警察扫黄殃及池鱼的恐惧感。

“幽灵对话”事件过后，萧肃一直关注着平桥镇警察局的官方微博，好奇荣锐会做些什么。两天后的周五，傍晚时分他正准备回碧月湖的家，忽然发现这个微博发布了一条十分有趣的动态——“移风易俗，文明乡村”。

报道说的是平桥镇二道桥村一户农家勇敢破除旧风俗，将溺亡的儿子由传统土葬改为火葬，并取消了农村常见的大型葬礼，不摆酒也不收礼，为响应国家“建设文明乡村”的号召做出了榜样，平桥镇警察局和靖川市局都对他们表示了赞赏。

别人看不懂，萧肃看懂了。因为这户人家正是吴星宇提到的“冥婚案”里的“婆家”。很明显，能想到给溺亡儿子配阴婚的人家，是不可能有“移风易俗”这么高的思想觉悟的，之所以忽然“响应国家号召”，恐怕是被“亲家”闹怕了，迫不得已速战速决，把溺亡儿子火葬了拉倒。

萧肃感叹基层工作不易，王民警他们除了捡烟头、抓猪崽，还要解决丧葬问题，实在是辛苦。他手指一滑点到转发，立刻被最上面的热门提醒吸引了视线——这个头像为什么这么熟悉？

一个头上套着牛皮纸袋的猫，和荣锐在 UMBRA 上的头像一模一样。萧肃点开转发人，被对方一千二百万的粉丝震惊了。这个人的 ID 叫“小警盾”，蓝 V 认证是“刑事侦查局对外宣传微博，官方普法小萌物”。

现在的官微是越来越神奇了，继各大军种以及战忽局之后，刑事侦查局也开始打造官方网红了吗？

等等，这个 ID 不会是荣锐在运作吧？萧肃点开“小警盾”的主页，只见头部背景是一个 Q 版小警察，穿着萌萌的制服，戴着警帽，手里举着一个发光的金色盾牌，一脸傲娇的表情。可笑的是还用了头像挂件，纸袋子猫偏偏顶着一块狗骨头。

一定是荣锐无疑。虽然这小子表面看起来又冷酷又决绝，但萧肃总觉得他心里住着一只没长大的起司猫，又奶又皮。

刷了刷他的微博，倒是很正常，大多数都是转发各地警方的动态和公告，偶尔发一些原创的普法小段子，语言简洁生动，诙谐幽默又不失警方官微的庄重感，尺度把握得非常好，怪不得圈了这么多粉丝。萧肃点了关注，又换成悄悄关注，再换成特别关注，这才放下手机专心开车，往碧月湖驶去。

第二天是周六，晚上萧然要带男朋友上门见家长，这也是萧肃必须在这周回家的原因。

萧然复刻了老妈方卉慈的性格，也复刻了她颜控的属性，所以男朋友丁天一长得特别漂亮，而且是那种毫无争议的直白的漂亮。萧肃对一切漂亮的男人，包括他自己，都怀有莫名的成见，因此对这个准妹夫一直不大感冒。不过他们家属于特别民主的那种，所以他从没公开发表过反对意见。

当然，以萧然的性格，他反对也没用。

这是萧然第一次带男朋友回家，萧肃非常重视，专门换了偏正装的衬衫和西裤，看上去比平时要成熟几分。丁天一比他小三岁，但从大二就开始和同学在外面创业，待人接物颇为老成得体，看上去倒像是他的同龄人。

在餐桌吃饭大家主要是交换家庭背景等情报。丁天一家境普通，但他极聪明，肯吃苦，一路上到重点大学，成绩始终名列前茅。他在大学期间和同学注册的小公司财报亮眼，被一家颇有名气的电商收购，他本人也进了管理层，算是个小金领。这也是方卉慈和萧肃都比较满意的一点，萧然将来要继承家业，一个女孩到底辛苦，有个精明强干的对象能稍微轻松一些。

饭后萧肃陪丁天一在花园里边散步边抽烟。丁天一抽烟的样子挺老练，看得出是老烟枪了。萧肃也能理解，创业是很辛苦的事情，二十出头的男孩，在社会上一定吃过不少苦。

“听然然说你们在做一个养生项目？”萧肃问他，“前景怎么样？”

“还可以吧，我们是做女性养护的，私人订制护肤品、美容水疗、针灸刮痧……”丁天一解释道，“主要以工作室的形式，线上线下一起推进。”

萧肃想了想，似乎就是美容院整合了电商，形式倒是挺新颖的，和自己家的主营业务也搭点儿边，便道：“美容养生的话，我妈那里有一块也在做，如果需要什么信息资源，你可以跟然然提一下。”

“哦，是吗？”丁天一有些意外，“然然从没说过她家里也有这一块业务。”

萧肃想起妹妹给她自己立的傻白甜人设，也是十分无奈，只好描补道：“她毕竟还在上学，知道的不多。”

“也是，她总是傻傻的，无忧无虑，对什么都不关心。”丁天一微笑着说，“她老跟我说，家里有哥哥就好，她只管当个小仙女。”

萧肃不知该怎么回答，只能尴尬地沉默。丁天一抽完一支烟，问他：“大哥，你为什么不学商科，反而学了生物，还留校当老师呢？将来家里要做生物或者制药之类的生意吗？”

他这声“大哥”叫得很顺，萧肃也不好反驳，便略过道：“只是个人爱好，没想那么多。”

丁天一误会了他的回避，以为涉及什么商业机密，脸色有点讪讪的，但很快便恢复自然，感叹道：“我只是觉得伯母一个人管那么大间公司，怪辛苦的。”

“还好，她习惯了乾纲独断，反而不喜欢别人指手画脚。”萧肃说，“将来然然毕业了，应该能给她搭把手。”

“然然啊？那你可得好好劝劝她了。”丁天一笑着摇头，“我暑假请她帮我审一个企划，她都叫头疼……她和伯母可真是一点都不像。”

萧肃彻底没法跟他往下聊了，只能默默扶额。

送走丁天一，萧肃在客厅叫住萧然，把他和丁天一的对话大致说了一遍，劝她道：“然然，哥没有恋爱经验，但我想恋爱和交朋友是一样的，贵在坦诚。如果两个人不真实、不信任，那这份感情注定长久不了。”

萧然愣怔了一下，笑道：“你是说我们是塑料爱情呗？”

萧肃叹气，萧然拍着他的肩膀说：“哥，你说的只是理想中的爱情，真实的爱情不是这样的。它和友情一样，需要博弈，需要取舍，需要试探。你太理想化了，我有时候想，也许你也应该谈一场恋爱，不要管那么多……”

萧肃揉揉她的头发，淡淡地道：“闭嘴。”

“好心当成驴肝肺！”萧然挥开他的手，“懒得理你！我去洗澡睡觉了！”

萧肃目送她蹦蹦跳跳地上楼，转身回到自己房间，躺在窗前的摇椅上出神。窗外月光皎洁，微风送来清爽的桂花香气。爱情对他来说就像这香气，虚无缥缈，注定只能欣赏，不能拥有……

手机振动，萧肃回过神来，从裤兜里摸出来一看，发现是有人在微博上提醒他，平桥镇警察局又发布了移风易俗的新动态——“新农村、新风貌、新视野”。这次的内容可以说是相当惊悚，知名网红风水师陈建国忽然皈依科学，决定不再从事任何迷信活动，并将供奉在家中的上古先天神兽“风生兽”无偿捐献给学术机构或个人！

当事人陈建国大师第一时间在自己三百六十二万粉丝的微博大号上转发了这条微博。

什么情况？

风水大师捐了神兽，那不等于千年狐妖捐了尾巴吗？粉丝们炸了锅，纷纷询问大师是不是被盗号了，还是被什么脏东西夺了舍。就在这时，著名警界网红“小警盾”转发了陈建国的微博转发，并点名了只有三万粉丝的非知名博物博主——农夫。

萧肃看着自己微博界面上疯狂上涨的粉丝数，点开“小警盾”的微博，发现对方已经和自己互相关注了。

这是要火的节奏啊……萧肃终于明白他那天为什么一再跟自己确定“要不要”神兽了，也明白他为什么那么鄙视吴星宇了。敢情他一出手，陈建国连钱都不要了，直接捐了，足足省了三百万。

三百万啊！！

周日上午，萧肃正式接到了平桥镇警察局的电话，请他去接收陈建国大师捐献的“神兽”尸体。

电话是王民警打来的，萧肃特意问了一下为什么陈建国指名要捐赠给他。王民警说：“陈大师最近遇到了一些……变故，所以大彻大悟了吧，打算把神兽捐出去。你不是之前对这玩意儿比较感兴趣吗？他说与其送给不相干的人，不如送给你，也算是不打不相识、握手言和吧。”顿了顿，他大概也觉得自己这话毫无逻辑，又补充道，“你们不都是微博大V吗？现在国家提倡和谐二次元，陈大师也是响应国家号召嘛。”

萧肃听得想笑，陈大师的人设转折得这么生硬，看来“配阴婚”案给他的打击不小。当然，“小警盾”先生功不可没啊！

萧肃先跟系里报备了一下，然后开车去平桥镇警察局接神兽。大周末的，警察局也没什么人，除了王民警就只有一个值班的女警。萧肃说明自己是替系里接受捐献的，毕竟他个人没有研究条件。王民警很高兴，说：“那能以你们系里的名义给我们写封感谢信吗？我们正在开展移风易俗活动，好给下面的乡村做个正面宣传。”

萧肃想起上回调解的时候，他似乎对锦旗有着很深的执念，于是特别大方地说：“没问题！”

王民警表示很开心，拿了表格给他填，说：“昨天陈大师已经把神兽送来了，搁在上面办公室里，你在这里等一下，我去给你拿过来。”

萧肃坐在接警台边等了五分钟，没等到王民警，却等到了“小警盾”先生。荣锐仍旧穿着便衣，戴着警方的胸牌，但并没有配枪，臂弯里搭着一件风衣，正是萧肃上次穿过的那件。他从楼梯上走下来，身材挺拔，双腿修长，脚步带着他特有的轻盈矫健。萧肃仰望着他，恍惚间意识到这是他们第一次在白天相遇，荣锐年轻的面庞在阳光下神采奕奕，充满年轻张扬的荷尔蒙。

他在萧肃面前站定，将手中的银色箱子递过来：“老王让我给你的。”

“谢谢。”萧肃伸手去接，他忽然又收了回去，道：“走吧，我送你。”

萧肃回过神来，料想他周末要加班，便道：“我今天开车来的，不用麻烦你送了。”

“哦。”荣锐歪了歪头，嘴角不着痕迹地一勾，露出萧肃熟悉的有点酷还有点皮的淡笑，“那你送我吧，我要去一趟机场……麻烦吗？”

“不麻烦。”萧肃对他这神出鬼没的操作也是没脾气了。

两个人出了警察局，萧肃仍旧开着他那辆Mini Cooper S。荣锐腿长，坐在副驾驶座上有点挤，萧肃俯身给他调座位，看到他的胸牌上写着“刑事侦查局特别行动处”。

“我还以为你是搞宣传的呢。”萧肃发动车子道，“昨天点名我的‘小警盾’就是你吧？”

“兼职的。”荣锐摘了胸牌放进口袋里，道，“休养期被拎去坐冷板凳，每天发微博，和粉丝互动……唉，好无聊，没想到圈出上千万的粉丝，等调回行动组的时候就甩不掉了——领导怕换了人会掉粉，干脆让我继续兼职。”

他平平淡淡的语气，还带着点儿无奈，但萧肃分明听出了嘚瑟的意味，用眼角的余光瞥了他一下。只见他懒懒地靠在椅背上，嘴角上扬，一副别致的中二模样，却一点都不讨人厌，反而怪帅气的。

萧肃摇头淡笑，总算抓住了他话里的一点信息：“一千万粉也不好攒吧？休养了多久？”

荣锐一愣，大概是没想到他会这样问，含糊道：“几个月吧。”

“几个月……”萧肃无奈地道，“那回你到底伤成什么样？”

“都是皮外伤。”荣锐一副不愿多提的语气。萧肃无意中扫过他的侧颊，却看见他左耳耳垂上夹着一枚耳钉，黑色，指甲盖大小，上端连着一根透明的线，延伸进耳孔里。

这显然不是普通的耳钉，萧肃问："你耳朵上戴的是什么？"

荣锐微微蹙眉，顿了一下才道："助听器。"沉默了一会儿，他又解释道，"那次头部受了点伤，淤血没有清理干净，左耳听觉受损。"

"啊？！"萧肃大吃一惊，心中倏然浮起一丝心疼。那次分手之前他的耳朵明明还好好的，只有肋下一处伤，没想到……

"其实那次多亏遇到了你。"荣锐不着痕迹地振作了一下，岔开话题道，"不然我的任务八成要失败了。嗯，我说过回国以后要请你喝酒的，等忙完这一阵吧。"

萧肃摇摇头表示无所谓，忍不住问道："他们……那两个假装政府军的到底是什么人？不是当地的反动武装分子吧？"

荣锐犹豫了两秒，最终还是回答了他的问题："山猫，顶级雇佣兵团，行动前我们也没料到会遇上他们……哥，对不起，这件事我不能多谈。"

萧肃忙道："那我就不问了，别害你违反纪律……对了，神兽的事还要谢谢你，你是怎么说服陈建国把神兽捐出来的？"

荣锐"嗯"了一声，道："是民警老王说服他的。冥婚女尸那件案子的性质太恶劣了，平桥镇不可能再放纵他做这种骇人听闻的事情，必须取缔一切迷信活动。我只不过是站在宣传的角度提了一点建议而已。"

提起冥婚女尸，萧肃好奇地问："听吴星宇说那个配阴婚的'鬼媳'有点问题，死而不腐，到底是怎么一回事？"

"暂时还不知道。"荣锐道，"家属已经同意进一步尸检，等局里的法医官做完详细解剖以后，大概就知道了……我今天去机场就是去接法医官的。"

"哦。"萧肃恍然大悟，由衷地道，"神兽的事太谢谢你了，吴星宇差点忽悠我花钱去买。”

“花什么钱？”荣锐嗤笑道，“你不是要写感谢信吗？顺便给陈建国复印一份就好了。”

萧肃特别慷慨地说：“我还打算加送锦旗呢。”

荣锐“哦”了一声，说：“那你给陈建国也送一面吧，× 宝两件包邮的那种，让老王转交就行。”

两个人对视一眼，同时露出默契的奸笑。

不知不觉间已经到机场了，萧肃将荣锐送到航站楼，离开的时候从倒视镜里看到他走向一个金发及腰、身材极为高挑的女郎。

这位法医官目测都快一米九了，比荣锐还要高上两寸的样子，看得萧肃惊悚不已——现在的姑娘怎么都开始瞎长了，简直是不给男人活路啊！

周一清晨，萧肃将神兽的尸体带到系里的实验室。托吴星宇的福，陈建国的徒弟把它保存得非常好，没有任何腐烂变质的迹象，皮毛甚至还是软软的。上完课，萧肃给尸体做了简单的解剖，取了血液、皮肤、骨骼等样品送去给主管仪器的师姐做分析。等结果的时间里，他去超市买了两张大红色的纸，用毛笔特别有诚意地写了两封感谢信，之后又在 × 宝定制了两面红丝绒锦旗，绣上“移风易俗、功在千秋”八个大字，给平桥镇警察局寄了过去。

萧肃觉得民警老王收到以后一定会特别开心，就是不知道陈大师有何感想，想想还有点小期待呢！

师姐的工作颇为仔细，第二天上完一节大课，萧肃去实验室的时候发现她眼圈发黑，眼睛里布满红血丝，不禁吓了一跳：“师姐，你昨晚没睡吗？怎么这么憔悴？”

“还不是因为你的样品！”师姐瞪着呆滞的大眼睛冲咖啡，三角漏斗里滴漏下来的液体苦味扑鼻，浓度惊心动魄，“太诡异了，我反反复复弄了好多遍！”

萧肃早有预感，这“神兽”的谱系不简单，忙问：“到底什么结果？哪里诡异了？”

“我对血液、毛发、骨骼和组织切片分别做了DNA鉴定，可以确定它就是小鼠。”师姐抽了一根玻璃棒，像女巫一样搅动着锥形瓶里的咖啡说道，“但诡异的是，这四类样品的DNA谱图并不完全符合！”

“什么？”萧肃怀疑自己听错了，“全部不符合？”

“对。”师姐在瓶口抖了抖玻璃棒，将咖啡倒进小号烧杯里，继续说，“所以你没有耍我吧，萧师弟？你确定这四类样品是取自同一个生物，而不是四个不同的样本？”

萧肃感到十分惊悚：“怎么可能，就是我周日从平桥镇拿回来的那个捐献生物，所有的样品都取自它一个样本！”

“哦。”师姐将一个烧杯推给他，端起另一个烧杯一饮而尽，像德古拉伯爵一样咂了咂嘴，说，“那么问题来了，什么样的生物才会做出四种不同的DNA谱图呢？”

萧肃呷了一口咖啡，苦得想飞升，皱眉道：“神兽？”

师姐翻白眼：“说人话！”

萧肃这会儿也不知道人话该怎么说了，端着咖啡杯坐在高脚椅上冥思苦想，良久脑中忽然掠过一道闪电：“Chimera！”

Chimera，也叫奇美拉，是希腊神话中一种可以喷火的神兽，有着狮头、羊身和蛇尾。但在生物学中，它还有另一种释义——嵌合体。

嵌合体，指一个生物体内同时含有两种或两种以上的DNA序列，且彼此耐受，不产生排斥反应。事实上，这种情况在植物中十分常见，很多农作物经过嫁接以后都会出现明显的奇美拉现象。

但在动物界，尤其是自然情况下，这种现象就不那么常见了。迄今为止，医学上记载的最独特的案例，是一个叫利迪娅的美国女子，她在申请社会救济的时候，被查出与两个孩子DNA不同，因此险些被判诈骗罪入狱。后来她不断申诉，最终在官方证人的监管下生出了第三个孩子，结果检验发现这个孩子的DNA也与她截然不同。这时医生才发现，她体内的不同部位含有四种不同的DNA——如果以头发和皮肤取样，她的DNA与孩子并不相符，但如果以卵巢取样，则完全一致。

“你是说，这只神兽是奇美拉现象？”师姐问，“你认为它是四重DNA嵌合体？”

萧肃点点头，边将手机里的神兽照片打开给她看，边道：“你不觉得它很像是奇美拉怪兽吗？头部像花面狸，身体像石貂，尾巴像小鼠，背上的骨刺……像恐龙？”

师姐满头黑线：“你以为是嫁接果树吗？从DNA检测看，它是拥有四种不同的序列，但全部属于小鼠，不可能出现奇怪的多物种嫁接现象，OK？！”

萧肃语塞，皱眉沉思片刻，又想出另外一种可能性，道：“会不会是排异现象——当生物体内出现多种DNA的时候，有可能引起多重排异，导致皮毛变色、神经畸形、骨骼异变……这就像人类接受器官移植以后产生的排异症状一样，弄不好会丧命。”

说到这里，他的眼睛忽然一亮：“这样也就可以解释它为什么会突然死亡了，不是吗？”

师姐张着嘴看了他半天，说：“萧师弟，你的想象力好丰富哦。”说着掏出手机，嘟哝道，“这么牛的梗我得记下来，回头告诉我妹写在小说里，赚点钱给我买LV。”

这回轮到萧肃满头黑线：你们俩还真是姐妹情深。

记完梗，师姐抬起头来：“如果它是排异而死，那很大可能并不是自然生物啊！”

萧肃不得不承认她说的有道理，自然生物很少出现四重嵌合体，即使出现了，也很少会产生致命的排异反应，否则在胚胎期就被自然筛选掉了，根本不可能生出来。所以只有人为“嫁接”的生物，才有可能在一段时间的排异之后慢慢衰弱，直至死亡。

“我得重新做解剖了。”萧肃喝完最后一口咖啡，将小烧杯还给师姐，“谢谢你的咖啡。”

“你要寻找它的死因？”师姐打着哈欠，撕开两片眼膜贴在下眼皮上，翘着兰花指给自己做按摩，“确认排异现象？”

萧肃点点头，忍不住劝道：“师姐你还是睡一觉吧，天天修仙，做什么眼膜也没用啊！”

“护肤是玄学，你不懂。”师姐摆摆手请他走人，“奔三的女科学家也不能放弃治疗啊，说不定下一分钟就有个高富帅走进来，让我给他做评测呢。”

萧肃：“啊……”

那你觉得我算什么？

“别多想，我们是姐弟般的友谊，你再高再帅再富，我也不会和你产生什么化学反应的。”师姐挥起四十米的大刀砍在萧肃脆弱的自尊心上，回头洗她的咖啡专用烧杯了。

萧肃：女博士真不是凡人。

下午连着两节大课，萧肃心里揣着事，差点讲错了科目。好不容易熬到下班，他连饭都没顾得上吃就跑去了实验室。

上次的解剖比较粗糙，只是为了取样，这次萧肃开始仔细寻找神兽真正的死因。

首先是心脏和肺，然后是肝脏、肾脏、胃、肠……最后是大脑。全套详细解剖做下来，再处理好需要做病理毒理检验的样本，窗外的天空已经隐隐露出鱼肚白。萧肃摘下眼镜，坐在高脚椅上捏鼻梁，感觉指尖微微有些发麻，这才惊觉自己已经有快二十个小时没吃饭了。可惜实验室什么也没有，他也没有师姐那种因地制宜、丰衣足食的特殊技能，只能带着样品步履蹒跚地去找她蹭饭。

和往常一样，师姐还在修仙，见他进来特别同情地说："通宵了？你不会是没吃消夜吧？脸白得都能扮鬼了。"

"我晚饭都忘记吃了。"萧肃原本就有点低血糖，把样品交给她以后便撑不住趴在试验台上，"有什么零食能先接济一点吗？"

师姐点点头，从仪器柜里拿出自己的专用大烧杯，点上酒精灯，架上石棉网，开始给他煮方便面："可惜火锅底料没有了，其实冰箱里还有我攒的牛肉丸、虾饺和蟹棒，不然我们还可以涮火锅。"

女科学家真是一种无法描述的物种……萧肃对师姐佩服得五体投地，一扭头发现她的笔记本电脑开着，似乎是直播界面。

"你也喜欢看直播？"萧肃想起自己那天晚上和吴星宇的观影经历，不禁产生了某种不可描述的猜测。

师姐拆了张面膜贴在脸上，说："是我妹啦，她每周做一次直播，让我蹲在房间里给她维持秩序。"

"你妹妹也玩直播？"萧肃依稀记得她妹妹是个学霸，去年刚考进本市的中科院生命研究所，"她不是在中科院读研究生吗？她直播什么啊？"

"直播写小说啊，我们俩这些年就是靠她写网文赚学费的。"师姐一边翘着兰花指在脸上敲敲按按，一边叹气，"网文圈不好混啊，我年轻的时候作者只要开个微博就能当网红。现在……啧啧，都得通过直播卖萌圈粉啦。"

她顿了一下，挽尊道："当然，我现在也不老。"

萧肃读高中的时候看过网文，什么《异界邪少霸主》《星际无敌佛修》之类的，没想到现在网文圈已经这么难混了："写文有什么可直播的？让读者看她打字吗？"

"不能全程打字啊，那多没劲，还要抽空撸个猫、吃个美食啥的。"

所以还要兼顾猫片和吃播吗？萧肃瞬间同情起这位学霸妹子来，

便凑过去看了看。只见页面上一个穿着哥特风洛丽塔服饰的女生正在打字，师姐的妹妹居然长得和她完全不一样，走的是冷艳萝莉路线，黑色高领纱裙、黑长直齐刘海儿，还用一个黑色海盗眼罩盖住右眼。

难为她一只眼睛打字还能这么快，房间里在线人数超过三万，不时地有人给她送鲜花、游艇什么的，留言刷得人眼花缭乱。萧肃努力看了半天，才明白她最近写的是恐怖悬疑小说，风格特别黑暗诡谲，读者们纷纷表示看了害怕，不看又想得慌。有人用特别精确的比喻形容了一下，说大大好像海底捞麻辣锅，明知道吃了菊花要疼三天，可还是忍不住想每天都吃。

萧肃觉得这位读者也可以出道写文了。

“等等！”萧肃忽然发现一件不得了的事情，“猪精佩奇？你妹叫猪精佩奇？”

“是啊，她小时候长得巨丑，跟猪精一样，不知道为什么越长越美，现在都超过我了！”师姐愤恨地说，“我小时候如花似玉，结果现在光剩下如花了……唉！所以我们俩约定一起研究生命科学，解开这个不解之谜。”

这为科学献身的原因也是画风清奇。

直播间里，“猪精佩奇”码字结束，用冷艳高贵的声音告诉读者自己要去更新了，下周再见。萧肃想起她在陈建国家给自己直播时那可怕的娃娃音，不禁佩服这姑娘声音百变，都能去当CV了。

消夜终于煮好了，萧肃一边吃泡面，一边给师姐讲自己的解剖结果：“我觉得排异致死的可能性很大，神兽的肠胃有明显的溃烂，局部皮肤有癣斑，神经也有异变，这都是常见的免疫排异现象。不过它致命的死因还是心脏衰竭，我现在还不能确定这种衰竭是不是这一系列排异导致的连锁反应，需要做进一步的病理研究。”

师姐正在处理他带来的新样品，点点头道：“我知道了，交给我吧。”

萧肃又道："如果它这种'基因嫁接'真的是人为的，始作俑者一定会长期给它使用抗排异的药物，所以它的内脏，尤其是肝脏和肾脏，一定会留下明显的代谢痕迹。"

师姐看了他写的标签，说："明白了，常见的抗排异药物就那些，我会一一排查，下周一之前争取给你一个确切的结论。"

"谢谢师姐！"

上午没课，萧肃吃完泡面回家狠狠地睡了一觉，中午起床后叫了一份外卖，一边吃一边刷微博。见好多粉丝询问"百日挑战"最后一篇什么时候发，他索性把自己已经确定的一些分析结果写了个短文，作为"上篇"发了出去。

"农夫：100号生物很可能是罕见的'奇美拉嵌合体'，我需要更多时间来做研究，请大家给我多一点时间。"萧肃在文末还附上了三个"笑哭"的表情。

隔了不到三分钟，后台私信一闪，"小警盾"先生发来一条简短的信息："哥，我有些问题要咨询你，打开UMBRA，我放在"小工具"文件夹里了。"

萧肃以为UMBRA是幽灵APP，打开"小工具"才发现它一直没卸载，只是被荣锐藏在了二级文件夹里。一打开界面，纸袋子猫的头像就闪了起来，荣锐："吃饭了吗？"

萧肃回："吃了，你呢？"眼镜柯基跳了两下，怪可爱的。

荣锐发了个"乖巧"的表情，说："吃了就好，我怕你没吃饭，说了会影响你的胃口。那我问了啊，你刚才的科普长微博提到神兽身上有奇美拉现象，能给我详细解释一下吗？"

萧肃尽量简单地给他说了一下，荣锐回："哦，明白了。所以奇美拉现象除了先天的，也有后天形成的，甚至是人为的？"

萧肃："是的，如果接受过器官移植、造血干细胞移植等手术，同一个人身上有可能检出不同的DNA。”

荣锐问：“你认为神兽的死因是嵌合体排异，有证据吗？”

萧肃：“目前只是我的猜测，不过我已经进行采样分析，并且托人对它的脏器做一些排异药物的定性鉴定，初步结果下周应该能出来。”

荣锐又问：“你已经对神兽做过解剖了对吧？假设你当时并不知道它有奇美拉现象，你第一时间会如何定义它的死因？”

这个问题让萧肃一愣，普通生物实验都是从简单的解剖开始的，很少有人先做DNA鉴定。陈建国这只神兽之所以顺序反了，完全是因为他一开始的目的是想要知道它是什么物种，然后写科普文。

他想了一会儿才回答：“我想，它的直接死因应该是心肺衰竭，同时它的肠胃有严重溃疡，皮肤有癣斑，骨骼也有增生。正是这些症状，让我进一步怀疑它生前有严重的排异反应。”

荣锐：“明白了。”

萧肃等了一会儿，没有新的消息过来，看看时间也差不多了，便收拾好东西去学校上下午的大课。

四点整下课，学生熙熙攘攘地往外走。萧肃感觉裤袋里的手机振动了一下，掏出来一看，是荣锐在UMBRA上给他发了一条信息：“哥，我有件事想请你帮忙，周五下午你有课吗？”

萧肃回：“没有，但系里四点半要开例会，五点半之前应该能结束。”

荣锐：“哦，知道了。”

萧肃想问他到底是什么事，要不要自己请假，吴星宇忽然急匆匆地冲进教室：“萧老师，江湖救急！”

萧肃暂时搁下手机，问他：“不会是车又被剐了吧？你什么臭技术啊？！”

“哪儿来的‘又’啊！”吴星宇苦着脸说，“上回就没修好，二手车毛病太多，到现在还在修车厂趴着呢。”

“贷款买辆新的电动车算了，现在市里还给新能源补贴，我帮你凑凑首付。”萧肃掏出车钥匙递给他，“都这会儿了要去哪儿啊？陈建国的案子？”

“去平桥镇，不过不是陈建国，是张婵娟。”吴星宇说，“还记得那个童颜大妈张女士吗？上回她委托我们的合同出了问题，她老公有异议，让我过去处理一下。”

萧肃记得张婵娟，去瑞典打一百多万不老针的那位嘛，便揶揄他：“还要我陪吗？不怕人性骚扰你吗？”

“我那天是看你宅太久了，想带你出去散散心才那么说的，不识好人心！”吴星宇说，“今天就算了，都上着班呢，你的脸色也不好……我回来可能很晚，就不吵醒你了，明天早上直接把车开学校还你吧。”

萧肃点点头，吴星宇拿着车钥匙走了。这时又有一个学生跑来找他问问题，萧肃花了二十多分钟才回答完，结果忘了荣锐那档子事，背着笔记本电脑直接去了图书馆。

做完明天要用的课件已经快六点半了，萧肃正要回家，手机响了，是系主任打来的：“萧老师啊，周五下午的例会你不用来了，平桥镇警察局一位姓王的民警刚才给我打电话，请你去协助他们解决一点技术问题。”

萧肃恍然，立刻明白这肯定是荣锐的意思。系主任又道：“王警官说，上回那个什么陈大师给咱们捐献的生物要做什么鉴定，到时候让你取一些样品带过去。”

萧肃应下，背着包出了图书馆，坐在花坛边给荣锐发消息：“你让老王给我们系主任打电话了？”

纸袋子猫闪了一下：“嗯，这件事挺重要的，我周五中午两点半去学校接你，行吗？”

萧肃发了个“OK”的表情，又问：“到底什么事？和冥婚女尸案有关吗？”荣锐顿了一会儿才回：“是，而且不只。见面再谈吧，我让荣银给你解释。”

他又补充道：“荣银就是局里派过来的法医官。提前给你打个预防针，他脑子有点问题，说了什么奇怪的话你千万别往心里去。”

荣银？萧肃明明记得他那天在机场接的是个姑娘，还挺漂亮的。

谁家姑娘会取这么沉甸甸的名字？

第二章 奇美拉

转眼便是周五，萧肃收拾了样品和下午要带的东西，快要出门了才想起自己的车在吴星宇那儿。他那天借走以后好像一直忘了还，到地下车库去看，车位上是空的，给吴星宇打电话也是关机状态。

好像有点不对劲，萧肃本想给法学院打个电话，看他有没有把自己的车停在那边，荣锐的消息来了："哥，我到了，就在你小区东门。"

以前吴星宇也经常借他的车忘了还，萧肃便没有多想，回了一句："马上到。"就去了小区东门。

一辆半旧的警车停在门口的临时车位上，荣锐坐在驾驶座，副驾驶座上是那位高得离谱的金发大美人。法医官小姐此时正垂着头刷手机，淡金色的长发用黑色缎带束在脑后，只有一绺额发垂下来，卷成一个优雅的弧度，美得不像三次元的人。萧肃坐到车后座上，荣锐简单地介绍道："这是荣银，我们的法医官。"他又对荣银道，

“这是萧老师，萧肃。”

荣银终于抬起头来，看了萧肃一眼，伸出右手，道：“幸会，谢谢你在东非帮了这小子一把，没让他折在那边。”

“啊？”萧肃一愣，稀里糊涂和他握了握手，才惊觉对方是个男人。

男人？！萧肃惊讶地看着法医官小姐——不对，现在是先生——荣银是标准的男生女相，巴掌脸、柳叶眉、丹凤眼、微笑唇，唯独鼻梁高而挺，带着男性化的驼峰，稍微削减了一点阴柔之气。正午的阳光从天窗洒下来，照在他毫无瑕疵的皮肤上，真真是肤若凝脂，吹弹可破。

萧肃每天照镜子，自问帅哥也见得多了，乍一见还是被他的美震惊了，像所有直男一样宕机了三秒钟才回过神来道：“你……你好……你说东非？你怎么知道……”

“他是我堂兄。”荣锐在后视镜里瞟了萧肃一眼，毫无预兆地踩了一脚油门，警车像脱缰的野马一般飙了出去。

荣银的手还没完全收回来，整个人撞在座椅靠背上，顿时鬓发散乱，怒道：“荣锐！你会不会开车？”

“手动挡，不熟。”荣锐若无其事地换挡，稳住车子，问萧肃，“没事吧？”

萧肃坐在他身后，手撑着椅背很轻松就稳住了，从后视镜里看他一眼，说：“没事。”

荣锐“嗯”了一声，移开视线继续开车。荣银暴跳如雷，一边整理凌乱的头发，一边吼道：“你全地形车都开得那么溜，不会开手动挡？药没吃够吧！发什么疯？老子又哪里惹你不高兴了？”

“安全带。”荣锐心平气和地提醒道，“这是老王的十八手捷达，不是你的超跑，我没那么快上手。”

荣银愤恨地系上安全带，小心翼翼地把自己整理得漂亮又精致，甚至还从包里掏出一块香奈儿山茶花粉饼，按了按鼻翼两侧并不存在的油脂。萧肃活了二十六年，头一回见出门解剖尸体都要补妆的男人，和他一比丁天一简直就是一个糙汉子！

荣银注意到他的视线，丹凤眼往后一瞟："看什么？"

萧肃莫名其妙红了脸，有一种被美艳御姐调戏的错觉，讷讷地道："没……没什么，你皮肤真好啊！"

荣银冷艳高贵地哼了一声，面露嘚瑟。谁知荣锐忽然开腔："水光针打的。"

萧肃哽住，荣银瞪大眼睛不可思议地道："荣锐，你有病吧？我今天到底是哪里得罪你了？"

荣锐不理他，语调平平地继续给萧肃科普："眉毛是种的，头发是漂的，发际线是文的，还戴了美瞳，韩国大直径精灵王。"

荣银气疯了，吼道："你又是闹哪一出？老子哪里对不起你了？要不是有我当参照物，就你这死德行，长这么大得挨你爸多少皮带？"

萧肃张口结舌，实在不明白这两兄弟到底为什么抬杠，又为什么生气，以及这点破事有什么可抬杠和生气的。但鉴于车上就他一个外人，他还是勇敢地担起了和稀泥的重任："那个……荣法医，您能先跟我谈谈我们此行的目的吗？那具冥婚女尸到底有什么问题？"

荣银像斗鸡一样梗着脖子，然而荣锐一派气定神闲。片刻后，荣银只能败下阵来，对萧肃道："荣锐没跟你说吗？那具女尸也死于心肺衰竭，生前有严重的胃溃疡，伴局部皮肤癣斑，以及轻微的骨质增生。"

一语惊天，萧肃当即愣住，随即明白荣锐为什么会在UMBRA上问他关于神兽的问题了。因为神兽尸体上表现出来的病理症状，冥婚女尸身上全都有！

这怎么可能……萧肃震惊极了："你说那具女尸也有类似人造嵌合体排异的情况？"

荣银道："是的，我在解剖中发现了这些问题。但当时找不到一条完整的逻辑链把它们串联起来，直到荣锐给我看了你发的那篇科普文，我才想到了同样的可能。"

萧肃仍然觉得不可能，一定是巧合，很多病症应该都有类似的病理反应。要知道神兽的本体可是小鼠，小鼠是实验生物，有上千个专门为了医学实验而杂交出来的标准品系，而人类是不可能承受那些残酷的实验的，并且法律也不可能允许。

忽然，萧肃想到了一个恐怖的可能，打了个冷战，迟疑道："那具女尸到底是怎么死的？"

"最直接的死因是心肺衰竭。"荣银不再臭美也不再奓毛，看上去完全是一个端庄而专业的法医。他从公文包里掏出一个文件夹，递给萧肃，"你先看一下这个。"

萧肃打开文件夹，里面是两份解剖简报。第一份比较早，是靖川市局出具的，上面说明女死者没有外伤，没有外力致死的痕迹，也没有中毒，死因或为心脏病突发。总的来说比较常规，也比较简单。第二份则是前两天由荣银出具的，除了进一步肯定上述结果，还对细节做了一些补充，其中就有萧肃提到的胃溃疡、皮癣、骨质增生等等。

萧肃一页一页翻看，喃喃道："排除他杀，排除自杀，那她就是病死的……这些症状确实和陈建国那只神兽有点相似，但是，也许只是巧合，女死者也可能同时患有这些疾病……"说到这里，他脑中忽然电光一闪，"可是她为什么死而不腐呢？"

"对啊。"荣银道，"得心脏病、胃溃疡和骨质增生的人多了，但为什么唯独她能够死而不腐？"他摊了摊双手，又道："其实她的情况比死而不腐更复杂——她不仅仅是不腐烂，她的部分机体还在继续生长，比如头发、指甲，等等，她的大部分皮肤甚至还在缓慢地新陈代谢。"

萧肃听得浑身发冷，荣银却若无其事地将一个iPad递给他：“这是我拍的照片和视频，你看看吧。”

萧肃打开图片库，只见一具女尸躺在解剖床上，正是那天他被荣锐带出调解室时，在走廊里无意间看到的那个死者。她看上去非常年轻，容貌昳丽，根本不像是吴星宇说的三十多岁，更像是十八九岁的样子，头发很长，染成漂亮的暗栗色，但发根部分却是黑的，像是新长出来的，还没来得及补色。

萧肃一张一张往下翻，越翻就越是毛骨悚然。因为这个死者真的栩栩如生，要不是胸口有切口，简直就像是睡着了一样，脸色甚至比他这个活人还要红润几分。

“看视频，第一个。”荣银提醒道。萧肃打开视频，画面上一只戴着手套的手捏着死者的手指，画外音是荣银本人，“指甲已经长了约两毫米，按死亡时间算，生长速度是活人的四分之一左右。”

镜头移向死者头部，荣银拨开死者的头发，用白纸当背景说道：“发根应该是长出了一部分，具体长度不知道。不过据死者的姐姐说，出于职业需要，她每两周会给发根补一次色，所以大致估算，她死后头发的生长速度和指甲相似，也是活人的四分之一左右。”

他用一把镊子拨了拨发根，夹起一片小小的白色固体道：“这是新脱落的头皮屑，所以她的皮肤仍然在生长和代谢。”然后又将镜头移向胸部的剖口，“刀口很奇怪，出现了非常轻微的愈合现象，但不明显……嗯，也许是因为切得太深，破坏了真皮层。”

视频很短，不过两三分钟，萧肃却看得手脚冰凉。他学的是生物，不是医学，长这么大连大体老师都没有接触过，第一次看如此直白清晰的解剖现场，让萧肃感到胸口憋闷，呼吸困难。

荣银尚未发觉，见他关了视频，便道：“这种情况我以前从未见过，是看了你那篇科普文以后才生出了一些想法。嗯，我那天本想请你来解剖现场一起聊聊的，荣锐非不让，一会儿说什么保密条例，一会儿说你不是法医接受不了解剖场面，总之龟毛到死……”

“你没事吧？”荣锐打断了他，从后视镜里看着萧肃发白的脸，递过一盒薄荷糖，“含一粒就会好了。”

“谢谢。”萧肃接过糖吃了一粒，果然不那么难受了。荣银后知后觉地发现他脸色不好，忙将文件夹和iPad都拿了回去，道：“你不舒服？哦，那我们先不说了。抱歉，我以为你学过解剖，不会排斥这些东西。”

“我没有解剖过人体，我是学生物的。”萧肃发现糖很好吃，又吃了一粒，手脚慢慢也不那么凉了，“所以，现在我们是要去市里的殡仪馆吗？”

“不，去一趟中科院。”荣银说，“根据你提供的信息，我给女尸也取了一些样品，想和你取的神兽样品一起送到专业机构，做一个详细的分析。”

“中科院？”萧肃十分意外。

“中科院靖川市生命研究所。”荣锐解释道，“我已经通过局里的关系和一位研究员联系过了，由他的实验室来为我们做进一步的检验。”

一件配阴婚的乡村迷信案，居然动用了中科院……萧肃感到不可思议，这地图换得也太诡谲了吧？！

忽然，一个长久以来被他忽视的疑问浮现在脑海里——荣锐为什么会被派下来协查冥婚女尸案？作为刑事侦查局特别行动处的大杀器（能派到海外执行特殊任务，应该算是大杀器了吧？），荣锐和孙处长绝对不会仅仅因为一件简单的尸体买卖案而深入平桥镇二道桥村这种偏僻的地方，一待就十几二十天，他们也不会因为一个心肺衰竭而死的网红就调动局里骨骼清奇一看就不是一般人的法医官先生。

“你们到底在查什么？”萧肃忍不住问荣锐，“这具女尸有什么特殊的地方，为什么会惊动刑事侦查局？”

荣锐不答，默默开车。萧肃在后视镜里看到他年轻得近乎稚气的面孔，漆黑的双眸里涌动着与年龄不符的深沉。

片刻后，荣银忽然笑出声，对萧肃道：“他的左耳受伤，现在动不动就假装听不见别人说话，你大点声试试。”

荣锐眼角的余光一瞟，道：“不，我只是忽然想到一件事。”

“什么？”荣银见他面色郑重，下意识地收敛起玩笑的神色问道。

“你上次咨询美国那个整形医生，说想要隆胸肌，到底隆了没有？”

“喀喀——”萧肃一口气没换过来，薄荷糖卡在了嗓子眼，咳得眼泪都要流下来了。荣银愣了三秒，怒发冲冠：“你是不是脑子和耳朵一起坏掉了？老子到底是抢了你老婆还是掘了你家祖坟，你要这样跟我作对？”

“到底隆了没有？”

“我去你大爷！”

“我大爷不是你爸？”

莫名其妙的骂战又开始了，这兄弟俩仿佛天生相克，十分钟不吵架就浑身难受。不过萧肃这次没精力再和稀泥了，拼命咳嗽才把薄荷糖给咳出来，呛得七窍冒烟。

鸡飞狗跳间，车子忽然停下，荣锐松了离合器后拉上手刹，说：“闭嘴，到了。”

荣银的怒骂戛然而止，一个深呼吸，再一个深呼吸，转身下车，“哐当”一声甩关上车门，掏出手机打电话，声音已经恢复优雅与平静：“胡老师……是我，荣银，我和荣锐已经到了……对，我们三个人……好的，我们就在这里等。”

车子里，荣锐不知道从哪里掏出一瓶水，递给萧肃。萧肃正咳得面红耳赤，忙接过喝了两口，顿时感觉舒服了许多。两个人下车，荣银似乎已经忘了刚才吵架的事，优雅地捋了捋卷曲的额发道："胡老师在国外开会，不过一切都已经帮我们安排好了，一会儿他的研究生会出来接我们进去。"

荣锐点了点头，从后备厢里把两个样品箱都拿出来，视线往电动门里一瞥，道："是她吧？人来了。"

一个穿着实验大褂的年轻女孩走了出来，黑长直，齐刘海儿，深蓝色的大褂下摆里露出精致的蕾丝裙边，脚上是一双黑色玛丽珍皮鞋，配半膝白色长筒袜。萧肃看见她彻底愣住——这不是"猪精佩奇"同学吗？除了没化妆、没戴海盗眼罩，她简直和那天直播的时候一模一样。

暗黑萝莉系的女科学家真是画风清奇！

"猪精佩奇"从大门走出来，对着荣银文静地一笑："久等了，荣法医，胡老师刚刚打电话让我来接你们进去。"她又朝荣锐和萧肃轻轻颔首，"这两位就是荣警官和萧老师吧？你们好，我叫吴星宇，你们叫我星宇就行。咱们这就进去吧。"

萧肃正在喝水，差点一口喷出来。"猪精佩奇"莫名其妙关心地问："萧老师您怎么了？是呛着了吗？"

萧肃摆摆手，看到她脖子上挂的工作牌，才明白她叫"伍心雨"，和法学狗吴星宇同音不同字。说起来，他临走给吴星宇发过微信，这货到现在还没回消息呢。

一行四人往实验室走去，"猪精佩奇"——伍心雨同学一边走一边给他们介绍：胡研究员主要从事分子病毒与细胞再生的研究，带领着一个重点实验室。她是去年才考进来的，今年刚荣升小师姐，目前带着两个学弟在细胞实验室做论文。

"胡老师已经把你们的协调函发给我看过了。"伍心雨说，"要做的鉴定比较复杂，有些今天就可以出来，但有些需要做细菌培养，可能就要等几天——厌氧菌生长比较缓慢。"

“DNA 鉴定今天可以做出来吗？”荣锐问道。

“这个应该可以。”

伍心雨带他们进入一栋实验楼，搭电梯上到顶层，在实验室外的接待处核对交接了样品后说：“请你们就在这里等吧，我进去和师弟帮你们做鉴定。”她又对荣锐道，“对了，胡老师说以后‘408案’的所有协助工作都由我来跟进，荣警官，您留一个我的联系方式，今后有任何需要可以随时呼叫，我 24 小时在线。”

荣锐不动声色地皱了皱眉，点头道：“谢谢，那以后就辛苦你了。”

“没事啦，都是我应该做的。”伍心雨腼腆一笑，轻拂长发，转身，左手提起两个样品箱，右手抓住门口一人高的氩气瓶，纤细的手臂微一用力，便行云流水般地把它滚走了。萧肃看着她潇洒的背影，不禁暗地里喝了一声彩——他至今都没学会单手推瓶的绝技，这姑娘竟已练至化境，不愧是中科院的学霸！

萧肃还想上前去帮一把，奈何猪精少女动作太快，转眼间已消失在自动门里。萧肃感慨不已，连冷艳高贵的荣银也忍不住赞道：“好身手，这姑娘真是一条汉子……”

荣锐嘴角一抽，斜着眼将他纤细精致的身躯由上到下打量了一圈，附和道：“确实。”

荣银立时奓毛，叫道：“你什么意思？你那是什么眼神？你看我干什么？”

他音量一提高，萧肃的脑袋便发出“嗡”的一声，见走廊里有一台自动贩售机，忙道：“荣法医，我去买水，你喝点儿什么？咖啡还是果汁？”

荣银入戏快出戏更快，扭头特别认真地将菜单看了一遍，说：“我要豆乳拿铁，谢谢你了。”

萧肃又问荣锐：“你呢？”

“我跟你一起去。”

谢天谢地，总算把他们俩给分开了。萧肃带荣锐去走廊点单，一个人按了一杯焦糖拿铁。现磨咖啡需要时间准备，他随手推开通向露台的门说："去外面站一会儿？"

仲秋的午后很美，阳光是暖暖的，风温柔而慵懒，让人不由得心情放松。萧肃将胳膊肘架在围栏上，舒服地叹了口气说："今天太阳真好啊……说起来，你干吗老惹他生气呢？"

"生气？他才没生气。"荣锐一笑，牙齿雪白，带着坏坏的、损损的感觉，"时间长了你就知道了，他这个人属河豚的，轻轻一戳就奓。但奓过七秒就什么都不记得了，自动复原，又高高兴兴地往前游走了。"

他这个比喻太生动了，萧肃立马脑补出一只长着妖孽脸的河豚，忍不住"扑哧"一声笑了，说："你知道吗？鱼并不是七秒记忆，这完全是以讹传讹。"

"是吗？"荣锐背靠围栏，支起一只脚，"有空你给我讲讲呗。"

萧肃笑着摇头，像他这样的人，才没工夫听自己那些无聊的科普呢，毕竟是"小警盾"嘛。顿了一会儿，他还是执着地把自己的疑问又问了一遍："荣锐，你和孙处长到底为什么要管这件案子？刚才伍心雨说的'408 案'又是什么？"

荣锐仰头看着明媚的天空，少顷将视线收回，看向萧肃："还记得四月初，我们在东非相遇的那一晚吗？"

萧肃忘了什么也不会忘了那一天："当然。"

"那天是四月七号。"荣锐的声音有点低沉，"在你帮我把东西送到集合点之后的五个小时，距离交火点两百四十公里的一个小镇旅馆里发生了一桩惨案。一对华人夫妇在旅馆内被暗杀，负责保护他们的刑警当场惨死，前去支援的武警两死三伤。"

他的目光深沉，隐隐涌动着暗潮："这就是'408 惨案'。你知道吗？哥，原本我是被派去保护那对夫妇的，临走前老孙说我面生，欺骗性强，让我跟师兄换了一下，去工厂取证物。”

“后来，师兄就再也没回来。”

他垂眸看着地上的沙砾，声音比沙砾还要粗哑：“那天是我毕业后第一次单独出任务，我做过很多训练，参加过很多实战演习，从没失败过，每次都是第一……可我怎么也没有想到的是，我职业生涯的第一次失败竟然就那样发生了，发生在那一天……他们都死了。”

萧肃心中十分震撼，没料到那天他和他同事们的经历竟如此惨烈，愣了足有半分钟才回过神来，轻轻地拍了拍他的肩膀。荣锐的肩膀平直挺拔，但并不像成熟男人那样厚重，而是有一种单薄而圆润的少年感。

太年轻了……萧肃心中不由得一阵轻颤，也说不清是敬佩还是怜惜，手指不由自主地紧了紧，柔声道：“别难过了，他们的牺牲并不是你的错，你已经做好了自己该做的，不是吗？”

荣锐紧绷的身体微微一松，像是卸下了什么，轻轻吐了口气说：“那是因为有你。哥，谢谢你，如果不是你，我那天可能已经死了，任务也彻底失败了。”

萧肃想起那夜惊心动魄的一战，回国后自己多少个噩梦都源于它，但此刻看着活生生的荣锐，却产生了一种前所未有的庆幸，庆幸自己能遇到他，还帮了他。

“还等着你请我喝酒呢。”萧肃笑了笑，刻意缓和气氛，“你可别忘了啊！”

“忘不了。”荣锐特别认真地说。

外面响起“嘀嘀”的提示音，咖啡好了。

“我去拿。”荣锐示意萧肃别动，自己出去取了三杯咖啡回来，一杯递给他，一杯随手搁在水泥台阶上。

“我给荣银送过去。”萧肃要拿，却被挡开，荣锐“嘁”了一声说：“他属河豚的，这么长时间，应该都已经忘记自己点过咖啡了。”

萧肃忍俊不禁，索性也不管了，端着自己那杯咖啡喝了起来。

“‘408 案’非常特殊，被上面定为绝密级案件，这也是我为什么一直不能告诉你细节的原因。”荣锐一边慢慢啜饮着咖啡，一边说，“今年四月初，局里接到上级通知，要求我们派遣一队精干的行动人员去东非一个小镇接应两名证人。稳妥起见，我们被分成两路，一路去镇上接人，一路去他们曾经工作过的生物公司，将他们留在那儿的一箱证据带到集合点。

“当时战乱刚刚爆发，我们两拨人约定分头行动，四月七日午夜在集合点会合，一同赶往大使馆指定的机场。我临时和师兄换了任务，独自驾车去工厂，顺利地取到了证物，但在回程中遭到雇佣兵的截杀，腰部中了一刀。”

他掀起自己衬衫的一角，露出精瘦的腰部，浅浅的腹肌线下有一道五厘米长的伤疤。隔了五个月，血痂已经脱落，只留下粉红色的凸痕，仍旧触目惊心。

“我飞车甩开他们，但车子底盘太低，在乱石丛里磕了好几下，油箱漏油了。所幸运气好，没有闪爆。”荣锐掖好衬衫，接着说道，“开到那座山上的时候，车子彻底熄了火，我只好带着证物下车，准备步行去集合点。我当时也不知道自己能不能撑到那儿，毕竟还有上百公里，并且我也受了伤……然后我就遇到了你。”

他侧头看着萧肃，眼神里是说不出的复杂：“我看着你从我身边开过去，犹豫着不敢求助，结果就看到你停了车，问我‘需要帮忙吗’。那一刹那我真的……我知道我有救了，哥，遇上你是我这辈子最大的幸运，说多少次谢谢都不够。”

萧肃的心轻轻抽搐了一下，一句话在喉咙里滚了个来回，没有说出口。

荣锐一笑，牙齿雪白：“不过你遇上我就有点不走运了，好好的被人打了一顿，还担惊受怕好几个月……”

“不。”萧肃忍不住打断他，郑重地道，“遇上你也是我的幸运，荣锐……你不明白，我……我这一生都不会有比那天更奇妙的际遇了，我直到今天都感谢……感谢上天让我在那天遇上你，帮到你。”

心中翻涌的话无法说出来，那是他无法宣之于口的秘密，他生命中最阴暗的痛楚……萧肃掩饰性地放下杯子，扭头望着天际舒卷的层云，在心里缓缓说出剩下的半句话：因为那注定是我生命中唯一的一次冒险，恐怕也是最后的亮色。

“哥，你没事吧？”荣锐发现他情绪不对，迟疑着问道，“你的脸色好像不大好。”

萧肃摇摇头，调整了一下思绪道：“没事，咖啡有点烫……荣锐，像我这样平凡的人，其实偶尔也会发点儿英雄梦。如果不是遇上你，我这辈子也没机会圆这种梦了，所以我也挺感谢你的。”

“真的？”荣锐的眉峰微微一挑，沉郁的双眸慢慢闪烁起亮晶晶的光。

“真的。”萧肃认真地说，“所以——将来有什么我能帮得上忙的，你尽管说，我一定竭尽全力。”

荣锐抿着嘴笑了，转身像他一样用双肘支在围栏上，歪着头看了看他，说：“好吧……哥，有件事情我要先向你道个歉，你一定得原谅我。”

“什么？”

“东非那件事，我回国以后向上级写了详细的报告，提到了和你的偶遇，以及后来发生的一切。所以我调查了你的私人信息，包括你的履历、家庭成分、社会关系等等。”

萧肃一愣，随即点头道：“这是工作需要，我理解。”

“后来，因为这件案子保密级别很高，又出了这么大的意外，所以上级决定对一切计划外出现的人和事实行一段时间的监控。”他接着说，“我当时正好退到二线休养，于是申请承担了这项工作——

其中也包括对你的监控。”

萧肃有些吃惊，原来传说中的监控竟然真的存在。吴星宇说网警什么都能查着，他当时还不信呢！

“你的手机也在监控范围内，我本来不应该在没有触发敏感词的情况下翻阅你的浏览记录，可是我……”荣锐捋了一把额发，低声道，“我不但看了，还给你装了UMBRA，强行和你对话……”

萧肃想起那晚被查封的色情耳骚直播间，忽然觉得有点对不起那位主播，忍不住笑出了声。

“你笑什么？”荣锐莫名其妙，“我在跟你道歉啊，哥你没事吧？”

“没事……“萧肃笑够了，摇头道，“好吧，我原谅你了。不过下不为例，OK？”

荣锐“哦”了一声，狐疑地看了他一会儿，没再追问。过了一会儿，萧肃敛起笑意，问道：“那么，‘408案’和‘冥婚女尸案’有什么关系呢？”

荣锐喝了一口咖啡，道：“‘408案’发生以后，证人被暗杀，记载着重要信息的储存卡被雇佣兵‘山猫’带走，最终我们唯一拿到的只有那箱样品。但那个样品箱是特制的，需要一组非常复杂的密码才能打开。如果强行破解，里面的样品就会全部被破坏掉。”

“啊？”萧肃有些诧异，“到现在还没有解开吗？”

“还没有。”荣锐无奈地说，“我们只知道里面装的是一种病毒，但具体是什么病毒，有什么作用，我们一概不知。”

萧肃感到有些遗憾，道：“花了那么大代价，你连命都差点丢了，结果……”

“迟早能打开的，局里有专门的小组在想办法。”荣锐道，“我们行动组正在从另一个方面展开调查——经过交涉，我们把死者的尸体从东非运了过来。结果发现这么长时间过去了，他们居然没有任何变化，面容栩栩如生，毛发和指甲甚至还在生长……”

萧肃愕然，脱口而出："和冥婚女尸一样？"

"是的，这就是我和老孙会关注平桥镇这桩尸体买卖案的原因。"荣锐道，"我们怀疑当初东非那对华人夫妇提早得到了不好的消息，在我们的人赶过去之前在自己身上留存了证据。所以在打开那个密码箱之前，我们必须先解开他们用自己的身体设下的密码。"

萧肃完全明白了，喃喃道："所以，你们怀疑他们为了以防万一，把那种病毒用在了自己身上？这样即使芯片和样品全被对方夺走，只要你们替他们收尸，就能拿到最后一个线索……"

"我想，是这样。"荣锐道，"现在，我和老孙的任务就是解开这个谜题。"

匪夷所思的故事，萧肃默默消化着所有细节，良久忽然意识到一个问题——他为什么要跟自己说得这么详细，将前因后果和盘托出呢？

"为什么忽然告诉我这么多？"

荣锐沉吟了一下，反问道："你对这个案子感兴趣吗？神兽、冥婚女尸、奇美拉嵌合体……你是不是很想知道它们出现的原因？"

"当然。"萧肃不假思索地说，"我本身就是学生物的，这是我的兴趣所在，也是我的专业。"

荣锐点点头道："我看过你的论文，看过你所有发在微博上的科普文章，在监控你的那段时间里，我专门就这些给老孙写过简报。老孙说这个案子专业性很强，我们需要一个高素质的顾问团，包括生物、病毒、细胞医学等各个方面，所以我们一直在物色合适的人选。"

萧肃隐隐想到了他接下来要说的话。果然，他只听荣锐道："我今天在这里告诉你这些，就是想征求你的意见。哥，如果你对这件事感兴趣，愿意腾出一部分精力，愿意冒一点险——我保证不会再出现上次的事——你可以考虑加入我们的顾问团。如果你不愿意，那么刚才我们的对话就当没有发生过。走出这个天台，请你彻底忘记。"

不等萧肃回答，他又道："我监控了你四个多月，我了解你，我相信你能忘掉。"

这算是对自己的人品极大的肯定了吧？萧肃想，考虑了几秒钟，毅然道："我愿意，我会竭尽全力，尽我所能。"

荣锐歪头看着他，朝气蓬勃的面孔在阳光下散发着青春张扬的魅力，忽然露齿一笑："谢谢你，哥。"

"我是最合适的人选，不是吗？"萧肃也笑着看他，"我从一开始就闯进了你们的行动，你调查过我、监控过我，再也没有比我更安全和更值得信任的顾问了。"

荣锐点点头："我也是这么跟老孙说的。"

"哦？"萧肃有些好奇，"老孙怎么说？"

"他说你家境优越，天之骄子，不见得愿意受这份麻烦，毕竟我们的顾问费很少。"

"你怎么回他的？"

"我给他举了个例子。"

"谁？"

荣锐笑而不答，顿了一下，向他做了个"噤声"的手势，从裤兜里掏出正在振动的手机："老孙？"

那头不知说了些什么，他"嗯嗯"了几声，道："我知道了，处理完这边的事情，拿到结果立刻就回去……让老王派个女警过去陪一下吧？她情绪怎么样？好的，交给我吧。"

挂断电话，他说："有一个重要证人赶过来了，晚一点我要回去做笔录。"

"什么证人？"

"吕洁，吕白的姐姐。"

"吕白？"萧肃依稀觉得这个名字有点耳熟。

"冥婚女尸。"荣锐道，"吕白，知名网红，微店店主，网剧演员，死后尸体被二道贩子通过非法渠道盗取，经陈建国牵线搭桥，卖给村里那户人家做鬼媳。”

萧肃想起来了，吴星宇提过这个名字：“现在是她姐姐来了？”

“嗯，刚刚赶到。”荣锐道，“吕白生前最信任的就是这个姐姐，在我们核对尸体信息的时候也是她第一时间提供了消息。可惜这段时间她一直在国外出差，只能通过微信和我们联系，今天她一回国就赶到靖川市，要和我们面对面谈谈。”

“吕白到底是怎么死的？”萧肃问道，“荣银的结论是排除他杀，也排除自杀，那么她应该是病死的。可如果她是病死的，不应该在医院的太平间吗？尸体又怎么会落到二道贩子手上？”

“她并没有死在医院里，市局的刑警已经去过她的住处，证实她是在那里死亡的，现在正在当地调查。目前二道贩子的身份也有眉目了。”荣锐道，“她死后的故事并不复杂，该抓的抓，该判的判。她身上最大的秘密，是死亡之前发生过的一切。”

萧肃明白他在说什么：“她身上那些排异病征和她死而不朽的原因，以及到底是谁造成了这种诡异的现象？”

荣锐点点头：“等伍心雨做完所有的检验，我们也许能找到东非那两名受害人夫妇、吕白以及‘神兽’之间的信息勾连。证据越多，交叉点越多，我们总能找到新的线索。”

萧肃和荣锐回到接待室的时候，荣银正戴着蓝牙耳机坐在窗边打游戏。大概是为了配合他那一头飘逸的金发，耳机是定制的荆棘王冠形状，戴起来宛如精灵王瑟兰迪尔，自带十级美颜，整个人美得如同一张二次元海报，所以萧肃忍不住又眩晕了一下。不过荣锐显然对堂兄的英俊早已免疫，且时时刻刻准备好刺激这只美丽的河豚。只见荣锐双手插在裤兜里走过去，若无其事地道：“荣银，你好像脱妆了。”

“啊？”荣银一愣，下意识地歪头去照窗户上自己的反光，结果在游戏里被人爆了头，辛辛苦苦攒的装备散落一地。

“我×！”荣银瞬间爆发，顶着荆棘王冠一跃而起，“老子要被你害死了，你这倒霉催的，干吗这个时候回来？！”他一边骂一边掏出香奈儿山茶花粉饼，左边看看右边看看：“你大爷的，哪里脱妆了？我今天又没擦粉底，防晒隔离脱你个头的妆啊！你就是跟我过不去是吧？”

荣锐又开启了随机失聪功能，仿佛什么都没听见，没事儿人一样去实验室问进度，留下荣银原地爆炸。萧肃发现荣锐的耳朵属于薛定谔的聋——在他回答你的问题之前，谁也不知道他到底是不是真的聋。

好在荣银也开启了七秒失忆功能，荣锐的背影一消失他就恢复原状，若无其事地问萧肃：“你们去哪儿了？怎么这么长时间？”

萧肃“买咖啡”三个字在嘴边滚了一下，又咽下去，说：“去露台上晒了一会儿太阳。”既然他忘了就别再提醒他了吧？

“神经病晒什么太阳，是还嫌自己老得不够快吗？”荣银嗤之以鼻，“你们这些傻直男，对紫外线的威力一无所知！”顿了一下，感觉自己这话有歧义，他又解释道：“我是属于活得比较精致的那种直男。”

萧肃：我还是出去给你再买一杯咖啡吧……

尴尬地听荣银安利了十分钟的防晒隔离，荣锐终于从实验室出来了。萧肃如获大赦，连忙问道：“结果出来了吗？”

“出来了一部分。”荣锐扬了扬手里的文件夹，“还有一些要下周二才能取。”

伍心雨跟在他身后，拿着一个同样的文件夹说：“这一份是留档，我想这几天再研究一下，你们送来的这批样品挺有趣的，有很多功课可以做呢。”

萧肃接过文件夹翻了翻，关于自己带来的神兽样品那部分检出的结果和师姐做的差不多，冥婚女尸那部分他是头一次见，有些地方还看不太明白。

“这是……检出了两种 DNA ？”萧肃问伍心雨。

“是的哦。”伍心雨回答，“荣警官送来的二号箱样品检出了两种不同的 DNA，因为授权书上说明这些样品是取自同一个人，所以有些结论我还要和荣法医核实一下。”

荣银总算进入工作状态，接过她手里的存档看起来：“皮肤和肝脏的 DNA 不一样？”

“是的哦，所以我想问一下，这个样本是不是接受过器官移植手术。”伍心雨说，“这种情况偶尔会出现，很多文献都有提到。”

“不，她没有做过移植手术。”荣银说。

“那她有没有大面积烫伤，接受过异体植皮手术？”伍心雨又问，“我见过有些医院用脐带血间充质干细胞植皮，有可能出现这种情况。”

“没有。”荣银肯定地说，“死者是一名演员，身体没有接受过大型手术，只有脸部做过一些微调，我不认为足以改变她的 DNA。”

“有没有可能她是天生的？”萧肃皱眉道，“以前也有这样的案例，一个人身上同时存在几种不同的 DNA，对生活毫无影响。”

伍心雨摇了摇头：“您是说天然的嵌合体？不，这个样本应该不是天生的。我也产生过和您一样的怀疑，所以我给这两个不同的 DNA 样品做了进一步的检测，观察了一下它们的染色体端粒。”

“端粒？”萧肃完全没有想到这一点，端粒是染色体末端的一段小结构，有点像是一顶小帽子，能保护染色体末端免于融合和退化。人体细胞每分裂一次，染色体的端粒就会变短一点，当短到一定程度，细胞将会开启凋亡机制，不再分裂新生，让机体彻底走向死亡。因此，端粒也被称为“有丝分裂钟”，它能精准地测定一个生命体是新生、壮年，还是正在走向衰亡。

“来自肝脏的样品DNA和来自皮肤的样品DNA，端粒长度不一样。”伍心雨说，“前者短，后者长。换句话说，这个身体的内脏年龄超过三十岁，但皮肤年龄可能只有十六岁左右。”

萧肃恍然：“所以你确定它们不是天然的嵌合，而是后天经过‘移植’，存在于一个有机体内？”

“是的。”伍心雨摊了摊手，说，“所以我才怀疑她接受过器官移植手术，不然解释不通呀。”

荣锐一直在一旁沉思，此刻忽然插话：“除了器官移植，还有没有其他可能？比如病毒侵蚀，破坏和改变了宿主的DNA？”

“哦，理论上讲是有可能的。”伍心雨思忖片刻，说，“病毒能改变DNA结构，就像人体内的癌细胞会吞噬和改变人体的正常细胞，而且可以无限制地分裂、再生，在特殊的酶作用下，它们的端粒并不会变短。”

“死者并没有癌症。”荣锒摇头道，“她死于心肺衰竭，我做了完整的解剖，没有检查出癌细胞。”

沉默，一时间谁也说不出个确切的结论来。顿了一会儿，伍心雨说：“你们先别急，接下来我还会做病理毒理检验，也许会有其他发现。另外，今天的结果我晚上会整理一下发给胡老师，如果他有进一步的结论，我第一时间转发给你们。”

“谢谢，辛苦你了。”荣锐掏出手机说，“安全需要，我们必须使用内部通讯APP，你安装一下。”

伍心雨拿出自己的黑色哥特风定制手机，开启蓝牙接收了荣锐传送的文件，然后安装。片刻后，萧肃感觉自己的手机在裤兜里振动了一下，打开，UMBRA上多了一个戴海盗眼罩的兔子头像，ID是伍心雨。

“咦，萧老师的头像好可爱哦，这只柯基狗和你挺像的。”伍心雨笑着说，又澄清道，“我可不是说你腿短哦。”

萧肃只能微笑，反正他的头像是荣锐选的，又不能换。再说了，有荣银这种九头身怪当样本，所有人都是小短腿。

“哎？你们拉了小群？为什么没我？”荣银抗议，“没有法医你们玩个屁啊！快把我加进去，提升一下你们的平均腿长！”

荣锐白了他一眼，但还是把他拉了进来。萧肃一看他的头像，乐了——一只鸵鸟。

“为什么我是鸵鸟？”荣银摔手机，“丑死了！”

荣锐再次翻了个白眼，给他换了一只河豚。

荣银简直要原地爆炸，雌雄莫辨的帅脸以肉眼可见的速度黑下来。然而就在他要爆炸的一瞬间，伍心雨忽然说：“哇，河豚好可爱啊，我想要河豚，荣警官可不可以把河豚换给我？”

荣银忽然卡壳，戴着韩国大直径精灵王美瞳的美目眨了两下，脸上的黑气慢慢散去：“不要，我不换！”

萧肃用尽毕生之力才没有笑场，憋得都有点尿急了。荣锐云淡风轻地道：“刚刚换过一次了，系统设定两周内不能再换，下个月你们再申请吧。”

“啊？这样啊……”伍心雨失望地撇了撇嘴，又自我安慰道，“算了，说起来兔子也挺可爱的，还有眼罩呢。”

“是啊是啊。”荣银生怕她跟自己抢河豚，殷勤地附和道，“和你很像也很搭，留着吧留着吧。”

伍心雨还想争取一下：“荣法医，你这么喜欢兔子，那我们下个月换过来呀？”

“啊，时间不早了，天都黑了，我们还是早点走吧，别耽误伍同学吃饭了！”荣银一口气说完，抓着伍心雨的手握了一下，“再见！”

萧肃艰难地问：“请问卫生间在哪里？”

“我跟你一起去。”荣锐顶着一头黑线，表示自己也有点尿急。

七点半，一行人告别伍心雨，离开了研究所。外面天已经麻麻黑了，还起了点儿夜风，凉飕飕的。荣锐将车子开上驶往市区的大道，问萧肃：“你回学校那边还是回碧月湖？”

萧肃沉吟了一下，问：“你是不是要去市局见吕洁？”

荣锐点点头。萧肃又问：“我可以和你一起去吗？我也想听听她说什么，也许能从她的话里发现你们注意不到的细节。”

荣锐想了一下，说：“可以，到时候你和荣银在外面旁听吧。”

三个人在约定时间之前赶到了靖川市局，吕洁已经提前一刻钟到了，正在问询室等候。荣锐和一名主管冥婚女尸案的刑警进去做笔录，隔着一道玻璃墙，萧肃和荣银站在隔壁的监控室里同步监听他们的谈话。

吕洁三十五岁上下，和妹妹吕白长得并不像，大众脸，短发修剪成利落的波波头，穿着中规中矩的职业装，满脸都是因时差导致的疲惫感。荣锐给她带了一杯咖啡进去，不是市局常备的速溶咖啡，而是在门口买的Costa。吕洁接过咖啡的时候脸色明显舒展了一下，不像之前一个人坐在那里时那样紧绷。

主管刑警做了个简单的自我介绍，算是开场白，之后便开始进入正题：“吕女士，你妹妹的案子，已经有专人去她住处那边查了，一有进展我们就会通知你和你的家人，请你们放心。”

吕洁低声说了句“谢谢”，嗓音苦涩：“人已经没了，我们现在就想找到凶手，让小白在九泉之下能够瞑目。”

主管刑警皱了皱眉，还没开口，吕洁便抢着道：“我知道，初次尸检排除了他杀，警方的结论是病逝，你们现在的重点只是找到倒卖尸体的人。但是我不这么认为，我了解我的妹妹，她从小到大心脏健康得很，根本不可能猝死！退一万步说，即使她真的得了心脏病，也绝不会瞒着我这个姐姐！”

“你说的这些，我们都有考虑。”主管刑警等她稍稍平静一点，开口道，“我们调查了吕白名下所有的病历，迄今为止尚未发现相关的问诊记录。但我们从她身边的朋友那里得知，她曾多次出国求诊，从她的社交账号也可以查到对应的动态。因为我们无法调取国外的病例，所以暂时无法确定她是不是有这方面的宿疾。”

刑警犀利的视线锁定吕洁的双眸：“作为她最信任的姐姐，吕女士，你清楚这些事吗？”

吕洁眼神一黯，无奈地道：“我都清楚，不过我可以坦白地告诉你们，她去国外并不是看什么宿病，而是整容——她是一个网红，说直白一点，是靠脸吃饭的人，相信你们能够理解她对容貌的执着。我有她在韩国、日本和瑞典的电子病历，如果需要，可以全部发给你们。”

隔着单面镜墙，萧肃注意到一个词——瑞典，论整形，恐怕全世界都没有比日本和韩国更发达的市场了，她还去瑞典干什么？

荣锐一直在低头做笔录，这时忽然抬起头来：“吕总，我们在二次尸检的过程中确实发现您的妹妹有整容的痕迹，您能详细告诉我们她都接受过哪些部位的整形吗？包括面部、身体、皮肤……”

萧肃看到吕洁的履历表上写着“实习总监”，荣锐直接叫她“吕总”，甚至还使用了敬语，一下子把她刚刚武装起来的对立情绪缓解了。她的语气不由自主地温和了两分，叹息道：“大概能动的都动了吧，有几次不是我亲自陪她去的，不清楚她到底做了什么项目。不过我有医生的联系方式，需要的话我可以打电话过去查。”

“她从多大开始接受这些手术的？”荣锐问道，声音和语气都拿捏得很好，介于问询和聊天之间，“从她以前的照片和视频来看，她已经长得很美了，为什么还要对自己的身体‘大动干戈’？”

吕洁苦笑道：“这里面的原因太复杂也太漫长，真要追究起来，怕是要说到十几年前了。”

荣锐的余光瞟了一下她的右手中指，从主管刑警兜里掏出一盒烟递过去："没关系，任何小细节都有可能给我们破案带来线索，您可以慢慢说。"

吕洁有点儿意外，看了一眼自己手指末端微黄的烟渍，释然一笑，取了一支烟点上："好吧，谢谢……你们应该注意到了，我妹妹，跟我长得一点儿都不像……"

吕白的长相集合了父母所有的优点，从小明眸皓齿、人见人爱。大概上高二的时候，互联网刮起了直播风，吕白为了攒钱买iPhone，在同学的怂恿下做起了直播。那时候她还在家里住，父母管得严，她不敢跳舞、唱歌什么的，所以就另辟蹊径做起了ASMR，也就是耳骚。

一开始她是穿着角色扮演的服装做一些治愈系的声音模拟，口味清淡，类型小众。但她长得太漂亮了，尖下巴、大眼睛，正是当时网上最流行的"网红脸"。

十几岁的漂亮小姑娘，根本什么都不用做，只要梳着双马尾，穿着可爱的裙子坐在镜头前卖萌，就能引来一大票男粉丝打赏。不久以后，吕白就红了。有经纪公司找她签约，给她做营销、刷数据，点着火箭把她送上红人榜。吕白渐渐膨胀起来，不顾家人的反对辍了学，在经纪公司提供的直播间里做唱见、录MV，和其他大V互动吸流量……源源不断的钱涌进她的账户，甚至还有视频平台找她拍广告，邀请她参加网络综艺。

"她是在拍过第一条广告之后开始整容的。"吕洁抽完一支烟，眼神变得苦涩起来，"平时做直播是有美颜滤镜的，平台为了宣传她，所有的照片都会做精修。但广告就不一样了，人脸的瑕疵在高清动态镜头下被放大，她又没有上过正规表演课，毫无镜头感……那个广告播出后，她的知名度涨了一个量级，同时质疑和嘲讽的声音也排山倒海般压了过来。"

现实中的小美女，放在挑剔苛刻的娱乐圈就完全不够看了——鼻梁不够挺，差评！双眼皮太窄，差评！婴儿肥……开玩笑，简直是大脸怪好吗！

吕白在铺天盖地的嘲讽中几乎崩溃，第一次对自己引以为傲的美貌产生了巨大的怀疑。在经纪人的支持下，她向公司借钱做了第一次整容手术，垫高鼻梁，双眼重睑，取掉颊脂垫……几个月后，当她作为嘉宾出现在一档网综上的时候，已经比拍广告的时候要精致好几倍，即使站在真正的明星当中也不那么违和了。

骂她丑肥婆的人渐渐少了，但随着知名度的进一步上涨，新的嘲讽接踵而来——腿不直，丑！腓肠肌发达，丑！腰臀比不明显，丑！

平面照里已经无可挑剔的脸，在16：9的宽屏显示器里看上去仍旧显得平庸甚至肿胀，远不及影视明星那样线条流畅，毫无赘肉。而且她的皮肤天生只有黄调一白，即使打了水光针，吃了美白丸，还是用不了象牙瓷白的粉底色号，再怎么打光都没用！

“从二十岁到二十八岁，她几乎每年都要飞两次国外。”吕洁说起妹妹的这段经历，语气是相当无奈，“她很能赚钱，但她赚的那些钱远远不够她的花销。你们不知道那种手术有多贵，术后保养有多麻烦……她欠公司的钱越来越多，信用卡五六张来回倒，拆东墙补西墙永远还不完，甚至开始找民间借贷……”

吕洁深深地叹气，接着道：“那段时间她和家里完全闹翻了，只和我还保持联系。我帮她还过好几次高利贷，也劝过她退圈，做点小生意维持生活。但她没办法停下来，只要不工作的时候她都在照镜子、自拍，给自己的脸找毛病，计划下一次要怎么调整……”

“BDD。”荣锐忽然插嘴，“你有没有建议她看一下心理医生？”

吕洁一愣，随即道：“你知道BDD？是的，我带她去看过心理医生，医生认为她有严重的BDD，Body Dysmorphic Disorder，容貌焦虑症，也叫幻丑症。在这个社会上，可能绝大多数女人都经历过这种焦虑吧，你们男人是感觉不到的——所有的媒体都在吹捧美貌，广告上的女孩永远都穿 XXS 号的裙子，女明星隔三岔五在自媒体上发起反人类的挑战，今天 A4 腰，明天比基尼桥，后天反手摸肚脐……如果一个女人连人鱼线都瘦不出来，那一定是死肥婆，一定是不自律，管不住自己的嘴！”

她扶额叹息，一脸无奈的愤怒。荣锐又给她递了一支烟，缓声道：“其实男人也是一样的，吕总，如果没有六块腹肌，都不好意思发朋友圈。”

吕洁摇头道：“不，绝大多数男人都没有这方面的焦虑。我看过一些论文，调查显示男人对容貌的自信远高于女人，百分之七十以上的男人会给自己的外表打 8 分，同样的比例，女人给自己打的平均分只有 4.5 分。”

“哦，这么低？”荣锐十分意外。隔着玻璃墙，萧肃也觉得不可思议，在他看来几乎所有的女孩都能打七八分吧，各有各的美。只有荣银的关注点和常人不同，“扑哧”笑出声道：“装什么大尾巴狼，八块腹肌也没见你发一个朋友圈！”

隔着墙还要互相伤害，这兄弟俩的感情也是没救了……萧肃真不知道他们俩是怎么把可贵的亲情糟践成这样的。

“自古以来，女人对容貌就有着神奇的偏执，不管是对自己，还是对自己的同类。”问询室里，吕洁苦笑着道，“她们一边为别人制订苛刻的标准，一边牺牲自己的一切去践行。像我这样从小其貌不扬的，还懂得在其他方面补救，多赚点钱就当自己是个男人了。可小白不一样，她十几岁就出道了，除了美，没有任何一技之长，也没有任何人生寄托。”

她弹了弹烟灰，叹气道：“但人体的修复能力是有限的，随着年龄的增长，她再也不能像二十岁那样，做完重睑手术三天就敢带着妆上直播。长期节食毁掉了她的代谢，二十五岁之后她的皮肤以肉眼可见的速度衰老，面部肌肉下垂，再怎么打针也无法饱满起来。大概两年多前，经纪人说这样下去她要过气了，于是给她介绍了一家瑞典的抗衰中心，让她去打一种叫什么分化细胞的针。那个针贵极了，一次就要上百万，加上来去的路费、后期的辅助药物，一年大概要花费好几百万。”

萧肃蓦然想起和吴星宇见过的那位“冻龄奶奶”张婵娟，她好像也是在瑞典打的“终端分化细胞治疗”针，难不成这两个人去的是同一家机构？

“小白原本就财务紧张，一下子多出这么大一笔花销，她根本无力承担。”吕洁接着道，“但那个针的效果好极了，比日韩那些修修补补的小手术强一百倍。她曾经跟我说过，做完治疗的半年里，她能感受到身体由内到外的变化，肌肉紧致，皮肤光滑紧绷，仿佛一夜之间回到了少女时代。那段时间她曝光出来的照片和视频质量很高，出街单品创下线上销售记录，粉丝惊叹她还像十八岁那样纯洁纤细，宛如仙子。”

荣锐记录的笔一顿，问道：“这家抗衰中心的联系方式你那里有吗？”

“我有主治医生的电话。”吕洁说，“但那个电话现在已经打不通了。前一段时间警方把小白的死因定性为病逝，我联系了所有她就诊过的医生收集病历资料，只有这一家的就诊资料暂时还没拿到。”

她悔恨地捋了捋头发，说：“这件事也怪我。小白中了邪似的迷信那个针，一次次跟我借钱。我只是个普通白领，这些年为了填补她，连房子的首付都没有攒出来。有一次她歇斯底里地闹，说如果我不给钱她就得去裸贷。我特别生气，就跟她说她爱怎么样怎么样，死在外头也别丢人现眼！”说到这里，她忽然哽咽了，眼眶通红，强忍着眼泪，“我怎么也没有想到，她真的……真的没了！我们全家，我的爸爸妈妈，直到接到平桥镇民警的电话，才知道她已经……”

刑警拿了一盒纸巾给她，她啜泣了一小会儿，慢慢才平静下来，说：“那段时间她和我们所有人都闹翻了，一直是她的经纪人在陪她。我想经纪人一定有她的病历，已经发消息过去要了。我不知道这些东西能不能帮你们找到小白死亡的真相，我只是不相信……不相信她就这么去了。”

她握着纸巾坐在那里，整个人如虚脱一般，再也没有刚进来时坚强冷静的模样。这段漫长而艰难的叙述还原了她美丽的妹妹短暂、辉煌而又扭曲的一生，同时也让她无形中意识到，她为之焦虑、愤怒和悲伤的目标显得那么虚无缥缈，那么无力——到底是谁害了吕白？她自己对美的偏执、经纪公司对她无底线的压榨，还是大环境对她不负责任的苛责？

除此之外，真的还有其他可能吗？一个在过气边缘拼死挣扎的网红，谁会处心积虑去害她？

深夜，吕洁做完笔录，独自打车离去。荣锐整理了她留下的所有信息，包括吕白生前在日本、韩国的诊疗记录，以及那个打不通的瑞典抗衰中心的电话。荣锒拷贝了一份病例，一边在手机上翻，一边“啧啧”叹息：“这个女人也太疯狂了，从十八九岁开始微调，能做的几乎都做了……话说日本那边的手艺真好啊，我尸检的时候有些地方居然完全没有看出来，主治医生牛啊……”

说到这里忽然两眼望天，仿佛经过了一番激烈的思想斗争，摇头道：“还是算了吧，我已经够美了，9.9 分刚刚好。”

萧肃原本还担心他跟吕白一样对美过分追求，得个幻丑症啥的，现在觉得自己纯属瞎操心，自我评价 9.9 分的男人这辈子都不可能得 BDD——这自信，随时随地笑出强大！

荣锒感叹完自己的美貌，表示就要回酒店睡美容觉了。萧肃原想自己回家的，但荣锐说太晚了，坚持送他回碧月湖。

仍旧是那辆旧旧的十八手捷达，这回荣锐开得行云流水，比超跑还要平稳舒适。萧肃坐在副驾驶座上，把自己之前的疑惑讲出来："吕洁提到的那家瑞典抗衰中心，我前一阵在另一个人那里听说过。"

"哦？"荣锐有些意外，"谁？"

萧肃道："大概半个多月前……对，应该就是你和老孙到平桥镇的前一天下午，我和吴星宇去了镇上他的一个客户家。那个客户叫张婵娟，已经六十多岁了，看上去像四十岁的人一样——不是那种通过化妆和着装修饰出来的假年轻，而是由内到外透出的真年轻——你明白吗？那种精气神完全不像是六十岁人的样子。"

荣锐"嗯"了一声，道："就像吕洁说的，吕白打完针以后也说自己是'由内到外的变化'。"

"是的。"萧肃道，"张婵娟说，她会定期去一家瑞典抗衰中心做'终端分化细胞治疗'，通过注射不老针来返老还童。我问过我妈——她也是做这行的——她说这可能是一种干细胞针，早在十几年前就在市面上流行过，但因为效果虚假，所以没有掀起什么大的波澜。"

"干细胞针？"荣锐皱眉道，"干细胞，不是骨髓移植，可以治疗白血病的东西吗？"

萧肃解释道："干细胞也叫起源细胞，端粒酶活性极高，能够诱导发育成各种人体细胞。根据发育潜能，它分为全能型、多能型和专能型。你说的骨髓移植是最后一种，通过移植造血专能干细胞治疗白血病。之前伍心雨提到的'脐带血间充质干细胞植皮'也是一样的道理。"

"专能干细胞？"荣锐说，"字面意思，是不是这种干细胞只能发育成一种特定的细胞？"

"是的。"萧肃说，"这是目前应用最成熟广泛的一类干细胞。

多能干细胞也有很多人研究，进展很快，但还没见到大规模用于临床的报道。至于全能干细胞，也叫胚胎干细胞，因为可以发育成任何人体细胞，甚至完整的胚胎，存在很大的伦理障碍，被大多数国家禁止。”

荣锐大致听懂了，问道：“那瑞典这家抗衰中心注射的是哪种干细胞针？”

萧肃摇头：“我也不知道，张婵娟什么也不懂，只知道几个似是而非的名词罢了。我那天只是随便听了听，没有多想，所以也就没有跟她要病历看。但刚才在问询室，吕洁提到这家中心，我忽然想，如果吕白也接受过‘终端分化细胞治疗’，那很可能是打过干细胞针。这样也许就能解释，她身上为什么有两种 DNA 了。”

荣锐拧着眉问：“注射干细胞能改变人的 DNA 吗？”

“这就是问题所在。”萧肃说，“异体干细胞移植是非常困难的，即使找到合适的配型，病人也会面临终身排异——正常情况下，人体的免疫系统会对进入身体的外源 DNA 进行攻击，直到彻底消灭，排出体外。所以十年前的干细胞注射美容根本就是炒概念，那些接受治疗的人说自己浑身发热、精力充沛，我认为一半是心理原因，一半是免疫系统在排异，导致身体发高烧而已。”

荣锐沉默了一会儿，说：“可是，吕白，还有你说的那个张婵娟，她们确实都变年轻了。”

“是啊，所以我才会觉得不可思议。”萧肃说，“我非常怀疑，这家瑞典的抗衰中心会不会有问题。”

荣锐陷入沉思状态，萧肃又道：“对了，上次那个张婵娟说，国内有一家公司正在和那家瑞典中心谈合作，将来可能引进他们的技术。也许我们可以从这家公司入手，看能不能拿到一些技术资料。”

荣锐眼神一凛，道：“这个信息很重要，哥，你把张婵娟的联系方式发给我，还有那家合作公司，叫什么名字？”

“得问一问吴星宇，那是他的客户。”萧肃掏出手机，皱眉道，“他前两天借了我的车，说要去张婵娟家更改一个什么合同，到现在没还回来，微信、电话都联系不上……我先给他留个言，明天如果再收不到回复，我就去他的宿舍找找看。”

深夜，荣锐照旧将萧肃送到了上次告别的桂花树下。隔了一段时间，桂花正开得旺盛，散发着一种近乎酒香的醇厚气息。萧肃目送十八手捷达的车尾灯消失在拱桥上，虽然忙碌了一整天，却丝毫不觉得疲累。长久以来安逸的日子，其实经常令他有一种在温水中下沉的无力感。而荣锐就像一把匕首，劈开水面，搅乱了他的生活，却又给他带来了另一种新鲜的空气。

萧肃脚步轻快地走到家门口，蓦然看到车库里停着母亲的黑色路虎，惊觉自己仿佛有些忘形，稳了稳情绪才推门进去。方卉慈刚刚回家，正斜倚在沙发上休息。保姆刘阿姨炖了燕窝，见他回来十分高兴：“阿肃回来了？正好一起吃消夜。”

萧肃看见吃的才感觉饥肠辘辘，两口喝下一碗燕窝，还问：“有没有什么顶饱的东西？卤牛肉或者烧鸡……蹄髈也行啊！”

“大半夜吃什么蹄髈，怕不是疯了？”方卉慈嗔道，吩咐刘阿姨，“给他下一碗小馄饨，切几片昨天做的卤牛腱，别多了，他肠胃不消化的。”

“哎呀我知道了！”刘阿姨是看着萧肃长大的，反倒嫌她这个当妈的苛刻，“难得他主动要东西吃，一样拿一点吧……可怜见的，搬出去没几天又瘦了。”

“哪有？我看还胖了，怪不得都说学校的食堂菜最催肥。”方卉慈一边端着燕窝慢慢喝，一边打量儿子，“怎么这个点回来？晚饭没吃吗？”

晚饭是荣锐在Costa买的麻薯面包，萧肃就咬了两口。不过这种事他不能跟母亲说，便道：“学校有点事弄完太晚了，又不想吃外卖，索性回来蹭饭吃……你怎么也这个点才回来？公司很忙吗？上次说的那个项目要上了？”

“嗯，就快上了，正在策划发布会和一期推广。”方卉慈说，“对了，你那天跟我提的那个瑞典抗衰针，我让市场部的人查了查，你猜怎么着？”

萧肃正头疼这件事——吴星宇到现在还没消息——忙问她：“怎么着？那针有什么问题吗？”

“针有没有问题我不知道，那是人家的技术机密，我们只能从商业层面打探一些消息。”方卉慈说，“市面上最近确实有个做医美的集团正在筹备和一家瑞典公司合作引进干细胞抗衰针。你猜猜这个医美集团的一把手是谁？”

“谁？”萧肃问道，拐了个弯，脑子里忽然冒出一个名字，“不会就是张婵娟本人吧？”

方卉慈笑着说：“你的第六感很灵嘛。”

“张婵娟是做医美的？”萧肃有点意外，但想想她六十岁能保养得宛如中年少妇，又觉得顺理成章。

“对，她家是做房地产起家，她老公三十年前靠着老丈人在靖川市呼风唤雨，现在是全国都排得上名的地产商。”方卉慈端着燕窝粥开始八卦，“大概二十年前，医美市场崛起，张婵娟乘着东风做起了连锁店，现在靖川市周边的整形医院一大半都是她的。怪不得你那天提起她的名字，我就觉得有点儿耳熟，巧颜的老总嘛。这夫妻俩真是天生做生意的料，机会一抓一个准。”

“巧颜？”萧肃想了想，好像在学校对面的广告灯牌上看见过这个名字——“暑假到巧颜，开学当校花”。虽然恶俗且浮夸，但听师姐说很多女生不惜借校园贷也要进去整一把，估计生意好得不得了。

吕洁说得没错，社会对美的消费正在不知不觉间疯狂膨胀着，不知什么时候才能回归正常。

说话间消夜已经做好了，刘阿姨叫萧肃吃饭，方卉慈也陪着儿子坐到餐桌边。萧肃胃口很好，吃完馄饨，又将刘阿姨做的卤货一样尝了一小碟，还意犹未尽。方卉慈瞪他一眼，到底还是亲自去厨房切了一点豆干和牛百叶，说：“只许吃这些了，明天让刘阿姨再卤一点给你带学校去。”

“好啊，多做一条牛舌，我给吴星宇带去。”萧肃尝了一口牛百叶，问她，“对了妈，我们跟巧颜有商务上的往来吗？”

“几乎没有，我们做护肤品的属于传统行业，和医美完全不沾边。”方卉慈说，“这也和个人理念有关吧，我总觉得医美市场生长太野蛮了，带来的负面效应远大于正面，市面上一半的整容手术都属于过度医疗……不过每个人都有处置自己身体的权利，对美的追求也无可厚非。可能我的观念老了，已经过时了吧。”

萧肃其实是赞同她的观点的，不过现在更关心巧颜和瑞典公司合作的事情：“妈，你那里有关于巧颜的资料吗？能不能给我一份？”

“可以啊，我让秘书整理一下，明后天就发给你。”方卉慈拿起手机发微信，随口问，“你怎么对这件事这么感兴趣？”

“呃……有个师姐的妹妹在做干细胞方面的研究，要发一篇综述论文冲数据，我帮她收集一点资料。”

“嗯，什么师姐啊？女朋友？”

“没有。”

方卉慈掀起眼皮看了他一眼，顿了一会儿，道：“对了，下周是你爸的忌日，记得回来，我们一起去看看他。”

萧肃一愣，默然点头。

“一转眼都八年了，真快啊……”方卉慈轻轻搅着碗里的小馄饨，悄然叹了口气。

饭后萧肃回房间洗漱，到底吃撑了，一时间也睡不着，便打开UMBRA给荣锐发消息：“忙完了吗？”

小警盾的头像跳了两下，荣锐秒回：“刚给老孙做完简报，现在去吃消夜。”

萧肃看看表，都快一点了，年轻人真是精力旺盛：“刚刚和我妈聊了聊，她说那家和瑞典抗衰中心合作的医美集团或许是巧颜，董事长就是我跟你说的那个张婵娟，吴星宇的客户。”

小警盾：“OK，谢谢哥。”

萧肃看着呆萌傲娇的纸袋子猫，脑补出他吃东西的样子，忍不住笑：“我妈让秘书去整理巧颜的资料了，晚一点发给你。”

荣锐发了个小警盾敬礼的表情，还是动态图，一脸正气的样子特别可爱。萧肃点开对话框的表情栏，才发现他居然有专属表情包！

不愧是一千两百万粉丝的警界网红啊……萧肃羡慕不已，随手挑了一个“为人民服务”的表情回了过去。两个卡通小人在界面上来回敬礼，此起彼伏分外搞笑。

关了UMBRA，打开微博，抽奖博已经转发三千多次，但至今没有人给他提供关于神兽的其他线索。萧肃有点失望，怀疑自己是不是太抠了，才奖一箱辣条。

于是他追加了两箱母亲牛肉干。

关闭之前忽然觉得自己以前的头像怎么看怎么没萌点，索性把UMBRA里的眼镜柯基换了过来。才换完半分钟，便有人留言：“我说，大家有没有觉得农夫老师这个新头像和小警盾很有CP感？”

一群人点赞，不一会儿点赞数就上千了。萧肃一脸蒙，翻了翻其他留言，后知后觉地发现自从上次荣锐点名过他以后，居然出现了他们俩的话题——“盾农”。

这是什么鬼墙头？也太难念了吧？就不怕闪了舌头……好不容易放下手机准备睡觉，电话响了，萧肃困得眼皮打架，但看到来电显示一下就清醒了："吴星宇？！"

"萧肃……阿嚏！"吴星宇才说了两个字，就连着狂打了一串喷嚏。

萧肃坐起身，问他："你这两天去哪儿了？怎么电话不接，微信也不回？"

"哎哟我去……可别提了，说出来鬼都不信，我这两天跟中了邪一样！"吴星宇吸着鼻子，说话瓮声瓮气的，"手机没电了，我回来才充上……哎哟我的天，我鼻涕都要流嘴里了，我得去校医院挂个吊瓶，我好像发烧了……"

大哥你说话能不能有重点啊！萧肃快被他急死了："你到底出什么事了？！"

"电话里说不清，我就是看见你的微信，怕你担心才先给你报个平安……我没事，就是在外面冻着了。"吴星宇鼻子吸溜吸溜地说，"你的车我开回来了，太晚了我就先停在法学院门口，明儿给你送过去……你在学校这边还是在碧月湖？"

"我回碧月湖了。"萧肃对他的语言表达能力绝望了，真不知道这样的人是怎么当上律师的，"那行，你先去挂吊瓶吧，车不用急着还，等我周日回学校再说。"

"不不，我一定得给你送去，明天就送。"吴星宇说，"要不是鼻涕流得实在厉害，我现在就去你家了……你不知道我这两天遇上的事有多邪门，我一定得给你说说。你要是有空后天陪我去陈建国那儿做场法事……不对，他那儿现在好像被取缔了，那我们就去积善寺吧，或者水仙庵……"

萧肃满心的担忧都化为惆怅，听他前言不搭后语地说了半天，确定他人没事，精神也没事，无奈地说："行了，别那么多废话，赶紧去医院吧，需要帮忙随时给我打电话。"

"嗯嗯，好兄弟，一辈子。"

第二天一起床，萧肃就给吴星宇打了电话，打完吊瓶的青年律师已经满血复活，表示他补个觉就来还车，顺便讲述自己的灵异遭遇。萧肃被他勾起了好奇心，一上午都坐立不安。十一点多好不容易等到他来，立刻拉着他去了自己的房间："快说！到底出什么事了？！"

吴星宇摆摆手表示少安毋躁，在他的咖啡机上打了一杯卡布奇诺，才开始用灵异恐怖片旁白的声音叙述："这件事，要从那天我接到张婵娟奶奶的电话说起。"

话说那天吴星宇刚上完课，忽然接到张婵娟的电话，说之前委托他们律所的物业协议可能要撤回。因为她老公有异议，打算让另一家熟悉的律所代理。

张婵娟这一单生意对吴星宇来说十分重要，他家境不好，是带着律所支付的助学金回学校念书的。不但和律所签了巨长年限的服务协议，还得每个月完成一定的工作任务。如果张婵娟这一单跑了，他下个月的压力就会非常大。吴星宇心里着急，和张婵娟约好这周五在她家别墅和她老公面谈。谁知那天中午忽然接到对方的电话，说她老公周末要飞国外，让他当天下午就过去一趟。于是吴星宇下午下课以后临时借了萧肃的车，一路飞车去往平桥镇的别墅争取这个单子。

谁知才进别墅大门，怪事就发生了。

"我到了她家别墅，摁了半天门铃也没人应。我看旁边的小侧门开着，就把车停在门口，拎着包直接走了进去。"吴星宇压低嗓子说，"结果我刚走到客厅门口的台阶上，手机响了，张婵娟的老公给我发了条微信，说他改主意了，合同不变，还按原来的走，让我直接回家。"

"啊？"萧肃深知听故事的要领，追问道，"然后呢？"

"我当时一看，这敢情好啊！你们两口子闲着没事耍老子玩是吗？"吴星宇皱着苦瓜脸，拍了一把大腿，"唉！没办法，有钱人是大爷，好歹单子是保住了。我松了一口气，掉头出了大门，就打算开车回来……”说到这里，他拉着长音，居然卖起了关子。

萧肃直想踹他一脚：“那你这两天去哪儿了？”

“不管你信不信，我一直都在车上睡觉。”吴星宇摊摊手说，“直到昨天晚上七点钟才醒。”

“什么？”萧肃万万没想到这个神转折，“你在车上一直睡到昨晚？你疯了吧？”

“我也觉得自己疯了。”吴星宇说，“我对这段时间发生的事毫无记忆，脑海里最后一个画面就是我上了车，把公文包扔在了副驾驶座上。然后我忽然就很困，眼睛眨了一下，就没能再睁开。”

他手握咖啡杯，一脸恐怖片受害人的表情：“等我再醒来的时候，已经是昨天晚上了。我还穿着这身西装，公文包还在副驾驶座上，里面什么都没少，钱包、合同、私章……全都在。”

萧肃此刻唯一的想法就是感觉智商受到了愚弄——这货给自己编的故事越来越敷衍了。

“你是不是觉得这件事很灵异？”吴星宇却是一脸认真，“我当时差点吓死了——傍晚七点多，山上阴森森的。他们家的别墅前后都是大树林子，连个鬼影都没有！我刚醒那会儿还不知道具体日期，以为自己就睡了一会儿，等到家给手机充上电才发现隔了两天！”

他拽住萧肃的衣袖，悄悄问：“好端端的，我为什么会在车里睡那么久？你说我是不是中邪了？还是他们家周围有什么不干净的东西，鬼打墙什么的？你下午陪我去积善寺上炷香成吗？”

萧肃开始相信他说的是真的了，吴星宇只是有点无厘头，却还不至于一本正经地胡说八道。不过作为一个科学工作者，萧肃从不认为世上有什么鬼鬼怪怪的东西：“等等，你真的在山里睡了两天？你会不会是突发什么急病？正常人怎么可能睡这么久？你别是昏迷了自己不知道吧？”

“啊？”吴星宇讷讷道，“不会吧？我这身板壮得跟头牛似的，怎么可能忽然昏迷？”

“你昨晚去医院就治了个感冒？医生给你做检查没？”

“就查了个血常规。”吴星宇说，“我当时醒来真没觉得有什么异样，就是饿，浑身发软，发烧打喷嚏，我就当感冒治的——山里那么冷，我穿着西服和衬衫睡了两天，肯定得感冒不是？”他说着翻了翻口袋，找出校医院的几张收据和化验单，“你看，结果没什么异常啊，医生打了个吊瓶就让我回家睡觉了。”

萧肃接过单子一看，白细胞有点高，属于感冒的常见症状。但红细胞也很高，这就有点说不通了：“医生是怎么解释红细胞超标的问题的？”

吴星宇：“我说我睡太久没吃饭，他说可能是脱水导致的，输完液就好了。”

“不对啊……”萧肃仍然觉得不对头，没病没灾的，一个人怎么可能睡这么久，“你把衣服脱了。”

“哦。”吴星宇脱完外套，手一顿，“干什么啊？为什么要脱衣服？”

“你别是被麻醉了吧？”萧肃现在只能想出这一项可能性，三下五除二扒了他的衬衫，“手抬起来，我看看有没有针眼……你有没有哪里皮肤淤青或者出血？”

“啊？没有啊！”吴星宇索性把裤子也脱了，上上下下检查一遍。除了昨晚打吊瓶的针孔，没有任何异常，“麻醉我干什么啊？偷肾吗？我的肾还在啊，肝和角膜也没丢，又没有刀口……”

萧肃疑惑地道：“你再仔细想想，你上车的时候有没有闻到什么不同寻常的气味，像烂苹果之类的甜香。”吸入式麻醉剂也有可能让人在几分钟内陷入昏迷，尤其是在密闭的车厢里。但这种药品一般都有明显的气味，要达到麻醉浓度肯定会让人闻到。

吴星宇想了半天，摇头道：“我不记得了，你知道的，她家别墅在林子里，到处都是花草果树，即使有奇怪的香气我可能也察觉不到。”

萧肃记得张婵娟家的那幢别墅依山傍水，花木葱茏，再说当时吴星宇的注意力都在即将跑单的合同上，恐怕也很难意识到其他细节。他皱眉想了一会儿，问他：“那你记不记得你上车的时候，车窗是关闭的还是开着的？”

“关着的吧？”吴星宇说，“我熄火的时候一般会关闭所有车窗，再上车肯定还是关着的。”

萧肃将衣服丢给他：“走，去车库看看。”

Mini Cooper S 停在一楼车库里，下半截脏兮兮的，前后轮都沾满了泥土。吴星宇不好意思地说：“对不起我没给你洗车，不过我把油箱给加满了。山里好像下了雨，我回来的时候有一段路很多泥。”

萧肃打开车门嗅了半天，没察觉到什么异味。不过过去这么长时间了，即使有麻醉剂也挥发光了。

“雨挺大啊？”萧肃抹了一把车顶，被雨水冲刷得很干净，“这么大的雨你睡车里就没听见？”

“真没有！”吴星宇苦恼地挠头，“被你一说我现在心里也挺后怕的，张婵娟该不会对我做了什么不可告人的事情吧？”

萧肃张了张嘴，想说不可能。但这件事太诡异了，他也找不出更靠谱的可能性：“要不，我陪你去医院采集一下生物信息？”

吴星宇本来只是随口说说，却没想到萧肃认真了，瞪着他打了个冷战，说：“不……不必了，你还是陪我去一趟积善寺吧。”

萧肃拿他没办法，只好真的陪他去了一趟寺庙，烧了贼粗的一炷香，还请了个方丈开过光的护身符。吴星宇有了佛祖的安慰，精神慢慢放松下来，等周一上课的时候感冒已经全好了，又是龙精虎猛的好汉一条。

萧肃中午下课时收到了老妈秘书发来的巧颜的资料，先在UMBRA上给荣锐发了一份，然后才回住处吃刘阿姨给他打包的爱心饭。在微波炉里转了两分钟，发出“叮”的一声，同时门铃也响了。萧肃端着卤肉饭、趿拉着拖鞋去开门，只见外头站着两个便装男子。

年长些的那个问：“请问你是萧肃萧老师吗？你名下是不是有一辆黑白间色的Mini Cooper S？”说着报出他的车牌号。

萧肃一听他说话的腔调就觉得腿肚子转筋——怎么跟民警老王一个味？话说他这车也真该换了，三番五次招来警察，再这么下去说不定还能招来武警、国安、特种兵什么的。

“我是。”萧肃无奈地说，“车就在地下车库里，请问有什么事吗？”

“请你跟我们走一趟。”那个人的态度可比老王冷酷强硬多了，说着那人又掏出证件给萧肃看，“我们是靖川市局的，有一桩杀人抛尸案需要你协助调查。”

萧肃简直不敢相信自己的耳朵，结结巴巴道：“什……什么？杀人？抛尸？”

那个人二话不说掏出手铐，萧肃的脑袋发出“嗡”的一声：“别，我自己走……我换双鞋可以吧？”

中午一点整，萧肃坐在靖川市局刑侦大队的审讯室里，万万没想到周五晚上自己还以顾问的身份站在玻璃那头，今天就坐到了这头。话说吴星宇到底拿他的小破车干什么了？

那两个拘他的刑警坐在桌子对面，面上看不出喜怒，只有凝重：“你上周三下午到上周五晚上都在哪里？”

萧肃如实说了，他的行踪很清晰，学校学生、同事，还有中科院的门卫都能给他做证，再说还有荣锐呢。审问者听说他和刑事侦查局特别行动处有关，态度稍微温和了一点儿：“这段时间你的车在哪儿？”

“借给法学院的同学吴星宇了。”牵扯到谋杀案这么大的事，萧肃不敢隐瞒，“那天下午他说一个客户叫他去改合同，他赶时间所以借了我的车过去，直到周六上午十一点左右才还给我。”

“这段时间内你有没有和他联系过？”

萧肃回忆说：“我周五的中午给他打过电话，关机，所以就在他的微信上留了言，晚上又留了一次。大概午夜一点左右他给我回了电话，说他刚从山里回来。”他本想把“灵异事件”也说出来，想了一下还是暂时打住，问刑警，“请问您说的杀人抛尸，死的到底是谁？”

刑警没有回答他的问题，而是反问：“吴星宇所说的客户是不是叫尤刚？”

萧肃茫然地摇头：“我不知道，他跟我说的客户好像叫张婵娟。”心头一动，他又道，“尤刚好像就是张婵娟的丈夫吧？”

刑警点了点头，说：“尤刚上周三下午在自己平桥镇郊外的别墅里遇害，之后被人抛尸在十水岭一处洼地里。据目击者说，凶手开着一辆黑白间色的Mini Cooper S，车号……”

萧肃默念了一遍自己的车号，整个人如坠冰窟，做梦也没想到自己的车居然被用来杀人抛尸——老天爷！他昨天晚上还开它来着！

“不……不可能……”萧肃喃喃道，下意识地替好友辩驳，“吴星宇他不可能杀人，他没那个胆子，也没那个脑子！对了，他周五晚上打电话给我，说他遇上了怪事……”萧肃简明扼要地把吴星宇遇上的“灵异事件”讲了一遍。

刑警听他一五一十地讲完，一脸“你在逗我”的表情道：“你是说，你这个叫吴星宇的同学莫名其妙地失去意识，在车里昏睡了两天两夜？就在尤刚家别墅的门口？”

萧肃现在也觉得这件事太扯淡了，只能硬着头皮说：“他确实跟我是这么讲的，他当时醒来完全没料到已经过了两天，还以为就睡了几个小时。回来以后他得了重感冒，还去校医院打过吊瓶。”

“他就不觉得奇怪吗？发生了这种事？”刑警问，“你呢，你就不觉得奇怪吗？”

“我当时也觉得不对劲，以为有人给他注射了麻醉剂，导致他昏迷了两天。”萧肃说，“但他身上没有任何针孔，车上也闻不到乙醚或者卤代类麻醉剂的气味，所以……我也不知道。我只是觉得以我对他的了解，他干不出杀人抛尸这种事，再说他也没有动机啊！”

刑警不置可否，又来来回回盘问了一些细节，好多问题转着弯问了好几遍，搞得萧肃都有点怀疑自己的记忆力了，回答得前言不搭后语。折腾了好几个小时，将近下午五点钟的时候，一个中年女子敲门进来，朝审讯者点了点头，说：“都查证过了，没有问题，信息都发给你了。”

刑警打开笔记本电脑看了一会儿，对萧肃说：“你的证词大部分已经被证明，上周三晚上到上周五晚上你确实没有作案时间。”

萧肃明知会是这样的结果，还是长长地松了一口气。只听刑警又道：“感谢你的配合，稍后核对一下口供，签个字你就可以走了。不过这几天请务必保持电话畅通，我们会随时请你协助调查的。”

萧肃应下，又说：“你的车作为重要物证将暂时由我们保管，等取证结束后会通知你来领取。”

萧肃想干脆送给他算了，出了市局大门就直奔4S店买辆新的，顺便放两挂十万响的鞭炮祛除霉气：“没关系你们尽管调查，我不着急。”

“那行，你看看记录，没问题的话就签个字吧。”

萧肃原本就有低血糖，中午饭没吃，绷着神经回答了五个小时的车轱辘问题，整个人都有点儿晕，随便扫了两眼便签了字：“我可以走了吗？”

“可以，请保持联系。”

萧肃从审讯室出来，头晕得要命，坐在大厅的长椅上发呆——现在怎么办？吴星宇肯定会被拘起来，要不要给他请个律师……不对，他自己就是律师！那要不要通知他的家人？不，还是算了，老两口一把年纪，又是乡下人，听到这种事肯定吓蒙了，于事无补，反而更麻烦。

想了半天，萧肃打了个电话给老妈的秘书，问她公司有没有擅长刑事案件的律师。秘书一听是杀人案，吓了一跳："萧先生，您没出什么事吧？要不要我跟方总说一声？"

萧肃忙说是朋友的事，秘书这才松了一口气："公司的律师都是关于商务经济方面的，刑事案件怕是不在行。我先问问吧，或者让他们推荐一个靠谱的同行给您？"

萧肃应下，挂断电话，扶额叹气。吴星宇是他最好的朋友，从高中到现在，陪他度过了人生中最艰难的时刻，还和他一起承担最黑暗的秘密……他了解他，吴星宇绝对不会做出杀人越货的事情来——当初他选择法学，不就是为了以法律伸张正义，为受害者呐喊吗？

萧肃犹豫了很久，打开UMBRA，给"小警盾"发了一条信息。不知道为什么，此时此刻他能想到的最可靠的人，居然是荣锐。

不知何时，外面下起了淅淅沥沥的雨，萧肃没有带伞，默默站在市局门口的廊檐下等着雨停。漫天雨丝纷纷飘落，汇聚成蚕食桑叶一般的噪声。他浮躁的心绪慢慢沉淀下来——没事的，只要吴星宇没有做过这件事，迟早能洗清嫌疑。

引擎声响，一辆电动摩托飞驰而来，在台阶下骤停，激起小片水花。荣锐一身黑衣，风衣的肩头濡湿一片，他抬头看着萧肃，神色有些吃惊："你怎么站在这儿？脸色这么难看？"

"我……我朋友出了点事，我刚刚给你发了消息……"萧肃出门的时候只穿了衬衫长裤，在风雨中瑟瑟发抖。

"我知道，我是问你为什么站在这儿？风口上，雨又这么大！"

荣锐皱眉，锁了摩托车后道，“跟我来。”

萧肃跟着他进了三楼的一间小会客室。荣锐脱下半湿的风衣挂在衣架上，里面是修身的黑衬衫，枪套挎在左腋下，深棕色的皮带绕过肩胛后背，勾勒出精瘦挺拔的身躯。他开了空调，说：“你在这儿等一下。”

萧肃点点头，他就出去了。片刻后，一个娃娃脸的女警送了一杯热水进来，还带来两包小饼干：“荣警官让我拿点吃的给你，萧老师你喜欢奶盐味的还是巧克力味的？”

“哦哦，不用了，我喝点水就好。”萧肃一看就知道那是女孩常备的小零食，掌心大一点儿，怎么好意思要，“你留着吃吧，谢谢了。”

小女警嘻嘻一笑，塞了一袋奶盐苏打饼给他，然后就跑掉了。萧肃完全没胃口，只觉得冷，好在房里的气温上来了，喝完半杯热水，手指慢慢有了知觉。大概过了半个小时，手机响了一下，荣锐在 UMBRA 上发消息给他：出来吧，我在门口……记得拿风衣。

风衣就挂在空调出风口的下面，已经差不多干了。萧肃将它取下来搭在胳膊上，然后下楼。

一辆特斯拉超跑停在台阶下，亮银色的车身极具未来感。来来往往的人都注目观望，萧肃也忍不住盯着看了两眼。谁知刚下台阶，跑车的鹰翼门便向上打开，荣锐在车里给他打了个手势：“上车。”

萧肃吃了一惊，坐到副驾驶座上，车门徐徐落下。荣锐解释道：“荣银的车，我借来用用。他嫌老王的捷达不符合他的人设，让人把他自己的车开过来了。”

这车保守估计也得一百七八十万，萧肃没想到荣银这么有钱，不过倒是和他烧包的外表相得益彰。

“怎么不把衣服穿上？”荣锐发动引擎，皱眉瞄他一眼，“我让你拿出来你就真的拿出来啊？”

萧肃这才明白他是专门把风衣留给自己的，还放在空调下面吹干了，心中十分感动。这小子虽然黑口黑面，心倒是挺细的，一边穿风衣，一边问他：“你刚刚过来是有什么公务？”

“不是你叫我来的吗？”荣锐道，“我找人问了问吴律师的事。”

萧肃一下子紧张起来：“怎么样？现在什么情况？”

“情况比较复杂，他已经被刑拘了，这会儿刑警正在审问。”

“啊？”萧肃没想到警方的动作这么快，估计自己一把吴星宇供出来，他们就动手抓人了，一时之间萧肃对吴星宇隐隐有些愧疚。但这么大的案子，他除了说实话，似乎也没有别的选择。

“不关你的事，不管你说不说，他都得接受调查。”荣锐将他的心思猜了出来，安慰道，“这种事千万不能包庇，只要他没有做，迟早能查出真相还他清白。如果你做伪证，那事情就严重了。”

萧肃头疼得要命，扶额道：“他们问了我太多遍，我都有些记不清自己回答了些什么，不知道会不会害了吴星宇。”

“正常的，这是审问策略。”荣锐解释道，“他们会反复询问同一个问题，如果你前言不搭后语，或者每次回答得一模一样，都是不正常的。普通人在反复回忆作答的过程中多少都会有点出入，你这样才是真实的表现。”

萧肃对心理学一窍不通，也不知道他是不是在安慰自己，只能点头：“谢谢你，这么忙还专门为了我跑一趟。”

“客气什么？哥，你这么说就有点见外了吧。”荣锐严肃地批评了他一句，又接着道，“这案子乍一看是有点棘手，性质恶劣。不过他们也才开始侦察，一切都说不准。等有了初步结论我会尝试跟进……你也别太担心了，他们说中午一点多带你过来的，是不是还没吃午饭？脸色这么难看。”

萧肃出了空调房就有些冷，虽然穿着荣锐的风衣，却还是手脚冰凉，搓了搓脸道：“低血糖，加上紧张，一会儿吃点东西就好了……现在去哪儿？”

“送你回家吧。”荣锐将车子拐上驶往靖川大学的道路，问，“还是上次那个小区？”

萧肃点点头，到底心里着急，强行把话题转回到吴星宇身上：“警察说什么杀人抛尸，到底是怎么一回事？”

荣锐道：“上周五下午，平桥镇一个农民去山上挖冬笋，在十水岭一处洼地里发现了一具尸体。警方赶到以后确定了死者的身份，是本市一名房地产大亨，叫尤刚，之后请他的妻子张婵娟和他的女儿尤莉去认了尸。经过上周六和周日两天时间的走访，附近的一个村民提供了线索，说曾在上周四的凌晨看到一辆黑白间色的小车在洼地附近出没。警方调了山腰的一处监控，确定了车型和车号……”

说到这里，萧肃已经懂了：“是我的车？”

“对。”

“开车的是吴星宇？”

“那个监控是几年前的老型号，角度也不太对，所以没拍到司机的正脸。”荣锐道，“只有一个模糊的下巴，问题是司机还戴着口罩，所以无法确定是不是吴星宇。”

萧肃松了一口气，随即意识到这样也就证明不了不是吴星宇，他又发起愁来。荣锐道：“现在最大的问题是，法医初步鉴定尤刚死于上周三的傍晚，但吴星宇完全说不清上周三的傍晚到上周五晚上这段时间自己去了哪里，提供不了任何不在场证明。”

“他说他在车上睡了两天。”萧肃郁卒地说，“他上周五的晚上给我打电话，绘声绘色地跟我讲他遇上了灵异事件，第二天下午还让我陪他去积善寺上了一炷香！”

荣锐同情地看了萧肃一眼，说：“吴律师一直这么无厘头吗？”

“是的。”萧肃只能承认，“他这个人是有点一言难尽，但这件事太邪乎了，正常人谁能想到自己会卷入凶杀案？最多以为撞了邪，或者被贩卖器官的给盯上了。都怪我，我当时就怀疑他是不是被麻醉了，但只是想了想，没带他去医院查。”顿了一下，他又颓然地道，“估计查也没用，他身上没针孔，吸入式麻醉本来就难查，这都过去四五天了，一个成年男性，早代谢得差不多了。”

荣锐将车子拐进小区地下车库，道：“警方会想办法的，他们的技术手段很多。你的车、吴星宇的衣物、包袋，都已经送去检验了，这一两天就会有结论。放心吧，我会替你盯着的。你好好工作，按时吃饭睡觉，OK？”

萧肃心中一暖，由衷地道：“谢谢你了，这么大的事，我也没别人能托付，只能麻烦你了。”

荣锐摆摆手表示没事，萧肃道：“上去坐一会儿？你也没吃饭吧？一起吃个午饭……哦，现在已经是吃晚饭了。”

荣锐没有推辞，跟着他上楼，进了小复式公寓上下打量一番道：“装修得挺有意思。”

“我妈选的，我觉得有点空，浪费了，应该在楼上隔间书房出来……也不知道设计师弄那么大的浴室干什么。”萧肃拿自己的拖鞋给他换。

“洗澡吧，可以很多人一起洗？”荣锐脱离工作状态以后完全就是个大男孩，看了看吧台上的卤肉饭，“你做的？”

萧肃十分想装个 ×，然而连水煮蛋都做不好的人是没有资格装的，于是叹口气，道：“家里阿姨做的，‘叮’过一次，可能不好吃了，还是叫外卖吧。”

荣锐打开冰箱看了看，说：“别叫了，我做吧，你这里什么都有。”

“你会做饭？！”萧肃难以置信地问。

“一点点。”荣锐谦虚地说，但眼神中透出满满的自信。

萧肃崇拜地道：“那我给你帮忙？”

“不用，你的脸色很差，还是去休息一会儿吧。”荣锐特别“宾至如归”，径自给他热了一杯牛奶，放了两包糖，“先喝了这个。”

萧肃端着牛奶杯坐在沙发上慢慢地喝，看着荣锐在开放式厨房里忙碌。吧台的吊灯光线柔和，掩去了他身上的肃杀之气，仿佛一个普通的邻家男孩。

怎么这么和谐啊？自己倒好像是个做客的……萧肃感叹不已，打了个哈欠，不知不觉睡了过去。

萧肃醒来的时候发现自己已经睡在了大床上，地热开着，四周很暖和，他身上出了一层薄汗，衬衫和裤子也睡得皱巴巴的。他起床换了家居服，下楼的时候看到吧台上摆着四菜一汤，虽然用盘子扣着，仍然能闻到诱人的香味。

“好香啊，你做了什么？”萧肃回头，吓了一跳——荣锐蹲在玻璃缸前，头上顶着一只长着一副厌世脸的绿鬣蜥。

这是个什么姿势？萧肃被惊呆了。荣锐梗着脖子说：“我只是打开盖子看了看，它就蹿上来了，我在等它回去——它玩够了会回去的吧？”

萧肃直想爆笑，他将大王抱回玻璃缸，道：“那你要等到什么时候？它的耐心可好了。”

荣锐僵硬的肩颈瞬间放松下来，悻悻地道：“好烦啊，绿油油地趴在我的头上，多不吉利啊……”

萧肃忍着笑帮他压了压翘起的呆毛，说：“那我替它向你道歉？它很少亲近人，一定是它太喜欢你了。”

荣锐一脸不稀罕的表情，说：“洗手吃饭，菜都要凉了。”

“怎么不叫醒我？”

荣锐盛饭舀汤，说：“叫什么啊，抱你上楼都没醒……你怎么那么轻？资料上说你有六十八公斤，其实根本没有吧？

“冬天称的吧，大概是毛重？”其实萧肃不算矮，身架也算挺拔，只是从来不运动，饭量又小，所以这两年越来越瘦了。

“以后多吃点。”荣锐的结论简单又粗暴，往他的骨碟里夹了一大块鲍鱼，又舀了一大勺西红柿牛腩。萧肃吃了两口，忽然发现一个问题——冰箱里根本没有鲍鱼，他是怎么做出这道菜的？

荣锐见他顿住，龇牙一笑，手托着下巴问：“好吃吗？”

萧肃点点头：“哪个是你做的？”

“米饭。”荣锐特别老实地说，“还有西红柿鸡蛋汤。”

所以我吃的还是外卖对吗？

“我说了我就会一点点。”荣锐一本正经地说，“我真不是谦虚。”

萧肃看着他理直气壮的样子，完全没脾气，但想想自己连个鸡蛋都煮不熟，他小小年纪居然就会煮米饭，已经算是天才了！

“我还会做火锅。”荣锐大概是被他的表情伤害到了，开始挽尊，“我做的泡面也超好吃。”

萧肃勉为其难地说：“你真棒！”

荣锐低头吃饭，一副闷闷不乐的样子。萧肃赶紧顺毛摸：“真的，我也做过蛋汤，不知道为什么蛋花全溢出来了，还差点弄坏了煤气灶……你真的很棒了。”

荣锐抬头：“哥，你是怎么考上大学的？”

所以我是送了个槽给你吐吗？

他们互相伤害了一番，两个人的胃口都开了。萧肃吃了两碗饭，荣锐则吃掉了四分之三的牛腩。番茄蛋汤意外地很好喝，萧肃吃完一碗饭又盛了半碗。荣锐有点高兴的样子，手托着下巴对他说：“刚才收到了市局的消息，是关于吴律师的。”

萧肃忙问：“怎么样？”

“他家境是不是不好？”荣锐问，“尤刚的合同对他来说很重要？”

萧肃知道这个信息对吴星宇不利，但还是实事求是地说：“是的，他父母都是乡下人，在他考上重点高中以后跟着他来靖川市谋生活。那还是在八九年前吧，他爸申请了市里的贫困扶助项目，在公交站旁边卖阳光早餐，结果被一辆冲上人行道的车给撞了，导致瘫痪。车主是个老赖，拖着赔偿款不给，吴星宇十几岁就在法院、医院两头跑，后来才决定报考法学院。”

荣锐挑了挑眉，示意他说下去。

“他确实很缺钱，律所虽然和他签了带薪读研的协议，但给他的薪水很少，只有做了项目才能拿绩效奖金。”萧肃郑重地道，“可是我要说，他这个人从骨子里对法律有着虔诚的信仰，如果当年不是警方秉公执法，法院强制执行，他根本拿不到赔偿金，他爸也活不到今天，所以他绝对不会为了一点绩效奖金就怀恨在心杀了尤刚。再说，最后尤刚不是答应他继续委托了吗？他还有什么动机杀人？”

“尤刚那条继续委托的消息是在他死后发送的。”荣锐道，“尤刚的手机上有他的指纹，虽然擦过了，但还是有残留的半枚能对得上。”

萧肃心一沉，思忖片刻后问：“还有什么对他不利的证据吗？”

“很多。”荣锐说，“第一现场——也就是别墅的客厅里有打斗的痕迹，一些隐蔽处有他没清理掉的脚印。你的车胎沾有第二现场，也就是抛尸地附近的泥土。警方从他的宿舍里搜出了事发时他穿过的衣物，上面也有抛尸地的土壤。还有最关键的证据——从他的手表表链里检出了尤刚的血液。除此之外，就是我之前跟你说的，他没有任何不在场证据。而一个健康正常的成年男人，是不可能在车里睡两天的。”

“他可能是被麻醉，昏迷了。”

“他体内没有检出麻醉剂，你也说过，时间太久，而人体是会代谢的。他回家后还洗过澡，根本留不下什么。”

萧肃心情沉重，默然不语。荣锐给他倒了一杯热水，说：“但也不是没有疑点，第一，是他那天在校医院做的血常规里红细胞很高，有点像吸入麻醉后的症状。”

萧肃插嘴道："我当时也有这个怀疑，但医生说也许是他两天两夜没进食造成的。"

"所以说这只是一个疑点，不算证据。"荣锐道，"还有另外一点，就是作案时间——如果他上周三傍晚杀人，连夜抛尸，那上周四的白天就能返回学校，为什么会在那里待到上周五的晚上呢？"

萧肃一愣："是啊，这不符合逻辑。"

"警方发现第一现场有整理清洁过的痕迹，所以怀疑他抛尸之后返回过别墅。但这个解释我认为太过牵强，他最晚上周四夜里也该做完一切了，完全没必要在那儿多待一天一夜。"

萧肃想了一会儿，说："除非麻醉过量——你知道，有些人天生对麻醉剂的耐受性差，正常剂量往往会导致他们昏迷更长的时间。"

"我跟他们提一下。"荣锐喝了一口汤，说，"哥，现在我们假设吴星宇是无辜的，想要替他脱罪，无非两个思路，一个是证明他没有到过犯罪现场，另一个是找到真正的凶手。"

第一个思路暂时没有解法，萧肃差不多可以确定吴星宇是被人故意陷害的。对方之所以设下圈套把他骗过去，就是为了造成他在现场的假象，那么多证据想要一一推翻，谈何容易。

第二个思路呢？萧肃喃喃道："谁会杀了尤刚？我妈说过，他三十年前就在靖川市呼风唤雨，是在全国数得上的地产商，财大势大……"

"尤刚今年五十九岁，身材魁梧，老当益壮，想要杀他并不容易。"荣锐说，"从第一现场的痕迹来看，打斗并不激烈，也就是说凶手一击致命，尤刚当时可能完全没有提防。另外，门锁也没有被破坏的迹象。"

"你是说……"

"凶手是尤刚的熟人，至少是认识的人。"荣锐淡淡地道，"说不定还是亲人。"

萧肃猛地想起张婵娟，脱口而出：“案发时间他的妻子在哪儿？他是不是还有个女儿？”

“已经查过了，他的妻女都在上周三晚上参加了一个行业酒会，抛尸的话，没有这个时间。”荣锐说，“刑警现在正在排查他的其他社会关系。”

萧肃想起老妈秘书发给他的巧颜的资料，打开笔记本下载解压。荣锐歪头看了一眼，说：“这个我已经看过了，你家秘书工作很细致，还查了张婵娟不少八卦。”

“哦？在哪儿？”

荣锐挡开萧肃的手，在触控板上拨拉了两下，将文件拉到偏下端：“这儿。”

萧肃一目十行，看得眼界大开——张婵娟是官二代出身，比尤刚大了整整三岁。尤刚年轻的时候靠着老丈人发家致富，结果人到中年岳父退休，便开始翻身农奴把歌唱，玩起了各种各样的小三。好在他这个人喜新不厌旧，彩旗飘飘红旗不倒，张婵娟只能睁一只眼闭一只眼，把所有心思都花在了独生女儿尤莉身上。尤莉也确实很争气，这些年巧颜的成功基本全是她的功劳，和那家瑞典公司的合作也一直是她在经手。

“这也……太复杂了吧？”萧肃叹道，“这个尤刚，光曝出来的绯闻就这么多，他老婆怎么受得了？”

“有钱人家都是这样吧？”荣锐摸着下巴看萧肃。

萧肃回过味来，摇头道：“反正我家不这样，我爸是一个很专一的男人。”

“那你呢？”

萧肃噎了一下，只得说：“我是个独身主义者，专不专一都没有差别。”

“资料显示你确实一直单身。”荣锐若有所思地道，“但我总觉得很奇怪，你这样的条件怎么可能一直没有女朋友？是不是有什么东西是我没有查到的？”

萧肃心一紧，脸上的淡笑几乎保持不住，他顿了一下，道：“还有什么是你查不到的吗？我不信。”

“我也不信。”荣锐瞄他一眼，没有追问，帮他收拾了碗盘桌椅后便告辞离开。荣锐临走前问道：“明天下午我和荣银去伍心雨那儿，你有时间一起去吗？”

萧肃遗憾地说：“我明天下午有两节大课，要六点才下班，你们回来了把结果发给我行吗？”

荣锐做了个“OK”的手势，发动车子潇洒地离去。萧肃目送他的车尾灯消失在上行坡道，搭电梯上楼。房间里还弥漫着淡淡的饭菜香，荣锐临走前剥好的山竹摆在白瓷茶碟里，萧肃捏一瓣放进嘴里，又甜又润。

四周非常安静，静得只能听到牙齿咀嚼的声音。萧肃忽然感觉心里空荡荡的，久违的孤独感像水一样无声无息地流淌，一点点漫过他的脚背。恍惚间他打了个冷战，习惯性地拿起手机拨了快捷键，直到“嘟嘟嘟”的忙音传来，才意识到吴星宇还在警察局里。

没事的，一定能想到办法还吴星宇清白……萧肃深呼吸令自己平静下来，丢下手机，然后洗漱睡觉。

周二是萧肃最忙的一天，上午第一节课刚下课，他就飞奔去找师姐要神兽的检验结果。师姐的实验室难得有客人，并且还是个帅哥，萧肃特别识趣地在外头等了一会儿，免得撞破她的桃花运，直到客人走了萧肃才推门进去。

“你怎么才来？”师姐一边收拾桌上的实验报告，一边说，“送样的时候那么急，我还以为你昨天下午就该来取结果呢。”

“有点事耽误了。”萧肃没提吴星宇的事，反问她，“刚刚那个人是谁？看着脸生，不是咱们系里的？”

“大气的。”师姐说，“你也太宅了，是不是连咱们院里有几个系都不知道？”

靖川大学地球环境学院有三个大系，除了相对热门的生物系，还有相对冷门的地质系，以及完全没有存在感的大气系。萧肃问：“大气的来你这儿干什么？”

“分析雨样。”师姐说，“这两天不是下雨吗？他们采了一些地区雨样，要做一组微生物分析。”

萧肃扫了一眼样瓶，标着市区的那瓶明显有点儿浑，一点也不像标着山里的那瓶清透，可见城里最近空气不怎么样。他随手放下，问她：“我的结果都出来了？”

“出来了，我按你的思路查了一下常见的排异药物，单子在这儿。”师姐递给他一沓纸，“病毒方面没有什么特别的发现，只检测到一些常见的寄生菌，应该和奇美拉现象没有关系。”

萧肃一页一页翻看，抗排异药物一般是免疫抑制剂和激素，像硫唑嘌呤、克隆免疫球蛋白、FK506……难为师姐在这么短的时间内弄到这么多药物，给神兽的样本做了一套全面的标定。

标定结果和萧肃预测的一样，神兽体内至少含有三种抗排异药，分别针对肝脏、神经和皮肤。所以现在基本可以肯定，陈建国的这只神兽不是天然变异的小鼠，而是人为制造的“怪兽”。因为嫁接了三种不同的DNA，实验者长期给它使用抗排异药，所以一旦停药就心脏衰竭而死。

那么，它到底是从哪儿来的？它和吕白之死又有着什么样的关系？

“谢谢了。”萧肃将结果收进随身的邮差包里，“能给我发一份电子版吗？”

“这就发给你。”师姐一边打开工作站出表，一边问他，“这么奇怪的神兽到底是哪里来的？那个陈大师是什么来路？”

萧肃这一阵连着忙，哪里还顾得上什么陈大师。不过师姐提醒的是，抽空还得去平桥镇警察局一趟："据说是他买的，就是不知道卖家是谁，回头查查吧。"

"这种试验品肯定不止一只，你的微博抽奖没人响应吗？"师姐说，"我妹可上心呢，帮你转发了，还追加了一套自己的作品抽奖。"

"是吗？"萧肃好几天没看微博了，打开一看，后台提醒多得吓死人。不仅"猪精佩奇"给他追加了一套据说已经绝版的早期作品，"小警盾"也给他转发了，抽一套刑事侦查局周年庆冰箱贴。

刑事侦查局居然还做冰箱贴？这是要向故宫博物院看齐吗？萧肃惊叹不已，点开荣锐转发时附的图，原来是一套十枚"小警盾"表情包冰箱贴。下面的粉丝都快疯了，"盾农"刷得飞起，还有人喊着要写同人文。

萧肃看得差点儿笑出声来，随手转发了他们俩的转发，问师姐："你妹知道这是我的微博吗？"

师姐点点头："她说上周五你们见过面，还留了联系方式，你和微博用的是同一个头像。"

"哦。"萧肃了然。

师姐又问："你上周五去他们研究所了？有什么样品是咱们院里做不了的吗？"

靖川大学地环院有一个国家重点实验室，论科研能力不比生命研究所差，在这方面师姐还是很骄傲的。萧肃连忙解释："是一个涉密项目，警方委托给你妹妹的导师了，我也只是送点小样过去。"

"哦，警方的秘密任务吗？"师姐转怒为喜，"我妹又有素材了，下一本小说写完说不定能给我买个爱马仕……"

萧肃就有些不懂了，她整天泡在实验室里，穿的不是蓝大褂就是白大褂，买个爱马仕到底要怎么搭配？

算了，时尚是玄学，男人最好别多嘴。

睿智的萧老师告别师姐，马不停蹄地吃饭上课，下午连着站了四个小时，腿都酸了，熬到六点半回到家，瘫在沙发上一动也不想动。

外面的天慢慢暗了下来，UMBRA 响起提示音，萧肃打开手机，是荣锐给他传了两组表单，分别是神兽和吕白的检验报告。神兽部分和师姐的结论差不多，伍心雨也检出了三种抗排异药物，未发现可疑病毒。而吕白的那部分更严重一点，这个姑娘同时服用两种抗排异药，以及一堆杂七杂八的减肥药、美白丸、抗氧化剂……剂量相当惊人。

萧肃把师姐的检验结果也传给他，说："二者都没有检出异常病毒，现在只能先从干细胞排异方面推进，吕洁那边联系到瑞典的医生了吗？"

荣锐回复："吕洁通过吕白的经纪人拿到了吕白在瑞典的病历，已经发给我们了，我正在通过官方渠道要求对方提供相关资料。但是跨国协调非常麻烦，涉及商业机密、专利保护，还有两国法律差异，大概要扯很长时间，最后也不一定能拿到有用的东西。"

萧肃想想都替吴星宇感到头大："如果张婵娟在和他们谈合作，那她也许已经拿到了对方的核心资料，你可以直接从巧颜入手。"

荣锐："已经在落实了，老孙明天去市局协调。"

提到市局，萧肃就想起吴星宇来。还没开口问，荣锐已经猜到了他的想法："今天警方给吴律师做了吸入麻醉的耐受性检查，证明他对卤烷类麻醉剂非常敏感，如果事先没做测试，正常剂量也可能让他永远地睡死过去。"

萧肃一阵后怕，幸亏吴星宇在上周五醒过来了，不然后果真是不堪设想："所以那多出来的一天一夜，很可能就是因为凶手不知道他对麻醉剂敏感，所以给他下的剂量过重造成的吧？"

荣锐没有正面回答这个问题，只说："警方正在排查尤刚的社会关系，你家秘书提供的那份八卦资料起到了意想不到的作用，里面提到的一个小三几年前给尤刚生了个儿子，上个月他私自修改遗嘱，把名下的不动产和股份给私生子转了过去……总之，事情在向好的方向进展，你不要太担心。”

萧肃松了一口气，发了个小警盾敬礼感谢的表情：“谢谢你了，还有微博抽奖的事。”

荣锐回了个调皮眨眼的表情，萧肃说：“你能不能拜托王民警帮我问问陈建国那个神兽是哪里来的？之前吴星宇说要帮我问的，现在……”

荣锐：“这就给他打电话，陈建国看在锦旗和感谢信的分儿上一定会配合的。”

萧肃想起自己给陈大师送的谢礼，忍不住笑了，UMBRA 上，荣锐也给他发了个小警盾捧腹的表情。

结束对话，萧肃拿着一支笔在稿纸上随手涂画，帮吴星宇捋案情——他周三下午四点半出发去见尤刚，大概七点多到，走到门口收到尤刚的微信，转回车上，随即就被迷晕了……吴星宇身高一米八二，体重七十六公斤，假设凶手只有一个人，把他从车里挪到第一案发现场去制造证据还是比较吃力的，而想要把他弄到第二现场就更难了。

萧肃代入了一下，如果自己是凶手，抛尸的时候绝对不会多此一举，把一个昏迷不醒的大汉弄到洼地去。毕竟那天是大雨天，即使留下痕迹也会被雨水冲掉，还不如直接弄点泥巴回来抹在他的鞋和衣物上，弄点证据就够了。

雨水……雨水……萧肃眼前浮现出早上在师姐那里见到的雨水样品，脑海中忽然灵光一闪，从沙发上一跃而起，拨打师姐的电话：“师姐？！早上大气师兄的雨样你做完了吗？好好，你现在在实验室？可以给我发一份结果吗？谢谢！”

挂断电话，萧肃紧张得手指冰凉——如果他的猜测是对的，那也许马上就能找到吴星宇不在案发现场的证据了！

幸亏师姐习惯性修仙，这么晚了还在实验室里煮火锅。萧肃等了没多久，就收到她发来的雨样分析结果。感谢地环院大气系，这么冷门的专业系主任都没有放弃治疗。三年前费尽九牛二虎之力申请了一个国家重点科研项目，专门研究本省的雨水污染和治理状况。

传统雨水污染研究，一般是监控和治理氮磷污染、COD、BOD等指标，但这个重点科研项目主要是研究雨水中的细菌、原生物和寄生虫。因为平桥镇郊区近年来大力发展有机蔬菜种植，影响了附近的微环境，导致雨水中含有贾第虫和隐孢子虫，对农村的地下水造成了轻微的污染。研究人员为此做过跟踪研究，发表的论文去年还得过一个行业奖。

萧肃仔细看了一遍师姐的检测结果，心里稍微有了一点底——靖川市区的雨水中主要是BOD和COD超标，而十水岭的雨水中则含有大量贾第虫和隐孢子虫。

现在就看吴星宇那里能不能检测出这两种寄生虫了……萧肃看看时间，才九点半，于是在UMBRA上呼叫荣锐：“吃饭了吗？”

荣锐给他发了一张照片，小清新的手作陶碗里盛着金黄色的面条，盖着切成薄片的卤牛肉、诱人的溏心蛋，还有几片卖相完美的上海青。碗下面垫着巴宝莉格子餐巾，旁边摆着雕工精美的鸡翅木筷子，筷架居然是陶瓷小警盾，举着盾牌，一副盘古开天地的厉害模样。

荣锐：“晚饭，我做的！”

萧肃手指在键盘上顿了三秒，忍不住笑得前仰后合——难为他记得昨晚说过会煮泡面，今天专门煮了给自己看，还摆拍得如此高端大气上档次！问题是你摆得再漂亮、滤镜再好看，它也只是泡面啊！

年轻人的脑回路太神奇了，这大概就是代沟吧？萧肃笑够了，没敢真的开口嘲讽，赞道："看上去好香啊，我都有点饿了。"

荣锐发了个得意的表情，萧肃隔着手机屏幕都能感觉到他的嘚瑟，给他发了两个大拇指，才开始谈正事："我有个问题，吴星宇的衣物现在在市局对吗？没有清洗吧？"

荣锐："当然没有，这是关键证物。"

萧肃："警方主要做了什么检查？"

荣锐："警方取了衣物和鞋上的泥土，和十水岭洼地的土壤做了对比分析，证明是一样的。另外，他鞋底的泥土中还掺有尤刚的血迹。"

萧肃："凶手是上周四凌晨抛的尸，当时十水岭正在下雨，那么警方有没有检查过他衣服上的雨水呢？"

荣锐沉默片刻，说："好像没有，警方是周一下午搜集的证物，当时吴星宇的衣服已经干透了，雨水都蒸发了，还怎么检验？"

萧肃心中多了两分自信，说："雨水不是纯水，泡过的衣物会留下微量证物。"

荣锐："哦，你是说类似酸雨，淋过以后会改变衣物的酸碱度？"

萧肃："不止，雨水里含有很多微生物，这些东西比酸碱度更直观。取样分析以后，根据种类、含量和比例，甚至能大致推断出下雨的地区。"

荣锐顿了一会儿，回道："我明白了，如果吴星宇一到别墅就被迷晕了，那他根本没办法冒雨抛尸。而真凶怕留下生物信息，应该不会脱了他的衣服穿起来去抛尸，最多把十水岭的泥土弄在他的裤脚和鞋底上。"

萧肃道："对！我也是这么想的，所以只要查一下吴星宇衣服上的微生物含量比例，就能判断他上周四凌晨有没有在十水岭淋过雨！如果他鞋上有十水岭的泥，身上却没有十水岭的雨，那不是摆明了有人在陷害他吗？”

荣锐：“这你也想得到，真厉害……现在的问题是，我们并不知道十水岭的雨水里有哪些微生物，含量比例又是什么样的。”

萧肃：“我知道，我有证据！”说着将师姐发来的雨样检查结果给荣锐传了过去。

荣锐看了很久，回道：“OK，我已经发给市局的同事了，他们明天会让人给吴星宇的衣服取样做比对。你的这份结果我需要一份打印版做证物，由检测人签字，你们学院盖章。”

为了给吴星宇沉冤，萧肃真是赴汤蹈火都愿意：“雨样是我们院大气系的师兄取的，检测的是我师姐，也就是伍心雨的姐姐做的，绝对没问题。我明天上午没课，一上班就去办手续，顺便把样品要一份给你拿过去。”

荣锐：“直接送市局吧，正好我明天要过去办点事，顺便接你去递交证物，明天十点钟学校门口见。”

萧肃自觉办成了有生以来的一件大事，心里压着的大石头一下子轻了大半，爽快地道：“好的，明儿见。”

第三章 不腐之身

萧肃一上班就去实验室找师姐，请她去隔壁大气系找昨天的帅哥师兄要一份雨水样品。其实他自己也可以去，但是……还是给师姐创造一点接触帅哥的机会吧，毕竟她贴了那么多面膜，过几天还要买爱马仕，总得有机会背出去秀一下不是？

师姐果然很上道，梳了头发，专门换了件雪白的新大褂才去找师兄，回来时脸上隐隐带着一丝娇羞：“雨样拿到了，检测结果也已经签字盖章了，你怎么谢我？”

是你怎么谢我才对吧？萧肃忍着笑，真诚地说：“谢谢师姐，要不我送你一个爱马仕吧？”

师姐吃了一惊，呆呆地道：“师弟，你家股票这两天涨停了？”

萧肃摇头道：“我有一个好哥们儿以前是做微商的，现在从良了，他还有一批高仿堆在我家车库里，爱马仕、香奈儿、普拉达……

应有尽有！哪天你过去随便挑吧，给你妹也挑一个。”

师姐奓毛道：“滚！”

萧肃大笑，又道歉：“开玩笑的，周末请你们吃饭，阳澄湖大闸蟹刚上市，虾蛄也正肥。”

师姐转怒为喜：“这还差不多！”

萧肃心情好，差点忘了自己的抠门人设，高高兴兴地告别师姐，去校门口等荣锐。刚走一会儿，手机响了，是老妈方卉慈的秘书打来的：“萧先生，您之前说要给您那位姓吴的朋友请个律师，我跟方总讲了，她直接给周律师打了电话。周律师说他今天上午正好有空，让您直接跟他联系。”

周律师是方卉慈的老同学，这些年方氏的法务工作一直都是他的律所代理的。萧肃没想到老妈竟然会请他出山，心中顿时更加安定。在微信上和周律师约好一会儿在市局见，荣锐的消息也发了过来。萧肃小跑两步赶到校门口，那辆拉风的特斯拉超跑刚好停下。

今天开车的是荣银，大概是被荣锐的急刹车整怕了吧。萧肃上了后座，将装着证物的纸袋子递给副驾驶座上的荣锐：“都在这儿了……你们今天去市局干什么？‘408 案’有什么新进展吗？”

荣锐接了袋子，打开一一看过后说：“我和老孙要调查巧颜的抗衰针项目，去跟市局拿一份协调函。”

荣银发动车子，说：“我要去法医那里看看吕白的尸体这段时间有没有新的变化。”今天的荣法医也是视觉冲击满级，金发用格子发带束在脑后，穿着修身的米色风衣，配巴宝莉格子围巾，英俊得简直像欧洲高阶模特。萧肃平日也算注重仪表了，衬衫西裤三件套，但每次站在他旁边就有些自惭形秽，感觉自己宛如搬砖的糙汉。

荣银十分享受他欣赏的目光，理了理脖子上的格子围巾，吸了两下鼻子，忽然皱眉对荣锐道：“怎么一股方便面味？你昨天拿我围巾干吗了？”

荣锐迅速开启被动技能“薛定谔的聋”，扭头面无表情地欣赏着外面的街景。萧肃倒是心一动，仔细看了看，发现荣银的围巾……怎么跟昨天荣锐垫方便面碗的餐巾布挺像？别是把方便面汤洒在上面了吧？

不过这种事还是别告诉他了，毕竟他们兄弟俩的感情已经摇摇欲坠，再经不起什么风浪了……萧肃慢慢将自己挪到椅背的阴影里，假装什么都不知道，同时感觉荣法医的形象似乎也没那么精致了。

十点半，三个人到了市局，荣锐去刑警队递交证物，荣银去了法医处，萧肃则站在门外一棵大树下等周律师。大概等了五分钟，周律师来了，萧肃正要过去，忽见一辆酒红色玛莎拉蒂停在他身边，一位年轻貌美的女郎从车窗内探出头来，叫道：“周律师。”

“哦，尤总。”周律师停下脚步和她打招呼，“好久不见。”

萧肃注意到她左臂戴着黑纱，身上的衣裙也是黑色。虽然脸上戴着墨镜，但依稀能看出眼睛红肿。再联想到她的姓，以及和张婵娟有五六分相似的相貌，萧肃立刻猜到她是尤刚的女儿，尤莉。

两个人寒暄了几句，尤莉声音沙哑地说：“谁也没料到爸爸会遇上这种事，还好凶手已经被抓住了。”

周律师身为凶手的代理人，脸色丝毫未变，温言软语道：“节哀顺变，照顾好张董。她和你父亲同甘共苦这么多年，不容易。”

“谢谢。”尤莉低声说，“我妈哭晕过去好几次，现在还在医院打吊瓶。唉，我今天来就是想尽快领回爸爸的遗体，让他老人家入土为安，也让我妈早点平静下来。”

“应该的。”周律师温和地说，“如果警方的检验已经做完了，应该是可以领回的。”

尤莉点点头，又问：“您今天怎么来市局了？是方氏出了什么事吗？”

“哦，不是，是帮朋友一个忙，代理一件案子。”周律师依旧微笑，不动声色地道，“方董的人情，我也不好推辞。”

尤莉没有多想，寒暄两句便告辞离去。萧肃等她的车进了停车场，才走过去和周律师打招呼：“周伯伯。”

“阿肃。”周律师拍拍他的肩膀，“听你妈说你留校当老师了？”

“是啊，没别的本事，只能误人子弟了。”萧肃笑着问他，“刚才那位就是巧颜的执行总裁尤莉？”

周律师点点头：“来给她爸爸办遗体领回手续的……你妈说你那个好朋友就是这件案子的第一嫌疑人？”

萧肃觉得有点尴尬，但看周律师镇定自若，不禁感叹姜还是老的辣。萧肃简明扼要地将吴星宇的事情跟周律师讲了一遍，周律师边听边在手机上记，等萧肃说完，周律师点头道：“我大概知道了，一会儿进去办好手续争取见他一面，听听他怎么说。”

“谢谢您了，周伯伯。”萧肃感激不尽。

周律师摆摆手，进去办手续，萧肃在大厅等荣锐。大概过了半个多小时，荣锐从楼上下来，对他说：“证物已经交给负责人了，他们下午会安排检验吴星宇的衣物。”

萧肃点头，又道：“刚刚有个姓周的律师来办手续，说是吴星宇的代理律师。”

“周伯伯不仅是我妈的老同学，还是与我们家公司长期合作的那家律所的合伙人。我也没想到我妈能请得动他，周伯伯现在已经很少亲自出手接案子了。”萧肃解释道，“吴星宇的家境不太好，父母都是乡下人，这种事只能我帮他了。”

荣锐点点头，问：“你和吴星宇的关系一直这么铁？”

“嗯，他大概是我唯一的朋友了。”萧肃叹道，“我父亲去世那段时间他一直陪着我，他有什么事我也会陪着他，我们就像亲兄弟一样。”

荣锐探究的视线掠过他的眼睛，道：“唯一的朋友？你这样的背景、性格，从小到大就没别的朋友？”

萧肃语塞，心中蓦地浮起一丝阴影，不动声色地将话题转开：“对了，刚才遇到尤莉，她是不是来申领她父亲的遗体了？”

荣锐沉吟片刻，没有追问什么，说：“是的，不过有你新提交的证据，加上周律师提出的一些问题，警方产生了新的怀疑，所以她暂时还办不了领回手续。”

萧肃没想到他们的动作这么快，问道：“警方有什么新的怀疑？”

“如果证明吴星宇上周四的凌晨没有去过抛尸现场，那么他就是被陷害的，凶手另有其人。”荣锐道，“从通话记录看，吴星宇本来和张婵娟约好上周五去别墅见尤刚，结果上周三她忽然打电话改期，让他下午就去。而吴星宇一到那里，就掉进了陷阱。”

萧肃意识到什么：“所以……张婵娟的嫌疑很大？”

“对。”荣锐道，“并且她也有作案动机。记得我昨天告诉过你，尤刚前一阵子刚刚为他的私生子改过遗嘱，把原本属于尤莉的部分股份转给了私生子。张婵娟虽然对小三并不在意，但对尤莉这个女儿非常看重，而尤莉运作的巧颜正处在商业扩张阶段，需要大量的资金，她恐怕没办法容忍丈夫这种釜底抽薪的做法。”

这个推测颇符合常理，但有一个致命的漏洞。萧肃皱眉道：“可张婵娟有不在场证明啊，尤刚死的时候她和尤莉正在参加酒会。”

“所以警方这两天会重新整理关于她的证据。”荣锐道，“而且尤莉今天过来领遗体，不免着急了些。虽然入土为安是人之常情，但尤刚是被杀害的，一般情况下凶杀案的家属第一诉求是严惩凶手，而不会是在情况未明之前就匆忙要求先火化遗体。”

萧肃越发觉得这个案子瘆人：“尤莉不会也有嫌疑吧？”明明这母女俩看上去都体体面面、娇娇弱弱的，不管杀夫还是弑父，都有点冲击他这个正常人的道德底线。

“警方也会调查尤莉的。”荣锐看了看表，说，“走吧，都这个点了，周律师一时半会儿忙不完。你下午是不是还有课？”

“两点钟有一堂大课。”萧肃说，“也该回学校了。”

两个人从市局出来，已经快十一点半了，此时又淅淅沥沥地下起了雨。荣银有事提前走了，他们俩只能站在路边打车。结果雨天打车难，等了快十分钟也没等到一辆。

萧肃打了个喷嚏。荣锐皱眉，扭头往对面看了看，说：“你上次不是说要换车吗？那边正好有一家4S店。”

“啊？”萧肃一时间没反应过来，作为一个土豪他还真没想过“打不到车就买一辆”这么玛丽苏的事情。但想想似乎也没什么不对，反正车都是要买的，这个点买还能省一趟出租车钱呢。

精打细算的萧老师立刻同意：“过去看看。”

4S店里正在放饭，销售顾问没想到周三中午下着雨还会有人来看豪车，牙缝里的芹菜都没来得及抠掉便跑过来给他们介绍。萧肃对车没什么执念，只有两点要求，一是好看，二是省油。谁知他看了半天，发现好看的都不省油。荣锐一开始还耐心地陪他挑选，后来终于忍不住了，在他婆婆妈妈算油耗的时候翻了个白眼，指着一辆奔驰城市越野说：“就它吧。”

选择困难症萧老师还在犹豫：“好看是好看，就是油耗有点高……”

“颜控没有资格奢求油耗。”荣锐一脸鄙夷地说，“这就像你找对象，漂亮的都不是省油的灯，省油的灯肯定都比你丑！”

萧肃竟然无法反驳，但总觉得有哪里不对：“你这都是些什么歪理邪说？”

“刷卡！”荣锐对销售顾问说，“有现车吗？”

销售顾问惊呆了，大概是没见过下单这么爽快的客户：“有有有，不过……您不要试试车吗？”

“不用。”荣锐回头对萧肃说，“哥，相信我，这辆车适合你，安全舒适，操作傻瓜，就买它吧。”

安全舒适也就罢了，为什么操作傻瓜就适合我？萧肃张了张嘴，话没说出来。毕竟他说的是事实，于是掏出黑金卡：“刷一辆吧，黑色就行。”

十二点半，萧肃开着他价值两百万的新车出了4S店。除了陈建国的神兽，这大概是他花钱最多且最果断的一次了。荣锐面对两百万的发票面不改色心不跳，坐在副驾驶座上给他整理各种说明书和票据，最后放在手套箱里：“记得去换车牌，临时牌有效期短，而且不能出市，很麻烦。”

萧肃刚才还在为了钱心疼，现在发现新车开着比Mini Cooper S顺手得多，心情也好了：“知道了……一起吃饭吧？你想吃什么？”

荣锐看看窗外，皱眉道：“雨越下越大了，找饭店还要淋雨，不如叫外卖去你家吃吧，你两点钟不是还要去上课吗？”

萧肃一想也是：“吃什么？上次你点的那个小鲍鱼很好吃，哪家的？”

“我点吧，你专心开车。”

两个人到家的时候，外卖刚好也到了。萧肃感觉有点着凉，在卫生间洗手的时候连着打了好几个喷嚏。荣锐说：“你不是得了流感吧？今天早上新闻里说靖川市最近甲流肆虐，一定要多注意。”

萧肃最近忙得没空看新闻，被他一说顿感不妙，连忙找出两颗感冒药吃了。谁知吃完饭没多久，荣锐也跟着打起喷嚏来，捂着鼻子一脸郁闷地道：“我不是被你传染了吧？怎么回事？我都有五六年没得过感冒了。”

萧肃十分内疚，他属于抵抗力极差的那种。靖川市一年两次流感，他特别捧场地次次都不落下，没想到今天还连累了荣锐：“对不起把你给传染了，可能是水土不服吧，有时候身体越好的人，偶尔病一次反而特别厉害。”

荣锐在卫生间洗脸，一会儿工夫又打了一长串喷嚏，出来的时候眼睛都肿了，说：“头疼，眼睛都睁不开了，有药吗？”

萧肃给他找了感冒药，他吃完就倚在沙发上假寐，看上去很难受的样子。萧肃眼看着上班时间要到了，只得说：“别急着走了，在我这儿睡一觉，工作的事别着急，等老孙找你你再去。”

荣锐闭着眼睛点点头，顿了一下，瓮声瓮气道：“万一我要出去买东西怎么办？门锁了就进不来了。”

萧肃也没多想，说：“那给你录个指纹吧，随便你出去买什么都能进来。”

“这合适吗？咱们俩又不熟，你不怕我给你卷包走了？”

“你卷吧，卷了我立马就报警，让老孙把你抓起来。”

荣锐笑了笑，睁开眼睛说：“那倒也行。”

萧肃给他录了指纹钥匙，就让他去楼上卧室休息，自己收拾了东西出门上班。萧肃站在电梯里忽然想：自己怎么就给一个才认识没多久的小警察录了指纹？这么多年了，他习惯性地和所有人保持距离，连吴星宇这样亲近的朋友也没有给过这种权限。

萧肃心头忽然飘过一丝疑云，他不禁想起荣锐对自己三番五次的试探——你为什么只有一个朋友？你为什么这么多年一直单身？你是不是有什么东西我没有查到的？

所以，刚才荣锐说自己出去买东西可能会被锁在外头，大概是故意的吧？目的就是弄到他家的指纹钥匙……萧肃无奈地苦笑了一下，这个家伙，直觉太可怕，做事太执着，哪怕只察觉到一点点异样，也要用十二分的精神把它挖出来。

一时间也不知道是该生气还是该想开点，想了半天也只能长叹一声——这个世上怕是没人能够阻止他吧。他要查，就让他去查。

萧肃下午上课有点心不在焉，往常他下课后都要去泡图书馆，今天却早早地回了家。谁知到家的时候荣锐已经走了，楼上的大床特意收拾过，难为他还把蚕丝被叠得像豆腐块一样方正。

萧肃在吧台上找到他留的便笺条，上面写着：有事先走了，给你叫了晚餐外卖，记得吃饭，别敷衍自己。

荣锐的字格外好看，是标准的颜体，端庄工整，气度严谨，随手涂画也是一副大家风范，怪不得当初看不上吴星宇的烂字。萧肃不禁有些好奇他的家世，这小子衣着朴素，浑身上下没有一件看得出牌子的东西。但他整个人似乎代表着一种极致的奢侈——优良的教养、出色的身手、常人难以想象的职业，以及对金钱漫不经心的态度。还有他的字，这种层次的书法，没有一流的老师手把手从小教，是练不出来的。

神奇的家伙……萧肃胡思乱想了一会儿，打开电子锁想抹掉他的指纹，顿了一下又合上。录都录了，就留着吧，真要抹了，估计他又要想其他法子折腾，不如由着他去。

接下来几天，萧肃一直和周律师保持着密切联系。他从周律师那里得知吴星宇的衣物上果然没有检出贾第虫和隐孢子虫，警方已经初步认定吴星宇是被人栽赃陷害的。再经过对尤刚社会关系的梳理，锁定了新的嫌疑人——张婵娟。

萧肃想给吴星宇办取保候审，周律师说有点难度，至少要等下周调查明朗化以后才能想办法。不过他说吴星宇状态还可以，知道萧肃在外面替自己奔走，就特别放心，好吃好睡，连警察都觉得他是凶杀嫌疑人里的一朵奇葩。萧肃一边觉得这货太无厘头，一边又觉得他这样也好，不然周律师整天面对一个哭哭啼啼、要死要活的委托人，也怪郁闷的。

转眼又到了周末，失踪了好几天的荣锐终于在UMBRA上给萧肃发了一条消息，说要跟他聊聊案件的进展情况。萧肃从碧月湖赶到x

小复式公寓的时候，荣锐已经在厨房里洗菜了。萧肃看着一吧台的肥牛、鱼蛋、大明虾，哭笑不得：“你这是做什么？”

“做火锅啊！”荣锐居然还系了一条围裙，黑色缎面的，法式大厨用的那种。布料紧紧裹在腰上，越发显得他颀长挺拔，青春逼人。

“天冷了，吃火锅正好。”荣锐完全不拿自己当外人，一边搅麻酱香油，一边问他，“吃辣吗？我买了韭菜花和老干妈。”

萧肃有一种走错别人家的感觉，万万没想到他弄到自己家的指纹钥匙以后，做的第一件事竟然是来做火锅！但想想自己“引狼入室”，似乎也没办法抱怨了，只能坐下来等着吃荣警官唯二擅长的美食之一。

海底捞底料拯救了两个厨艺小白，所幸荣锐刀工极好，片的肥牛几乎能和机器刨出来的媲美。大虾处理得干净利落，一丝泥线都没有。不知道是闲的还是为了显摆，荣锐愣是把白萝卜雕成了海棠花，萧肃都不忍心下嘴吃了。

“这两天在忙什么？没见你上UMBRA，也没发微博？”萧肃等着开锅，随口问他。

“出差，去了一趟珑州。”荣锐给萧肃倒了一杯甘蔗汁，说，“巧颜提供的资料，他们和瑞典那家公司达成初步协议，打算在圣诞节前后推出国产抗衰针，试点放在珑州的新医院里。”

“珑州？”萧肃有些意外，“尤刚和张婵娟的大本营在靖川，为什么要把新项目放在珑州？那边经济不如这边发达，交通也没有这边便利。”

“巧颜的说法是想开拓西部市场。”荣锐道，“靖川这边已经是他们一家独大，再往东有好几家实力雄厚的同行，市场也趋于饱和。所以尤莉打算另辟蹊径，从欠发达地区着手，提前抢占市场。”

这倒也是个说法，萧肃挑了挑眉说：“你们有什么发现？”

“拿到了一些技术资料，签约合同什么的。”荣锐道，“我和老孙初步分析了一下，看不出什么问题，技术资料已经交给伍心雨去研究了。”

“能提交给官方的东西，一般都不会有什么大问题吧？”萧肃说，“是不是还得从其他渠道入手？”

荣锐点点头，说：“最好是有内部的人提供证据，我和老孙正在研究他们的核心成员，看能不能打开缺口。”

火锅开了，萧肃夹了些白萝卜放进去。荣锐无语地说：“哥，你会不会吃火锅啊？一开始要先放肉，等汤煮浓了再放素菜。”

萧肃发现自己不但不会做饭，连吃都不会了，郁闷地说：“白萝卜要煮透了入味了才好吃，放晚了等煮好我都已经吃饱了。”

“什么逻辑啊……萝卜有什么好吃的？”荣锐嗤之以鼻，但还是又给他下了几块白萝卜。

“萝卜赛人参。”萧肃不服气，说，“我就喜欢吃萝卜。”

“这不是给你煮了吗？”

萧肃抓着筷子，忽然发现自己被这少年给传染了，怎么也变得幼稚任性起来！

好烦啊，我可是成熟稳重又优雅的萧老师啊！

优雅的萧老师优雅地吃着牛肉，幼稚的荣警官在对面给他剥明虾：“吴星宇的案子，周律师跟你说进展了吗？”

“说了。”萧肃简单地讲了几句。

荣锐摇头道：“这是前些天的事了，我下午回来之前得到了一些新消息。”

萧肃忙问：“可以告诉我吗？”

荣锐道：“警方怀疑张婵娟，所以重新询问了她身边的人，包括秘书、保姆、司机……然后根据这些人的口供，重新梳理了案发当天她的时间线。”说着，他打开自己手机上的UMBRA，递给他。

这件案子现在最棘手的问题，就是最大的嫌疑人张婵娟没有作案时间。萧肃点开 UMBRA 里的文件，发现是一组视频。第一段视频是张婵娟的保姆，一个干净利落的中年女子：“太太上午九点左右说要和尤小姐出去逛街，中午不回来吃饭。大概下午五点钟的时候，她一个人回来了，叫了化妆师给她做晚宴的造型。六点半的时候，她的秘书来接她去参加一个酒会，回到家大概十点半……对，她是和尤小姐一起回来的。”

警察问她尤莉下午逛完街为什么没和张婵娟一起回家，保姆说：“尤小姐在市里有自己的房子，她不太喜欢太太的化妆师，嫌土，所以一般是自己做造型。”

警察问她晚上十点以后张婵娟母女俩有没有离开过家，保姆摇头：“没有，我记得很清楚，那晚下着雨，尤小姐来例假了，大晚上喊肚子疼。大概一点多的时候，太太下楼叫我去给她煮一碗红糖姜茶。后来快三点的时候，她又叫司机出去买止疼药，说尤小姐受了凉，姜茶也不管用。”

“你确定见到她们两个人了？”警察问。

“当然。”保姆说，“我手机关机了，太太专门下楼来敲我的门。我送姜茶上去的时候，听见尤小姐疼得直哼唧，太太一直在温柔地安抚她。”

萧肃又打开了酒会接待员的询问视频，一个头发花白的中年男人在画面中说：“张女士是晚上七点左右到酒店的，当时我见她一个人，还问她尤小姐怎么没来。她说已经来了，因为礼服有点问题，正在贵宾休息室里收拾呢。后来我忙着协调酒水、音乐什么的，就没再关注。大概晚上九点半酒会结束，我在门口送宾客，看到她和尤小姐挽着手出来……所以我想尤小姐差不多是和她一起来，一起走的吧。”

后面两段视频是张婵娟的秘书和她的化妆师录的，基本证明了保姆和酒会接待员的证词，张婵娟从下午五点直到次日清晨一直在靖川市。

萧肃看完所有的视频，关了UMBRA，说：“尤刚死于傍晚，那段时间张婵娟在酒会上。凶手抛尸是在上周四的凌晨，她整晚没有离开家，根本没有时间……难道是我们之前猜错了，凶手另有其人？”

荣锐道：“尤刚修改遗嘱，除了张婵娟以外，还有一个人的利益受到了直接损失。”

萧肃略一思索就明白了：“尤莉？”

荣锐点点头：“从保姆的证词来看，尤莉周三上午和张婵娟出门逛街，但下午五点钟并没有和张婵娟一起回来。也就是说，从上午九点到晚上九点这段时间里没有人见过她。酒会负责人只能证明她晚上九点半和张婵娟一起离开，并不能证明她之前一直在酒会现场。另外，上周四凌晨这段时间，虽然张婵娟说她不舒服，指使保姆和司机弄这买那的，但这两个人始终只见过张婵娟一个人，听到尤莉的声音，并没有见到她本人。”

萧肃接着道：“是的，这一段我觉得很奇怪。张婵娟的行为有一种很刻意的感觉，好像为了证明尤莉和自己在一起，特意大半夜折腾保姆和司机似的。”

“所以，尤莉的不在场证明很薄弱。”荣锐道，“警方也发现这一点了，正在进一步调查。现在到处都是摄像头，一个人很难无声无息地出现，或者无声无息地消失。”

萧肃想起那天上午在市局门口见过尤莉，她那悲悲戚戚、娇娇弱弱的样子，实在让人无法相信她能做出弑父这么可怕的事情：“如果凶手真的是尤莉，那她也太可怕了——七点杀人，九点半赶到酒会，中间只有两个多小时，还要飞车……她的情绪简直零冷却，天生的杀人凶手啊！”

而且她从酒会回来以后，马上又赶回别墅抛尸，冒着大雨栽赃吴星宇……这素质，说是专业杀手也不为过吧？萧肃不禁打了个冷战，荣锐将煮熟了的白萝卜给他夹到吃碟里，说："这也是我疑惑的一点，虽然尤莉的时间对得上，但太紧凑了，考虑到她的既往履历、情感因素，很难相信她能把一件凶杀案策划得这么极致，这么冷静——她杀的还是自己的父亲！"

萧肃咬了一口萝卜，迟疑道："会不会有帮手？"

"不排除，但杀夫弑父这种事，肯定越少人知道越好。"荣锐沉吟片刻，低声说，"其实除了尤莉杀人、张婵娟包庇这种猜测，我还有一个更复杂的推测。"

"哦？"

荣锐说："母女俩上午九点出门，张婵娟下午五点才回家，而那天吴星宇接到张婵娟的电话，让他当天下午去别墅见尤刚，是在中午一点。"

萧肃意识到了什么，荣锐又接着道："有没有可能，尤刚在张婵娟给吴星宇打电话的时候已经死了？否则她为什么忽然更改原定在星期五的约定，让吴星宇当天下午就过去？"

萧肃将时间线计算了一遍，发现这么推的话，整件事的逻辑就顺畅多了——张婵娟和尤莉九点钟离开家，去别墅和尤刚谈判，路程需要两个多小时，三个人见面正好是十二点左右。然后谈判失败，张婵娟失手把尤刚给杀了，情急之下想找个替罪羊，于是在一点钟左右给吴星宇打了个电话。

两个人收拾现场需要一两个小时，两点多钟张婵娟出发回市里，五点钟到家，给尤莉打掩护。尤莉在别墅待到晚上七点，等吴星宇到了之后把他迷晕，然后在九点半左右赶回市区，假装参加完酒会。之后母女二人一起回家，由张婵娟打掩护，尤莉溜出去处理尸体，在凌晨时分把尤刚丢到了十水岭的洼地里。

张婵娟夫妻感情淡漠，年纪大，见得多，心理素质好，死了老公照样参加酒会。尤莉年轻，和父亲有一定的感情，但只要人不是她杀的，她处理尸体的心理压力就没有那么大。最重要的是，尤莉和母亲感情深厚，利益相通，这一点也许能够令她战胜对父亲死亡的恐惧。

但这个推测有一个致命的问题——张婵娟母女俩是怎么伪造尤刚的死亡时间的？

萧肃看过不少侦探小说，作家往往将罪犯如何伪造死亡时间写得机巧百出。有一本书里甚至提到凶手为了掩盖真相，不惜另外杀害一个流浪汉冒名顶尸。那么尤刚的案子属于哪一种呢？

这个问题太专业，只有求助荣银来解答了。

想要申请重验尸体是非常麻烦的，除非有确切的补充证据，或者死者家属提出申诉。但显然尤莉是不可能提出这种申诉的，目前的证据也不足以发起重验。荣锐只能退而求其次，拷贝了一份完整的验尸记录，丢给荣银去找问题。

这天萧肃刚上完下午的课，忽然收到荣锐的消息，说自己请了荣银来家里做客，让他下了班早点回来。萧肃发现自从录了指纹后荣锐就把小复式公寓当成他自己的家了，买菜做饭还不算，现在竟然要宴客了！

这真是教科书般的“宾至如归”啊！萧肃满心吐槽，又拉不下脸来反对，只好去学校的小超市买了蜜瓜、奇异果和车厘子，带回去招待自以为是主人的客人带来的客人——像荣银这样的仙子应该都是喝露水长大的，大概不用吃饭，吃点水果就可以了吧？

谁知荣银居然不喜欢吃水果，反而劝他也别多吃：“你知道吗？水果这种东西其实全是糖分，只有那些脑子有病的小姑娘才以为吃水果能减肥，其实吃西瓜和往嘴里倒白砂糖是一样的。”

萧肃想说还真不一样，但他毕竟是客人，不好打脸，便说：“那你喜欢吃什么？附近有一家粤菜不错，我们叫几道菜尝尝？”

荣银大手一挥：“不用，我来做吧！”

萧肃惊呆了，万万没想到浑身没有一丝烟火气的荣法医居然会做饭：“你第一次来做客，怎么好意思让你动手？”

荣锐面无表情地打断了萧肃的话：“你别想多了，他概念中的晚饭不是正常人的晚饭，并没有多麻烦，你就让他做吧。”

十分钟后，萧肃明白荣锐为什么会这么说了——荣银的晚饭主要是各种菜叶子，既不用炒，也不用煮，洗洗甩干撕成片，拌点儿白醋、海盐和橄榄油就可以了。唯一的肉是几片三文鱼，也是生冷的，刚从冰箱拿出来就扔盘子里的那种。

“他一直都这么吃饭吗？”萧肃看得胃疼，悄悄问荣锐，“全是生的、冷的，得生多少寄生虫啊？”

荣锐面无表情地说：“别问，别劝，他坚信这么吃能吃出仙气来，如果像我们一样各种火锅大餐那就俗了，一定会长成五大三粗的野人。”

萧肃觉得和荣银相比自己确实像是五大三粗的野人：“老这么吃也不行吧，基础代谢都不够，没糖也没淀粉，大脑完全转不起来。”

荣锐恍然大悟道：“是这样吗？我说他怎么一下班就智障，原来是吃太少脑仁太小，只能紧着一边用……没耽误工作真是难为他了。”

萧肃：你们的兄弟情真是令人感动！

饭后，荣银将碗盘丢给荣锐收拾，拉着萧肃在沙发上研究尤刚的验尸记录。经过上次吕白照片的洗礼，萧肃再看见开膛破肚的人体已经不那么恶心了。尤刚比张婵娟小三岁，看上去却比她要沧桑一些，不过比起普通的六十岁上下的男人来说，保养得还是很好的，怪不得能吸引到那么多年轻的小三 。

“我们先顺一下时间线，以警方发现尸体为准，倒着推比较严谨一些。”荣银一边翻看着照片，一边说，“尤刚的尸体是周五下午四点被发现的，周四清晨六点多有目击者看到凶手在洼地出没，疑似抛尸。也就是说，他的尸体在第二现场放置了大概三十四个小时。”

“别墅离十水岭大概一个小时车程，考虑到夜间、大雨，就算一个半小时吧。”萧肃说，“由此推算，凶手大概是清晨四点左右从别墅出发赶往十水岭，所以尸体在车上待了一个半小时，之前应该都在别墅里。”

“警方确定的死亡时间是周三傍晚七点，那么尤刚的尸体在别墅里放置了大概九个小时……”荣银在纸上写写画画。

“我怀疑不止。”荣锐在吧台边鼓捣胶囊咖啡机，插嘴道，“张婵娟打电话叫吴星宇去别墅是中午一点半，我怀疑那个时候尤刚已经死了。”

“哦。”荣银另画了一条时间线，说，“那尸体也有可能在别墅放置了十六个小时以上……”

荣锐用胶囊咖啡机煮了两杯奶茶过来，递给萧肃一杯。萧肃递给荣银，荣银皱眉道：“这种肥宅快乐茶简直是热量炸弹，你们还是留着自己喝吧。”

萧肃尴尬地收了回来，讲真的，如果当仙子每天都得啃树叶，那他宁可当个肥宅。

“所以你们现在怀疑警方确定的死亡时间有问题？”荣银问。

荣锐道：“是的，从现有的资料里你能看出什么问题吗？有没有可能是法医勘验有误，或者忽视了什么重要的细节？”

荣银翻到报告的最后一页，说：“哦，现场勘验带的是县一级的法医？这还真不好说。”

尤刚的尸体是在十水岭被发现的，当时报警电话转接给了当地辖区的县警察局，所以抛尸现场的法医官是县警察局的人，死亡时间也是由他们确认的。荣银翻到现场照片，当时应该是周五的下午，天光昏暗，尤刚的尸体趴在雨水积成的泥洼里，面朝下，几乎被泥浆淹没。荣银皱眉道：“现场很糟糕啊，这种泥土是村民为了下种专门培过的，里头什么都有，草木灰、有机粪肥……对尸体影响很大。”

“会影响死亡时间的判断吗？”

“会，还有外界温度……”荣银说，“气象报告当天十水岭的温度是零下1℃到零上5℃，法医是根据这个数据推测的死亡时间。但三十四个小时之前，也就是抛尸前的那几个小时也很关键。”

他又翻到第一现场的照片，仔细观察别墅内部的环境：“别墅在山下，温度相对高一点……哦，警方是周五晚上做的现场勘查，室温14℃……空调开过没有？”

“不知道。”荣锐说，“别墅的中央空调没有连接智能系统，是手动的，所以没有运行记录。”

荣银皱眉翻看，忽然指着一张照片的一角说：“这是什么？”

荣锐看了看，说：“电子壁炉？”

“开过吗？”

荣锐摇头：“记录里没提。”

“等等！”萧肃感觉这个壁炉有点眼熟，仔细看了看，说，“这个牌子我知道，我家客厅也装了同款壁炉，是带云端控制的，通过手机APP能远程开关，还能查历史记录。”

“我查查。”荣锐从随身的包里掏出一部小巧的笔记本电脑，“别墅的门牌号对应唯一的IP地址，可以查到电子壁炉的启动记录……好了，周三中午一点钟有人打开过壁炉，直到周四的凌晨三点半关闭。”

“这么久？”荣银疑惑地道，“别墅晚间气温为14℃，白天接近20℃，大中午的开什么壁炉？”

“这个时间段不正好是尤刚的尸体放置在别墅内的时段吗？”萧肃说，“可如果凶手想给尸体保鲜，推迟死亡时间，不是应该开空调降温吗？”

荣银摇头道：“不，死亡初期保持温度可以延缓尸温流失，间接减缓肌肉变化，模糊死亡时间……之后尸体又被丢在寒冷的山洼里……哦，我明白了，这个凶手一定是个内行，先高温再低温，通过剧烈的温差，完全可以干扰法医对死亡时间的判断，差几个小时很正常。”

萧肃精神一振，说：“所以我们的怀疑没错，尤刚很可能在几个小时前就遇害了。”

荣银点点头：“有这种可能性吧。”

荣锐问他：“有办法确定真实的死亡时间吗？”

“有，”荣银说，“用‘眼球化学法’。人在死亡后，尸体内的红细胞会以一定的规律缓慢破裂，细胞内的钾离子慢慢渗入眼玻璃体液，据此可以准确判断死亡时间。这种方法不受外界温度影响，相当精确，但是需要重新验尸。”他看向荣锐说：“我们有这个权限吗？老孙能不能跟市局申请重验尤刚的尸体？”

荣锐摇头，说：“不行，老孙只有权调查和‘408案’有关的人和事，尤刚的死跟这个案子没关系。”

萧肃道：“吕白的案子牵扯到瑞典抗衰针，巧颜正在引进抗衰针，而尤刚是巧颜的董事之一……”说到这里，他自己也觉得这个弯绕得太大了，悻悻地收声。

荣锐却神色一动，道：“尤刚会不会也打过这种抗衰针？”

“哦？”萧肃一愣，他下意识地觉得男人不会对外表那么在意，但……看照片尤刚确实比普通人要年轻一些，只是没有张婵娟那么逆天罢了。他拿起一张尸体解剖前的照片研究了一下，迟疑道：“不太像是打过针啊，这皮肤状态……尸斑……”要知道吕白可是死后个把月还栩栩如生的。

“那也不一定，他在混合了腐殖土的泥水里泡了三十多个小时，就算是活人，泡这么久也好看不了。”荣银说，“而且‘408案’现在涉及的三名死者，我们都没有见过他们死亡初期的情况——东非那对受害人夫妇，死后一个多月尸体才转运回国；吕白的尸体也是被辗转卖到平桥镇，死后二十多天才被送到警察局。”

荣锐沉默了一会儿，忽然道：“尤刚的死因是什么？”

“利器穿破腹部，刺中肝脏失血致死。”荣银说，“这个应该没有争议，很明显了。”他翻到解剖记录关于内脏分析的那一部分，看了一会儿，“咦”了一声：“心脏也有问题！”

“什么问题？”荣锐问道。

“太寸了。”荣银感叹道，“尤刚有心脏病，那一刀刺进去以后立刻被引发了……不过直接死因还是外伤。”

“心脏病……”荣锐皱眉道，“吕白是，东非那对夫妻是，神兽也是……现在尤刚也是。”

三个人互相对视，确认了彼此的眼神。荣锐道：“报给老孙吧，即使有百分之一的可能，我们也要争取重验尤刚的尸体——如果他和吕白一样，那就是我们接触到的第一具新鲜死亡的不腐之尸！”

荣锐去阳台上给老孙打电话，萧肃去厨房洗了一碟车厘子，出来的时候看到荣银跷着长腿在 UMBRA 上和人聊天。表情虽然仍旧高冷，但嘴角隐隐带着一丝迷茫的傻笑。

荣锐和自己都在忙，和他聊天的只能是伍心雨。萧肃将果盘放在茶几上，好奇地问他：“你们在聊什么？伍心雨那边有什么新发现吗？”

荣银回过神来，整了整神色才道：“没有，聊点私事。”

“哦……”这么快就聊上私事了？萧肃打量他，再想想“猪精佩奇”同学，忽然发现他们俩挺有共同点的——都是高学历，都是大美人，都是二次元浮夸风，站在一起十分登对。

此时，手机发出“叮”的一声，荣银马上开启被动技能“七秒失忆”，低头继续和伍心雨聊天，脸上重新现出迷茫的傻笑。

萧肃就不明白了，这么美貌又蠢萌，专业过硬还不记仇的傻白甜哥哥，荣锐怎么就不珍惜呢？怎么就不能对人家好一点儿呢？你是鬼畜盾吗？

正在为“蠢萌”打抱不平，“鬼畜盾”回来了，做了个“OK”的手势道：“老孙明天去和市局的人交涉，我们只要等消息就好。”他看看表，都快九点了，又对萧肃说，“晚了，我们走了，你早点儿休息吧，明天一大早还有课。”

萧肃点点头，荣锐又说：“橱柜里有法棒，我买了火腿片和牛油果，你别忘了吃早餐。明早上课的教室离超市远，你饿了想买什么吃的也不方便。”

萧肃发现才几天而已，荣锐已经把他的课表完全背下来了，连每节课在哪栋教学楼、哪间教室上都一清二楚。

其实他不是警察，是间谍吧？他的精力怎么这么旺盛，管得怎么这么宽？

“走了。”荣锐冲蠢萌堂兄打了个响指，“别抠手机了，回酒店休息。”

“你自己打车回吧，我要出去办点事，赶时间，不顺路。”荣银把茶几上乱七八糟的资料照片收拾整齐，塞进包里，“这些我带走了，回头再看看。”

荣锐难得被荣银甩一脸，诧异地问：“这么晚你干吗去？去哪儿？”

“是啊，太晚了。”萧肃下意识地觉得荣银这样美艳动人，最好别晚上出去招贼了……哦，他貌似也算警察，所以这算钓鱼执法吗？萧肃灵机一动：“你是不是去找伍心雨？”

荣银深吸一口气，瞠目道：“你怎么知道？”

“你刚刚不是在和她聊天吗？”萧肃好奇地问，“你们这么晚是要……约会？”

荣银雪白的俊脸上闪过一丝不太明显的红晕：“什么约会，我们是谈正事！”

“我怎么不知道？什么正事你们要背着我谈？”荣锐也是一脸好奇，抱着胳膊问道。

“我是你哥还是你是我哥？”荣银难得摆起兄长的架子来，“我还没问你天天背着我往萧老师家跑是想干什么呢！”

萧肃哭笑不得，大哥，咱们这说的是一回事吗？

“我们是在谈公事，你谁啊，我犯得着跟你汇报吗？”荣锐冷笑一声，追问道，“老实说吧，伍心雨到底叫你干什么？你不说我告诉你妈了，她昨天还跟我打听你有没有谈对象……”

荣银一秒河豚化，“砰”的一下奓了：“你敢跟她胡说八道我就揍死你！”

荣锐歪着脖子面无表情地看着他。俩人对视五秒，荣银一下蔫了，悻悻地道：“她下周要在漫展签售，主办方邀请了一家很有名的社团Cos（即Cosplay，指利用服装、饰品、道具以及化妆来扮演动漫作品、游戏中以及古代人物的角色）她作品中的人物，结果昨天主Coser（玩Cosplay的人）忽然掉下楼梯把腿摔折了，她一时找不到合适的人顶替，就让我去救个场。”

原来是救场，那你一脸荡漾是干吗？萧肃十分不理解。荣锐“嘁”了一声，有些失望地摆摆手，示意荣银走人。荣银临走前还指着荣锐的鼻子警告他：“别在我妈面前胡说八道，警告你啊！”

荣银气势汹汹地走了，萧肃忍不住好奇地问荣锐：“他这么怕他妈？”

“超级怕。”荣锐毫不犹豫地揭了堂兄的底，“他从小到大就这德行，像水仙成精了一样。上中学的时候我大伯娘还担心他长得太好容易早恋什么的，后来发现他太自恋了谁也看不上。眼看着奔三了，连一个对象都没处过，所以现在整天盼着从天上掉下个狐狸精赶紧把他收了，最好是大着肚子闹到家里来逼婚什么的。”

真是可怜天下慈母心啊！

“我大伯娘正处于更年期，你懂的，一见他就关心他的个人问题，他不说就哭……唉！人间惨剧，闹得他现在都不敢回家了。”荣锐说着说着就同情起荣银来，还真情实感地替他叹了一口气。

萧肃只能庆幸自己有一个开明的老妈，忽然想逗逗荣锐：“你呢？你妈催你找女朋友了吗？”

荣锐皱眉道：“我还小呢，不考虑这些，先把工作做好。”

平常不是很喜欢装大人吗？萧肃心中暗笑，谁知荣锐的神色忽然暗淡下来，小声道：“而且我已经没有妈了，她去世了。”

荣锐有点难过的样子，低着头，浓密的眼睫在灯光下形成一个扇子般的小阴影，遮住他眼中的情绪。萧肃万万没想到自己戳中了荣锐的伤心事，后悔不迭，忙道：“对不起啊，我不知道你妈妈去世了，我真不该提这个。”

“没事，很多年了，我都不太记得她的样子了。”荣锐淡淡地笑了笑，说，“我那时候还太小，不懂得生死的意义，一直以为她还会回来。现在……知道她永远都不会回来了。”

萧肃能理解荣锐的心情，父亲去世的时候他也总有一种不真实的感觉，很长时间他推开主卧的门，都会下意识地以为父亲还躺在床上。直到母亲重新粉刷墙壁，换了壁纸和地毯，才慢慢接受了这个事实。

他那时候都十七八岁了，尚且受不了，荣锐那么小就失去母亲，心情可想而知。萧肃轻轻捏了捏他的肩膀，柔声道：“别难过了，穿过生和死的门也许还有另外一个世界，没有痛苦也没有恐惧。”

“也许吧，小时候我也经常这么想。”荣锐哑声说道，声音有一种失真的脆弱感，平时的冷傲坚强似乎都在这一刻卸下，完全是个思念母亲的单纯的孩子。

萧肃很少说起生与死的话题，潜意识里他一直逃避面对这个，但此刻面对荣锐却有些坦然，淡淡地道：“其实我们每个人有一天都会穿过那道门，走进那个世界，和他们团聚。或许几十年后，或许几年后，又或许……”只在明天，在下一秒。

荣锐点了点头，沉默了好久，才像萧肃一样轻轻捏了捏他的肩膀，说：“谢谢你，哥。”

萧肃摇头，荣锐振作了一下，说：“不说这些了，我该走了。对了，没吃完的水果我都收在保鲜盒里了，你记得吃，不然放坏了。”

柔和的灯光下，荣锐眼中的悲伤已经完全看不见，闪动着像平时一样的阳光开朗。萧肃有些心疼他，取了车钥匙跟着他一起下楼：“走吧，我送你。”

荣锐要求试试萧肃的新车，萧肃就把驾驶座让给了他，自己坐在旁边刷手机玩。那条征集神兽线索的微博被“猪精佩奇”和“小警盾”加持以后，转发量已经破五万。最近还真有一些人点名他，给他看一些奇怪的生物照片。可惜要么是合成出来的，要么是比较少见的正常生物，比如獾㹢狓、熊猫蚂蚁，抑或是长了龅牙的黑麂之类，并没有像神兽那样的奇美拉怪兽。

忽然，一条私信吸引了萧肃的注意力。信息是一个名叫“粽子”的用户发来的，里面并没有附图片，但他描述的情况却让萧肃直觉这件事不简单。

“粽子：老师，我发现了一件事，不知道和你说的情况有没有关系。但这件事真的挺……让人难受的，我憋到现在心里很不舒服，一直想找个人说说……”

这个名叫粽子的博主是个初中生，他有个关系很要好的同学家里开着一家饭店，有一道招牌菜叫藤椒青柠兔丁，特别有名，附近县市很多人周末都会专门开车去吃。粽子经常去同学家店里找他玩，遇上用餐高峰期就帮着点个单、上个菜什么的。

有一次正好是周末，点藤椒青柠兔丁的人特别多，才下午三点多，头天备好的料就用完了。同学爸爸腾不出手来，便叫同学去仓库取一袋兔肉送到后厨。肉是用大麻袋装的，一袋有上百斤，同学搬不动，就叫粽子去帮忙。粽子进了仓库才发现他家的肉居然没冷冻也没冷藏，就那么随便放在架子上，从标签日期上看已经有三天了。

“放这么久都坏了吧？怎么不放冷藏室？”粽子有点疑惑，毕竟他也经常吃同学家的菜，难不成因为调料重，所以他们是拿坏掉的肉做的？

“坏不了，处理过的。”同学专门拿了一块肉给他看，“你闻闻有味道没？没有吧？超级新鲜的，不然也做不出那么嫩的兔丁。”

“可是这不科学啊！”粽子说，“怎么可能有在室温下放三天都不坏的肉？你们家是不是用什么防腐剂了？”

“没有！用了防腐剂肉质就变了，再说你看我不也在吃吗？真放了什么有毒的东西我怎么会自己吃？”同学见他仍将信将疑，小声道，“好吧，这是我们家的独门秘诀，我告诉你你可不能告诉别人啊——我姐他们研究所发明了一种药，在宰杀肉兔之前一周混合在饲料里，死后肉质能保持鲜嫩，不用冷冻也不用冷藏。”

“啊？什么药啊？”粽子不相信。

“我也不知道，但她说绝对安全，是可以给人用的，可贵了。”同学说，“大概和‘鱼浮灵’差不多吧，你见过市场卖鱼的吗？那么挤的鱼缸，正常鱼在里面半天就憋死了，但放了‘鱼浮灵’以后能活好几天。这玩意儿我估计也差不多吧，只要量控制得好，对人没有任何伤害……再说那药原料奇贵无比，我姐也就掺那么一点点进去，她说基本是痕量了。”

粽子那天回去之后左思右想还是觉得心里不舒服，毕竟吃进嘴里的东西，有些添加剂即使当时看不出危害，时间长了积累多了也可能对人体有害。所以他找机会专门去了一趟同学家的养殖场，结果亲眼看到即将出栏的肉兔挤在笼子里，确实比其他肉兔看上去要健康活泼。只是有那么一部分仿佛在掉毛，在皮肤上形成小片小片的斑秃，还有几只四肢痉挛，站都站不起来。

“粽子：我查了‘鱼浮灵’，百度说那其实是过碳酸钠，遇水释放大量氧气，保证鱼不至于缺氧而死。但我觉得同学家用的这个药没那么简单，因为我在他家养殖场发现了两只很奇怪的肉兔。和老师你上传到微博上的‘神兽’有点儿像，背上都长着恐龙一样的骨刺，虽然很短，但我知道正常的肉兔是绝对不会那么长的。可惜他不让拍照，我也没有现场照片。我知道贸然告诉您这种事，连个证据都没有，确实有点唐突，但我真的很喜欢‘小警盾’哥哥，请你一定眼熟一下我，抽奖的时候黑箱我一下行吗？”

萧肃前半段看得紧张刺激，看到最后一句，“扑哧”笑出声来。没想到“鬼畜盾”的迷弟这么可爱，为了得到冰箱贴不惜出卖同学，男人间的友谊真是不堪一击啊！

“什么东西这么好笑？”等红灯的工夫，荣锐凑过来看萧肃的手机，“私信？有人给你提供神兽的线索了？”

“是，这人说他在同学家的养殖场看见几只奇怪的肉兔，同学的姐姐给它们吃过掺了什么药品的饲料，宰杀以后能保持肉质鲜嫩不腐。”萧肃说着，一边在私信上回复：“谢谢你提供的消息，能告诉我你同学的姐姐在哪家研究所工作吗？另外，我再要一套‘小警盾’冰箱贴寄给你吧，给我个快递地址么么哒。”

“没事发什么么么哒啊？”荣锐扫到最后一句，谆谆教诲道，“作为博主要和粉丝保持一定的距离，不能这样腻腻歪歪的懂吗？怪不得你写了那么多科普文才十万粉丝！”

萧肃膝盖中箭，恼羞成怒道：“我就是这么亲切的一个人怎么了？一千万粉了不起吗？！”

荣锐抿了抿嘴，不说话继续开车，一副认错的样子。萧肃冷哼一声，点开“粽子”的微博主页，忽然愣住：“哎，珑州？发私信给我这孩子是珑州人……巧颜的新医院不也在珑州吗？”

荣锐眼神一凛，说：“你翻一翻这个粉丝的微博，看有没有带定位地址的。”

萧肃翻了一遍，幸亏这孩子微博发得不多，翻了七八页就找到了一条带着定位的："珑州晨光二中……这应该是在学校发的，他说过他是个初中生。"

"这学校是公立还是私立的？"

萧肃登录珑州教育局官网查了一下，道："公立的……问这个干吗？"

"公立中学是分学区上的，他家应该就在珑州晨光二中对应的学区里。"荣锐道，"既然他经常去他同学的店里找对方玩，那家店也可能在同一个学区里。"

"对，很有可能。"萧肃赞同他的推断，很多开饭店的会把家安在店附近，这样做生意方便些。

"你打开外卖APP定位到珑州，查藤椒青柠兔丁。"荣锐指挥他，"然后选晨光二中学区内销量最高、评价最好的那一家店。"

萧肃照他说的查了学区，圈定范围搜索，果然找到了一家生意火爆的川菜店，月售六千多份藤椒青柠兔丁，店名叫"袁记川菜人家"，下面的认证是"三十年口碑老店"。

"应该就是这家了吧？"萧肃说，"看来老板姓袁，那粽子同学的姐姐应该也姓袁了。你和老孙去巧颜见过姓袁的女技术员吗？"

荣锐摇头："没有，接待我们的是他们一个常务院长，我们当时没有要详细的员工名单。"

"哦，不过粽子说他朋友的这个姐姐在研究所工作，也许不是巧颜的人。"

"珑州巧颜有自己的研究所，专门搞医美技术开发的。"荣锐道，"其实准确地说应该是一个研究小组，隶属于巧颜整形医学医院珑州分院，并没有单独挂牌……那个博主回你私信了吗？"

"没有。"萧肃看看表，已经十点半了，"这个点初中生不是在赶作业就是已经睡了，等明天吧。如果他回了，我们要不要去珑州找那家店调查一下？”

荣锐点点头：“好啊，不过当务之急是尤刚的案子。如果老孙动作快的话，我们明后天就能重新验尸了。”

“嗯对，说不定能有什么重大发现，给‘408案’提供线索。”萧肃说着退出微博，又想起陈建国的那只神兽来，“对了，老王跟陈建国打听神兽的来历打听得怎么样了？”

荣锐道：“哦，正要跟你说呢。陈建国当初是在一个远房表弟手里把神兽买下来的，他这个表弟是卖野味的，经常去山里猎户家收点野兔、雉鸡、果子狸什么的。据他这个表弟说，这神兽是他夏天的时候，在白佛沟一个猎户手里买下来的。”

“啊？现在还有猎户吗？”萧肃十分诧异，这个年代居然还有人以打猎为生，话说国家不是禁猎吗？“果子狸早就不让吃了吧？雉鸡在国家野生动物保护名录里，有些亚种猎杀是违法的。”

“所以啊，老王把这件事跟当地警察反映了一下，他们现在正给下面的乡村做禁猎普法宣传呢，还被上级嘉奖了。”荣锐笑了笑，说，“老王因为这个又收到一面锦旗，可开心呢。”

萧肃感叹道：“老王真是个锦旗控啊……”

荣锐抿嘴笑，接着道：“陈建国这个表弟当时觉得这玩意儿挺稀罕的，以为能卖个好价钱，于是花高价买了下来。谁知因为它长得太怪了，谁也不敢吃，一个多月都没卖出去，最后还是陈建国花五百块钱买回去，当神兽供起来敛财……”

“五百块钱？！”萧肃难以置信地拔高了音量，“他五百块钱买的，跟我要三百万？他的心怎么这么黑啊？！”

荣锐看他一眼，艰难地说：“哥，你真的太面善了，而且陈建国这种人阅人无数，本来就是靠坑蒙拐骗发家的，不坑你坑谁？”

“我面善所以就要坑我？”萧肃直想捶胸，“我就那么像个傻白甜吗？”

荣锐停车，拉手刹，声音有点儿软，像是含着笑意："这不是有我吗？你一分钱没花也拿到神兽了，他还亏了五百呢。"

萧肃一想倒也是，陈建国再黑也黑不过"鬼畜盾"，最后还不是含着一口老血白送了！

任你大仙精似鬼，也要喝"小警盾"的洗脚水！萧肃转悲为喜，拍拍荣锐的肩膀："对对，幸亏有你，哥全靠你了！"

荣锐乜斜着他道："不靠我靠谁？靠你那个亲兄弟似的吴律师吗？"

萧肃连连摆手，由衷地道："不不，我们俩现在都靠你！"

荣锐"嘁"了一声，解开安全带下车："要不是你我才懒得管他，让他离我远点，不许靠！"

得，又傲娇起来了。萧肃也忍不住笑了，下车换到驾驶座上准备回家，说："那行，他靠我，我靠你。"

"什么啊，Cos 地铁吗？还一节连一节的。"荣锐替他关了车门，像往常一样并起两根手指在额前一挥，"回去吧，路上小心。"

萧肃挥挥手："早点睡，晚安。"

次日，萧肃上了一整天的课，忙到下午六点多才想起来给荣锐发消息，问他老孙协调得怎么样了。荣锐在 UMBRA 上回复："已经搞定了，明天上午八点，我和荣银去支队的法医室给尤刚的尸体做补充检验。"

这次重验关系着吴星宇的清白，萧肃特别紧张，问他："我明天上午没课，能和你们一起去吗？"

荣锐顿了一会儿才说："明天现场除了荣银，还有两名支队的法医，不方便请你来。再说那个场面……照片和现实完全是两码事，你还是别看了。"

萧肃有些失望，但想想荣锐也是为他好，便说："好吧，那你们加油。”

荣锐又说：“晚一点我们在UMBRA上开个会吧，如果尤刚的尸体和吕白有相似之处，有些检验还需要伍心雨来做。”

萧肃发了个小警盾比“OK”的表情，说：“我下午四点下课，四点半就到家了，开会随时叫我。”

次日，萧肃一整天都心神不宁，强迫自己认真地把两节课上完，一下班就迫不及待地奔回了公寓。五点钟，荣锐和荣银准时上线，过了两分钟，戴眼罩的兔子头像也亮了，伍心雨发了个“大家好”的表情。居然和她的头像一样是只海盗兔，甩着长长的耳朵，又酷又萌。

“专属表情？”萧肃问她。

伍心雨又发了个海盗兔脸红红的表情，说：“是哦，我学你把头像同步到微博上啦，有个大触粉丝说可爱，就给我做了一套专属表情。”

果然大V就是不一样……萧肃特别羡慕，想想自己只有十万粉丝，其中七万还是最近从“小警盾”和“猪精佩奇”那里吸来的，真是活该没表情。

是不是真该向荣锐请教一下如何圈粉？

萧老师只能发送输入法自带的表情符号：“┑（￣Д￣）┍羡慕”

猪精佩奇：“老师你好萌哦，还会用颜文字。”

萧肃：大姐，我只比你大五岁而已，不是五十岁，还不至于连颜文字都不会用吧？！

荣锐及时开口，说：“我们开个会吧，先让荣银给你们通报一下今天的检验结果。”

胖河豚跳了两下，荣银说：“今天的场面可以说是相当惊悚。首先要感谢萧老师，不对，是感谢萧老师倒霉的好亲友……”

荣锐插入：“开会的时候不要乱用词语，注意严肃！”

荣银发了个“海盗兔”翻白眼的表情，说：“就你屁事多！那就感谢萧老师倒霉的好兄弟吴律师，多亏他身陷囹圄，为我们创造了这次见证奇迹的机会。”

话说今天上午八点半，荣银和荣锐赶到支队法医处，荣银和其他两名法医一起进了实验室，荣锐和老孙隔着落地玻璃墙在外面观看。结果尤刚的尸体刚被人从冷库里推出来，现场一名女法医就吓得惊叫起来——时隔两周，原本被泥水泡得面目全非的脸居然恢复了几分人样，两腮和额头的皮肤明显愈合了几分！

另一名法医也骇然呆滞，只有荣银淡定无比，甚至还带着一丝喜悦，向玻璃墙外的荣锐和老孙比了个志得意满的“yeah”手势。

因为这个诡异的现象，原本主刀的法医心灵受到重创，无法动手，所以之后的解剖是由荣银独立完成的。和他们之前猜测的一样，尤刚的尸体变化和吕白的极为相似——头发和指甲缓慢生长，皮肤轻度愈合。此外，他身上也有轻微的排异反应——心脏病、骨质增生，躯干部位有不甚明显的皮肤癣斑。

荣银：“尤刚是上上周三遇害的，上上周五下午被发现，上上周六做的第一次尸检。从尸检报告看，当时还没有出现这种情况，这说明在死亡初期几天之内，这类尸体还没有激活‘重生’机制。”

他在公共区上传了几张照片，萧肃点开，发现是尤刚的指甲和头发的特写，第一次和第二次尸检的对比图。

荣银：“我以前推算过吕白的‘重生’速度，大概是正常人的四分之一，尤刚死亡至今十四天，我对比了指甲和头发的变化长度，参考这个速度，认为他激活‘重生’机制可能有七到九天。”

萧肃推算了一下，也就是说尤刚死后五六天尸体就开始变化了，联想起那天尤莉去市局申请敛尸火化，正好在这个时间段，是不是可以怀疑她知道自己的父亲会“重生”？如果这个现象是抗衰针造成的，那张婵娟知不知道自己死后也会如此？难道她不害怕吗？

荣银在UMBRA上继续说："我取了一批样品，明天给你送过去@伍心雨，还是按吕白尸体的检验流程，全部检验一遍。"

伍心雨发了个"海盗兔"乖乖点头的表情。荣银又道："还有一个好消息，萧老师，'重生'现象未波及眼部，所以我给尤刚的眼玻璃体液做了分析，可以确定他的死亡时间在上上周三中午，吴星宇的嫌疑基本洗清，这两天让周律师给他办个手续，应该就可以回家了。"

萧肃开心极了："谢谢你荣法医，我这就去跟周律师说！"

伍心雨好奇地说："咦，什么人啊，跟我名字一样！"

萧肃说："是我的好朋友，因为尤刚的案子暂时被扣押了。"

伍心雨恍然大悟："哦，我说那天在门口我一说我名字你就喷水了。"她又点名了荣银，说："荣法医，有解剖现场的照片吗，可以让我看一下尸体的前后对比图吗？也许对我做分析有帮助。"

荣银在公共区传了两张照片，萧肃下意识想点开，谁知界面上的文件名忽然变成了灰色。荣锐说："哥，你别看。"

萧肃一愣，那边伍心雨明显已经点开了，发了个疯狂摇摆的表情，说："妈妈咪呀！好刺激！变化这么大！！荣法医我可以申请和你一起验尸吗？我可以给你当助理，拍照填表什么的！"

荣银："啊……"

伍心雨发了个卖萌抱大腿的表情，荣银无奈地道："好吧，我跟老孙他们说一声。"

伍心雨："谢谢大神！大神真是人美心善，智慧与美貌的化身！"

难得她夸得如此情真意切，毫无表演痕迹，萧肃忍不住笑得直抖。荣银在荣锐那里失去的自尊终于在伍心雨身上都找回来了，真是可喜可贺。然而还没等他附和两句，就见伍心雨发了一张图片，说："我不是尬吹，我是真情实感啊！"

萧肃点开图片，瞬间就被震撼了——图上是一个赤裸着上身的男人，身材修长劲瘦，淡金色的长发凌乱地披散在身上，流畅的腹肌线条收进松松垮垮的制服长裤里。他微微仰着下巴，歪戴着一顶哥特风警帽，一只手拎着制服搭在肩头，一只手握着皮带。皮带扣是一条黄铜质地的衔尾蛇，光泽幽然，衬得皮肤苍白冷艳。

萧肃作为一个直男都忍不住打了个冷战，荣银真的是太美了，又高冷又邪魅，浓妆淡抹总相宜。荣银本人大概也被自己的美惊艳了，欣赏了半天才假模假式地说：“太耻了，删掉！”

伍心雨发了个委屈哭泣的表情，还真删了。萧肃忍不住又狂笑，荣银怎么总是遇上这么耿直的人，以他的自恋程度，恐怕巴不得把这图置顶展览一周吧？

伍心雨：“大神真的太美了，社团的Coser根本压不住他的气场。刚才他的搭档看了摄影的返图都郁闷了，说最好换人，身高不匹配。”

萧肃一想也是，荣银身高一米九三，别说女人了，男人站在旁边都能衬成三寸丁：“那再找一个高一点的Coser？”

万万没想到伍心雨如此大胆，如此耿直，直接点名了荣锐：“@荣锐，荣警官你有空吗？社团再没有身高相当的成员了。”

冷场十秒，荣锐和荣银同时发言：“丑拒。”

萧肃不得不承认，他们俩是亲密的好兄弟。

尴尬的沉默过后，荣锐道：“以后开会时间不要谈私事，伍同学请你注意。”

伍心雨发了个对手指的表情，荣锐又说：“还有表情包也不许再发，留着私聊的时候再用吧。总之‘408案’非常严肃，大家要端正自己态度！OK？”

荣银：“神经病。”

伍心雨：“知道了。”

萧肃：“啊……”

他这又是闪了哪根筋？

大会开完了还有小会，荣锐退出UMBRA群聊，又在私聊里叫住了萧肃："哥，晚上吃什么？"

萧肃随手打字："一会儿去楼下吃馄饨面，你呢？"

荣锐："本来和荣银说好开完会去吃酒店自助的，但他现在又说要去Cos工作室试装，和伍心雨约好在那边吃双流老妈兔头。"说着发了一个"海盗兔"委屈对手指的表情。

好好的怎么又卖上萌了，刚刚不是还一副领导样吗？萧肃没办法，劝他道："让荣银去吧，他都二十七岁了，难得喜欢自己以外的人。"

荣锐："也是，万一伍心雨眼瞎呢？算了，就当为了我大伯娘吧……那我去你那儿吃馄饨面？"

萧肃本来只是随便说说，没打算真出去吃饭，被他一说只好同意："好啊，你出发之前给我发个消息，我提前去店里点好单等你。"

荣锐："OK，半小时到。"

萧肃换鞋下楼，在小区新开的私房茶餐厅点了两碗馄饨面，又点了豉油鸡、金钱肚、叉烧排骨和白灼西蓝花。菜刚刚上齐荣锐便到了，说："这么丰盛？"

"凑个四季发财。"萧肃用茶水烫好碗碟递给他。

荣锐道："你还讲究这个？"

"我妈讲究，生意人嘛。"萧肃说，"我帮不上她什么，就帮她讨个好意头。"

荣锐给他倒水布菜，随意问："哥你为什么当了老师？伯母不要求你继承家业吗？"

萧肃手一抖，勺子掉进碗里溅起热汤，烫得他一哆嗦，含着手指含糊道："我妹妹对商业比较感兴趣，也擅长，我更喜欢自然科学，不擅长和人打交道。"

荣锐抽了纸巾递给他：“小心烫……也是，你差点三百万买一只成本价五百的神兽，生意头脑可以说相当惊人了。”

这件事已经成了他的黑历史，萧肃无语望天：“不提这个我还是你哥。”

“好吧不提了。”荣锐笑着给他夹了一块叉烧排骨，问，“对了，那个珑州的中学生回你私信没有？”

萧肃一整天都在忙，还没顾得上开微博，连忙打开一看，失望地道：“没有。”

“他今天上过线没？有没有发新微博？”

萧肃点进“粽子”的主页，惊讶地发现“用户不存在”，迟疑道：“见鬼了，他好像销号了，微博全部被清空，什么都没留下！”

“嗯？”荣锐警觉地将他的手机拿过去翻看。

“会不会是炸号了？”萧肃说，“微博现在跟神经病一样，发起疯来连CEO都无差别轰炸，‘来去之间’本人都重生了好几回了。”

“我问一问。”荣锐出去打电话，过了大概五分钟，他回来说，“不是炸号，是销号了，本人实名申请的。”

“哦？”萧肃一愣，“为什么？”

荣锐摇头，说：“也许良心发现了吧，觉得自己不该出卖好朋友？小孩子脾气，说不准的。”

“我还以为他有多爱你呢，原来是塑料‘爱豆’情。”萧肃遗憾地道，“还好那天及时查了他的定位，现在起码知道他在哪儿。”

“我又不是‘爱豆’！”荣锐瞪他一眼，说，“我已经跟老孙说好这两天去一趟珑州，到时候去那家店看看。”

“是为这件事吗？还是有什么别的新线索？”萧肃问。

荣锐道：“是吕白的案子，专案组这段时间一直在追查她死亡和尸体被倒卖的事，这两天终于捋清楚了。”

话说一年多以前，陈建国在某个线上风水师交流群里认识了一个路子特别广的人，这个人据说什么东西都能弄到，包括配阴婚的女尸。后来他就牵线搭桥，通过这个人把吕白的尸体弄过来，卖给了溺亡案的那家人。警方根据他提供的账号在群内蹲守了一段时间，终于定位到那个二道贩子的地址，把他给抓了起来。经过审讯，这个人供出当初向他出售吕白尸体的，是她的一个闺密。

这个闺密比吕白小五六岁，也是一个立志当网红的奇女子，一直视吕白为偶像。可惜互联网娱乐千变万化，一年就是一代人，她再怎么努力也无法重复吕白当年的成功之路，蹦跶了几年一直没能火起来，也没签到什么像样的资源。可能是吕白的潜移默化，或者她们俩本来就是互相影响，她把这一切都归咎于自己长得不够美，一有钱就去折腾自己那张脸。可她没有吕白的经济能力，也没有一个可以吸血的金领姐姐，撑了几年欠了一屁股债，就差去卖肾了。

不过后来她没卖肾，而是卖了吕白的尸体。

那天吕白忽然心脏病发死亡，她当时正好借吕白的卧室在录美妆视频，听到客厅里传来“砰”的一声，跑出去一看才发现吕白脸色发青，嘴唇发紫，已经没有了呼吸。这姑娘第一时间想到的不是叫120，也不是报警，而是打了她男朋友的电话，问他以前说过的女尸可以卖钱是不是真的。男朋友以为她开玩笑，到了现场才知道她是要玩真的，哆嗦了半天，怕人是被她害的，自己捅出去会被连累，一咬牙真把自己一个据说什么都能卖得掉的乡党给叫了过来。

这位什么都能卖得掉的乡党，就是陈建国在风水群里认识的那个什么都能买得到的高人。

“你是说这姑娘就这么把自己的偶像……的尸体，给卖了？”萧肃觉得这简直是千古奇闻，“她疯了吗？法盲也该知道卖死人犯法吧？她就不怕人家家里人知道了打死她？”

“她已经什么都顾不上了。”荣锐道，“过去两年时间里她掏空了父母的养老钱，开了无数小额借贷，拆东墙补西墙，光裸贷就借了好多笔。这些高利贷到期以后要是还不上，她的下场比判刑好不到哪里去。如果说吕白的幻丑症是五度，她可能有五十度——她拿到钱的当天就预约了巧颜的吸脂手术，连黄纸都没给吕白烧一张。”

萧肃目瞪口呆：“那吕白身边的人就没发现她消失了吗？”

荣锐道：“吕白本来就跟家里人闹翻了，又没有男朋友，那段时间因为身体不好——我怀疑是因为排异出现了皮癣和心悸——没接什么工作。经纪人巴不得她不闹腾呢，毕竟已经是过气网红，公司的资源都要留着捧新人。所以这个闺密用吕白的手机给经纪人发了条微信，说母亲重病，要请几个月的假回老家照顾，经纪人一句话没多问就同意了。”

“所以一个大活人就这么消失了，谁也不关心？”

“也有人关心吧，她的美妆视频里有很多粉丝留下的弹幕，问她为什么停更了，微博上也有人关心她为什么这么久不上线。”荣锐道，“可是二次元这种虚幻的关心，对她来说已经没有意义了。”

萧肃沉默了，虚拟世界的社交关系就是这样，既真实又虚幻。它能给你带来千万人的关注，满足你对友谊和虚荣最美好的幻想，但有些时候，它终究无法替代你身边最真实的情感与关怀。剥去网红明星繁华的表象，真正的吕白孤独无助，而突如其来的死亡夺去了她生命的最后一丝幻想。

“还记得当初吕洁向吕白的经纪人要了她在瑞典的病历吗？”荣锐接着说，“拿到病历以后警方发现，吕白最后一次去瑞典那家中心打针是在十一个月前。按理说她半年就该打一次针，这次我们审讯了她那个闺密，才知道她最近一次的针是在国内打的。”

“珑州巧颜？”

“很可能。”荣锐道，“闺密只知道她找到了一个国内的替代品，很便宜，但不知道具体是在哪儿打的。她们这个圈子，有时候互相之间挺防着的，就怕别人知道自己用了什么秘密武器。专案组的人翻遍了吕白的公寓还有她的电子产品，没有找到这一次注射的病历。”

萧肃问：“那你这次去是跟巧颜确认这件事的？”

“不是，这种事他们是不可能承认的，只会想尽办法遮掩。”荣锐道，“我们是在吕白那里找到了另外一条线索……”

上次他和老孙去珑州巧颜，对方说他们引进的是瑞典一家抗衰中心的技术，并给警方提供了相关资料。后来，荣锐从吕洁那里拿到吕白生前的病例，以家属的身份要求瑞典那边也提供一份详细介绍。然而经过比对，荣锐惊讶地发现这两个中心并不是同一个，前者的名字比后者的名字多了一个字母。也就是说，张婵娟说巧颜引进了先进的瑞典技术云云全是骗人的，和珑州巧颜签约的根本是个冒牌货！

“假的？”萧肃惊呆了，“你是说他们在国外弄了一个假的公司，包装成世界尖端的抗衰机构，给珑州巧颜镀金圈钱？”

荣锐道：“现在还不好说，我们已经发函向对方确认，和巧颜签约的那家公司与他们有没有关系，负责人是不是真实存在。”

萧肃在震惊中久久无法回神：“他们这是疯了吧，居然弄了个假公司！那他们的技术应该也是假的吧？怪不得弄出人命来……”说着说着忽然又觉得哪里冒了一簇火花，“尤刚疑似也有被这种假针打出来的心脏病，这是不是进一步佐证了张婵娟的杀人嫌疑？”

“得先确认巧颜做的是假针。”荣锐道，“所以我这次要再去一趟珑州，想办法暗查他们的底细。”

萧肃喃喃道：“所以吕白的死，归根究底只是巧颜为了敛财而导致的医疗事故吗？尤刚的死是张婵娟借刀杀人？可是……”萧肃脑中倏然掠过一道闪电，他抬头问荣锐，“‘408 案’呢？难不成那两个死去的证人不惜用生命保护的东西，只是巧颜的假针？”

荣锐皱眉不语，慢慢搅着碗里的馄饨。萧肃百思不得其解：“难道吕白、尤刚、神兽，和‘408 案’死者身上出现同样的症状，只是巧合？”

这个问题谁也回答不了，荣锐沉默良久，摇了摇头，说：“不，我觉得不是。这案子走到今天，越来越诡异，不过我会一丝一扣继续查下去的。”

“嗯嗯。”萧肃点点头道，“如果轻易就破解了，那你们局里也不用派出你们特别行动处，你和老孙这样的精英了！”

荣锐抬头看他，眼中的沉郁慢慢散去，浮起一丝暖意道：“哥，你这是夸我吗？”

“我哪天少夸你了？”萧肃看他饭也没吃几口，赶紧给他夹了两块金钱肚、一朵西蓝花，说，“好了，吃饭的时候别说这些倒胃口的事了，小孩子不好好吃饭会长不高的。”

“我比你都高。”

“不提这个我还是你哥。”萧肃有心打他，这孩子怎么瞎长啊！

荣锐低头吃饭，一副受教的样子。萧肃已经吃饱了，捧着茶杯喝茶，问他：“你哪天去珑州？”

“后天吧，周五。”

“我能不能和你一起去？”萧肃说，“我周五下午没课，例会可以请假，上午十点钟下课以后就能出发了……我的新车给你开，怎么样？”

荣锐歪着头想了一会儿，说：“行吧，不过话说在前头，正事你得听我的指挥，我让你干什么你就干什么。”

“成交。”萧肃和他击掌，自从四月份从东非回来就没出过远门，这回就算去珑州溜达溜达吧，顺便去粉丝安利的川菜店尝尝藤椒青柠兔丁。

不不不，还是算了，万一吃下去在肚子里还不死怎么办呢？吃进去一盘菜，拉出来半只兔，多可怕啊！萧肃打了个冷战，差点把一杯热茶倒自己腿上。

周五上午，萧肃一上完课就和荣锐踏上了前往珑州的旅程。

珑州在靖川西北不到两百公里，走高速两小时车程。才十月中旬而已，靖川还满目苍翠，珑州境内已经是落木萧萧。高架桥两边的大山呈现出土黄与石青交错的色彩，寂寥、沧桑，但另有一种迷人的魅力。

荣锐开车，萧肃乐得逍遥，一路举着相机拍窗外的美景。他偶尔将镜头转向车内，顺手也拍了两张“小警盾”同学的照片。荣锐仍旧穿着那件黑色短风衣，竖着衣领，戴着墨镜，与周遭肃杀的景色竟然意外地和谐。萧肃休息时翻看拍好的照片，发现荣锐特别上相，随手一摁快门，便是一张不逊于精修大片的硬照。

“我真是圣手啊，把你拍得这么帅气！”萧肃递给他看，顺便嘚瑟一下。

荣锐接过去翻了两张：“是你找的角度好。”

“过奖过奖，是你长得好，三百六十度无死角。”萧肃假意谦虚。

荣锐一笑，忽然举起相机“咔咔咔”拍了几张，自己筛了一遍后递给他：“看。”

萧肃完全没反应过来，一看照片愣住了——荣锐镜头下的自己有一种极为陌生的感觉，侧脸逆着光，所有的线条都被阴影叠上了一层淡色的滤镜，显得分外柔和。镜片下原本过于清冷的眼睛似乎也温暖了起来，不再像平时那样冷酷，用礼貌的疏离拒绝一切靠近。

“怪怪的。”萧肃说，不过还是发自内心地赞道，“照得挺好，我都不知道原来我长这样。”

“因为我能看到你别人看不到的一面。”荣锐喝了半瓶水，发动车子继续向前，“哥，你知道吗？其实你挺会装的，如果不是在东非见过你真实的样子，我可能会和别人一样，认为你是个高傲、矜持、养尊处优，和周围的一切都保持距离的人。”

萧肃有些尴尬，淡笑道："是吗，我给你这样的印象？"

"是你刻意给人这样的印象。"荣锐直视前方，目光深沉，"但我一直记得，你那晚握着扳手从车里冲出来，眼镜掉了都不知道，一脸杀气的样子……你的眼睛亮极了，我从没见过那么纯粹，将生死置之度外的眼神。好像我死了，你下一刻就会用尽全身的力气为我报仇，即使杀人也在所不惜。"

"你那晚的眼睛比星星还冷，还亮。"

萧肃有些茫然，其实他已经记不清那晚的细节了，连自己有没有戴眼镜都不记得。不过他记得自己那一刻的心情，那种压抑了很多很多年，想要爆发，想要玉石俱焚，结束一切的心情。

虽然只有那么几分钟，甚至是几秒钟，但可能因为足够短，所以足够令人心惊肉跳，铭记终生。

"大概是逼出来的吧。"萧肃想要笑笑掩饰一下，但心绪翻涌，笑不出来，只能侧过头假装拍窗外的山峦，淡淡地说，"人到了生死的一瞬间，总是会和平时有点儿不一样。"

荣锐沉默了一会儿，说："那我还挺幸运的，第一次见面就看到了你不为人知的一面。"他视线一掠，瞄了一眼萧肃的背影，说，"是不是因为这样，你才对我格外宽容，把我当弟弟一样，什么都不计较？"

萧肃依稀感觉他在说录指纹的事，没有回头，半开玩笑地道："其实是因为你会煮火锅和方便面。"

荣锐一哂，说："吴星宇运气真好，他连火锅和方便面都不会做，也能当你的好兄弟。"

"他会吃。"萧肃特别认真地替吴星宇辩白，"如果我妈知道刘阿姨做的那么多补品七成都被我喂了吴星宇，非打死我不可。"

车子开进珑州市区的时候已经是中午一点半了，荣锐照导航将车开到“袁记火爆川菜”，发现这家店生意果然够火爆，工作日下午快两点了，上座率居然还在八成以上。

“怎么办？”萧肃问他，“直接进去问还是……”

“先吃饭吧？”荣锐道，“都这个点儿了，你不饿吗？”

萧肃吓了一跳：“吃这家？”你没事吧？明知道他家肉兔有问题还打算进去吃？

荣锐一笑，指了指对面的饭店，说：“不不，咱们去那家。”

萧肃大大地松了口气。

两个人在靠窗的位子坐下，点了几个小菜，隔着一条马路能清晰地看到“袁记”的情形。只见里面人来人往分外热闹，服务员点单上菜都是一路小跑，食客大快朵颐，吃得涕泪齐流。

“待会儿要进去问问吗？”萧肃说，“要怎么问？”总不能直接问“你家肉兔是不是吃了抗衰药”吧？

“不用进去，免得打草惊蛇。”荣锐道，“该查的我这两天都查清楚了，营业执照上的法人叫袁成林，有一儿一女。大女儿叫袁新娣，去年大学毕业，应聘进珑州巧颜的研究组做实验员。他家有一个肉兔养殖场在北郊，租的是一个倒闭的造纸厂的厂房。除了供自己家饭店，也给周围其他家卖。”他顿了一下，又道：“不过那种不腐兔，应该只给自己家用。”

萧肃点点头，这种事肯定越少人知道越好，他们是不会把“秘方”告诉其他同行的。

“来这里只是现场确认一下情况。”荣锐道，“吃过饭我们直接去造纸厂。”

两个人匆匆用完中饭，驱车去了北郊的袁记肉兔养殖场。谁知那家造纸厂面积不大，围墙却修得极高，上面用水泥糊着玻璃碴儿，根本没法爬上去看。大门倒是不高，但有门卫值班，还养着两条狗。那狗一看就是抓兔子的能手，四肢矫健，目光敏锐。

萧肃远远地看了一会儿，说："怎么办？好像进不去啊……要不，我假装是收购肉兔的，过去问问门卫？"

荣锐想了想，摇头道："你看着不像收肉兔的，生意人眼光毒得很，万一起了疑心，可能会对你不利。"

萧肃想说光天化日之下能有什么危险，但见他面色凝重，便没有多说什么。荣锐用一个小巧的望远镜观察了一会儿，说："走吧。"

"啊？"萧肃愣住，"这就走？不进去了？"

"明天再说。"荣锐系上安全带，发动车子。

萧肃看看表还不到三点："那我们现在去哪儿？巧颜吗？"

"你头回来珑州，带你去市里转转。"

萧肃满头问号：大哥我们不是来查案的吗？这样明目张胆地摸鱼对得起老孙吗？

荣锐还真是摸鱼摸得毫无压力，先带萧肃去市中心一个网红雕塑群拍照，之后拐到滨河大道，带他看了看波澜壮阔的珑水河，还给他买了一种据说是珑水大鲤鱼做的鱼蛋。萧肃已经很多年没有站在路边吃过关东煮了，捧着纸杯子有点无所适从。好在鱼蛋的滋味确实不错，难得当地人把鲤鱼这种多刺的鱼类做成如此细腻的鱼蛋，而且一点土腥味都没有。

两个人分食了一份鱼蛋，萧肃感叹道："我以为只有小女孩才会吃这种东西，没想到自己也有这么一天。"

荣锐谆谆教诲道："哥，你应该适当地接接地气，傲娇这种人设并不适合你。"

萧肃：傲娇的难道不是你吗？

在河边转了一圈，荣锐指着对面一个大型商场说："陪我进去买样东西。"

萧肃以为他要买洗漱用品，谁知他直奔电器那一层，左拐右拐进了大疆的展柜，选了一款小巧易操作的最新机型，刷卡埋单。

“买这个干什么？”萧肃莫名其妙地问。

“教你玩。”

我为什么要玩这种小孩玩的东西？

然而很快萧肃便发现，这种小孩玩的东西居然特别好玩！

荣锐用萧肃的手机下了一个APP，教他连接VR眼镜，然后通过虚拟摇杆控制无人机在天空飞行。VR眼镜通过头部姿态追踪功能，可以完全捕捉和代入无人机视角，戴上以后整个视野就像是在天上飞，俯瞰大地，一览无余。萧肃是典型的头脑发达四肢简单的人，操作任何虚拟设备都是战五渣。荣锐在旁边事无巨细地指点了半天，萧肃遥控的无人机还是像喝了半斤二锅头似的，在空中险象环生地画着S和B。

“啊啊啊——要撞上了！！要掉了！！掉喷泉了，完了完了！”萧肃一紧张就手脚发抖，戴着VR眼镜宛如智障。正手足无措，忽然感觉有人从背后环住了他，两只修长有力的手把住了他紧张抽搐的双手，荣锐的声音从侧后方传来：“没事，别紧张，掉了就掉了，我再买，反正老孙会报销……右手摇杆往前推，对，左边稳住……让准星停留在视野中心，不要偏……”

荣锐用拇指推着萧肃的拇指，其余四根手指包着萧肃的手背，轻而易举便稳住了筛糠般乱抖的无人机。萧肃大大地松了一口气：“天哪，可算是给老孙省了一万块钱……”

荣锐松开手，笑着说：“就这样，已经稳住了，不要慌。记住不过一万块钱而已，你那辆车快二百万呢。”

对啊！我是土豪我怕谁？！萧肃瞬间胆气壮了，雄赳赳地控制无人机攀升，看着VR眼镜里湛蓝无垠的天空，下意识地微笑起来。

不知不觉玩到晚上八点钟，萧肃累出一身的汗，连头发都贴在额头上，气喘吁吁地说：“哎呀都八点了，怎么一不留神就天黑了？对不起对不起，你一定饿了吧？中午也没吃多少。”

“没事，饿了还能多吃点。”荣锐收拾好机器，说，“要不我们先找酒店住下吧，放下行李再出去吃消夜？”

“也好。”

荣锐将车子开到北郊一家Hyatt，本以为工作日应该房间很多，没想到酒店入住了两拨开会的外地游客，把标间全占满了，有两张床以上的只剩下总统套房。荣锐看着价单皱眉，萧肃想说自己埋单就好，还没开口就听他说：“哥，总统套房太贵了，我报上去老孙会很为难，如果你不介意，我们住大床房可以吗？”

萧肃有些犹豫，他一向习惯独处，从四岁起就和父母分房，已经有二十多年没和陌生人一起住过了。

“我睡沙发就行。”荣锐见他为难，又说。

萧肃忙道：“没事，我睡沙发，我比你矮也比你瘦，比较不占地方。”

荣锐松了一口气，道：“谢谢你理解，哥，我们局里差旅费卡得特别严，老孙差不多是桑局的亲儿子了，每次报销还是被吼一顿。”他捏了捏嗓子，以流利的广东话道，“乜嘢鬼？！使咗咁多钱？当老子提款机咩？你系去侦察定系去度假嘅咁，仆街仔！！”

萧肃听得半懂不懂，但他的表情和语气模仿得极为真实，仿佛就是一个气急败坏的领导站在面前，萧肃忍不住笑得打嗝儿。

连柜台后的服务员都笑了，将房卡递给他：“感谢您的入住！”

“走了。”荣锐拎起两个人的行李，朝着电梯走去。萧肃一边笑一边提着无人机跟在后头，笑着笑着忽然意识到了什么，低头看看无人机——妙啊，再高的墙还能拦得住这玩意儿？俯拍、近拍、微拍，只要控制好了那不都是小意思吗？

不愧是“小警盾”同学啊……问题是他为什么非要我学？萧肃不解地想，他不戴VR眼镜都操作得那么溜，这么费劲地教我干吗？

小小年纪就好为人师，真是岂有此理！

Hyatt 的客房很宽敞，除了大床，临窗还有一组近一米宽的组合沙发。萧肃按了客房服务，让服务员多送一床被子来。荣锐已经自作主张在沙发上摊开了自己的行李，一副要安家落户的样子。

“你睡床吧。”萧肃说，“你个儿高，沙发有点短。”

“不短，刚刚好。”荣锐脱了风衣，卸下枪套放进保险柜，里面穿一件黑色缎面的卫衣，胸口绣着一只金色老虎头，又凶又萌的样子。

萧肃感觉他又像个小孩了，心一软，便说：“那一起睡床吧，又不是女孩，没那么多讲究。”

荣锐挠挠头，说：“也是。”

两个人达成共识，便愉快地去二楼餐厅区吃消夜。电梯里有楼层指示牌，荣锐一边看一边说：“吃广式晚茶吧，你胃不好，来点粥好消化。”萧肃正好也在看，同时说：“吃烤肉吧，你一整天没正经吃顿饭，来点儿顶饱的。”

两个人相视一笑，再次达成共识。他们先去广式晚茶那里要了艇仔粥和小点心，打包带进巴西餐厅去吃烤肉。

晚上餐厅人少，他们选了靠窗的位子，可以看到外面花园里茂盛的树冠和幽静的喷泉。萧肃运动过量，喝了半海碗的艇仔粥，还吃了两块烤猪排。荣锐吃东西向来恐怖，也不见他怎么动手，一桌子烤肉就全不见了，广式点心也是连渣都不剩。

萧肃已经撑得动不了了，荣锐还在和烤菠萝奋斗，手边还放着一份黄桃冰激凌。

长身体的年纪真好啊……萧肃感叹不已，问荣锐：“你是不是打算明天用无人机侦察造纸厂？”

“没有，只是随便看看。”荣锐喝了半杯黑啤，两腮有些泛红，但并不明显，“随便看看不叫侦察。”

“哦。”这算外交辞令吗？

“造纸厂周围环境空阔，没有信号干扰，很适合玩无人机。”荣锐眨眨眼说，“哥我明天带你去玩哦。”

这种时候还要皮，就不能明说吗？萧肃有点无语，同时感觉他声音不太对——平时他说话总是刻意压着点儿嗓子，显得成熟稳重一些，这会儿明显带点儿少年音，奶声奶气的。

“你要好好玩。”荣锐郑重其事地对萧肃说。他放下勺子，摸了摸肚子，说：“饱了，想睡觉。”

该不会是醉了吧？萧肃有些诧异，他就喝了半杯啤酒，怎么可能才这点儿酒量？

然而很快萧肃就发现荣锐确实是醉了。

回到房间，萧肃上个厕所的工夫，荣锐已经横在床上睡着了。卫衣和长裤脱下来扔在地上，只穿着背心短裤。

萧肃叫他起来洗漱，可是叫不醒。萧肃费了九牛二虎之力才把他抱成竖着的姿势，挪出半边床给自己。萧肃也不知道这家伙是怎么长的，看着不胖，其实石头似的结实，累出他一头的汗。还好荣锐身上很干净，没有脚臭也没有明显的汗味，萧肃拧了把毛巾给他擦了擦脸，就凑合着睡了。

睡了也不知道多久，腰疼，萧肃迷迷糊糊摸了一把，发现这家伙又睡成横的了，他的头顶在萧肃腰上，脚垂在床下。

萧肃困得要命，实在没力气再抱他一回，便往床边挪了挪就继续睡。睡了一会儿，萧肃又感觉脚疼，原来是荣锐顺时针旋转了一百八十度，枕着他的脚睡得呼呼的。

萧肃把脚抽开，给荣锐塞了个枕头，倒头继续睡。然而荣锐依旧执着地旋转着，不久后又转成横的，头垂在床沿，两条长腿搭在萧肃的肚子上。

萧肃感到绝望，忍了一会儿感觉他的腿热乎乎的，倒是很暖胃，迷迷糊糊便睡着了。

次日清晨，萧肃准时七点钟醒来，一睁眼发现荣锐旋转完毕，睡回了原位，端端正正仿佛什么都没有发生过。只有他腰酸腿疼肚子抽筋，仿佛做了一场大保健。

待会儿还是去换一间总统套房吧。

荣锐对自己昨晚的恶行没有任何印象，起床的时候还问萧肃：“哥我昨晚有没有挤到你？”

“没。”萧肃违心地微笑，年轻人都是有自尊心的，总不能告诉他“你睡得像个钟”吧！

荣锐很高兴：“哦，那就好，老孙老骂我睡觉像时钟，东南西北瞎转，我从来都不信。”

你爱信不信吧，祝你将来找个脾气好不打人的媳妇！

在楼下吃了点早餐，两个人便出发去造纸厂“玩”无人机。经过昨天的训练，萧肃已经基本掌握了控制要领，而且他这个人喜欢思考，昨天躺床上一直在回忆自己操作中的失误，以及如何补救，所以今天一上手就比昨天顺畅了许多。玩了一个多小时，他已经能做出很多高难度的动作了。

“哥你真是天才。”荣锐毫不吝啬地夸奖萧肃，“进步好快啊，我都怀疑你昨晚被夺舍了。”

我只是被夺去了四分之三张床！萧肃暗自吐槽，特别自觉地说：“我往那边飞飞看。”说着指了指造纸厂的方向。

荣锐点点头：“好啊，小心别飞人家厂里去。”

萧肃：“那还真是很难说，我昨天才买的无人机，还不大会用呢。”

荣锐抿着嘴笑，掏出手机戳了戳。萧肃戴上 VR 眼镜，看到视野上方闪过一条 UMBRA 的消息提示：“请开始你的表演。”

萧肃也笑了，操控无人机飞进造纸厂，避开门卫和狗的视线，慢慢降低高度，从厂房高处的气窗飞了进去。厂房面积非常大，四面都是格子栅栏的兔笼，肉兔全部挤在里面，密密麻麻足有数千只。荣锐用自己的手机同步了 VR 眼镜的视野，一边看一边说：“他们应该是按出栏时间给肉兔排序的，你往西面飞一点，这边都是幼兔。”

萧肃往厂房另一头飞了一段距离，果然发现笼子里的肉兔大了很多，肥肥胖胖看上去很好吃的样子。

不不不，不好吃，不好吃！

“等一下。”荣锐忽然说，“再降低一点……好稳住，悬停……往左一点点，看到没有，那里有一只肉兔长得很奇怪。”

萧肃终于看到了“粽子”私信中提到的那种“怪兔”了，那只兔子看上去比同类要大一些，有点掉毛，身上好几个地方都露出粉褐色的皮肤。它的背部也和陈建国的神兽一样，长着参差不齐的骨刺，但没有神兽那么夸张，更像是脊椎变形导致的凹凸。

“那边还有几只。”萧肃操纵无人机缓缓拍摄这排养着大兔的笼子，看见了四五只类似的肉兔，还有几只明显骨骼有问题，以别扭的姿势趴在那里，用变形的下巴机械地嚼着饲料。

有人在开厂房的门，萧肃连忙拉高无人机，从气窗飞了出来。

“现在怎么办？”萧肃摘下眼镜，检查无人机有没有损伤——刚刚撤离的时候有点紧张，在墙上刮了一下，“要抓几只出来当证据吗？”

“不行，没有搜查证，偷出来的证物是没有法律效力的。”荣锐道，“而且我们的目的也不是告袁记，是核实‘粽子’提供的线索。”

“哦……”萧肃明白了，“那现在算是核实了吧？下一步干什么？”

荣锐皱眉思考，萧肃道：“其实我觉得我们应该弄点饲料出来，如果袁新娣给肉兔吃的‘添加剂’和导致吕白死亡的抗衰针成分一样，我们就能从里面提取出关键成分来做研究。”

荣锐点点头，说：“我知道了……走吧。”

“去哪儿？”萧肃心说你不是又要去摸鱼吧？就听他道：“去袁新娣家。”

袁新娣并没有和父母同住，因为珑州巧颜的研究所地处偏僻，所以她在单位附近租了个小一居，大多数时候都独自居住。

两个人赶到目的地的时候，袁新娣正在楼下取外卖。她看上去二十出头的年纪，瘦瘦小小的样子，说话很腼腆，萧肃几乎无法把她和黑心研究员联系起来。

荣锐默默观察着她，等送餐员走了，才在她上楼之前叫住她，他表明身份，请她配合一下调查。袁新娣吓了一跳，不知为何脸色有点发白，仔细看了荣锐的证件，踟蹰半晌才说：“那我们上去谈吧。”

她租的房子很小，客厅也就是个过道，摆了一张折叠桌，还有几把折叠椅。荣锐开门见山，直接给她看了萧肃微博后台私信截图，不过把粽子和萧肃的 ID 都打了马赛克，并且截掉了最后和“小警盾”有关的那一段。袁新娣看着截图，神色有些游离，但似乎并不惊讶，勉强镇定道：“怎么会有这种事，跟我有什么关系？”

荣锐冷脸看着她，眼神犀利。她不由自主地避开视线，说：“你们该不会以为这人说的是我爸的饭店吧？这一定是哪个同行眼红造的谣，以前也有这样的事，总有人给消防和环卫打电话举报我们。”

荣锐没有和她争论，直接打开随身带的 iPad，调出萧肃用无人机拍摄的视频给她看：“这是一名热心群众给我们提供的视频，他去北郊那片荒地玩无人机，无意间飞进了袁记养兔场，结果发现了一些外形明显有问题的肉兔。”

萧肃在旁边听得一头黑线——原来他教自己玩无人机并不是好为人师，而是实力甩锅？

袁新娣看着视频，脸色越来越难看，鼻尖微微渗出冷汗来。

荣锐道：“我们调查了那位发私信的博主，结果发现他忽然注销了微博。这个现象引起了我们的注意，通过定位侦察，确认了私信中提到的饭店就是你父亲经营的袁记火爆川菜。结合热心市民萧先生提供的这段视频，现在我们非常怀疑贵店存在重大食品安全问题。”

萧肃默默扶额，请问谁是“热心市民萧先生”啊？

袁新娣抹了一把鼻尖的汗，嘴唇嚅动，像是有什么话说不出口。荣锐沉沉地道：“袁女士，我必须先确认一下，那位发私信的博主‘粽子’，也就是你弟弟袁新杰的同班同学李茂，是不是遭受了你和你父亲的胁迫才注销了微博？他的人身安全是不是也同样受到了你们的威胁？”

袁新娣紧张得快要哭了，闻言连连摆手，道：“不不不，我们没有胁迫他，是他自己要注销和删博的！我们只是普通的生意人，怎么会干这种违法的事？！”

荣锐道：“那你知不知道你们随意给肉兔添加不明药剂，同样也是违法的？”

袁新娣张口结舌，半晌才带着哭腔道：“我……我只是一时好奇，拿家里的兔子试了试……我真没想到会被李茂举报，引起警方的注意……我只是添加了一点点，夏天天气太热了，家里欠了债，没钱购置足够的冰柜，我才想了这么一个办法……我们已经停药了，真的不骗你们！”

她语无伦次地分辩着，脸涨得通红，眼泪在眼眶里打着转，一副六神无主的样子。萧肃心中恻然，下意识地觉得她说的是实话，抽了几张纸巾递给她：“别着急，慢慢说。”

荣锐照旧是扑克脸，等她气息平顺一点后说：“讲讲吧，这件事的前因后果，以及你为什么停药——是发现肉兔有问题害怕了，还是拿不到那种神奇的药物了？”

袁新娣一噎，看向荣锐的眼神中充满敬畏，她慢慢调整情绪，开始交代事情的始末。她大学一毕业就进了珑州巧颜研究所，因为踏实肯干，试用期过后被分配到抗衰针重点项目小组。

干细胞抗衰是医美行业里时下最热门的方向之一，接触到这个项目的核心技术，就等于进入了这个行业里最有前途的领域。袁新娣很想多学点东西，但项目经理警惕心很强，将整个研发、应用流程分成了好几块，除了他本人，其他人都只了解自己手里的那一小块而已。袁新娣为了多打听一点其他工段的情况，经常主动留在实验室加班。因为她是新人，又是女孩，大家对她的警惕心都不强，一来二去还真让她了解到不少东西。

“让我萌发拿药给肉兔‘防腐’这个念头的，是一位负责动物实验的师兄。”袁新娣说，“他是高我三届的学长，以前在学校就认识。我加班的时候经常去他那儿溜达，趁机偷看他的实验记录，结果发现我过手的一种原料药有激活细胞的功能，只要注射一点点，就能让实验动物死后数月不变质，和活着的时候一样。”

“你见过他那里的实验动物吗？”荣锐问她。

“没有见过活的。”袁新娣说，“但我见过他处理大鼠的尸体，有一次还见他处理过几只兔子。他见我好奇，当时还让我摸了一下那只兔子的尸体，让我猜它死了有多久。我说半小时，结果他说已经九天了。”

“九天？死了九天的兔子，还像刚刚死掉的一样？”

袁新娣点点头，道：“他说通过控制药量和用药时间，可以让实验动物在死后几天内‘重生’，变得像还活着一样……不过仅仅是身体活着，大脑和内脏并不会恢复运转。怎么说呢？在我看来就像是一种生物保鲜剂而已。”

所以你就真的偷偷把药拿回家当保鲜剂使了？萧肃无法理解她的这种脑回路。荣锐的脸色也有点难看，问道：“你这个师兄有没有跟你解释，为什么会出现这种现象？”

"有，他说这种药物是一种酶，可以刺激细胞端粒的生长，让原本停止分裂的衰亡细胞重启分裂机制。"袁新娣说，"不过他说得很笼统，并不是很具体，也可能是他自己知道的并不多。毕竟他只负责动物实验这一块，细胞分析有另外的人做。"

这个解释和萧肃那天跟伍心雨讨论过的"端粒酶假设"非常相近。荣锐在记事本上写了几句，道："所以这一切只是你和你师兄的猜测，你们根本不知道这种'重生'过的动物吃了以后对人体有没有影响，只是看实验室死掉的动物挺新鲜，就想当然地认为用这种'保鲜剂'没问题？"

袁新娣讷讷半晌才道："应……应该……没问题吧……其实开饭馆的，谁家不往菜里加料呢？增香剂、嫩肉粉、人工色素……火锅店哪儿有工夫熬那么多高汤，都是味素勾兑的。烧烤店一串羊肉两块钱，成本都不够，全部是用鸭肉假冒的——用羊肉粉一泡，再多撒孜然多撒盐，九成九的客人都吃不出来！"

萧肃听得毛骨悚然，这姑娘也太耿直了吧，被荣锐一诈连行业秘密都爆出来了！这以后还让人怎么吃火锅和烧烤？

荣锐默默记录，没有打断她。袁新娣一口气又说了好几个让人毁三观的案例，似乎觉得自己犯的那点事也不算什么了。

"警官同志，真要说违反食品相关规定，那全珑州都怕是数不出一家没问题的餐馆。何况他们用的那些添加剂都是国家明文规定禁用的，我用的国家尚未收录，应该不算违法吧？"

萧肃真不知道是应该骂她法盲，还是夸她逻辑满分，他瞥一眼荣锐，只见荣锐的手也一顿，仿佛是有点儿记不下去了。

"再说这个药本来就是给人用的，我们经理说国外都流行了很多年了，只不过国内刚刚引进而已。"袁新娣越说越有理，"既然是给人用的，那养出来的兔子给人吃就更没问题了对不对？说不定还有抗衰……延年益寿的功能！"

那是不是应该给你发面锦旗？萧肃默默扶额。荣锐终于抬起头，冷冷地看着她道：“这个不是你说了算的，必须经过有相关部门检验，出具权威性鉴定结果——你这里有样品吗？”

袁新娣脸一垮，无奈地道：“已经没有了，前段时间公司忽然加强管理，重新规定了药品管理流程，我不敢在风头上给自己找麻烦，就再没有拿过那个原料药。而且现在天气也比较凉了，家里又添了新冰柜，也没有必要再那么做了。”

荣锐皱眉道：“这是什么时候的事？”

“也就不到一个月吧，二十多天的样子。”

“为什么忽然加强管理？是发生了什么意外吗？还是你偷药品的事被发现了？”

袁新娣迟疑道：“应该没有吧，我拿得很少，再说也没人找我谈话。有小道消息说是有人技术泄密……倒是我那个师兄被罚了一个季度的奖金，我问他为什么他也不说。”

萧肃大致算了一下，二十多天前，不正是自己在微博发抽奖征集神兽线索，被“小警盾”和“猪精佩奇”加持转发那段时间吗？难道是自己打草惊蛇，反而令袁新娣被迫收手？

荣锐慢慢把话题往正事上带：“你说你用的这种药是刚刚从国外引进的？哪个国外？哪家公司？”

“瑞典，一家叫PHOENIX的著名抗衰中心。”袁新娣脱口而出，继而嘟囔道，“呃……这不算机密吧？好像公司马上就要公开宣传了……”

“宣传？你们打算推出这个药了？”荣锐问。

“是的吧。”袁新娣索性把自己知道的都说了，“我是听市场部的同事说的，公司打算近期通过线上平台推出新型抗衰针，批文差不多办下来了。”

“线上平台？”荣锐一顿，“哪个线上平台？”

“是公司旗下新并购的一家平台，叫星悦之美。”袁新娣说，“据说是专门做产业链整合的，前期美容和养生都有了，现在要延伸到医美这一块。为了一炮打响，公司把抗衰针项目给了他们。”

星悦之美？萧肃觉得这个名字好像在哪里听过，而且就是最近的事……

等等！那不是丁天一和他同学办的创业公司吗？！萧肃想起来了，上次萧然带丁天一回来见家长，丁天一曾经在花园里和自己聊起过他的线上平台。但……收购他们的好像并不是巧颜，而是另一家专门做电商的企业啊！

“星悦之美好像不是巧颜旗下的子公司吧？”萧肃疑惑地插言。

“不是啊，星悦之美和珑州巧颜一样，都是本地电商无暇的子公司。”袁新娣说，见他一脸困惑，又解释道，“是这样的，我们珑州巧颜并不是靖川市巧颜的全资子公司，而是他们和无暇联合入股的合资公司。而星悦之美则是无暇的全资子公司。我这么说您能明白吗？

萧肃恍然：“哦，我懂了。无暇和巧颜合资成立了珑州巧颜，珑州巧颜和瑞典的PHOENIX公司合作，代理对方抗衰针，然后借无暇的全资子公司星悦之美，在他们的线上平台发布和宣传……是这样吗？”

袁新娣点头道：“对对，您梳理得很清楚了，我还怕您弄迷糊了呢。商业上的事情可复杂了，我当时也是琢磨了半天才明白这里面的道道。”

萧肃也没想到这件事会这么复杂，一个小小的抗衰针背后居然有五家公司在运作……不，总的来说应该是三家——张婵娟的巧颜、珑州电商无暇，还有瑞典那家山寨抗衰中心PHOENIX。

荣锐又问了袁新娣一些细节，不得不说这姑娘看着瘦瘦小小、老老实实的，其实脑子非常灵活，扮猪吃老虎打听了不少商业机密。

她说“抗衰针”的关键原料是由PHOENIX提供的，具体成分谁也不知道。她曾经尝试用GC-MS分析，但轰下的碎片根本拼不到一起，所以她怀疑这东西并不像师兄说的那样，是一种酶，或者其他化学品，更像是某种特殊的微生物或者菌类。可惜的是现在产品即将上线，药品管理极为严格，她实在偷……拿不出来样品。

荣锐见实在问不出更多的东西了，便合上记录本准备离开。袁新娣忐忑不安地说：“警官，我这件事不要紧吧？您看我该说的都说了，不该说的也说了，也没有再给养殖场的肉兔喂药……您放心，我以后也不会这么干了……”

荣锐明白她的意思，一本正经地道：“这件事目前还没有造成显著的影响，我们先记录在案。如果吃过你家菜的食客有什么问题，或者有人提出投诉，我们还会再调查的。”

“哦哦。”袁新娣稍微松了一口气。

荣锐起身要走，又问她：“那个叫‘粽子’的博主，也就是你弟弟的同学李茂又是怎么一回事？他为什么要注销微博？”

袁新娣道：“提起这件事我也觉得挺奇怪的。就前两天吧，李茂忽然找我和我弟道歉，说他不该把我给肉兔喂药的事说出去。我和我弟莫名其妙，再三追问后他才说，自己之前给一个叫‘农夫’的博物博主曝光过这件事，结果第二天就发现有一个ID是句号的人关注了他，还在私信里问他这件事是不是真的，私信里提到的‘姐姐’是谁，‘研究所’又是什么。”

“他刚开始以为这个人是‘农夫’的小号，但接着又收到‘农夫’用大号发的私信。”袁新娣说，“所以他又猜测是不是我弟开了小号来诈他的，因为他头天晚上跟我弟在一起玩手游，中间有点事让我弟替他打了一会儿，他怀疑我弟中途退出游戏偷看过他的微博私信……所以他就主动跑来跟我们道歉了。”

荣锐问：“你弟并没有看过对吗？”

袁新娣点头："我和我弟是他主动坦白以后才知道这件事的，当时我们都很紧张，因为能看到这条私信的除了李茂本人，应该只有'农夫'和我弟了。我也怀疑过这个人会不会是公司的法务，监控了员工和亲友的微博、私信之类的，但又觉得他们还不至于这么变态吧？再说公司到现在也没找我的麻烦，应该是不知道这件事了。后来李茂大概是觉得害怕吧，心里又有点愧疚，就直接销号了。"

荣锐根据她提供的信息，在微博上搜了一下那个 ID 叫"。"的博主，发现这人一条微博都没有发过，完全像是个空号。荣锐皱眉思忖片刻，没有点关注，直接退出微博，带着萧肃离开了袁新娣家。

从小区出来已经快下午四点了，荣锐径自坐上了驾驶座。萧肃问他要去哪儿，他说："去巧颜的研究所。"

袁新娣是为了上班方便就近租的房子，所以他们驱车不过五分钟就到达目的地。这里是珑州市新工业开发区的边缘，隔一条街就是农田，再往远走便是崇山峻岭。萧肃以为他要去研究所调查，谁知他径直绕过厂区和农田，将车子开到了一个小山坡上。

从这里可以俯瞰整个工业区，巧颜研究所坐落在工业区最西面，有两栋小楼，一片小小的绿地。荣锐掏出手机定位，观察四周的地理环境，道："果然……"

"什么？"萧肃不解，打开高德地图定位、缩放，忽然发现了一个似曾相识的地名，"白佛沟？"

"对，白佛沟。"荣锐指着西北方绵延起伏的山岭道，"从这里往前再开二十分钟，就是白佛沟，陈建国的表弟买到神兽的地方。"

萧肃看看深山，又看看巧颜的研究所："所以神兽就是从这儿跑出去的？"

"研究所紧挨着农田，再过来就是山林，动物一旦跑出来就很难抓到。"荣锐道，"还记得刚才袁新娣说的吗，二十多天前他们公司忽然开始加强管理，负责动物实验的师兄被罚款……那段时间正是我们三个通过微博抽奖，征集神兽线索的时候，我想这绝对不是巧合。”

萧肃默然点头，又问：“那个私信‘粽子’的‘句号’又会是谁呢？”

“回头我查一下，这个人能监控‘粽子’的微博，不简单。要么是买通了微博内部的人，要么就是黑客。”他从车上取了无人机，一边戴 VR 眼镜一边说，“他应该是通过你的微博发现‘粽子’的，所以除了神兽那件事，你还搞过什么大新闻吗？”

“并没有。”萧肃自认为是个十分低调的人，不然也不至于写那么多科普文才几万粉丝。

“那大概还是和这件案子有关，但他似乎又不是巧颜的人……奇怪。”荣锐皱眉摇头，操纵无人机升空，道，“你等我一会儿，我要拍一下周围的环境拿回去给老孙看。”

无人机在他手里仿佛活了一般，飞得那叫一个行云流水。萧肃羡慕得不行，讲真，玩这种东西还得是年轻人，跟打游戏一样，反应多灵敏啊！

“对了，袁新娣提到的那家星悦之美，你和老孙调查过吗？”萧肃问荣锐。

“没有，我今天第一次听到这个名字。”荣锐边拍边说，“我们上次来只做了一些笼统的调查。”

萧肃犹豫了一下，道：“星悦之美是一家创业公司，成立三四年了吧，不久前才被无暇收购……不瞒你说，我认识他们的创始人丁天一，他是我妹妹萧然的男朋友。”

“哦？”荣锐有些意外，“我说她提到这家公司的时候，你为什么忽然插话呢？原来是听到了熟人的名字。”

“也不算熟人吧，就见过一面。”萧肃说，“上次萧然带他回家吃饭，我们聊过几句，我光知道他是做美容资源整合的，没想到他会参与抗衰针项目。”

“你妹妹参与他的公司了吗？”

“那倒没有，她从不过问这个。”萧肃最庆幸的就是这一点，这个项目查到现在，到处透着危险和诡异，他不想家里人因此受到什么影响，“袁新娣刚才说的那个PHOENIX，就是那家冒充瑞典抗衰中心的空壳公司？”

荣锐道：“正牌抗衰中心叫PHENIX，就差一个字母，而且两个词都是‘凤凰’的意思。欲盖弥彰的意图可以说是非常明显了。但他们的手续办得很齐，袁新娣也说批文都办下来了，除非我们能够找到确切的证据，否则很难叫停这个项目。”

截至目前，疑似抗衰针排异致死的案例一共有三个——吕白、尤刚、神兽。但没有任何确切证据证明他们的死真的和抗衰针有关，甚至无法证明他们用过巧颜的抗衰针。

“从哪里找突破口呢……”萧肃喃喃道。

“现成的啊！”荣锐拍摄完毕，摘下眼镜，说，“尤刚的案子，荣银的尸检结果已经被专案组采纳，吴星宇被证明是无辜的，他们很快就会锁定新的嫌疑人。”

“张婵娟和尤莉？”

“对。”荣锐道，“她们俩一个是巧颜的董事长，一个是执行总裁，一起被警方控制住，抗衰针项目还怎么上线？”

萧肃松了一口气，这么可怕的项目最好永远都别上线！

荣锐拉了一遍视频，感觉没问题了，收拾好无人机，将它放回车上，道：“哥，千万看住你妹妹，别让她沾手这件事。至于她的男朋友，现在还不知道他有没有参与，又参与了多深，你最好不要贸然提醒，以免打草惊蛇。”

萧肃明白他的顾虑，点头道：“你放心。”

“走吧，回城区。”荣锐坐上了驾驶座，道，“昨天晚饭随便糊弄了一下，今天带你去吃大餐，尝尝本地的特色菜。”

萧肃有点无语，一秒从工作到摸鱼，这孩子的心态还真是超级好。不过如果他的睡姿也和心态一样好就完美了！

第四章 暗潮涌动

珑水河畔有一条著名的步行街，算是珑州市最大的地标。夜幕降临之前，荣锐根据网上的攻略，将车子开到了长街南面的一个入口。

整条步行街古色古香，街道两旁是鳞次栉比的仿古酒楼，中间是露天小吃摊。这会儿天还没全黑，摊主们正在摆放桌椅和调试彩灯，熙熙攘攘一片繁华的景象。

萧肃举着相机拍摄街景，华灯初上的珑水河别有一番风流韵致，仿佛自带滤镜的文艺大片。荣锐一边低头在手机上搜口碑饭店，一边问他："珑水大鲤鱼吃吗？前面有一家据说是百年老店，专做烤鱼的，还有自酿的米酒也很有名。"

萧肃一听"酒"字就腰疼，昨晚被他的脑袋顶得差点腰椎间盘突出："酒就算了吧，我不大会喝酒……鱼倒是可以，你做主吧。"

"那就吃这家吧。"荣锐抬头四下看看，指着十几米外的一栋三层小楼，“就那儿，珑州第一烤鱼。”

这名字真是简单粗暴，萧肃关了相机，忽然想起袁新娣那些可怕的爆料：“呃，这家会不会也放了很多添加剂什么的啊？鱼浮灵、人工色素、增香剂……”

“哥。”荣锐打断他，“哪有那么多黑心商家啊？你听她胡说八道拉同行下水……再说了，就算有添加剂，你难道就不吃了吗？你自己会做吗？”

会心一击，萧肃无力反驳，只能默默闭嘴，跟着荣锐往烤鱼店走去。

路中间有一家炒粉摊正在送河粉，平板车挡在人行道上，萧肃左右也不着急，便站在旁边等着他们交接。老板连连道歉，萧肃摆摆手表示没关系，一转头无意间扫到一双极为妩媚的眼睛。

一个中年女人站在街道那头，隔着两三家摊贩遥遥地看着他，眼神中带着奇怪的研判，仿佛他身上有什么令人玩味的东西。那女人大概三十多岁，气质雍容，相貌温婉，画着极为细致的淡妆，绾着高高的发髻，一身淡紫色修身旗袍勾勒出成熟丰腴的身材。发现萧肃注意到自己，她视线轻轻一飘便挪开了，转身在旁边一个卖皮影的小摊上挑拣起来。

她是谁？我见过她吗？萧肃莫名觉得那个女人有点眼熟。虽然只是惊鸿一瞥，她的眼角眉梢似乎氤氲着一种令他非常熟悉的感觉。

奇怪，怎么完全想不起来……萧肃正在思索，荣锐拍了拍他的肩膀：“可以走了。”

“哦？”萧肃一愣神的工夫，再往皮影摊看去，那个女人已经不见了。

“在看什么？”荣锐问他。

“没什么。”小插曲而已，萧肃没有多想，跟着他往前走去。

烤鱼店生意火爆，才六点多钟居然已经满座了，服务员查了排位表，说至少要等半个小时。

“早知道路上就该打电话预定的，没想到这么多人。”荣锐遗憾地说，继而问萧肃，“等还是换一家？”

萧肃对吃的东西没太大执念，可能从小味蕾就没发育好吧，见里头人声鼎沸，一点胃口都没有了：“走吧，去别家看看，这里也太吵了。”

“也是，说话都听不见。”荣锐一边说着，一边转身朝电梯走去。就在这时，电梯门忽然开了，一大群人涌出来，仿佛是一大家子人来过生日，还捧着一个巨大的双层蛋糕。荣锐伸臂一挡，将一个差点撞上萧肃的中年人扶住，冷不防后背被人撞了一下，没稳住扑到萧肃身上，将他压在电梯门旁边。

“小心，小心！”捧着蛋糕的人高声大叫，两个家人立刻像左右护法一样撑着胳膊将蛋糕护住。荣锐被人死死地挤着，只能继续压着萧肃。两个人贴烧饼一样贴在墙上，挤得肋骨仿佛都“咯吱咯吱”响了起来。

“高一点，高一点！”萧肃眼明手快，一把托住服务员的茶壶，没提防玻璃壶不隔热，烫得他浑身一激灵。然而他还不敢放手——那茶壶就悬在荣锐的头顶，只要稍微倾斜就能浇他一头热茶。

还好坚持了半分钟，那一大家子人终于挤进大堂去了。荣锐撑着墙把背后的人挤开，问萧肃：“手怎么样？烫坏了没？”

“没事，不太烫。”萧肃忍痛动了动手指，手掌已经红了一片，掌心一个水泡以肉眼可见的速度鼓了起来。

荣锐阴沉着脸，一副要找麻烦的模样。萧肃反手拉住他：“算了，都不是有意的，人太多而已……我们出去吧，这里太闹腾了，吵得我脑仁疼。”

荣锐忍着气说：“找家诊所上点儿药吧，后天你还得上课呢，这样怎么写板书。”

“没事，还有投影仪，要写的板书并不多。”萧肃怕他年轻气盛和人起冲突，抓着他不敢松手，“电梯太慢了，可能等的人多，反正一共就三层，我们走楼梯下去吧。”

话音还没落，忽听有人道：“大哥，你怎么在这儿？太巧了！”

萧肃一回头，意外地看见一张完美无瑕的精致面孔——丁天一背着电脑包，拎着一袋子本地点心，刚从楼梯上来，看见他后露出一副又惊又喜的表情：“你怎么来珑州了？然然也没跟我提。”

萧肃松了手，心里立刻翻腾起下午袁新娣的那番话，稍微一顿才微笑道：“太巧了，你怎么也到珑州来了？”

“见个客人……”丁天一还没说完，手机就响了。他跟萧肃做了个“抱歉”的手势，接起电话：“洪姐，我已经到了……哦，这样啊……没关系，我下周才回靖川，那我们回头再约时间？好的好的，您先忙，再见。”

挂断电话，他表情有点失望地说：“客人忽然说有事来不了。没办法，资方是大爷……大哥你们是来吃饭的吗？要不一起吧？我提前订了位子，这里的位子很难订的，取消太可惜了。”

萧肃原本想拒绝，但想到他那家星悦之美，心一动，转头对荣锐道：“还没跟你介绍，这是丁天一，丁总，我妹妹的男朋友。”

荣锐面上不动声色，眼睛却眨了一下。萧肃明白他的意思，对丁天一道：“我们是在网上看了攻略才来的，没想到要提前订位子。那这顿我请吧，谢谢你了小丁。”

丁天一笑道：“大哥太客气了，都是一家人，谁请不都一样？那咱们进去吧。”

还好丁天一订的是包间，把门一关，外面的吵嚷声就消停了一半。服务员送了菜单进来，荣锐放在萧肃面前，说：“我出去一下。”

丁天一目送他出门，问萧肃：“大哥，这是你的同事还是学生？看着年纪不大的样子。”

萧肃没暴露荣锐的身份，含糊一下略过，只说："他陪我来珑州办点事。"

丁天一没有多问，张罗着开始点菜。片刻后，荣锐回来了，手里拎着一个小袋子，对萧肃说："手怎么样了？"

萧肃摊开右手，手掌比刚才更红，水泡亮晶晶的。荣锐皱着眉给他用生理盐水擦了，又涂了烫伤膏，最后拿细纱布裹了两圈，说："这两天别碰水，酒精太刺激，就用生理盐水擦洗吧。"

萧肃点点头，荣锐在他的掌心放了个小小的冰袋，没有再多说什么，只是将他的吃碟挪到自己这一侧。丁天一这才知道萧肃烫伤了手，关心地问："什么时候烫的？刚才吗？怎么没叫店里的人过来处理？"

"多大点事儿啊！"萧肃笑着说，"菜点好了吗？我都饿了。"

丁天一将菜单递给荣锐："你看看再加点儿什么？"

荣锐加了一道素菜和一道小吃，都是清淡甜口的："就这些吧，谢谢了。"

服务员先上了茶，三个人一边喝茶一边等菜。丁天一问萧肃："大哥，你们来珑州干什么？玩还是公干？"

萧肃想了想，说："有点事来落实一下。哦，然然跟你提过没有，我前一阵差点儿被人讹了，就为了一只神兽。"

丁天一诧异地说："讹你？谁敢讹你啊？神兽什么的倒是听然然说过一次，说你花好多钱买了只什么动物做研究，比她买的包包贵多了。"

萧肃笑道："没有没有，我跟她开玩笑的。那只神兽是人家无偿捐给学校的，不过之前还真有人想拿它讹我三百万。"

"三百万？"丁天一差点被茶水呛到，"什么玩意儿这么值钱？"

"说来也是奇怪，"萧肃说，"那只神兽我以前还真没见过，查了很多资料也没办法确认它的物种。现在唯一可以确定的是，它和实验常用的小鼠是近亲，搞不好是辐射变异了吧，或是哪个研究所做实验的动物跑出来了。”

“有这种事？”丁天一很惊讶，又有点好奇，“那它是谁捐给你的？之前的主人也不知道它是什么吗？”

“之前的主人是在一个猎户手里买的，就因为它长得怪，所以才把它当神兽供起来敛财。”萧肃说，“我专门问过了，他说这只神兽是在珑州西郊一个叫白佛沟的地方抓的，所以我想来珑州实地看看，看白佛沟还有没有类似的生物。”

“哦，原来是这样啊……”丁天一恍然大悟，“我说呢，然然总说你特别宅，天上下金币都懒得出去捡，怎么会跑这么远来珑州玩。”

萧肃一头黑线——我怕不是有个假妹妹？

“原来是为了科学研究啊，佩服佩服。”丁天一笑着说，“哎呀，我好像说漏嘴了，大哥你可千万别告诉然然我把她卖了啊，不然她得骂死我。”

“我尽量吧。”死宅萧老师生无可恋。

丁天一连连作揖，又问：“你们今天去白佛沟了？找到那种生物没有？”

“没有，可能运气不好吧。神兽也不是天天满山跑的。”萧肃打开相机，调出一张在山坡上拍的俯瞰图，图上右下角便是珑州巧颜研究所，“倒是照了几张照片挺不错的，你看。”

丁天一接过相机一看，神色微微一动：“这是白佛沟？”

“不，这是珑州西郊的新开发区，不过离白佛沟很近。”萧肃说，“我们一路沿着山开，本想看能不能遇上神兽，后来发现开发区挺多厂子的，该不会有什么污染或者辐射导致生物变异了吧？”

丁天一的视线在那张照片的右下角停留了一下，随即若无其事地说：“大哥你的想象力也太丰富了吧，珑州好歹也算是个大城市，开发区管委难道是吃素的，敢上什么高污染、高辐射的项目？”

萧肃附和道：“那倒也是。”

“大概还是深山里什么罕见的生物吧？我小时候住在乡下外婆家，老听人说抓住什么四不像、什么太岁……神乎其神的，其实都是长得有点怪的小动物。”丁天一随意说着，将相机还给萧肃，感叹道，“大哥你也太敬业了，为了一只神兽跑这么远。”

“个人兴趣，再说也很久没出来玩了。”萧肃微笑着收了相机，并递给荣锐。眼神交错间，荣锐眯了眯眼睛，微不可察地点了点头。萧肃立刻便明白，看刚才丁天一的反应，大概有什么问题。

“对了，你怎么来珑州谈生意了？”萧肃给丁天一添上茶，问道，“你的公司要在珑州发展？没听然然提过啊！”

“没有呢，只是接了一个新项目，和这边的资方沟通一下宣发流程。”丁天一接过茶水后跟他道谢，说，“小生意而已，一二线城市的市场都饱和了，我们只能从三四线城市入手。等口碑做起来了，再通过电商往全国发展。”

萧肃赞道：“你这想法挺好的。”倒是和巧颜的发展思路挺合拍。

丁天一笑道：“没办法，像你们方氏这种大公司太厉害，我们小企业想在大城市分一杯羹太难了。”顿了一下，他又道，“听说伯母那里最近也有一个新项目要上市？”

萧肃想起之前老妈说过，方氏即将和一家中医研究所联合推出汉方养颜计划，大概就在这一半个月：“然然跟你聊过？”

“哪有，她还是听我说的呢。”丁天一说，“在我们行业内，这种大事件总会提前透露一点儿风声，我也是从同行那里听到的。”

他能在这里说出来，恐怕就不是“风声”那么简单了。不过这个计划即将推出，萧肃也就没有否认：“具体情况我也不太清楚，我主要是在大学工作，不大管我妈公司的事。”

丁天一笑着说：“大哥你教书教得还挺投入的，佩服，佩服。”

他的话说得言不由衷，萧肃看得出来。其实这件事也怪萧然，为了塑造自己不食人间烟火的小仙女人设，把他这个哥哥推出来当挡箭牌，搞得丁天一总认为萧肃是在敷衍自己。

算了，心机哥的黑锅背就背吧，萧肃也就没有辩解，只微笑着喝茶。

菜终于送上来，果然色香味俱全。尤其是主菜烤全鱼，可以说是香飘十里，连萧肃这种对食物不大敏感的人都有点口舌生津。

“大哥先请吧。”丁天一特别客气，将烤鱼转到萧肃面前。

三个人中萧肃最为年长，按规矩是应该他先动筷子。但他从来不讲究这个，便说：“随便吃吧，别这么拘束了。”

丁天一还要客气，荣锐特别迅速地夹了一块最嫩的鱼肚肉放到他的勺子里：“尝一块就行了，你手上有伤，本来不该吃这些发性的东西……左手能用吗？”

真是太体贴了，昨天晚上没白忍他啊！萧肃特别感慨：“可以的，筷子不行，勺子没事。”

荣锐“嗯”了一声，将烤鱼转回丁天一面前：“你请。”

丁天一看看他，又看看萧肃，干咳了一声道：“我倒是疏忽了，点的菜好像都带辣。”

“没事，这不是有不辣的吗？还有小吃。”萧肃随口说，说完才发现这是荣锐后来补点的，这小子真是心细如发。

三个人默默地吃饭，荣锐时不时给萧肃夹菜，间或往他的勺子里放点儿米饭。萧肃简直产生了重生的错觉，仿佛坐在身边的不是“小警盾”警官，而是带他长大的刘阿姨——想当年他还不会使筷子的时候，刘阿姨就是这么给他喂饭的。

荣锐将来一定能当个好爹。

萧肃忍不住笑了一下，米饭呛在嗓子里，捂着嘴不停地咳嗽。

荣锐道：“怎么呛了？又没人跟你抢。”

萧肃连连摆手，丁天一笑着给他递了一杯米酒：“赶快喝口水……哦，这是酒，没关系，你酒量好，喝这么点儿没事。”

萧肃想阻止已经来不及，其实他对酒精不敏感，大概是因为在实验室经常接触酒精、甲醇、乙醚之类的有机溶剂，半斤白酒对他来说都是小意思。

然而他一小时前才跟荣锐说自己喝不了酒来着。

果然，荣锐愣了一下，神色复杂。萧肃只能借他的被动技能用一下，假装自己什么都没听见，喝了半杯米酒将米饭冲下去后说：“好了，吃饱了，这儿的菜确实挺不错的，下次带我妈和然然过来尝尝。”

“好啊！”丁天一说，“我最近要经常跑这边，回头跟然然商量一个时间，把伯母请过来。”

荣锐黑着脸在旁边啃锅巴肉片里的锅巴，“咔嚓咔嚓”仿佛在泄愤。萧肃听得牙疼，看看时间也不早了，便问丁天一：“你晚上住哪儿？酒店订好了吗？”

“订好了，在北郊的Hyatt。”

珑州北郊只有一家Hyatt，萧肃只能感叹太巧了：“那正好，我们也住那儿，吃完一起回去吧。”

饭后，萧肃叫来服务员埋单。丁天一按着他的手不让他拿卡，非要自己掏钱。两个人来来回回推拉了半晌，荣锐在旁边悄无声息地扫了二维码，便拿着萧肃的外套起身：“小心手，别争了，我已经扫支付宝了。哥，你和丁先生往东口走，我先去开车，一会儿接你们。”

一顿饭吃了一千二，萧肃还不知道他的餐旅费能不能报这么多，估计老孙又要被他们桑局骂“扑街仔”了。

要不回头让他找自己报吧，反正也没有多少钱……萧肃忽然觉得自己好像没以前抠了，甚至有了当金主的自觉！

三个人一起回了北郊的酒店，丁天一办了入住手续，正好前台说有标间空出来，于是萧肃和荣锐也换了新房间。两个人到达客房的时候，行李已经被送过来了。荣锐将两个人的外套在衣柜里挂好，问萧肃："你要洗澡吗？手不能沾水，我去前台帮你要个防水手套？"

"明天回家再洗吧。"萧肃在卫生间单手洗脸，一抬头就看见荣锐抱着胳膊靠在门框上，表情别别扭扭的。

他一路上都这样，萧肃实在拿他这神出鬼没的小脾气没辙，只能好声好气地解释："还为喝酒的事生我气呢？我只是今晚不想喝……"

"我昨天睡觉是不是转圈了？"荣锐打断他的话，在他脸上看到欲言又止的表情，顿时悲从中来，"原来老孙说的是真的，我一喝酒就睡觉转圈！我属时钟的！"

"没事了。"萧肃笑又不好笑，忍得嘴都歪了，"酒量这个东西，多练练就好了。"

"我再也不喝酒了！"荣锐黑着脸转身走了，连背影都透着绝望。

萧肃忍笑忍得差点发抖，半晌才平静下来，随便找了个话题岔开："对了，你感觉丁天一有问题吗？"

荣锐靠在沙发上刷手机，头也不抬地说："有。"

"哦？什么意思？"萧肃问，"你觉得他知道珑州巧颜的抗衰针有问题？"

"这个倒不一定。"荣锐道，"一开始你提到白佛沟、神兽什么的，他的态度还是正常的。直到你把照片拿给他看，他的神情才发生了变化。"

"他认得照片上的珑州巧颜研究所。"

"是，他应该去过。毕竟这个项目是他的公司宣发上线的，他肯定要整体跟进和了解。"荣锐道，"我怀疑在商业层面上他知道很多东西，比如 PHOENIX 和 PHENIX 的区别，但技术层面上的东西就不一定了。"

萧肃默默点头，无暇既然把这个项目委托给他，李代桃僵这种商业手段一定不会瞒着他，说不定还是委托他经手办的，所以丁天一很清楚他运作的抗衰针是冒牌货。那么即使他不清楚技术层面的事情，经过今天自己的试探，恐怕也会生出“变异动物会不会是从珑州巧颜研究所逃出来的”这种怀疑吧？所以他看照片的时候神色才会有点不正常。

他会怎么做呢？继续运作这个产品，还是叫停？萧肃对丁天一并不了解，但下意识觉得他会选择前者——对一个家境贫寒，全靠自己努力熬到这一步的年轻人来说，这个机会太难得了。

“我觉得，他也许会调查这件事。”萧肃对荣锐说，“我吃饭的时候已经说得很直白了，他肯定也怀疑变异动物是从巧颜研究所跑出来的。”

荣锐点点头：“我会想办法留意他最近的动向。”

萧肃的心情有些沉重，喃喃道：“我是不是该劝劝然然？可这是她第一个带回家的男朋友，这样会不会伤害到她……”

荣锐抬头看他，说：“你不伤害她，他迟早也会伤害她。”

萧肃一惊，荣锐又道：“哥，我们警察看人很准的，你妹妹跟着他，不合适。”

萧肃的心情越发沉重，叹息道：“知道了，我想想办法吧。”

荣锐低头继续抠手机。萧肃沉默了一会儿，问他：“在查什么？那个‘句号’？”

荣锐道：“是，这个人比我想象的还要神秘……我通过微博登录记录查了他的IP，发现他在国外，而且用的是多重代理。”他抬头，皱眉，“正常人是不会这么麻烦的，除非他一早就知道会有人查他，或者他这么做已经成为一种习惯——很多一流的黑客都有这种职业病，即使最简单的操作，也会用最麻烦的方法掩盖自己的痕迹。”

萧肃忍不住心一紧——这个人是通过“农夫”的微博摸到“粽子”

那里的，什么时候自己惹上这么厉害的人了？

好像自从神兽事件出现以后，自己身边奇奇怪怪的事情就越来越多了……

分床的夜晚分外和谐，“小警盾”同学睡得很安稳，不转圈也不打呼噜，只在凌晨的时候磨了一会儿牙。萧肃倒是没怎么睡踏实，在自己弥漫着烤鱼味的被窝里，做了一个非常模糊的梦。

梦里他仿佛只有五六岁的样子，和一个比他大一点的男孩在河边玩沙子。河堤的另一边是金色的麦田，饱满的麦穗随着微风摇曳。男孩拉着他的手，越过粗石垒成的堤坝，拔了一大把沉甸甸的麦穗，生起小小的火堆。浓郁的焦香味弥漫在空气中，他好奇地拨拉着秸秆，结果被烫了手，哼哼唧唧地哽咽起来。男孩捧着他的手吹了吹，嘲讽道：“娇气包，爱小猫，小猫不爱娇气包！”

他不肯再哭了，男孩将火撤去，搓掉酥烂的麦壳，把焦香的麦粒放在他的手心：“先给你吃，回去不能告诉你妈哦，不然我再也不带你出来玩了。”

烤熟的麦粒有一种难以形容的香甜的味道，脆脆的，萧肃嚼得嘎吱嘎吱响，然后便惊醒了，迷糊了很久才发现那是荣锐磨牙的声音。从窗帘缝隙里透进来一丝霞光，萧肃在低血压的眩晕中眯着眼睛假寐，不禁哑然失笑——一定是昨晚没洗澡，才在烤鱼的气味中做了一个关于烧烤的梦吧。

梦里的男孩面目有点模糊，但萧肃知道那个人是谁。因为整个童年他最亲密的玩伴，也只有那一个人而已。他们曾经睡一张床、用一个碗、看一本书……他们曾那么亲近，好得像一个人一样。可惜人总会长大，总会追寻自己想要的生活，总会远走高飞。只有他，注定要困在原地，动弹不得。

旁边的床动了一下，萧肃的思绪被打断，荣锐醒了。他轻手轻脚地下床，探头往萧肃脸上看了看，随后就穿着背心短裤出去了。听到关门的声音，萧肃伸了个懒腰爬起来，趿着拖鞋去卫生间洗漱。右手的烫伤好了很多，手掌已经不红了，只有水泡依然亮晶晶的。萧肃找了一根针将它挑破处理了，又重新上了药膏包扎起来。

隐隐有点痛，他不禁又想起梦中的小孩，好像每次他弄伤了什么地方，那个家伙总会一边嘲笑，一边帮他吹吹。

也不知道他在美国过得好不好。听老妈说他事业发展得不错，并且已经有了对象，就是不知道什么时候会结婚……说起来，他也该三十好几了吧？如果他结婚，老妈会不会放自己去美国喝喜酒呢？

美国那边结婚办喜酒的吗？就算不办喜酒，婚礼总要有一个吧？萧肃胡思乱想着把自己收拾干净，就靠在沙发上给萧然发微信：“妹，猜猜我在哪儿？”

没想到萧然秒回：“我要告诉妈了，你不打报告就跑去珑州，是不是忘了上次从东非回来后立下的军令状？离家一百公里以上都要跟老妈报备哦！”

萧肃只想翻白眼，同时隐隐感觉事情有点麻烦——很显然，昨晚回房间之后丁天一和她通过话了，他们的感情比自己想象的要更加亲密：“丁天一告诉你的？老子请他吃饭，他居然给你通风报信？”

萧然：“哥你疯了，居然自称‘老子’？搬出去这一个月你都经历了些什么？我闷骚装 × 的哥哪儿去了？”

萧肃扶额，萧然又道：“还有跟你一起的帅哥是谁？我竟然不知道你还有吴星宇以外的朋友？”

萧肃哭笑不得：“我是你哥还你是我哥？”

萧然发了个龇牙笑的表情：“提醒你哦，我马上过生日了，如果你表现好的话我可以考虑不跟老妈告状，懂吗？”

萧肃无语望天，发了个“OK”的表情，萧然这才心满意足地下了线。

他正在“哇哇”地吐血，门开了，荣锐顶着毛巾走进来：“哥你醒了吗？一起下去吃饭吧……啊，你怎么了？大清早的生什么闷气呢？”

萧肃不好说是被妹妹气的，问他：“你去健身了？”

“游泳。”荣锐走去卫生间冲澡，说，“有点凉，游了五公里就回来了。”

五公里……萧肃在游泳池里连五米都扑腾不出去，只能羡慕他四肢发达。

“对了，你看到荣银发的消息没？”荣锐问。

萧肃打开UMBRA，看到“河豚头”五分钟前发了一条消息：“@萧肃，萧老师告诉你一个好消息，吴星宇中午就能放出来了，刚刚周律师给我打的电话。”

专案组效率真高啊！萧肃十分高兴：“真的吗？太好了！谢谢你了荣法医，我下午回靖川请大家吃饭！”

荣银发了个海盗兔点头的表情。几分钟后，真的海盗兔上线了，伍心雨：“咦，是那个和我同名的吴律师吗？我也想见见他可以吗？也许他是我失散多年同父异母的双胞胎兄妹呢，哈哈哈！”

这个笑话实在够冷，不过萧肃还是笑了：“没问题，等我订好餐厅给你们发定位吧，你们几点有时间？”

伍心雨：“漫展四点多差不多就结束了，不过荣法医要换衣服和卸妆……六点半差不多吧？”

萧肃这才想起今天是靖川市办“秋日漫展”的日子，于是冲卫生间里的荣锐喊：“我们几点回靖川？我晚上请大家吃饭……哦忘了问你了，你跟我一起回去吗？”

荣锐刚冲完澡，裹着浴巾，正在剪下巴上长出来的小胡子，短短的发茬儿往下滴着水，水珠顺着平阔挺拔的脊背不断地滚落下来：“一起回吧，要跟老孙汇报工作……你跟他们约了几点？”

“六点半。如果回去得早的话，不如我们去漫展接他们？”萧肃说，“我挺好奇荣银真人扮上COSPLAY是什么样的。”

“不堪入目，不男不女，还能什么样？”荣锐毫不留情地嘲讽，但还是说，“那我们吃完午饭走吧，四点钟赶过去接他们。你要实在喜欢看荣银的丑样，还可以跟他合个影。”

萧肃真不知道他们兄弟俩天天互相诋毁，是怎么平安无事长这么大的，叹气道：“行吧，听你的。合影就算了，我又不是脑残粉。”

整个上午荣锐都没出去，窝在酒店的房间里敲他的笔记本电脑，说是在追查那个“句号”的身份。他开着UMBRA，不时地和上面的人交流，但用的是另外一个号，好友列表里没有河豚、柯基、海盗兔，只有两个陌生人，一个叫α，一个叫Ω。他说这是他的两个师兄，刑事侦查局的官方黑客，在跟他一起讨论“句号”的技术手法。萧肃这才知道他是个网络高手，可以驰骋暗网片叶不沾身的那种。只可惜他的工作界面太复杂了，根本看不懂他在干什么。

荣锐工作的时候没有刻意避开萧肃，但萧肃还是十分识趣地回避了，跟他说自己去外面转转，买点儿特产回去送同事。酒店对面是一大型综合体，商场、饭店、影院一应俱全。萧肃在一家特产店买了几样当地的小点心，又去周生生买了一套六个Charme小金猪，打算送给萧然当生日礼物。虽然他经常被这个家伙气得七窍生烟，可谁叫他就这么一个妹妹呢？

萧肃拎着礼物在楼上转悠，视线无意间掠过一家咖啡馆，看见一个熟悉的身影——丁天一西装革履，打扮得精神利落，坐在咖啡馆临窗的小沙发上，对面坐着一个身材婀娜的女人。那个女人背对着玻璃墙，看不到脸，只看到她穿着浅紫色修身长裙，绾着发髻，风姿绰约。萧肃脑海中忽然闪过昨晚在步行街的惊鸿一瞥，往一旁走了几步，看到她的半边侧脸，差不多可以确定是同一个人。

丁天一滔滔不绝地说着什么，不时地辅以手势。那个女人指间夹着一支细长的女士烟，偶尔抽一口，动作优雅，丝毫不见风尘气。

丁天一说的资方应该就是她吧？萧肃想，可她昨天明明在步行街，离饭店就差一步，为什么放了丁天一的鸽子，没有赴约呢？

想到她当时看向自己的奇怪的眼神，萧肃心里忽然有一种非常不舒服的感觉。犹豫片刻后，他悄悄掏出手机拍了一张她的侧影。

回到酒店，荣锐还在折腾，不过UMBRA上的那两个师兄已经下线了。萧肃问他有什么发现，他说："没有，不过可以确定那个'句号'不在国内，手法也不像国内的黑客……你呢？东西都买好了吗？"

萧肃点点头，将手机打开后递给他："刚刚我看到丁天一在对面一家咖啡馆和人谈事情，他昨天不是说约了资方吗？你看看照片里的这个女人，能不能查出她是谁？"

荣锐拿过去看了看，说："如果他是来珑州谈抗衰针上线的事情，那他的甲方不是珑州巧颜，就是他的大股东无暇。这个女人应该是这两方其中之一的中高层领导。"说着，他关闭了工作页面，打开一个文件夹翻阅起来。片刻后，他说，"不是珑州巧颜的人，他们中高层的资料都在这儿了。"

"那就是无暇的人了？"萧肃问。

荣锐打开浏览器搜了一下无暇的官网，眉峰一挑："洪颖？"

无暇官网首页的企业简介里配着一张十分养眼的照片，照片里是一个三十多岁的漂亮女人，穿着浅紫色改良西服和灰色半裙，绾着精致的发髻，眉目温婉如画，嘴角含着一丝自信而不失柔美的微笑。照片下面是人物简介：洪颖，珑州无暇创始人，董事会主席。

萧肃有些吃惊，约见丁天一的竟然是"无暇"的董事会主席？这个项目有这么重要吗？

荣锐显然也有点意外，说："我回去跟老孙说一下……不早了，下去吃饭吧，吃完饭我们就赶回靖川。"

下午四点，萧肃和荣锐回到靖川，下了高速立刻往漫展所在的会展中心赶去。萧肃高中的时候也参加过漫展，不过都是给妹妹当保镖。那时萧然沉迷《王者荣耀》，买了一大堆衣服和假毛，每次参加漫展都兴冲冲地跑去扮小乔或是妲己。萧肃发育晚，高中才开始长个儿，当时腿长腰细、皮肤雪白，于是次次被Cos社团抓住求入伙。可惜给他的角色不是伪娘就是Futa，气得他差点打人。

其实在他看来，Cos现场实在没什么好看的，远不如后期精修的大片，毕竟大多数Coser的还原度都是美工修出来的。

不过今天看见荣银，让萧肃彻底推翻了之前对Coser的看法。

他们进场比较晚，大多数摊位已经撤档了，只有一些官方展位还在做活动。萧肃在JJWXC巨大的广告牌下面找到了伍心雨的签售点，结果发现几百个粉丝团团围在那儿，连她的脸都看不见。

“不是吧，这么火爆？”萧肃惊呆了——她居然这么红吗？看来直播写文真的是很圈粉啊！

“真的是很火爆啊……”一个熟悉的声音从人堆里传来，师姐抱着一只巨大的缅因猫从里头挤出来，幽幽地道，“不过火爆的不是我家‘猪精佩奇’，而是她家荣巨星。”

“啊？”萧肃愕然，“荣银？他还在里面？”

“是呀，被粉丝围住走不了了，正在签名呢。”师姐累得满头大汗，不由分说地把猫往萧肃怀里一塞，“江湖救急，我抱了这货一天，肱二头肌都练出来了。萧师弟，你帮我抱一会儿吧。”

萧肃没想到一只猫能这么沉，一个踉跄差点摔倒：“我的天，这其实是狮子吧？”

“只是发育得好罢了。”师姐活动了一下胳膊说，“十二公斤了，才一岁，还在长呢。”

萧肃瞬间觉得自家大王特别纤细：“为什么签售还要抱猫？”

“为了招揽人气啊，好多粉丝都是冲着猫来的。”师姐说，“不过都白扯，有荣银在还要什么猫啊。他一个人顶十只猫，我妹从早到晚签售就没停，已经卖掉上千套书了。”

萧肃好奇得不得了，踮着脚往里看。可惜人实在太多了，他勉强只看到荣银的帽子。

“你怎么这么猎奇啊？就这么想看荣银那个狂犬病？”荣锐嘟囔了一句，忽然转身半蹲在他身前，说，“上来。”

“啊？”萧肃还没反应过来，荣锐已经抱住他的双腿把他扛了起来：“坐稳了！”

萧肃满头惊叹号，回过神来的时候他已经骑在荣锐的肩膀上，整个人瞬间成为全场的制高点。

“看见了吧？”荣锐问，声音和平时一样冷静，但依稀压抑着烦躁。萧肃抱着猫，骑着“小警盾”，感觉自己宛如智障。然而站得高就是看得远，人山人海中立刻便将荣法医看得一清二楚——荣银和那天伍心雨上传的照片一样，穿着制服，戴着警帽，逆天长腿下是及膝长靴，宽皮带将纤细的腰身收得恰到好处，衔尾蛇皮带扣在灯光下泛着古铜色的光泽。不过今天他没光膀子，制服的风纪扣一直扣到最上面，挺括的衣领包裹着修长的脖颈，整个人散发着傲慢禁欲的气息。

萧肃瞬间就被他颓废冷艳的美击倒，完全忘了自己还骑着他的死对头，喃喃赞叹道：“我×太好看了，怪不得粉丝疯狂到现在，‘河豚’简直就是为二次元而生的。他还当什么法医啊，每天戴着口罩和头套蹲在解剖室搞尸体，简直是暴殄天物，暴殄天物啊！”

荣锐整个人都散发着具象化的黑气，可惜萧肃沉浸在“河豚”的颜值当中无法自拔，还在喋喋不休地发出赞美：“搞得我都想看原著了。不知道‘猪精佩奇’都写了些什么，‘河豚’Cos的又是谁……哎哎哎……你怎么走了……站住站住！”

“看也看了，我们出去等吧。人这么多，气味难闻死了！”荣锐完全暴走，不由分说地架着萧肃往出口走去。

萧肃再次升起一头的惊叹号，就这样被荣锐扛在肩膀上离JJWXC越来越远，他不甘心地伸出手："等等！站住！我还没买书要签名呢！"

"下个APP看吧，买什么纸书，多不环保！"荣锐健步如飞，分开熙熙攘攘的人群，走得比碧水金睛兽都快，只留下呆滞的师姐喃喃自语："哎？我的猫……"

两分钟后，萧肃抱着十二公斤的缅因猫站在停车场里，大腿内侧的肌肉不受控制地颤抖着。荣锐冒完了黑气，又恢复了平时一本正经的警官脸，仿佛刚才什么都没有发生过："哥你喝水吗？"

我只想喝二两江小白压压惊！萧肃无语望天，只觉得自己的肱二头肌压力很大，索性把胖缅因猫往他怀里一塞："去把猫还了吧。"

荣锐："哦。"

胖缅因："喵喵喵？"

原定四点半结束的签售，因为荣锒的存在而推迟到了五点半。当伍心雨带着他从后门溜出来的时候，萧肃已经在JJWXC的APP上把这次他Cos的原著看了四分之一。

不得不承认，"猪精佩奇"火成这样是有原因的。这姑娘真是个文理兼修的人才，一边在中科院研究着细胞病毒，一边在网上写着科幻悬疑巨著，竟然没有人格分裂，作品质量还特别高，架构诡谲，脑洞离奇，文笔华丽……文下的粉丝讨论热烈，气氛和谐，时不时还冒出几条英文、日文、越南文的留言，也不知道这帮外国人闲着没事为啥要上中国网站看小说。

看来我国文化走出去的战略很成功啊！

六点半，一行人终于赶到预订好的饭店。为了给吴星宇去去晦气压压惊，萧肃特别慷慨地订了本地最贵的一家粤菜酒楼。包间宽敞豪华，从落地窗可以俯瞰靖川市最大的绿地公园。他们前脚到，吴星宇后脚也到了。和荣锐提供的情报一样，二十来天的看守所生涯并没有让他消瘦或是憔悴，相反因为不用上课做作业和给律所打杂，吃得好睡得好，他居然还白了、胖了！

萧肃特别感慨，一上来就给了他一个熊抱："我的天，你小子终于出来了！"

吴星宇看见他眼眶就红了，哭得像个一百五十斤的狗子："我可见着你了萧肃，我还以为这辈子只能看你的照片……不对，是你这辈子只能看我的照片了呢！"

这尴尬的对白实在是太破坏气氛，萧肃一下子就不感慨了。倒是后面进来的周律师忍不住笑了："哟，阿慈还真没说错，你们俩呀，好得跟亲兄弟似的。"

"谢谢您了周伯伯。"萧肃将他让到上座，由衷地说，"多亏了您他才能这么快被放出来。"

"哪里哪里，都是荣法医技术高超。"周律师推辞了一下便坦然地坐下，毕竟整桌人数他最年长，算起来和方卉慈是一辈的。

"过奖了，是大家的力量。"荣锒在有外人的情况下十分正常，起身专门和周律师握了一下手，"后续都处理妥当了吧？还有什么其他遗留事务没？"

"可能还会请小吴去问话。"周律师说，"毕竟他是这件案子的当事人之一，将来警方确定真凶，检察院提出公诉，他可以向法庭要求连带经济赔偿。"

"是哦，是哦。"吴星宇瞬间沾沾自喜起来，"周伯伯说能让张婵娟赔我好多钱呢！哈哈哈——我终于能买房了，这二十天看守所蹲得真值啊，哈哈哈！"

萧肃忽然觉得自己花这么多钱给他吃压惊饭纯属多余——他看上去像是惊过吗？

整桌人都是一脸惨不忍睹的表情，只有伍心雨星星眼看着他，仿佛看见了猎奇人设的灵感来源："吴律师，你好棒棒哦，简直是呆萌本呆……"

坐在她旁边的荣锒眼睛一瞟，丹凤眼里飞出一道嫌弃的冷光。伍心雨特别贴心地观察到："哎，荣法医你的眼睛怎么了？是假睫毛胶水没卸干净吗？"

荣锒："不，很干净。"

菜是提前点好的，人到齐后服务员便陆续端了上来。众人互相介绍完毕，一边吃菜一边聊吴星宇的案子。萧肃问："周伯伯，您说可以起诉张婵娟，所以她现在已经被逮捕了吗？确定是她杀了她的丈夫？"

"只是作为怀疑对象暂时被拘留了。"说到这里，周律师皱了皱眉，"荣法医重新确定了尤刚的死亡时间以后，警方再次梳理了张婵娟当天的行踪。她之前的口供中提到，她周三上午九点到下午五点都在和尤莉逛街。但警方根据她提供的路线和时间点调取了沿线的监控，却发现根本找不到她的影子。"

"因为她们根本就没去逛街，而是去了平桥镇的别墅和尤刚谈判？"萧肃问。

"问题在于，警方调取了当天从靖川市到平桥镇的道路监控，并没有找到她们俩名下的车子。"

"也许她们是打的车，或是坐别人的顺风车？"萧肃说，"只要把监控在当天九点到下午五点之间拍下的所有车子都调查一遍，总能找到证据吧？"

"谈何容易？"周律师苦笑着摇头，"这条路交通繁忙，工作日，大白天，别说八小时了，就是八分钟之内通过的车子也有几十上百辆。如果要对每辆车的车主都进行调查核实，怕是得忙到明年。"

萧肃失望地"哦"了一声，荣锐插嘴道："所以现在还没有找到可以落实她罪名的直接证据？"

周律师点头道：“是的，现在警方找不到她杀人的直接证据，只能围绕间接证据想办法。我刚才说的口供问题是一个，还有一个就是她在事发前一天调查了尤刚的遗嘱，和遗嘱律师详细询问过改动情况。另外，她还去过尤刚私生子所在的学校，被校门口的监控拍下了正脸。总之，可以确定她已经知道尤刚把一部分公司股份转给了私生子，她和尤莉的利益因此受到很大的侵害。”

顿了一下，周律师又说：“通过这些信息，警方暂时拘留了她。但真要把她的罪名落实，还需要强有力的直接证据。毕竟我们的法律讲究‘疑罪从无’，一切疑点利益归于被告，最大限度地杜绝冤假错案的出现。”

提起案子，大家的心情都十分郁闷。尤其是吴星宇，简直是闭门家中坐，祸从天上来。他一口气干了半瓶啤酒，困惑地说：“你说张婵娟为什么要陷害我呢？无冤无仇的，我哪次见面不把她当祖宗似的哄着……这女人怎么就这么蛇蝎心肠呢？”

其实萧肃也有同样的困惑，按理说吴星宇和尤刚并没有冲突，张婵娟为什么要骗他来替自己顶罪呢？只是凑巧吗？她那天碰巧就想到了这个缺心眼的小律师？

说起来这家伙是穷鬼一个，没有任何社会背景，还真是个栽赃的好对象。萧肃拍拍他的肩膀，跟他干了半杯啤酒。幸亏他还有自己这个金主，出钱出人又出力……萧老师忽然体会到了当金主的快乐，看看左边的荣锐，再看看右边的吴星宇，一股浓郁的玛丽苏之情油然而生。

“少喝点，你的手还没好。”荣锐不着痕迹地没收了他的酒杯，给他换了一罐桃子汁，“这个好喝，你尝尝？”

“谢谢啊！”正好吴星宇干完啤酒嘴巴有点苦，顺手接过桃子汁“咕咚咕咚”喝了一大口，搂着萧肃的脖子感叹道，“女人太可怕了，我再也不相信女人了。还是你对我好，萧肃啊，我以后当牛做马伺候你……”

萧肃生无可恋，为什么这帮二货个个都是一杯倒呢？自己这个金主还能不能好了？！

荣锐冷眼看着吴星宇作死，掏出手机扫了桌上的二维码，点了一瓶崂山白花蛇草水，特别备注送到豪华包间五号座，那位趴在戴眼镜帅哥身上哭得像一百五十斤的狗子的中年男士面前。

五分钟后，吐槽完蛇蝎奶奶的吴星宇一口气干了半瓶崂山白花蛇草水，整张脸顿时涨成猪肝色，从肉体到灵魂得到了巨大的升华。

荣锐：友谊万岁！

吃完饭已经九点半了，周律师家里有事先告辞了，萧肃没法开车，只能请荣锐代劳："我和老吴打车回学校吧，都喝酒了。我的车你开走，送送伍心雨，回头就放你那儿。反正我上班也用不着，这两天你就拿去开吧。"

"我先送你回去。"荣锐数了数人头，说，"你的车大，五个人刚好能坐下。"

萧肃想想也是，便拉着吴星宇坐上后座，对伍心雨说："'猪精佩奇'你坐前面吧，我们和荣银在后面挤挤。"

谁知荣锐直接把钥匙丢给了荣银："你开吧，我下午开了三个小时，累。"

"你不是二十公里越野冠军吗？才三个小时就累了？"荣银嘲讽道。

可惜荣锐被动技能一开，不想听的一概听不见，从萧肃手里接过吴星宇往车里一塞，自己往中间一坐："哥，你喝了酒靠窗坐吧，免得晕车。"

萧肃十分感动，然后上了车。荣银发动引擎，吴星宇后知后觉地发现自己前面坐着一个大神，扒着前座靠背问伍心雨："佩奇？你是'猪精佩奇'？"

伍心雨尴尬一笑，道："年少无知的时候取的笔名，有点傻。吴律师你叫我伍心雨就行了，我和你名字的发音差不多呢。"

"我的天哪，我说怎么一晚上都看你眼熟呢，原来你就是'猪精佩奇'！"吴星宇激动地说，"我以前看过你的直播呢，大神！我妈特别喜欢你的小说，《鹦鹉螺密室》《地下塔攻略指南》……还有你早期的狗血科幻悬疑文！大神，我是看你的文长大的！"

二十二岁的大神看着二十七岁的读者，完全弄不懂他是怎么看自己的书长大的。

"不要这样啦，吴律师。"伍心雨额头上掉下一大滴冷汗，干笑着说，"替我谢谢伯母的支持，呵呵……萧老师你晕车不？吃不吃薄荷糖？"

大神转移话题的意图已经很明显，然而毫无眼力的读者死活非要继续尬聊："大神！大神你还有早期的绝版书吗？我妈一直想要你那本《翻车鱼家族的崛起》，闲鱼上的二手书都炒到两千多一套了，她实在是舍不得买，那本书啥时候再版啊？"

伍心雨默默扶额，背影透着浓浓的绝望。萧肃坐在后面倒吸一口凉气——翻车鱼，也叫翻车鲀，世界上最能生的鱼类，怀卵量最高可达三亿粒！所以她写的是以翻车鱼精为主角的科幻悬疑文？这也太重口了吧？

伍心雨尴尬得都要哭出来，弱弱地道："呃，那一本应该不会再版了，毕竟是早期不成熟的作品。伯母如果不嫌弃的话，我送一本新的校园科幻给她好了……那什么，以后还是请伯母多跳跳广场舞吧。"没事就别看网文了！

"谢谢大神！"吴星宇开心地说，"我替我妈谢谢你了！"

旁边的荣银听了半天终于回过味来，惊悚地看着身边的大神："什么叫《翻车鱼家族的崛起》？所以你这本书的主角是翻车鱼吗？产卵的？"

伍心雨捂着胸口给了他一个无辜的假笑，用尽洪荒之力胡编乱造道："哎呀，都是为了响应国家号召嘛，那时候不说生育率下跌、人口老龄化、开放三胎什么的……呵呵，你想翻车鱼一季产那么多卵，是不是繁殖界的楷模呢？"

萧肃差点笑死——这个解释竟然也可以？

然而纯洁的"河豚"竟然信了，点头附和道："也是，响应国家号召嘛。"

伍心雨默默擦汗："是呢是呢，荣银大哥你真是特别懂，特别理解我呢！"

荣银龙颜大悦，连车都开得平稳了许多。

萧肃简直想给"猪精佩奇"送一面锦旗，绣上"一物降一物"五个大字——就荣银这清奇的脑回路，荣锐这傻孩子怎么就学不会顺毛摸呢？

手机振动，萧肃打开 UMBRA 一看，荣锐："以后多吃肉，你看荣银吃草都吃成傻子了。"

萧肃看看荣银，又看看伍心雨："说不定傻人有傻福？"

荣锐露出若有所思的表情。

第二天萧肃课不多，中午十二点以后就没什么事了，下午便回了一趟碧月湖。到家的时候才五点，难得方卉慈没去公司，在家和刘阿姨做甜点。餐厅里弥漫着海绵蛋糕的香气，还有波斯蜜瓜清新的甜味。

"咦，怎么这个点回来了？"方卉慈很高兴，给他切了一盘蜜瓜说，"还说晚上去学校给你送点儿存粮呢，你刘阿姨给你卤了辣鸭掌和鸭锁骨，我刚刚烤了海绵蛋糕。"

"太好了，正好宿舍里什么吃的都没有了。"萧肃吃着蜜瓜，问，"妈你今天怎么回来这么早？"

"昨天开了一天的会，今天休息，没去公司。"方卉慈说，"而且然然的生日也快到了，我要和刘阿姨商量给她办生日宴的事——她说今年不在外头吃饭，想在家里开派对，叫一些朋友过来嗨。”

家里地方很大，但自从父亲去世以后就没办过什么大型的派对了。萧肃不禁想起自己小时候，老妈还很年轻，很爱玩，父亲总是承担大部分的工作，让她可以自由自在地旅游、开派对……美好的东西总是特别脆弱，不是吗？

门铃响了，刘阿姨出去开门，片刻后抱着一个纸箱进来，说：“阿慈啊，从美国寄来的包裹，好像是阿泽寄来的。”

“哦？今年很早嘛。”萧肃接过箱子掂了掂，不轻不重，“我猜又是包，阿泽这家伙真是一点创意都没有，年年都送包，香奈儿、普拉达……然然也不嫌烦。”

“她就好这个，我看明年得把隔壁的屋子收拾出来给她当新的衣帽间了。”方卉慈拿裁纸刀开箱，瞪了萧肃一眼，“阿泽长阿泽短的，阿泽是你叫的吗？要叫舅舅！”

萧肃笑道：“他才比我大四岁，我叫舅舅多别扭啊，小时候哥哥都瞎叫过。”

“那是小时候不懂事，现在你都当老师了，要讲规矩。”方卉慈从箱子里拿出一个斜纹软呢的香奈儿链条包道，“经典款啊，挺好看的，适合小姑娘……阿泽挺会挑的。”

萧肃看不懂包包，不过估计阿泽也看不懂，左右按最热销的挑就是了。

阿泽叫方卉泽，是方卉慈的弟弟。萧肃的外婆四十多岁的时候才生了这么一个儿子，从小如珠如玉地养大。谁知他长大以后完全无心家族事业，高中便出国读书，之后就没怎么回来过，这些年已经在美国开创了一番自己的事业。

方卉慈比方卉泽大了十几岁，说是姐姐，其实和母亲差不多。萧肃的外婆生完儿子后身体一直不好，方卉泽基本是姐姐教养着长大的，连家长会每次都是方卉慈代开。

萧肃出生的时候方卉泽还不到五岁，所以两个人可以说是一起长大的，跟亲兄弟差不了多少。小时候萧肃弄不懂辈分，总是舅舅、哥哥、阿泽地乱叫。不过后来长大了，方卉慈就不许他再瞎叫了，必须老老实实叫“舅舅”。

“阿泽今年还是不回来吗？”萧肃问，想起那晚在珑州做的梦，梦里连方卉泽的脸都有点记不清了，“他有六七年没回来过了吧？”

“谁知道呢？成年人有自己的生活，随他喜欢吧。”方卉慈说，“他的工作也忙，IT 业竞争很激烈的。”

“不知道他什么时候结婚——听说已经有女朋友了是吗？”

“我也不太清楚，不过他们那边好多年轻人都不结婚的，合得来就住在一起，合不来就分开。”方卉慈说，“他也没提过结婚的事。”

这种凡人的感情萧肃是不懂的，也就不再问了。方卉慈收了包包，让刘阿姨放到萧然的房间去，就坐在餐桌边写写画画：“不管他了，先把然然的生日派对计划好吧。”

萧肃看她写的时间表，连晚餐也包含在内，便说：“晚餐刘阿姨一个人忙不过来吧，得请外面的厨师……还有乐队，要请乐队吗？现在是不是都流行请 DJ 了？”

“已经约了公司餐厅的团队，主厨会带两个徒弟过来。西点也订好了，用 Lady M 的冬季新款。”方卉慈说，“DJ 是然然自己请的，据说是学校的学姐，刚参加过一个 DJ 综艺选秀，算是小有名气。”

萧肃手托着下巴说：“要做烧烤吗？现在室外是不是有点冷了？”

“是有点冷，但年轻人不怕的，还是备上吧……”方卉慈忽然感慨道，“唉！一转眼然然都二十一岁了，我像她这么大的时候啊，你已经会满地爬了呢。”她说着笑起来，“对了，然然偷偷跟我说，丁天一可能要在生日会上向她求婚，我还挺期待的。”

萧肃有些意外：“这么快就求婚？他们认识才一年多吧？”

“校园恋情嘛，是这样了。”方卉慈说，“一年多也不算短了，看他们自己吧。”

萧肃是一个佛系的人，对妹妹的私事从不置喙。但求婚这种人生大事，他还是要管一管的：“然然怎么说？她打算接受丁天一的求婚吗？”

方卉慈放下笔道：“她没说，不过我猜她应该不会拒绝，她还是很喜欢这个男朋友的。”

“就因为他长得帅？”

“一方面吧。”方卉慈说，“不可否认，外表很重要，然然从小就喜欢帅气的男孩。不过我想最主要的原因还是因为欣赏吧，欣赏他身上那股聪明执着的劲。这种靠自己的能力从底层冲上来的男孩，在事业上展现出的杀伐果断，是非常吸引女孩的。”

她叹了口气说：“其实有些女孩会有点儿恋父情结，然然就是这样，丁天一身上有些特质很像你爸爸——出身贫寒、百折不挠，而且双商高，对社会各个层面的现实都有清醒的认识。他不像那些养尊处优的男孩，不是纨绔就是傻白甜，很容易被身边的人蒙蔽。”

父亲永远是母亲心头的朱砂痣，萧肃还记得他年轻时的模样，不管穿着得体的西装和客户谈判，还是一身汗水地跑工厂盯订单，都是那样意气风发，坚毅果决。

丁天一？像吗？

方卉慈说：“然然需要的不仅仅是一个嘘寒问暖的男朋友，还得是一个可以共同进退的合作伙伴。丁天一是一个各方面综合的人选，有能力，而且对她有感情。校园恋是非常珍贵的，如果真走到社会上，像然然这样执掌大权的女孩，想要找个从恋爱开始的对象就难了。”

萧肃默然，片刻后敛了敛神色，说：“我明白你的意思，可是妈，时代不同了，校园恋也许并没有你想象的那么纯粹。丁天一从大一就开始在商场上摸爬滚打，和社会上的男人没什么区别。”

方卉慈听出他语气中的不赞成，诧异地抬了一下头。萧肃问：“妈，抛开个人能力、外表，单从品格和性格来讲，你觉得他和然然合适吗？”

方卉慈反问：“怎么，你有什么看法？”

“我觉得他们之间的问题很大。”萧肃直截了当地说，“我和你们的想法不一样，妈，不管丁天一有多聪明，多有能力，如果三观和性格与然然不符，那一切‘合适’‘完美’都是空中楼阁。而且……他们将来一旦出现矛盾，这些特质都有可能成为双刃剑，伤人又伤己。”

方卉慈没料到他的态度这么明确，反对得这么坚决，迟疑道：“为什么你会这么想？他们三观不合又是怎么走到一起的？”

萧肃尽量客观地想了想，说：“然然的性格看似大大咧咧，其实戒心很强，她很怕自己喜欢的人看中的不是自己，而是方家的财势，所以她在丁天一面前一直扮演着一个不是自己的自己。她不敢告诉他，方家未来的一切都是她的，我这个哥哥……总之，她小心翼翼地把自己塑造成一个不谙世事的小仙女，就是希望丁天一把她当普通女孩一样喜欢，一样照顾。”

方卉慈的面色微暗，沉默不语。萧肃垂眸道：“因为我，她一直以来都做好了承担一切的准备，连自己的爱情都算计在内。她原本是天之骄女，却因为这个连普通女孩都不如，连寻找一份纯粹爱情的自信都没有……”

“阿肃！”方卉慈打断他，“你想得太多了，如果你抱着这种内疚，那然然一生都不会幸福！”

对话戛然而止，萧肃稳了稳气息后道：“面对这样的萧然，丁天一未必就是真实的。妈，我是哥哥，有些话不好当面直接跟她讲，但是我确实不看好丁天一。如果可能的话，我希望你能阻止这件事。”

方卉慈仿佛不认识一般地看着自己的儿子，审视着他的目光，良久才道："阿肃，为什么？"

萧肃在心里来回犹豫了很久，最后终于说："丁天一的公司很快要上一个新项目，就是我跟你提过的那个抗衰针。"

方卉慈有些意外："巧颜？他和张婵娟搭上了？"

萧肃点点头，方卉慈皱眉道："我听你周伯伯说过，吴星宇那件事很可能是张婵娟陷害的，她丈夫的死也和她有关……丁天一怎么会和她扯上关系？"

萧肃不能再说太多，毕竟"408案"牵扯太大，一旦泄露过多的信息可能会给荣锐带来麻烦。方卉慈沉思片刻，说："张婵娟这个人在业界一直风评不佳，她丈夫尤刚更是……算了，死者为大，就不多说了。如果丁天一真的和她合作，倒是一件很麻烦的事。我们和巧颜虽然业务方向不同，但同在美容行业，难免会有些商业竞争……"

她顿了一下，还是说："但为了这个就让然然和他分手，倒也不至于。"

萧肃说："我和丁天一提过家里的主营业务，他应该很清楚我们和巧颜之间有少许的竞争关系，不过他并没有告诉然然自己在和巧颜合作——如果然然知道这件事，一定会跟你说的，对吗？"

方卉慈了然，慢慢地敲着笔尖，说："我去和然然谈谈吧，婚姻大事，不能光靠感觉，方方面面都得考虑周到……阿肃，你能为然然想这么多，不惜拗着她的脾气来，我感到很欣慰。但是我不希望你想那么多，背什么奇怪的包袱，懂吗？"

萧肃笑了笑，说："也是一时说偏了，其实并没有想太多。妈，我都这个年纪了，不会那么狭隘的。"

"那就好。"方卉慈释然，像小时候一样揉了揉他的发顶说，"走吧，妈请你吃大餐，好久没和帅哥约会了。我们订个法餐的位子，装一回情侣！”

萧肃拨开她的手道：“少来，让周伯伯陪你去吧。我们俩坐在那儿吃烛光晚餐，一看就不是真爱！”

“要真爱干吗？我这样财大气粗的老女人，都是用包养的！”方卉慈拍他，“还敢拉郎配了？你周伯伯那么辛苦帮你的好朋友，你这个没良心的小子！”

“他还不都是为了你！”萧肃笑嘻嘻地说，内心其实很希望老妈开始一段新感情。周律师和她一般年纪，又知根知底，是个不错的人选。

方卉慈神色一黯，随即淡笑道：“你倒是什么都懂！”

萧肃微敛笑意，内心怅然。这么多年了，她毕竟还是没有彻底走出来。

什么样的爱情能这么深刻，连死亡和时间都无法令它褪色？萧肃模模糊糊地想着，有点不解，又有种说不清道不明的怅然。

十一月不知不觉地过去，寒流如期而至，一夜之间便带走了秋日残存的温暖。

天气倏然冷下来，萧肃畏寒，早早地就开了地暖，每天睡觉还要再用空调加持，勉勉强强躲避着靖川市新一轮的流感。荣锐自从录了公寓的指纹钥匙，就把他家当成自己的地盘，隔三岔五过来吃饭、打游戏，还美其名曰“看看大王”。

大王看他还差不多，哪回来不是绿鬣蜥眼巴巴地瞅着他求抚摸，他在玻璃缸旁边站半分钟就算献了爱心了。

这天荣锐又来蹭饭，两个人吃完刘阿姨做的海鲜蒸饺，萧肃就问起吴星宇的案子：“张婵娟怎么样了？找到她杀尤刚的证据了吗？”

“正在找。”荣锐说，“已经有眉目了，荣银还在和法医组的人想办法。”

萧肃问："是什么证据，能说吗？"

"能啊！"荣锐一边擦料理台，一边开始讲。这件案子查起来其实十分棘手，因为尤刚是死在自家别墅里的，所以案发现场有张婵娟的生物痕迹是很正常的事情，根本算不上证据。而抛尸现场因为下过大雨，所有痕迹都湮灭了，更是无法采集到有用的信息。

专案组拘捕了张婵娟后，搜查了她的住处，但没有找到她当天穿过的衣物。据她自己说，是旧了捐掉了。但警方怀疑她是杀人的时候沾了大量的血迹，所以烧掉了。好在女人出门很麻烦，除了穿衣服还要背包、戴首饰。据保姆说张婵娟当天出门背的是爱马仕的Birkin，野生鳄鱼皮款，天价，有钱都要排队好几年买的那种，所以她没舍得把包也烧了，而是送去专卖店做了个保养清洁。

感谢爱马仕烦冗的售后流程，当警方赶到专卖店的时候，张婵娟的Birkin还在排队，并没有清理。于是他们在包包的五金件缝隙里提取到了一点尤刚的血迹。

然而最大的问题依旧存在——作为两夫妻，他们长期生活在一起，哪天割破手指或者流个鼻血什么的，很容易在对方的日常用品中留下血迹，警方又要怎么证明Birkin上采集到的血迹，恰巧就是尤刚死亡那天蹭溅上去的呢？

"是啊，怎么证明呢？"萧肃也觉得这件事不可能，"法医能推算出尸体的死亡时间，难道还能鉴别出血液离开身体的时间吗？"

荣锐收拾完炉灶，切了两个苹果放在吧台上，往萧肃对面一坐，道："还真能。"

"啊？不可能吧？"萧肃疑惑地说，随手拿了一片苹果喂大王。谁知大王根本不理他，只眼巴巴地看着荣锐。荣锐十分嫌弃地瞥它一眼，塞给它一片苹果皮，大王立刻感激涕零地啃了起来。

萧肃看着自己狗腿的宠物，无语望天。荣锐看他一副失落的模样，轻哂一下，继续说正事："这件事多亏了荣银，虽然我不待见他，但关键时刻他还是很有一套的。”

荣银业余时间几乎不带脑子出门，工作时间却是个不折不扣的偏执狂，为了确定Birkin上的血迹喷溅时间，他连着三天废寝忘食地研究自己手里的验尸报告，连面膜都忘了敷，最后终于找到了一个突破口——尤刚生前曾经注射过抗衰针，为了抵抗排异造成的副作用，必须服用相应的抗排异药物。而很多抗排异药是有代谢周期的，随着时间的流逝，血液中的药物浓度会有规律地降低。

也就是说，只要对尤刚尸体内的血液进行检测，如果其中抗排异药物的浓度和张婵娟包上提取到的血液相同，就可以证明它是在案发当天喷溅上去的。

那么作为包的主人，张婵娟当时必然在案发现场。

“原来是这样！”萧肃恍然大悟，不禁对荣银的想象力佩服得五体投地，“‘河豚’太厉害了，连这么微小的细节都能想得到，不愧是刑事侦查局的头牌法医！”

荣锐撇了撇嘴，破天荒地没有反驳他对荣银的赞叹，说：“嗯，他这一招确实很骚，当时连老孙都夸他专业过硬。”

萧肃连连点头，荣锐又接着道：“其实当时他也只是抱着一线希望，毕竟还不知道尤刚服用的抗排异药是哪一种，用药周期是多久，好不好检测……所以他专门找了伍心雨，让她给尤刚血液中的抗排异药做了一个全面的定性分析。”

关键时刻“猪精佩奇”还是很靠谱的，当然也是荣银运气好，还真让他们在尤刚体内发现了一种非常利于定量分析的抗排异药。这种药只需在排异情况第一次出现时静脉滴注一次，代谢周期很长，而且很容易检测。

于是荣银带着中科院的报告，和专案组刑警找到了尤刚的小三。小三失去了强有力的靠山，正哭天抢地咬牙切齿，听说能找到杀害金主的凶手，二话不说就交出了尤刚的病历。病历显示，尤刚只注射过一次抗衰针，所以也只滴注过一次这种抗排异药。荣银记录了注射日期和注射剂量，估计一两天内就能出鉴定报告，证明通过对比两组血液中的药物代谢情况，可以锁死张婵娟的杀人证据。

萧肃听完荣锐的解释，感叹道："荣银真是个奇人，第一次见他的时候我简直不敢相信他是个法医，世上怎么可能有化装成精灵王的法医？"

"有化装成哥特萝莉的女科学家，就有化妆成精灵王的法医。"荣锐道，"所以我也想明白了，这两个人最好内部消化吧，可不要出去吓人了。"

萧肃忍不住笑道："说得没错，他们要是真能成，你大伯娘的更年期综合征估计能不药而愈。"

荣锐也笑了，起身道："晚了，我先走了。"

"我送你。"

一入冬靖川就冷起来，尤其是晚上，萧肃穿了件棉服还觉得凉飕飕的。荣锐却照旧穿着那件黑色短风衣，里头是黑色短袖 T 恤，仿佛自带温度调节功能，根本感觉不到天气的变化。

"你是不是没带冬天穿的衣服过来？"萧肃问他，"这么冷的天，马上又要降温了，老穿短袖风衣怎么成？让家里人给你寄点儿冬衣过来吧。"

荣锐茫然地掀开衣襟看了看，似乎经他提醒才意识到自己穿少了，皱眉道："家里没人，没人给我打包收拾，我也懒得回去……哪天你带我去买行吗？靖川的商场我不熟。"

萧肃想了想，说："我周五下午没课，这周系领导不在，例会也取消了。"

"那我中午去学校等你？"荣锐问，"我请你吃中饭，你帮我选衣服？"

"行啊！"萧肃爽快地说，又问，"你家里怎么没人？你爸呢？"

“出差了。”荣锐道，“他比我还忙，老是出差，一出门就是好几个月。”

“他什么工作这么忙？测绘？地质？”

“反正都是野外作业，整天住帐篷那种。”荣锐提起父亲兴致不高，甚至有些烦躁，“他就算在家也没什么用，他连家里的酱油瓶在哪儿都不知道。”

萧肃笑着揶揄他：“你家还有酱油瓶？不是只有泡面和火锅底料吗？”

荣锐语塞，闷闷地说：“反正他在家就是个摆设。”

看来他们父子俩感情不怎么样，萧肃其实挺能理解的。一个家失去了女主人，就像失去了灵魂，两个雄性动物生活在一个屋檐下，即使父子也很难融洽相处。尤其荣锐这样又冷又倔的脾气，他爸没被气死已经算走运了。

一路开到酒店，荣锐下车之前忽然想起一件事来，说：“对了，你的车可以领回了，那辆Mini Cooper S。他们让我跟你说一声，看你哪天有空去取。”

说起这辆小车，萧肃还是很心疼的，毕竟是他人生的第一辆车。可现在却被拉了尸体，他忍痛道：“算了不要了，让他们随便处理吧。”

“他们没法处理，得你自己去处理。”荣锐道，“你要是忌讳这个，我帮你开去车行卖了吧。”

萧肃倒不是忌讳，再说自己忌讳，难道他就不忌讳了？他还是警察呢，刀里来火里去的。他便说：“那周五下课我去取吧，顺便送去车行寄卖。应该很快的，弄好了再带你去买衣服？”

“行。”荣锐像平时一样并起两根手指在额前一挥，“路上小心，哥。”

转眼便是周五，荣锐十二点整就赶到学校接了萧肃，吃过中饭便陪他去市局取车。小 Cooper 其实挺呆萌的，想当年还是方卉泽帮萧肃挑的。那年外婆突然过世，阿泽从美国赶回来参加葬礼，之后就陪他去 4S 店买了这辆代步车。

那时的萧肃还期待阿泽能留下来，和母亲一起担起方氏企业。阿泽差点儿就被他说动了，可惜美国那边的合伙人谈了一笔大生意，没过多久他就义无反顾地再次离开了这个家。母亲说阿泽是属风的，谁也留不住他，只能由着他去。

萧肃有时候觉得羡慕，有时候又觉得怅惘。毕竟那是陪他一起长大的小舅舅，又聪明又霸道，比吴星宇牛一百倍。

“走吧。”萧肃给自己做了一分钟心理建设，就打算坐上驾驶位。结果荣锐把他给拦住，说：“我开吧，车行是我预约的，我认识路……你开着新车跟在我后面就行。”

萧肃拗不过他，依言跟在他后面去了车行。顾问出来接车、办手续，萧肃从手套箱里取出文件袋，把各种证件、说明书和保单拿给他看。荣锐忽然道：“这是什么？”

文件袋是半透明的，粘贴式，周围有一圈细细的黑色装饰线。萧肃仔细看了半天，才发现有一根头发粘在收口处，正好和装饰线重合了，很难被看出来。荣锐将文件袋拿过来，凑在灯光下细看：“这应该是女人的头发，染过色，你妈妈和妹妹的头发是这种颜色吗？”

萧肃摇头：“我妈是短发，而且烫过。萧然染的是深栗色，不是这种棕红色。我的这辆车也从来没载过女同事，最近两年只有你和吴星宇坐过。”

荣锐问二手车顾问：“刚刚验车的时候有没有长头发的人上过车？”

“没有。”顾问说，“我们的工人都是寸头，男人。”

荣锐没有再多说什么，取了个证物袋将头发装进去，然后跟着萧肃出了车行。两个人开着萧肃的新车往市区走，萧肃问他：“这根头发会不会有什么蹊跷？会不会是张婵娟搬运尤刚尸体的时候不小心遗落的？”

荣锐道：“张婵娟的头发确实染过色，但染的是酒红色，并不是红棕色，而且烫了卷。”

萧肃回忆了一下，九月份他和吴星宇见张婵娟那次，她确实是鬈发，不过酒红色和红棕色太像了，他也有点拿不准。

“会不会是尤莉的？”萧肃又问，“还记得张婵娟保姆的证词吗？尤刚被弃尸那晚，张婵娟演了一宿的戏，很像是专门给尤莉打掩护。会不会是尤莉半夜赶回别墅处理尸体，不小心留下的？”

荣锐沉默半晌，说：“头发是不是尤莉的不好说，不过……哥，你有没有想过，以尤莉一个人的力气，怎么才能把尤刚顺利地弄到你的车上，再冒着大雨赶到十水岭，丢到泥洼里呢？”

尤莉身高约莫一米六五，身材窈窕，弱柳扶风。尤刚人高马大，比她至少要壮三圈。人死了以后会变得很重，很难移动，即使有板车或者轮椅之类的东西借力，要把一个六十岁的大汉从屋子里挪到车上，也不是一件容易的事情。

“难道她们还有同谋？”萧肃脱口而出，“这根头发是同谋留下的？”

“假使周四的凌晨是尤莉替张婵娟抛尸、嫁祸，那么她必然需要一个同谋。”荣锐说，“她一个人绝对没那么大的力气。”

“会是谁呢？”萧肃问，“秘书？保姆？司机？”

“都不是，警方已经调查过她们母女俩身边所有亲近的人，没有找到嫌疑者。”

萧肃道：“现在我们不是有这根头发吗？只要把从毛囊中提取的DNA和这些人做比对，就能找到那个帮手！”

荣锐无奈地道：“首先，车子已经勘验完毕，归还给你了，这根头发是在你提车以后找到的，从原则上讲它不能再作为证物。其次，

DNA 检测也不能把她身边的人全部检测一遍，必须先确定嫌疑人。而在确定嫌疑人之前，得先提出相应的证据。”

萧肃皱眉道：“这么麻烦？”

“程序是这样，正因为麻烦，才严谨、权威。”荣锐随即又叹道，“有没有搞错，勘验是怎么检察的，这么长一根头发都没看见。”

其实这也不能怪勘验，主要是那根头发粘的位置太巧了，又正好和装饰线重合。要不是萧肃打开文件袋取保单，根本发现不了。萧肃问：“那他们有没有在车里找到其他可疑的痕迹？比如指纹、DNA、血迹什么的？”

“有尤刚的血迹、你和吴星宇的指纹，其他的都被清理得很干净。”荣锐道，“尤莉本身是学医的，现在又搞医美，算半个内行，做这些事很容易。我想弄晕吴星宇就是她的手笔，还有通过设置温度来改变尸体的死亡时间……”

他顿了一下，沉声道：“但有一点我觉得很奇怪，尤刚毕竟是她的父亲，在凶案发生以前他们并没有致命的仇恨，甚至周围的人都认为他们父女关系不错。为什么尤莉能在凶案发生之后如此果断且缜密地处理父亲的尸体，并嫁祸给吴星宇呢？一个养尊处优、前途远大的富家千金，怎么才能够在一夕之间变成一个冷漠残忍的抛尸者呢？”

萧肃也沉思起来，附和道：“对，照这么说其实张婵娟也是，她这么多年一直对尤刚的花心睁一只眼闭一只眼，即使这次因为遗嘱变更受到一些损失，却也不至于要杀人吧。杀了尤刚对她有什么好处？不过也许只是误杀？有时候两个人吵起架来，很有可能失去理智。”

“激情杀人是有可能的。”荣锐道，“但张婵娟已经六十岁了，一个六十岁的女人，要有多大的激情才会杀死自己的丈夫？而且这个丈夫还是她的靠山，整个家庭的主心骨。”

萧肃同意他的话，尤刚在地产业如日中天，是巧颜背后最大的靠山。他一死，非但地产公司风云动荡，张婵娟和尤莉的事业也必将受到重大的打击。张婵娟本人在商场摸爬滚打了几十年，不会不懂得其中的利害关系。她那天约尤刚在别墅见面，应该不是为了杀人，而是为了质疑和谈判。

所以那天在现场究竟发生了什么，会令这场质疑和谈判最终变成了谋杀呢？

“所以，你怀疑这个同谋不单单帮尤莉处理了尤刚的尸体，还参与了之前张婵娟和尤刚的谈判？”萧肃问荣锐。

荣锐默默地点了点头。

“会是谁呢？”萧肃说，“这种家庭丑闻，肯定是知道的人越少越好，能让张婵娟带去现场见证这场谈判的人，绝对和她关系匪浅……她有那种无话不谈的闺密吗？”

“我说了，警方调查了她的社会关系网，没有发现可疑的人。”荣锐道，“所以这个人应该不是张婵娟的亲属，甚至不是她认识已久或是经常联系的人。但他必然和张婵娟有着非常深的关联，可能是感情上的，也可能是利益上的。”

萧肃诧异地道：“张婵娟不会也有情夫吧？天哪，她都六十岁了。”

荣锐翻了个白眼道：“应该没有，不过这和年龄无关。老孙以前办过一个案子，一个八十六岁的老太太同时养着两个四十岁的老鲜肉——只要有钱就行。”

萧肃感觉有点毁三观，艰难地道：“我们还是往利益关系上想吧。尤刚改遗嘱，除了张婵娟和尤莉，还有人受到损失吗？”

荣锐摇头，顿了一下，说：“但我有一个猜想——当初张婵娟是怎么知道尤刚有私生子的？那孩子都好几岁了，尤刚瞒了她这么多年，她怎么忽然一下就知道了？”

“有人告诉她的？”萧肃说着，忽然明白了他的意思，“你觉得是这个同谋告诉她的？”

“只是这样比较说得通而已。”荣锐道，“如果是这个同谋告诉她的，那她带他去见尤刚就顺理成章了。一方面是证人，另一方面不用担心丑闻扩散的问题。”

萧肃觉得他的这个猜想有一定的道理，但是——

“这个人到底是谁呢？”

“警方至今没有查出来，知道他身份的只有张婵娟和尤莉。”荣锐道，“看着吧，等荣银的报告出来，张婵娟被正式逮捕，专案组会想办法让她开口的。”

“哦？怎么说？”

“旁人再亲，也没有她的女儿亲，这件事与尤莉脱不了干系。如果她不想让女儿一个人背弃尸这种重罪，迟早要供出另一个人的底细。”

萧肃对警方问口供的能力深信不疑，毕竟自己也是亲身体验过的：“那这根头发还有用吗？”

“当然。”荣锐道，“哥，这些事你就别操心了，自有警方处理，反正吴星宇已经没事了。倒是丁天一那件事你要早做准备，别让你妹妹陷得太深。”

难得他还惦记着萧然，萧肃发出感慨：“我已经跟我妈说了，她会去跟萧然谈的，她的话萧然应该能听进去。”

“那就好。”

说话间，车子驶入靖川市最大的购物中心。荣锐在地下停车场停了车，跟着萧肃上三楼男装部买衣服。萧肃其实也很少逛街，他的衣服都是固定在几家店里买。每一季上新，店家都会寄画册给他，他选好以后就由方卉慈的秘书帮他取回来，再挂好，他只需要穿的时候从衣帽间里拿就行了。

不过他发现陪荣锐买衣服挺有意思的，这家伙乍一看平凡朴素不起眼，其实特别衬衣服，多奇怪的款式只要往他身上一穿，瞬间显得有款有型。主要是他的身材太好了！身高约莫一米八三，肩膀平阔挺拔，双腿笔直修长，腰窄窄地收进去，臀线却微微突出，又挺又翘。怪不得是二十公里越野冠军，这臀大肌，一般人练十年也练不出这种弧度！

萧肃发现自己有购物狂的潜质，随手拿一件衣服，只要往荣锐身上一搭就想给他买下来——他平时穿的都是些啥啊，不是黑就是黑，跟乌鸦成精一样，哪有年轻人的样子？！

“不要，不要，这个也不要。”荣锐却挑剔得不行，把他挑出来的那些浅色的、带花纹的、款式花哨的……全部否决，只留下一件墨蓝色牛仔衬衫、一件黑色羊绒衫，外加一件灰黑色短大衣。

萧肃气结：“挑这么半天你就买三件？你衣服不用换的吗？洗了你穿什么？”

“所以要买八件啊！”荣锐道，指着衣服对柜姐说，“衬衫来四件，外加毛衣两件、大衣两件。”他冲萧肃机智地挑眉：“这不就能换了吗？”

所以你是来搞批发的吗？

柜姐一头冷汗，大概从没见过有人这么买衣服，干笑道：“先生，这款羊绒衫还有米白色，大衣也有一件宝蓝色，要不我给您拿来试一下？衣服要搭配了穿才好看哦。”

“不要。”荣锐断然拒绝，“我就要一样的。”

萧肃仰天长叹，对柜姐说：“就按你说的换，全部包起来！”

柜姐跑去拿衣服，荣锐皱眉道：“为什么要换颜色？我就喜欢一样的！”

萧肃看着他身上的短风衣，灵光一闪：“你身上的风衣是不是也有好几件一样的？”

“对啊！”荣锐理所当然地说，“要不然你以为我每次见你都穿同一件？我不用洗的吗？”

鬼知道你洗不洗！萧肃长这么大还没见过一款衣服买半打换着穿的，你是在搞笑吗？不过想想也不能怪他，毕竟他妈妈很早就去世了，爸爸又长期不在家，一个小孩子懂什么呢？

没光屁股满街跑就算懂事了！

萧肃的内心忽然升起浓浓的父爱，看向荣锐的眼神也变得慈祥起来：“你长得这么好看，以后别老穿那么沉闷的颜色，听我的，我给你挑。”

荣锐还要反驳，转了转眼珠子又打住，说：“那行。”他照了照镜子，不确定地问萧肃，“我这样算好看吗？”

“比荣锒好看。”

荣锐撇了撇嘴，一副无所谓的样子，但雀跃的小眼神完全暴露了他心中的得意。

这孩子该不会是个傻子吧？萧肃发现这兄弟俩其实都挺缺心眼的。

柜姐取了衣服来给荣锐试，萧肃发现他非常衬米色、浅咖这些干净的颜色。因为他的肤色健康，气质冷冽，穿偏暖的色调能中和他身上那种肃杀的感觉，显得又酷又帅。不过鉴于他本人太偏爱黑色，萧肃还是又给他挑了几件深色的卫衣和外套。

荣锐也不是一点忙没帮，路过一家潮牌店的时候，他拿了一件T恤给萧肃：“哥，我买一件T恤送给你当谢礼吧？”

萧肃一看，乐了——T恤胸口绣着一只绿鬣蜥，像凡·高切了耳朵以后画的涂鸦，怪里怪气，十分独特。

“那我就收下了，谢谢啊！”萧肃挺喜欢，拿了一件中码。荣锐自己也拿了一件大码，不过是另一个颜色：“我也穿一件吧，免得大王伤心。”

萧肃很高兴——感谢上苍，这俩终于培养出真感情了！

不知不觉挑了一大堆，结账的时候萧肃才惊觉加起来数额有点惊人，足足有八万多。

太贵了吧？他一个才参加工作的小警察，有这么多钱吗？看他平时穿衣吃饭都很朴素，不像是很有钱的样子，萧肃有些担心，却又不好直接说“我帮你买”之类的话。谁知荣锐看着数额连眼睛都没眨一下，直接掏出信用卡刷了，留下地址让服务台给他送到酒店去。

萧肃发现那张卡是某银行的黑金卡，执行总裁签名的那种，记忆中只有银行投资俱乐部的会员才能申请。问题是，这家银行的投资俱乐部成员的入门价是每年投资额千万以上。而入门会员是拿不到主席卡的，得按年往上升，升到一定年限才行。

也就是说，荣锐手里这张卡，意味着他身后有一个基本盘不输于方氏企业的大公司，或者有一个社会地位极高，高得无法用金钱衡量的大人物！

萧肃暗暗吸了一口凉气，他以前就猜测荣锐出身不凡，现在才知道……自己没猜错。

几天后，荣锒关于药物代谢的报告终于被专案组采纳，张婵娟故意杀人的事实基本落实。然而关于尤莉的证据却出现了戏剧性的变化——律师提供了一份案发当日中午十一点多的监控视频，证明当时她曾在住处附近的便利店购物。尤刚死于中午十二点，靖川市离平桥镇至少两个半小时车程，这段视频洗脱了尤莉和她母亲张婵娟合谋杀人的嫌疑。

而关于抛尸，张婵娟一口咬死当晚尤莉因为身体不舒服待在家里，没有出去过。保姆和司机虽然没有亲眼看见尤莉本人，但听到了她的声音，更无法推翻张婵娟的证词。所以从证据链的角度来看，尤莉完全是无辜的，既没有杀人，也没有抛尸。

事情发展到这一步，张婵娟也无所畏惧了。她已经六十岁，不管判死刑还是死缓都没可能活着走出监狱。因此不管警方如何询问，她坚持不肯说出抛尸者是谁。

尤刚和张婵娟都是靖川市的名人，随着案情披露，这桩夫妻反目互戕的恶性案件在社会上引起了轩然大波。尤刚的小三被挖掘出来，私生子被好事者跟踪、偷拍，他以前那些露水情缘也被一一曝光。有些前任为了博眼球不惜频频爆料，讲述自己和地产大亨过去的风花雪月……一连串的狗血事件像闪光弹一样放出来，地产公司的股价连连下跌，董事会成员焦头烂额。

尤莉顶着巨大的压力想要稳住巧颜，然而也是力不从心。有媒体敏锐地嗅到了商机，找到一些曾经在巧颜整容失败的客户，支持他们曝光自己的故事，控诉尤莉，向其索赔。

质疑的声音越来越多，巧颜的声誉一落千丈，从前想要做个手术都必须提前数周预约，现在连最热门的科室也变得门可罗雀。珑州巧颜自然也受到了一些影响，丁天一整天忙着出差，直到萧然生日的前一天晚上才赶回靖川。

萧然接到他的电话的时候，萧肃正在客厅和刘阿姨准备明天的餐具和摆设。她一如往常那般和丁天一聊了几句，嘱咐他明天按时来，又问他给自己准备了什么礼物，一副沉浸在幸福中的小女儿情态。萧肃心中纳罕，虽然他和萧然不像母亲那样无话不谈，但相互之间还是很了解的。他不相信妹妹在和母亲聊过之后还会对丁天一如此一往情深，就好像什么事都没发生过一样。

等她打完电话，萧肃忍不住把她叫到楼上的房间，开门见山地说："然然，你和丁天一的事……你是怎么考虑的？"

萧然脸上明亮的微笑慢慢淡去，目光渐深，说："哥，你说的事，妈已经都和我谈过了。"

"你不相信我的看法？"萧肃问，"还是你真的这么爱他，即使了解到他不为人知的一面，仍然决定和他在一起？"

萧然坐在他的书桌上，纤细的长腿轻轻摇摆，嘴角含笑。但她脸上并不是之前那种甜甜的笑，而是带着某种洞悉的深沉："哥，我只是喜欢他，并没有爱上他……或许有吧，毕竟他那么好看，又那么聪明，和我那些混吃等死的同学都不一样。我和他在一起一年多了，我从没这么长久地喜欢过一个人，我那么努力地想要经营一份感情，像爸爸妈妈那样，互相宠爱，互相支持，一起面对死亡的恐惧……"

她的眼圈慢慢红了，垂着头，长长的睫毛微微抖动："哥，你没有爱过一个人，没有努力过，你不明白那种我不想输的感觉。我已经二十一岁了，不是十五六岁陷入初恋的小女孩，今天喜欢明天不喜欢，哭一场就可以重新开始。我的每一天、每一分感情都不能错付，我必须对我付出过的一切负责。"

"萧然……"

"哥，你的担心我明白。"她打断他，气息不稳，但语气十分坚定，"该怎么做，我已经有自己的决定，请你相信我，我可以把这件事处理好。"

"可是……"萧肃欲言又止，心里对她有着十二万分的担心。

但他毕竟身在局外，难以切身体会萧然对爱情的执着，良久叹了口气道："好吧，我相信你。然然，不管发生什么事，你一定要记得，哥哥永远都在你身后，永远无条件地支持你、爱你……即使可能我的永远没有那么久。"

"我知道。"萧然的声音忽然哽咽，"哥，谢谢你，谢谢你一直在我身边。我知道你心里很苦，我有时候也觉得我们这样太自私了，但……但爸爸已经伤了妈妈的心，我不想她再受那种撕心裂肺的痛苦。"

萧肃心疼得要命，直觉某种可怕的阴影正像巨浪一样扑面而来，压得他几乎喘不过气来。他用尽全部的力量打断她的话，匆忙道："我不会和爸爸一样……然然，感情上的事，我尊重你的决定。你向来比我聪明，我只是不想你受伤。”

“人要长大，又怎么可能不受伤呢？”萧然说着话，睫毛上带着细细的水珠，但嘴角已经勾起一丝明朗的微笑，“但我不怕受伤，受伤使人成长，不战而退才是真正丢盔弃甲，心血枉付。”

她跳下书桌，抱住萧肃后用力地在他的肩头蹭了蹭，说：“放心，哥，我会给自己一个交代的。”

她脚步轻盈地离去，萧肃扶着桌子慢慢坐到椅子上，低头，发现T恤上有一片小小的水渍。他想起父亲去世的时候，萧然才刚上初中，对死亡还没有什么真切的概念，懵懵懂懂只知道跟在他身后哭泣。他从来不知道父母之间的感情在她心里留下了这么深的痕迹，这么多年了，她寻寻觅觅，执着地想要得到一份一样纯净坚贞的爱情。

有吗？萧肃无奈地叹了一口长气——他又有什么资格质疑爱情的存在？一个二十六岁连女孩的手都没有拉过的男人，和他睡过一张床的只有吴星宇这个大狗子……最多再加上一个荣锐。

次日便是萧然的生日，派对定在下午五点，四点多丁天一就来了，带着一束鲜嫩的粉玫瑰，还有一个八寸的生日蛋糕。是萧肃给他开的门，不得不说丁天一长得是真好看，今天他专门穿了正装，灰色呢大衣里面是挺括的西服，中和了相貌中轻浅的阴柔之气，显得整个人玉树临风。

萧肃面色如常地打了招呼，请他进来。他将蛋糕盒子递给萧然，有点不好意思地说：“我自己做的生日蛋糕，弄了一早上，裱花做得不太成功，你可不许笑我哦，味道还是很好的。”

萧然打开盒子，只见蛋糕上趴着一只圆滚滚的小白猪，虽然造型比较简陋，但还挺传神的。

没想到他还有这一招，连萧肃都觉得这蛋糕送得少女心爆棚。萧然十分高兴，将蛋糕递给刘阿姨：“好可爱哦，阿姨帮我们分切一下吧，趁着客人还没来，家里人吃刚刚好。”

丁天一抢着说：“我来吧，刘阿姨你帮我把花收一下。”

刘阿姨去插花了，丁天一分切了蛋糕，将猪尾巴的那一块递给萧然：“我老家的风俗，属猪的人要吃猪尾巴才有福气，这一块就给你吃吧。”

萧然接过去，用小叉子舀了一勺说：“真好吃，没想到你还有这门手艺。”

“原本是没有的，为了今天专门学的。”丁天一微笑着看她，眼中满是温柔缱绻，“练了好几次，做坏了就带去公司当下午茶，同事们都吃怕了，看见我拎着蛋糕去就躲。”

萧然忍俊不禁，小叉子戳下去，忽然顿住，慢慢从蛋糕里扒出一枚小小的铂金钻戒。

所有人都是一愣。丁天一从蛋糕里把钻戒拿出来，单膝跪地，送到萧然面前。

突如其来的求婚，萧肃心里“咯噔”一下，刚要上前，方卉慈轻轻抓住他的手腕，对着他摇了摇头。

“做我的未婚妻吧，然然。”丁天一柔声说道，俊美的面孔飞上一丝红霞，“等大学毕业了就嫁给我，好吗？”

萧肃不由自主地攥紧了手心，虽然已经说过要尊重萧然的选择，让她自己做决定。但此时此刻他还是想冲上去把那枚戒指夺过来，和它的主人一起丢出这间屋子。

方卉慈紧紧拉着他的手腕不放，低声说：“让她自己处理。”

萧肃深吸一口气，勉强平静下来，站在原地没有动。屋子中央，萧然低头看看丁天一，又看看他手中的钻戒，表情惊喜中带着羞涩，眼神却是从未见过的深沉。良久，她纤长的睫毛轻颤了一下，慢慢伸出自己的左手。

丁天一微笑起来，握着她的中指就要给她戴上。萧然却忽然蜷了一下手指，说：“丁天一，你爱我吗？”

丁天一微一愣怔，说：“爱。”

萧然看着他的眼睛，郑重无比地问：“你会永远爱我，永不负我，像爱我一样爱我的家人，爱这个家吗？”

丁天一与她对视，清澈的眼神慢慢变得深邃，郑重地答道：“尽我所能。”

萧然注视他良久，似乎是接受了这个回答，慢慢戴上了他的戒指。

意料之中的事情，然而却是意料之外的结局。萧肃心里发闷，转身往楼上走去。

“阿肃。”方卉慈叫住他，跟他走到楼梯拐角，低声说，“只是一枚戒指而已，阿肃，今天是然然的生日，她心里……她压力已经很大了，不要让她难堪，好吗？”

萧肃不知道萧然到底在想什么，为什么会接受丁天一的求婚。难道因为付出过，就要一直赌下去，哪怕前途堪忧也义无反顾吗？

但今天毕竟是萧然的生日，萧肃叹了口气说：“我有点冷，换件衣服就下来。”

方卉慈松了一口气，转身离开。

五点一过，客人陆续到来，派对的气氛逐渐热闹起来。萧然端着起泡酒和朋友说笑，像平时一样开朗明媚，刚才的求婚仿佛只是一个小插曲。萧肃没想到萧然的朋友这么多，学校的、社团的、生意场上的……在他不知道的时候，他的妹妹已经长成了一个真正的大人，拥有比他精彩一百倍的社交圈。相比之下，他确实是一个外面下金币都懒得出去捡的死宅。

天黑之后DJ开始打碟，年轻人都欢呼雀跃。萧肃生性好静，借故离开了派对中心，回房间去躲清静。闹到快十点钟，音乐声终于停了，一群人又跑出去烧烤，花园里的灯串随即亮了起来。萧肃打开窗户，看到萧然和女孩们在烤炉前聊天，几个不认识的男生在生火烤肉。丁天一却不在其中，也不知道去了哪里。

空气中渐渐弥漫起焦香辛辣的气味，萧肃打了两个喷嚏，忽然有些饿了，于是关窗下楼去找吃的。客人们都跑到外面去了，楼下静悄悄的。他走到书房门口，听见里面似乎有响动，以为是方卉慈，便敲了敲门：“妈？一起下去吃烧烤吗？”

没人应答，萧肃突然有点起疑。虽然家里的书房很少放什么重要文件，但仍有不少隐私，比如他父亲的照片、遗物，还有母亲的日记之类。

“妈？”萧肃重重地敲了一下门，正打算拧把手。门开了，丁天一从里面出来，说：“是我，大哥，我喝多了有点儿难受，上来找间屋子醒醒酒。”

“哦，然然怎么没带你去客房？这儿连张沙发都没有。”萧肃看他颧骨微红，满身酒气，便说，“下去让刘阿姨给你煮一碗醒酒汤吧，她很拿手的。”

“不用了，我上头快散得也快，已经好多了。”丁天一抹了把脸，问，“烧烤开始了吗？正好吃一点压压酒气。”

“开始了，你去吧。”萧肃心里怪怪的，跟他一起下楼，但没出去吃烧烤，只去厨房拿了一碗刚煮的小馄饨就回了房间。

路过书房的时候他改了主意，径直推门进去。只见房间里窗户半掩，还氤氲着淡淡的酒气，大概是丁天一临走前才开的窗。萧肃将碗放在书桌上，发现一体机开着，摸了一下后盖，微微有些温热，不像是长期待机该有的温度。他动了一下鼠标，输入萧然生日的六位数密码，界面上是方氏今天刚刚发布的汉方养颜项目内部资料。

这个项目是方卉慈一手筹划的，但后期落地主要靠萧然。这是小姑娘第一次参与这么大的项目，为了纪念，方卉慈专门选了在她生日的当天正式发布。萧肃看过这份项目书，也提过一些意见，对文本还是很熟悉的，便随手翻了翻。可他发现有些细节似乎做过改动，人名换过几个，配方也做了模糊处理。

是在发布之前新改的？萧肃有些疑惑，坐下来一边吃一边看。看到一半他脑中电光一闪，忽然明白了萧然的打算。

她是在钓鱼。

联想起她昨天说过的那番话——“你不明白那种我不想输的感觉……我的每一天，每一分感情都不能错付，我必须对我付出过的一切负责”——萧肃完全懂了。

她到底还是对丁天一抱有一丝期待，她不希望自己看错人，她是在用自己的方式给丁天一最后一次机会，盼望他能把他们的感情放在钱和利益的前面。

巧颜的负面新闻正在发酵，随着整容失败者们一再现身说法，他们的技术受到很大的质疑。舆论对整容，尤其是过度整容的讨论也变得尖锐起来。方氏在这个时候上线汉方养颜项目，主打中医古方改良与现代制剂科技的结合，自然而然会被拿来和巧颜进行比较。尤其这个项目当中还首次提出了创伤修复概念，以中医研究所长期以来对整容后遗症的修复、治疗经验为基础，推出了高端修复疗程，用安全的有机中药材辅以中医理疗，挽救那些被整容失败折磨的爱美人士。

项目推出的时间正好撞上巧颜这次的危机，方氏必然会顺势营销。这种机会任谁也不会白白放过，况且方卉慈一直不赞同过度医美。她在世界各地做过调研，像巧颜这种门槛极低且价格低廉的整容医院，全靠铺天盖地的广告来吹嘘整容成果，实际上连合格的术前顾问都没有，导医人员唯一的责任就是把来咨询的人哄上手术床。至于术后效果、持久度、自不自然，还有最最重要的个人审美……不存在的，这点儿钱，你以为你真能整成明星吗？

“美”是一种稀缺资源，和其他东西一样，不存在价廉物美这种好事，能物有所值就不错了。

丁天一是珑州巧颜的乙方，承担着即将上线的抗衰针项目。如果方氏的汉方养颜在第一波舆论上就占据制高点，那他将来的营销会非常艰难。唯一的捷径，是找到这个项目的弱点，或者是干脆制造出这个项目的弱点，想办法打个翻身仗。

萧然给他提供了这样一个机会，在自己二十一岁生日的晚上，把方氏的全盘资料放在他唾手可得的地方。

萧肃想起几个小时前，丁天一向她求婚时她问过的那句话——“你爱我吗？”

当时她那样郑重其事，那样紧张，内心一定期待着对方肯定的回答，期待自己设下的陷阱能够落空吧？

丁天一是怎么回答的？

“尽我所能。”

萧肃慢慢喝下最后一口汤，关闭电脑，心中已隐隐有了答案——能在醉酒之后走进这间屋子，打开这台电脑，丁天一其实已经在事业和爱情之间做出了选择。

萧然选在今天，选在自己的生日这天，选在丁天一向自己求婚后抛出这份计划，已经尽了自己最大的努力。现在，此刻，本应该是他们感情最浓最甜的时刻，如果在这个时候丁天一都能如此“冷静理智”地做出选择，那她这辈子就输定了。她在这个男人心里，恐怕永远都会排在钱和权的后面。

萧肃默默地闭上眼睛，告诉自己不要对人性太绝望，也许丁天一只是进来看看，也许是自己手感错误，电脑根本一直都在待机……他的内心矛盾极了，既不想让萧然失望，又觉得长痛不如短痛。

最终，他还是关闭了电脑，假装什么都没有发生，回到了自己的房间。

接下来的一周，一切都像萧肃预测的那样，方氏汉方养颜项目一经推出，便迅速占领各大高端商场和电商平台，线上线下全方位宣传推广。萧然的团队抓住巧颜的医疗丑闻，趁着热度登上社会版和时尚版头条，将舆论炒到最热。产品销量从上线第一天就直线上升，部分城市一度断货……

巧颜陷在凶杀案和医疗事故的双重丑闻当中，几乎没有任何还手之力。但几天以后，当第一波推广结束，热度稍微平缓一点的时候，一条关于方氏的重量级新闻被爆了出来。

出事的不是方氏，而是与方氏合作的那家中医研究所。一名据说是资深研究员的老中医，被曝光曾在自己的私人诊所里推出抗癌治疗，用“祖传偏方”招摇撞骗，害死了数名晚期癌症患者。患者家属曾将他告上法庭，虽然最终他并没有被逮捕，但法庭认定他开的药方，以及制作的成药都没有明确的抗癌效果，最多起到调养和安慰的作用。

当时为了息事宁人，挽回声誉，中医研究所赔了患者很大一笔钱，算是保下了这名老中医，这条新闻也被压了下来，没有大范围曝光。不知道为什么，就在方氏预备进行第二波推广的时候，这个“旧闻”忽然被挖掘了出来。患者家属现身说法，将那名老中医批得体无完肤，而中医研究所作为“包庇者”和“帮凶”，也遭到了强烈的炮轰。

“旧闻”曝光的第三天，热度正在上升的时候，有一个自称是方氏内部员工的人向一个知名自媒体爆料，说这名黑心老中医并没有销声匿迹，在害了好几条人命后摇身一变，成了方氏汉方养颜项目的配方负责人。现在市面上红红火火的方氏护肤新品，包括配套的保健品，都是他一手打造的新“毒药”。

方氏用了多大的力气推广，这条爆料就带给方氏多大的负面影响。一时间，那些购买了产品和疗程的顾客纷纷提出疑问，甚至是退货。而那些原本打算购买的潜在客户也开始激烈地讨论：方氏到底是像他们宣传的那样，用现代科技改良汉方，还是像那位老中医当年搞“中药抗癌”一样，只是套个噱头，弄点儿不痛不痒的安慰剂来骗人？

中医在世界医学领域内本来就备受争议，这场争论更是引入了一大批中医黑，不问青红皂白地加入了讨伐方氏的水军当中。

萧肃密切关注着网上的新闻，当这天在爆料中看到那位老中医的名字，心里真是五味杂陈——萧然到底还是输了，输得彻底，输得惨烈。

飘着小雪的傍晚，萧肃赶回碧月湖，方卉慈和萧然也在家里。三个人坐在温暖的客厅里，很久都没有说话。直到刘阿姨说晚饭做好了，方卉慈才拍了拍手说：“走吧，天大的事情也要吃饭，吃饱了才好干活。”

萧然十分平静，大概早就预料到了这样的结局，坐到桌边的时候甚至像往常一样先帮方卉慈和萧肃盛了汤。萧肃喝完汤，心里安定了许多，平和地问：“确定消息是他放出来的吗？”

萧然微微一哂，道：“是，已经确认了。除了他还有谁？那份假资料只有他看过。”

方卉慈筷子一顿，说：“是中医研究所那边确认的，前些天有一个医药代表跑去贿赂他们的办公室主任，打听那个老中医的情况。我查过了，医药代表是丁天一的高中同学。还有，和那几个患者家属接触的也是巧颜的人。珑州巧颜。”

萧肃明白了，“嗯”了一声，没有说话。

萧然忽然长叹一口气，说：“哥，对不起，我没有听你的话，那天一回来就该跟他分手的。”

萧肃这时倒是理解她的做法了，她说得没错，毕竟是相处了一年多的男朋友，哪怕给自己一个交代，也得亲自确认一下。

成年人处理事情必须有自己的原则，不能像小姑娘一样偏听家人的意见，这才是方家主事人该有的心态。

“其实我那个时候还是抱着一线希望的。”她垂眸说着，语气平静，但有一种极为压抑的痛苦，“有些细节我没告诉你们……在那天之前，我跟他说了，这个项目妈妈打算让我试试看，所以一期推广是由我来负责。我还特意跟他说，我马上就要毕业了，哥哥当老师玩得很开心，不想回家做商业，所以妈妈想让我先回公司做起来，将来这份家业也有我的一半。”

她低头慢慢地扒拉着米饭，泪珠一颗一颗滚下来：“我说我也许当不了小仙女了，但我还有他。我那么真诚地请教他，让他看我的推广方案，跟他说这将是我的第一桶金，等赚了钱，就跟他去环球旅行……我不相信我在他心里还抵不上一个普通甲方，而且还是巧颜这样的甲方！”

她抹了一把眼泪，又破涕为笑：“好了，现在我正式失恋了。恭喜我吧，妈妈、哥哥，我已经做了所有我能做的，没能挽回这段感情是他的损失。”

萧肃心里难过，给她递了一张纸巾。萧然擦干眼泪，深呼吸一口气，然后开始吃饭。

萧肃注意到她的手指上并没有那枚戒指。

事实上，生日过后，她就再也没有戴过它。

对老中医的讨伐逐步升温，他所在的中医研究所被推到风口浪尖。仿佛一夜之间，那些被耽误了病情的病友忽然联合起来，此起彼伏地痛诉家仇。有些人嘲笑中医是玄学，诊脉诊不出个所以然，还要靠西医检验来确认病情。有人说所谓的中成药都是骗子，全靠里面添加的西药来治病。还有人爆料说现在种药材的都和种蔬菜的一样，农药、化肥、转基因一起上，药效还没毒效大……

方氏一期推广全程带着中医研究所做宣传，自然被拉出来和他们一起挨喷。新推出的汉方养颜产品被嘲为“天价安慰剂”“智商税”，仿佛谁买谁就是脑残。萧肃每天关注新闻，担心妹妹沉不住气，抢在对方的刀锋上硬怼。谁知萧然十分平静，反而安慰他："哥，别担心，我既然敢出招，自然就能收招。他买了那么多水军营销，真正的干货还没抖出来呢。我就让他浪，浪够了再让他哭。"

萧肃不知道自己小仙女一样的妹妹是怎么在一夜之间变成霸道总裁的，这对白说得那叫一个霸气。如果再加个邪魅一笑，和电视剧里的渣男也没差了。

中医养颜被舆论批得体无完肤，传说中神秘的西方美容黑科技却逆势崛起。一开始是一个著名的娱乐八卦公众号，以怀旧为名盘点二十世纪末一批大明星，之后抛出一个大家十分感兴趣的话题——这些年过半百还风姿绰约的大明星是怎么保持童颜逆龄的呢？

有人说他们基因好，有人说他们吃得好，有人说他们全靠修图……这时，有个自称某天王前助理的人跳出来爆料，说这些明星老早就去北欧某国打天价羊胎素，他们代言的那些护肤品什么的根本就没用——废话，人的衰老是从内部开始的，机体退化，你光往脸上抹凡士林有什么用？

一时间，老明星的八卦重获新生，有人把一个圈内著名"耿直姐"十几年前的采访视频翻了出来。视频里，她毫不忌讳地说自己经常去瑞典打羊胎素，还说遇上过某某哥、某某姐，指着身边一起接受采访的老戏骨大妈："阿姨你不也去过吗？"

老戏骨的表情极为尴尬，后来被人扒出她那些艰苦朴素的人设都是假的，一针羊胎素几十万，在那个年代顶二线城市一套房。而她老人家，一年就要往脸上打两套房。大众对娱乐明星的八卦趋之若鹜，一时之间"瑞典羊胎素"的关注指数呈直线上升。紧接着，一个海外华人博主趁势科普，说现在羊胎素不流行了，因为有更尖端的"终端细胞分化治疗"，比羊胎素效果好一百倍。

丁天一的大招终于放了出来，在大众对瑞典黑科技好奇心达到顶点的时候，新锐电商星悦之美发布了即将和瑞典某著名生物科技公司合作的消息，向线下合作方推出“终端细胞分化治疗”方案。

不得不说丁天一还是很厉害的，这一波推广堪称“润物细无声”，踩方氏定基调，爆明星拉视线，最后利用国人对北欧医学科技的敬畏心理，把抗衰针项目打造成神秘、高端、安全的舶来品。而且他全程带自己的星悦之美出镜，依靠新锐电商的口碑，削弱了巧颜可能带来的负面影响——作为线下合作医院，巧颜的技术无论好与不好，都不会左右“抗衰针”的效果，他们只负责按星悦之美提供原料和技术给患者注射，仅此而已。

丁天一的推广进行得如火如荼，因为拉了半个怀旧娱乐圈下水，比当初方氏的一期推广动静大了一个数量级。走到这一步，萧肃也好奇起来了，周末回家的时候问萧然：“你下一步的计划是什么？”

萧然仍旧一副小仙女模样，仿佛失恋事件对她的影响已经随风而去，不留踪影。她一边涂指甲油一边对萧肃说：“我还是很佩服丁天一的，虽然在感情上我看走了眼，但在事业上还算带眼识人。这家伙做起营销来，咱家几个经理捆一起也赶不上。”

萧肃从小就佩服她这种实事求是的劲头，谁能干服谁，从来不意气用事。

“我一直观望，一方面是想避开他的风头，另一方面也是想向他学习。”萧然说，“我昨儿还想呢，趁着他羽翼未丰，让HR砸点钱把他挖过来吧，免得落到别人手里我吃亏。”

萧肃被她气笑：“你天天看着前男友在眼前晃，不糟心啊？”

“糟心啊！”萧然说，“但想想他鞍前马后都是为我挣钱，也解气不是？”

萧肃但笑不语，他很了解萧然，她做不出这么丧心病狂的事情。果然，萧然又叹了一口气说：“不过想想还是算了，他这人人品有问题，养虎为患，哪天他再咬我一口，说不定先死的会是我。”

在捧西医踩中医的大形势下，方氏的新产品销量萎靡不振。但萧然并没有正面应对，只让一线销售做好客户回访，逆风把产品口碑做起来。所以在一片“智商税”的嘲讽声中，渐渐出现了不同的声音。一些知名美妆博主、UP主开始为方氏说话，公布他们自己的产品评测——不管中医有没有用，方氏的产品显然是有用的，尤其针对敏感肌、问题肌，修复作用非常惊艳。

有人质疑他们拿钱站台，一位重量级网红挺身而出，以科学工作者的身份优雅打脸——“猪精佩奇”同学在自己的实验室做了一次直播，以自己的皮肤细胞为样本，评测了方氏汉方养生“青春系列”产品的效果。短短一个疗程，皮肤母细胞明显增加，胶原蛋白紊乱缓解、排列密致，自由基显著减少。

仪器不会说谎。

萧肃在网上看到她发布的视频，内心十分感激，在UMBRA上向她道谢。伍心雨回他一个羞涩捂脸的海盗兔，说：“不是我的主意啦，是荣警官拜托我的，他送了我五箱你家的产品，我和我姐都超开心，面膜从头糊到脚，哈哈哈！”

从头糊到脚？萧肃想象了一下那场面，控制不住地哆嗦了一下，回头又给荣锐发消息：“你帮我托的佩奇？”

荣锐最近不知道在哪儿执行任务，已经好几天没来公寓看大王了，回道：“顺口提了一句。”

什么顺口，五箱产品怎么顺口？萧肃都能想象出他傲娇的小模样，说：“怎么不早说，干吗破费买产品呢？我直接让萧然给她送不就得了？”

荣锐：“没几个钱，不够麻烦的。”

萧肃联想起他那张主席签名卡，意识到自己的金主梦可以破灭了。

无论如何，经过一番小范围的口碑安利，方氏新产品的销量渐渐稳住了。论知名度，这些美妆达人远比不上八卦博主、社会版媒体，但他们的粉丝忠诚度很高，而且和方氏的潜在客户重合度极大，所以这一波推广动静虽然不大，但效果非常好，在抗衰针铺天盖地的广告中，悄无声息地占领了一席之地。然后，等丁天一的一期推广告一段落，热度稍降的时候，萧然的反击来了——中医研究所召开新闻发布会，声称已经将污蔑他们“毒害癌症晚期患者”的爆料人告上了法庭。

在发布会上，一位温文儒雅的发言人向各路媒体澄清了当年“抗癌致死”事件的来龙去脉：众所周知，癌症治愈率极低，治疗费用极高。对于普通家庭来说，全力治疗的结果往往是人财两空，所以很多人后期都会选择回家等死。爆料的那几家人也是如此，当年大医院告诉他们，病人手术和化疗的花费可能达到六七位数，而最多只能活几年，于是他们全都选择了放弃，将病人转到便宜的医院进行保守治疗。

因为中医研究所下属的医院住院费很低，他们不约而同地选择了这里，一概特效药、靶向药全部不用，只用医保内便宜的药物来充数。巧妇难为无米之炊，当时的主治医生是位老先生，对医患关系看法比较天真，见病人实在痛苦，就通过自己家里的私人诊所，给他们开了一些医院轻易不让用，但镇痛效果好的中药。当时他是跟家属说明过的，家属也是一副通情达理、感恩戴德的样子。可是等病人一过世，他们忽然就翻脸了，拿着药方和中药闹到医院里，抬尸索赔。

那些年正是医闹最红火的时候，隔三岔五就能在社会版看到病人家属打砸医院的新闻，医学院报考人数直线下跌。医院没办法，只能处理了那位老中医，息事宁人，赔钱了事。那位老中医本是研究所的中流砥柱，经此一事心灰意冷，提前退休，跟随儿女移民澳洲，五年未回。

这个故事可以说是“农夫与蛇”的现代版了，可惜中医研究所当年委曲求全，并没有换来“息事宁人”，反而用一笔赔款坐实了“误诊”的罪名，数年之后又被拎出来打脸。所以这次他们的所长学乖了，索性直接公布当年留存的各种证据，将造谣者和讹诈者一同告上法庭，并高调公开事实真相，请社会舆论给医者一个公正的评判。

方氏作为研究所忠诚的合作伙伴，全程提供法律援助，由周律师的律所免费承担所有诉讼工作。而这次诉讼的第一被告人，就是在网络上恶意爆料的博主。据查，正是丁天一的高中同学，那位两面三刀的医药代表。

发布会后，各路媒体刊载了事实真相，网络上则流传起了当年医闹打砸中医院、殴打医生和护士的视频。

这年头，一个新闻要是没有几次反转，都不好意思上热门！看过视频之后，各路吃瓜群众连呼过瘾，一些曾经在研究所看过病的人也站出来发声，说自己虽然没得过什么大病，但一些诸如内分泌失调、失眠、痛经之类的慢性病，倒是都在他们那里看好了。这些病让西医治，开的不是激素就是止痛药，治标不治本，副作用还一大堆。而中医辨证论治，慢慢调理，效果反而超群。

说起来，女人气色不好，长斑长痘，大多是这种慢性病所致，汉方养颜说不定比西方那些黑科技更和缓，也更适合国人体质。

舆论发酵了几天，有人忽然提出疑问——话说，造谣者之前说方氏的汉方养颜项目是那位老中医主导的，问题人家都退休出国，五年未回了，还怎么主导啊？难不成他老人家还会分身？

方氏的官博顺应广大群众的质疑，公布了汉方养颜项目的负责人，以多项国家专利署名佐证。自然，里面并没有那位躺枪的老中医。

互联网飞速发展三十年，现在搞营销也不能一击脱离，讲究个起承转合，一波一波环环相扣，才能长效吸引观众眼球，潜移默化加深品牌印象。时值年底，各路媒体都在盘点年度反转大戏，方氏和中医研究所这桩公案，因为集合了中西医之争、怀旧娱乐圈爆料、医闹和反医闹等狗血元素，登上了好几个行业新闻的年度盘点，娱乐圈、时尚圈、社会版、养生圈……连一些前期没听说过的路人都愉快地吃起了瓜。

二〇二九年元旦，星悦之美代理的抗衰针全面上市，轰轰烈烈地打起第二波营销。而萧然也准备好了终极版雷神之锤，决定给前男友迎头一击。

因为前期铺垫到位，抗衰针在星悦之美的平台一经推出，就有大批的拥趸在线预约。巧颜作为知名的整形医院，即使双重丑闻加身，也迎来了一波预售高潮。一时间，之前那些负面新闻似乎都不重要了。在神秘的瑞典黑科技加持之下，丁天一的公司一跃成为先锋美容科技平台，非但没有受到合作方巧颜的影响，反而逆风带活了他们。

与此同时，方氏汉方养颜计划也逐渐翻身，借中医研究所的维权官司澄清了流言，以扎实的口碑迎来新一波的销售高峰。

从表面上看，一切似乎风平浪静，两家公司在不同的领域抢占市场，先前那些暗潮汹涌的争斗正逐渐消弭。然而谁都没有意识到，这场你死我活的倾轧从一开始就是丁天一发招，萧然拆招。如果仅仅停留在这一步，那她约等于陪人练拳，还要搭上方氏数千万的推广预算。

来而不往非礼也，出于尊敬对手的原则，萧然必须回敬他一拳。方氏的作风，有干货就不上湿的，这次萧然没有再打舆论战，而是直接由周律师的事务所出面，举报星悦之美虚假宣传。

丁天一推广期间全程带瑞典抗衰中心 PHENIX 出镜，官网宣传材料中使用的是 PHENIX 的公司简介，甚至连打出来当噱头的医学专利，持有者也是 PHENIX 公司。可问题是，相关部门披露出来的公示当中，和他签约的明明是 PHOENIX。或者严格地说，和他签约的是珑州巧颜，和巧颜签约的才是 PHOENIX。

一字之差，连含义都同样是“凤凰”，但这两家公司截然不同。前者是积累了六十多年口碑的正规研究所，后者则是匆忙注册，成立才不到两年的空壳公司。周律师办事牢靠，一出手便是完整的证据链，这边厢珑州巧颜的预售额刚压到恶性诈骗的红线，那边厢周律师的材料已经摆在了相关部门的案头。

责令停售、固定证据、冻结项目……组合套拳行云流水，这次方氏一点舆论动静都没放，悄无声息地就把星悦之美和巧颜给干翻了——买好的广告？继续放啊！买好的营销？继续搞啊！反正相关部门卡着你们的脖子，没调查清楚之前你们一支抗衰针也别想真的打到客户身上！

小仙女的恶趣味就是看对手烧钱玩，没有大把钞票买来的锣鼓喧天，怎么衬托得出你们此刻晚景凄凉？

萧然心情大好，期末考一路全优，被系里报了市级三好学生。方卉慈家有霸总初长成，老怀安慰，终于找时间给自己放了个大假，和周律师去加纳利群岛度假了。只有萧肃在看到周律师的报告后心中忐忑——没想到萧然竟然查到了 PHOENIX 这家空壳公司，还以此攻讦丁天一和巧颜，也不知道她这么做会不会打草惊蛇，影响荣锐他们查案。

说起来荣锐有好几周没音信了，也不知道他去了哪儿。是回家了还是出国了，或是又去执行像在东非那样凶险的任务……萧肃翻翻荣锐的微博，倒是每天都有动态发布，但都是官方公告、新闻什么的。

萧肃将周律师的报告转发给了荣锐，然后像个挂念游子的老父亲一样挂念起“小警盾”同学来。

第五章 石破天惊

入冬以后，天气一天比一天冷，漫长的考试季终于结束，靖川大学开始准备放寒假。这天晚上，系里开期末总结会，散会的时候都快九点了。萧肃从地环院行政楼出来，发现外面飘起了雪花，地上积了薄薄一层雪。

空气冷冽，萧肃打了两个喷嚏，竖起领子往住处走。路过一片梅林时他无意间抬头，只见一个瘦瘦高高的身影站在一株殷红的蜡梅树下。荣锐一身单衣，身姿挺拔，正一边走一边低头戳手机。裤兜里的手机振动起来，萧肃忍不住笑了，迈开大步朝他走去：“别打了，我在这儿！”

薄雪积在青石地上，萧肃没留神滑了一下。荣锐眼明手快一把将他扶住，结果步子跨得太大，一个趔趄反而把他给带倒了。两个人滑来滑去没稳住，齐齐摔倒在雪地里。荣锐的鼻尖正好磕在萧肃的牙齿上，登时鼻血长流。

“我×！”荣锐低叫一声。

萧肃只觉热热的液体滴在自己脸上，摸索着捏住他高挺的鼻子，连声道：“别动别动，头别乱甩……嘴张开呼吸，你要把自己憋死呀！”

荣锐龇牙咧嘴，终于找到合适的姿势爬了起来，又腾出手拉萧肃。萧肃看他一脸血的样子觉得怪可怜的，扶着他的胳膊说：“快回家去，你怎么跑这儿来了？不是给你录了指纹吗？”

“接你下班啊，这么晚了，又下雪。”荣锐瓮声瓮气地说，脚底在雪地里蹭了两下，发现青石板之间竟然嵌着大理石条，怒道，“哪个神经病给室外道路镶大理石的，这简直是谋杀！”

很少见他这样气急败坏的样子，萧肃哈哈大笑，不小心吸了一肚子冷空气，“咯咯”直打嗝儿，怎么也停不下来。

两个人一路互相搀扶着走回家，进门后荣锐都顾不得洗脸，先给他倒了一杯热水：“憋气，喝点热水，你都要笑断气了！”

萧肃好不容易憋住笑，打发他去卫生间收拾鼻子。近一个月没见，他的头发长长了一点，盖住耳朵尖，看上去怪萌的，倒是身材壮了些，衬衫下面能看到明显的肌肉起伏。

小孩子长得真快啊，萧肃十分感慨，抱着杯子倚在卫生间门口，问他：“晚饭吃了吗？饿不饿，要不要吃点儿消夜？”

“家里有什么现成的吗？”

“有小馄饨，给你煮一碗吧，正好我也饿了。”萧肃打开冰箱，取出刘阿姨包的小馄饨准备下锅。荣锐洗好脸，及时阻止了他往凉水里下馄饨的动作，将他赶开：“我来吧，你这样煮不熟，全泡坏了。”

“是吗？冷水不能煮吗？怪不得上次我弄成了面片汤。”萧肃恍然大悟，退到一旁，“这么长时间干吗去了？”

“回局里汇报工作，查点儿情报，顺便回了一趟家。”

“哦？回家了？”萧肃坐到吧台边，“你爸回来了？”

“嗯。”提起父亲荣锐照旧没情绪，淡淡地道，“我妈的生忌，他回不回我都要回的。”

怪不得他看上去闷闷不乐的，萧肃犹豫了一下，问道：“你妈是病逝的吗？还是意外？”

荣锐手一顿，沉默片刻才说：“谋杀。”

萧肃心里“咯噔”一下，却没多说，将煮熟的馄饨分在两个大碗里，撒上调料说：“吃饭吧。”

灯光下，荣锐的脸色有点苍白，大概是刚刚流过鼻血的缘故，额发长长地盖住眉毛，将漂亮的丹凤眼遮住一半，掩住里面复杂的情绪。萧肃下意识地觉得他母亲的死不简单，否则他不会每次提起都是一副沉郁阴鸷的模样。联想起他对父亲冷漠甚至是敌视的态度，又暗暗怀疑这两者之间恐怕有什么隐情。

既然他不愿多说，萧肃也不好追问什么，于是换了个话题：“对了，我发给你的报告看了吗？萧然对星悦之美动手了，我事先不知道她已经查到了 PHOENIX，还让周律师举报了丁天一和张婵娟。”

“看了。”荣锐道，“正好我这边也查到了一些进展，她这次的行动倒是给了我和老孙一些启发。”

“哦？”萧肃忙问，“什么进展？”

荣锐道：“我们通过一些渠道调查了那家空壳公司 PHOENIX。”

和张婵娟签约的 PHOENIX 注册地在瑞典，却是以分公司的名义注册的，它的总部则注册在开曼群岛。众所周知，开曼群岛是著名的离岸金融中心，也是避税天堂，小小三座岛屿注册了全球近十万家公司。而 PHOENIX 的总部就挂在小开曼岛上，注册法人叫查尔斯·耶格尔。

查尔斯·耶格尔出生在德国，后来赴美国留学，顺便加入了美国籍。博士毕业后，他跟随一个无国界医学研究组织在东非待了几年，回到美国后没有找到合适的工作，便辗转返回欧洲，最终进入

PHENIX 抗衰中心，主攻干细胞抗衰。

萧肃十分意外，道："他曾经在真正的 PHENIX 工作过？他参与过抗衰针的研究？"

"对，可以说他精通抗衰针的配方。"荣锐道，"大概四年多前，他和研究主管产生了一些分歧，从那家中心离职，之后便离开瑞典，不知所终。直到我们通过巧颜查到这家假的 PHOENIX，瑞典那家真的抗衰中心还不知道耶格尔已经在开曼群岛复刻了一个新公司。"

萧肃恍然大悟："所以跟张婵娟合作的，其实是这家抗衰中心的前研究员？"

"是的，所以她才这么放心地和耶格尔签了约——她在耶格尔从 PHENIX 离职前就认识他。"荣锐道。

萧肃完全理解张婵娟的做法，山寨嘛，巧颜本来就是山寨起家的，一开始模仿的是韩国那一套，后来低端医美市场饱和，她就开始山寨瑞典科技了。

问题是……萧肃问道："瑞典那家真抗衰中心知不知道自己的抗衰针有问题，可能导致严重排异，心肺衰竭致死呢？"

"他们的针没问题。"荣锐肯定地说，"他们的药物经过严格的动物实验和临床试验，非常安全，有国际最高标准的认证。这些年他们接纳过数万名高端用户，没有一例产生过干细胞排异。"

萧肃不可置信地道："可是我们解剖过吕白和尤刚，还有那只神兽……他们全都有排异现象！"

"所以我想他们打过的抗衰针，至少是最近打过的，并不是瑞典那家中心的抗衰针。"荣锐笃定地道，"而是耶格尔带给巧颜的抗衰针。"

"你是说，耶格尔骗了张婵娟？"萧肃震惊极了，"他带给张婵娟的抗衰针是有问题的？可是他为什么要这么做呢？为了钱吗？这种针一上市就会被发现问题，到时候赔的比赚的多多了……还是他根本就没有完整的抗衰针配方，只是拿半成品来糊弄张婵娟？”但略微一想，他自己又推翻了这个想法：“不对，张婵娟又不是傻子，怎么可能花那么多钱引进假的抗衰针？她必然是以某种方式确认过耶格尔的技术，才冒险和他成立的空壳公司签约的。”

荣锐沉默了一会儿，说：“所以我们怀疑有另一种可能——耶格尔有真正的抗衰针，但出于某些原因，给某些特定的人注射了假的抗衰针。”

“你是说吕白和尤刚？”萧肃愣住，“为什么？这不是谋杀吗？他和这两个人有什么仇？”

“不知道。”荣锐摇头道，“这次调查发现很多问题，接下来要一步步解决。首先是星悦之美即将上市的抗衰针到底是什么东西，是不是和 PHENIX 的真货成分一致。其次是尤刚和吕白注射的到底是抗衰针，还是耶格尔特制的致死性病毒……而且，这件事还有更复杂的问题，记得‘408 案’死在东非的那对夫妇吗？”

萧肃心中悚然一惊：“当然，他们的尸体有着和尤刚、吕白一样的特征……所以你的意思，是怀疑他们的死也和耶格尔有关？”

“耶格尔也有在东非工作的经历，虽然时间比较久远。”

萧肃深吸一口气，只觉得整件事扑朔迷离，好几个案件缠绕交错，仿佛被黑色的迷雾包裹，完全看不清真相：“那接下来要怎么展开调查？这些案件的关联到底在哪儿？”

“所有的谜团现在都集中在耶格尔和他的抗衰针上。”荣锐道，“我们向海关核实了查尔斯·耶格尔的行踪，证实他没有入境，应该还在国外，就是不知道在美国、东非、瑞典还是开曼群岛。老孙的意思，我们暂时不宜对他展开大规模的调查，以免打草惊蛇。最好让耶格尔以为只是巧颜这边的运作出了意外，他自己并没有被中国警方盯上。”

萧肃明白了：“周律师正在协同有关部门对星悦之美和巧颜展

开商业调查，我们可以借机深入调查他们的合作者耶格尔。”

“所以最好让你妹妹继续高调做事，咬死她那个前男友，把这次调查伪装成纯粹的商业竞争。”荣锐道，“这样我们暗地里动手也更加隐蔽一些。”

“这个容易。”萧肃说，“前两天丁天一还给她疯狂地打电话、发微信，说是要跟她解释，挽回他们的感情呢。”

荣锐难得露出一点八卦的表情：“她答应了吗？”

萧肃说：“答应了啊，她说凡事要有始有终，就像演电视剧一样，双方打得狼烟遍地，最后还要上点儿文戏，揭个秘，打个脸，让反派死得明白。”

荣锐一笑，露出雪白的八颗牙齿：“你妹挺霸气，挺有想法的啊！”

萧肃赞同地点头：“我也觉得……”

吃过消夜已经快十一点了，荣锐收拾东西准备回酒店。萧肃见外头雪还在飘，他又是从机场直接过来的，行李箱随身带着，便说：“雪天路滑，要不跟老孙打个电话，今晚住我这儿吧。”

荣锐已经穿上外套，迟疑道：“方便吗？”

“有什么不方便的，都是大男人，又不是没一起睡过。”

“也是。”荣锐点头，旋即又有些担心，“你不怕我又瞎转吗？我属时钟的。”

“不给你酒喝。”

荣锐抿嘴一笑，道：“那应该还行。”

俩人都在雪地里滚过，脏兮兮的，萧肃让荣锐先去洗澡，自己去给绿鬣蜥放食。他才撕了两片菜叶子，忽然听见大门响了一声，高跟鞋“噔噔噔”地敲击着木地板进来，是萧然的声音：“哥？”

萧肃下楼，只见萧然拎着一个购物袋，一脸贼兮兮的笑容：“偷袭！看你有没有金屋藏娇！”

“怎么这么晚过来？”萧肃打开袋子，里头是刘阿姨给他做的卤肉和包子。

萧然脱了羊绒大衣，叹气道：“忙了一整天，刚刚才想起后备厢里放着你的干粮，都快到家了又折回来给你送，你妹妹我是不是超级有爱心？”

“你是不是傻啊？”萧肃将东西塞进冰箱里，“刘阿姨也真是的，这种天让你跑什么。”

“出门的时候还没下雪呢，再说她不就惦记着你那点儿胃口吗？说一入冬你就不好好吃饭，人家养膘你掉膘。”萧然踢掉高跟鞋，伸了个懒腰，“你这儿好暖和啊，干脆我不走了，就在你这儿住一宿吧，你睡沙发！”

萧肃有些为难：“这个……”

萧然狐疑地道：“你不会真的金屋藏娇了吧？”

话音未落，二楼就传来荣锐瓮声瓮气的声音：“哥，我又流血了！”

“呃！”萧然忽然听见陌生人的声音，惊得打了个嗝儿。一抬头，只见一个年轻帅哥赤裸着上身，黑色浴巾要落不落地挂在腰上，露出堪称完美的肌肉线条，头发还湿漉漉的。

荣锐一直在浴室，不知道有人进来，看见萧然也愣了一下，下意识地提了一下浴巾。萧肃隐约感觉有什么奇怪的误会正在发生，但见他捏着鼻子，鼻血滴滴答答从下巴上往下掉，一时间也顾不得解释什么，从柜子里拿了药棉什么的给他送上去：“刚才不是止住了吗？”

“我不知道，会不会是因为太热了？”荣锐退回浴室，瓮声瓮气地道，“水温这么高，房间里有地暖，你为什么还要开空调和暖风机？”

萧肃十分内疚，因为自己怕冷就完全忽略了年轻人的感受：“水温不是能调吗？把暖风关掉嘛。”他帮忙处理好鼻子，再关了暖风机，“行了，别洗那么认真了，大概冲一冲早点休息吧。鼻子的血管很脆弱的，水流冲击也可能造成二次出血。”

“哦。”荣锐直接把热水关了，冲起了冷水澡。

萧肃看得打了个哆嗦，暗暗感叹年轻人身体真好。刚下楼，他还没来得及说一个字，萧然就一脸八卦地冲上去抓住他的胳膊，低声叫道：“你不是吧哥，真的金屋藏娇啊？为什么是个男的？还冲你流鼻血……他该不会就是上次陪你去珑州跟你一起睡大床房的那个吧？”

萧肃被她毫无标点符号的质问喷得差点背过气去，低声斥道：“他在路上摔了一跤鼻子受伤了而已，你一个小姑娘成天脑补些什么奇怪的东西？”

萧然捂着嘴，不相信地眨眨眼。萧肃拿她没办法，只得耐心解释：“普通朋友而已，因为谈工作晚了，雪大我才留他住一晚的。”

“啊？普通朋友啊？”萧然撇了撇嘴，一脸失望的样子，“你们学校老师？话说哥呀，都是老师，人家的身材怎么那么好，还有腹肌呢。”

萧肃不服气地道：“也就那样吧……”

萧然侧目：“我又没夸你，你谦虚什么？”

萧肃无话可说，看看时间已经过了十一点，便道：“太晚了，雪天路滑，你一个女孩开车不安全，我送你回家吧。”

“不用啦，我刚跟你开玩笑的，司机还在车上等着呢。”萧然正了正神色，说，“对了，我来是还有件事要跟你说，哥，明天上午丁天一约我见面，我答应了，约在我们常去的那家红酒会所，你陪我去？”

红酒会所算公共场合，有侍应生，也有保安，萧肃觉得很合适，点头道：“好，几点？”

“九点。”萧然拿了大衣和帽子，走到门口又说，“到时候还是我自己跟他谈吧，你先别出面，万一……你再出来。”

“好。”

次日一早，萧肃按萧然的吩咐去了那家红酒会所。场子是提前订好的，会所顶层的品酒室，私密性很好，只有一个侍应生在外头的准备室待命，不叫是不会进来服务的。

萧肃到得早，在屏风后的一张小桌旁坐下。大清早也不宜喝酒，他只点了杯柠檬水，透过落地窗俯瞰着楼下的广场和花园。昨夜雪下得挺大，槲寄生和枞树上白茫茫一片，风一吹雪片簌簌地往下掉。忽然，一辆酒红色轿车停在门口，挂的是珑州牌照。萧肃凝神细看，只见丁天一从车上下来，关门之前低头跟车里的人说了几句话，神色十分疲惫，仿佛好几天没睡好觉似的。

少顷，车子拐了个弯走了，萧肃看到驾驶座上是一个穿着浅紫色皮草大衣的女人，一绺长鬈发垂在耳畔，风姿绰约。

洪颖？萧肃有些意外，没想到大清早居然会是她送丁天一过来。虽然他们俩算是商业伙伴，但今天丁天一可是来跟女朋友谈判的，这么隐私的事情怎么会让洪颖参与呢？

这两个人到底什么关系？萧肃心中闪过无数猜疑，片刻后看见丁天一进了品酒室，坐在靠窗另一头的桌边。一个多月没见，他憔悴了许多，眼圈黑黑的，两颊凹陷，仿佛瘦了十几斤的样子，看来周律师的举报把他折腾得不轻。

九点整，萧然准时进来，和平时一样化着淡妆，米色羊绒大衣衬得脸蛋肤若凝脂，估计昨晚至少敷了两张面膜。说真的，萧肃特别佩服她这种腹黑劲儿，幕后挥着四十米的长刀面色狰狞，走到幕前仍是一副养尊处优的大小姐模样，简直气死人不偿命。

“到早了？”萧然面色平静地坐下。

丁天一看着她，眼神渐渐柔和下来，将一个黑天鹅绒盒子放在桌上：“为什么把戒指退给我？”

萧然仍旧很平静："我想你做出了选择，我也应该有点自知之明。"

丁天一有些难过地垂下眼睑，憔悴的面上有一种令人怦然心动的俊美，声音带着淡淡的苦涩："然然，我自始至终选的都是你。"

"哦，是吗？"萧然别过脸去不看他，眼神也黯淡下来，"我以为你选的是巧颜，是你的事业、权力和金钱。"

丁天一短促地笑了笑，道："那你呢？你还不是一样？在我和方氏之间，你也毫不犹豫地选择了方氏。"

萧然的眉毛微微一挑，也笑道："所以错的是我吗？"

丁天一顿了一下，似乎在压抑自己的情绪，缓声道："这有什么对错？商业是商业，爱情是爱情，你们女人能不能把公私分开？"

"怎么分？"萧然再次冷笑，双手抱臂，目光中隐隐现出锐意，"这不是你开的头吗？我二十一岁生日，你前脚求婚，后脚就拷贝了我电脑里的项目书。小丁，做人不能两套标准啊，你是男人，你公私分明了吗？"

丁天一语气一窒，勉强解释道："我不知道那是你的项目书，我是在书房醒酒的时候无意间看见的。"

"有意无意你都是自己看的，没人按着你的头，这有什么差别？"萧然道，"你捅我刀子的时候总不是无意的吧？你很清楚这个项目是我负责一期推广的，你放出那种料，不是想我死？"

丁天一叹了口气，语气近乎诚恳："然然，你清醒一点，这么大的项目，你妈不过让你练练手，整个方氏将来还不都是你哥的，你何苦为他做牛做马？我现在费尽心力地搞事业，不都是为了我们的将来吗？我是你的未婚夫，你将来要靠的人是我，我们才是利益共同体，你怎么就不明白呢？"

萧然胸口剧烈起伏了一下，硬生生地压住怒意，静静地道："我还没嫁给你，方家才是我的家。"

“女人总要出嫁的，娘家再好，能养你一辈子？”丁天一语重心长地说，“你妈最多给你点零花钱，给你买几个包包，出嫁再给一笔嫁妆……以后他们还会给你什么？你真打算从你哥，甚至你嫂子手里要饭吃吗？人家才是一家人，怎么会把自己的东西给你这个外人？”

萧然抿着嘴角，一言不发。丁天一以为她被自己说动了，柔声道：“然然，我现在这样不择手段地奋斗，可能是有些伤了你的心。但你要明白，我为的是我们的将来，为的是给咱们俩积累一份可观的家业。只要我成功了，你结了婚以后还能继续住独栋别墅，开新款跑车，去欧洲购物……可如果我的事业垮了，对你又有什么好处呢？”

萧然深吸一口气道：“所以你捅我刀子，倒是为了我好？”

“我不是这个意思，然然你怎么就不明白呢？你不就是帮公司做个推广计划吗？出了问题难道你妈会把你赶出去？”丁天一无奈地道，“你是她的亲女儿，她最多说你两句，你就受了又怎么样？只要我的事业发展得好，你将来永远不用看她的脸色！”

萧然笑了笑，说：“哦，我明白了，你是让我挖娘家的墙脚，支持你的事业。”

“话说得这么难听干什么？”丁天一说，“方家树大根深，这点小事无伤大雅不是吗？但星悦之美是我的全部身家，我从大一贷款把它做起来，去年好不容易拉到投资，这次的项目决定着我的生死！”

萧然定定地看着他，说：“我明白了……所以你今天约我出来是想干什么？”

“帮帮我。”丁天一诚恳而急切地说，“现在只有你能帮我了。然然，你去帮我说服你妈，不管用什么方法，哀求也好，威胁也罢，让她阻止周律师，把投诉撤销掉，剩下的事我自己能摆平。只要方氏不穷追猛打，我就有办法应付调查。等过了这一关，公司止损翻身，将来你嫁给我就是星悦之美的老板娘，以后再也不用从你妈和你哥手里要钱，我的就是你的！”

萧然垂眸看着桌上的黑丝绒盒子，淡淡地道：“所以你让我去和我妈闹，让她放过你，放过巧颜？”

丁天一握住她的手指，温声道：“然然……”

“可是我有一个问题。”萧然抽回手，困惑地问，“为什么我要么是跟我妈、我哥要钱花，要么是跟你这个未来老公要钱花呢？我自己是傻了还是残了，就不能靠自己买房、买车、买包包吗？”

她笑出声，又问：“为什么我好好的人不做，要做寄生虫、花瓶，做你们的宠物呢？你对我的人生理想到底有什么样的误解？”

她的语气是前所未有的犀利果断，以至于丁天一都愣住了，半晌才说：“然然你太天真了，你才多大？你知道商场什么样吗？知道社会的真面目吗？一个女人想要在社会上混，要放弃多少东西？”

“我愿意。”萧然静静地说。

丁天一哂笑了一声，说：“你愿意？你都不知道自己将来要面对的是什么！萧然，这是个男权社会，你要想干出一番事业来，得和多少男人摸爬滚打、虚与委蛇？你一个干干净净的女孩，何苦呢？”

萧然也是一笑，道：“世上一共两种人，一种男人，一种女人，难道我以后和人打交道还要先看性别？我和男人做生意就不干净了？”

丁天一的表情还算平静，但手指神经质地叩着桌面，语气也变得有些紧张，甚至是偏执：“萧然，你现在是有人护着，只用动动脑筋，不用去酒场上拼订单，不用给客户赔笑脸。你知道我们系那些做销售的师姐为什么年纪越大越嫁不出去吗？凡是懂行的，谁不知道她们为了订单什么事都干得出来。萧然我这么绞尽脑汁地赚钱，就是为了让你不像她们那样！一个女人为了钱走到那一步，多悲哀？”

“那男人就不悲哀吗？”萧然反问道，“你连向女朋友求个婚都要做两手准备，你干净吗？还是你觉得对于一个男人来说这点儿小事无伤大雅，远比不上师姐们陪客户喝顿酒？”

她特别认真地问：“为什么同样是人，师姐陪客户吃饭喝酒就不干净了，你盗窃商业机密、制造虚假舆论，反而高人一等，成了为事业奋斗的典范？你不觉得这太双重标准了吗？她们充其量是道德问题，你呢？你突破法律、道德两重底线，你就不怕坐牢吗？”

丁天一狠狠咬着牙，直直地盯了萧然半晌，道：“好，我明白了，我以前以为你只是口才好，脑子里有点儿小聪明，没想到你的心肠比男人还狠……别人说你是故意整我，利用我搞垮巧颜我还不信，只当是你妈和你哥给我设的陷阱……萧然，你老实说，那份假的项目书是谁给我准备的？”

他的语气带着深深的怨毒，萧肃从屏风的镂空雕花里看到他眼中的狠意，下意识觉得不对，生怕萧然一时激动承认了，便悄悄站了起来。萧然却轻轻笑出声，泰然自若地道：“小丁，你以为我是你吗？过生日的时候还要给自己添堵，我怎么知道你前脚求婚后脚就会去偷文件？那份项目书是以前的老版本，本来要删的，可能是我妈打开以后忘了，就那么放在桌面上……你高兴傻了，问都不问就当宝物似的拷回家，怨谁？”

丁天一语塞，脸色阴晴不定，良久才说：“行，就算是我的错。萧然，我这一年多对你怎么样，你心里难道一点都没我？你妈出那么重的手整我，你一点风都不提前给我透？”

“你出那么重的手整我，提前给我透风了吗？”萧然反问，“小丁，我当初诚心诚意地向你请教，跟你说这是我妈第一次给我压担子，我一定要好好做不让她失望，将来赚了钱跟你环游世界……你想过我看到那些新闻时心里的感受吗？”

丁天一正要开口，萧然做了个“打住”的手势，说：“行了，车轱辘话又要回来了，是吗？我一个女孩，我妈怎么可能把方氏这么大的家业交给我……实话对你说，我妈确实想把家业交给我，我哥也绝对不会和我争。”

她起身拿大衣，再拿手袋，说："我知道你不信，你永远活在你的三观里——这世上的女人不是心机女就是傻白甜，和男人根本不是一个物种。"顿了一下，她脸上露出失望和悲哀的表情，"没想到我们会这样收场……是我选错了人，小丁，我们做人的原则相差千里，永远走不到一起。"

"萧然！"丁天一霍然起身，抓住她的手腕，"你怎么能这么绝情？你就眼睁睁看着你妈毁了星悦之美，毁了我？"

萧然闭了闭眼，硬压下眼中的盈盈水光，说："丁天一，今天你约我来，从头到尾都在教训我、指责我……你毁了我对爱情和婚姻最美好的想象，折腾掉方氏上千万的公关费，连一句'对不起'都没有！"

她用力挥开他的手："你口口声声说要保护我，可你一点也不愿意付出，只想让我做你的傀儡……你对我有一丁点尊重吗？面对其他竞争对手，你也敢提这种要求吗？"

"萧然，我错了，你别走！"丁天一再次抓住她，语气一下子软了下来，但用力之大连手背上的青筋都暴了起来，"求你看在我们相爱一场的分上，让你妈高抬贵手……我是真的爱你，我是真的想娶你和你过一辈子！我从来没有对一个女孩这么认真过！"

"我消受不起！你的爱太贵了，我得豁出全家才能填满你的胃口……"萧然用力挣扎，"你松手，你弄疼我了！"

萧肃没想到他突然动手，飞快地冲出去，一把将他推开："丁天一你放尊重点！"

"哥！"萧然的手腕红了一片，闪身躲在他身后。丁天一没料到萧肃也在，立刻红了脸，恼羞成怒地道："好啊，你还带了你哥……萧肃，你一直在听我们说话？你真好意思……你是来看我笑话的吧？"

萧肃长这么大没动过萧然一根手指头，此刻真恨不得一脚把他踹出去。但他毕竟斯文惯了，动不了手，只冷冷地道："你走吧，带着你的戒指。从今天起不许再出现在萧然面前，也不许骚扰她，不然我弄死的就不光是星悦之美了，懂吗？”

“原来是你……”丁天一瞳孔一缩，脸色瞬间变得狰狞起来，“我说那天我刚进书房没多久你就来敲门，猫玩耗子很开心吗？萧肃，你装得人模人样，淡泊名利，其实心里装着鬼呢吧？”

“鬼在你心里，你悠着点儿。”萧肃冷着脸说，“我要是你，就不在这儿浪费时间了。商业欺诈量刑不轻，你骗了客户那么多预售款，不如早点想想怎么堵上这个窟窿。”

丁天一的表情极为难看，眼中的怨毒几乎要溢出来了，咬牙道：“好，好，你是老早就盯上巧颜了吧？头回见面你就想从我嘴里套话，上次去珑州还假装什么科学考察……你在我面前装什么清高？一副不食人间烟火的样子，心里算计得比谁都黑！”

他越说越激动，指着他们兄妹俩咬牙切齿道：“别人说我还不信，今天才算见识了，你们家真是没一个好东西，从上到下鬼鬼祟祟、心怀鬼胎……”

“丁天一你这个神经病！”萧然气急了，再也顾不得淑女形象，猛地冲出去踹了他一脚，“你才心怀鬼胎、鬼鬼祟祟！有种咱们商场上真刀真枪地见，学什么泼妇骂街？！”

“萧然！”萧肃眼明手快，一把将妹妹扯到自己身后，硬生生挡住丁天一反击的拳头，冷声对他道，“小子，你说话当心点，你今天说的每一个字，我都会让你用钱买回去，买不起的就用刑期补……丁天一，我话放这儿，你这辈子都别想翻身，我看死你。”

萧肃的语气极为冷静，带着森然寒意，平日里冷淡无波的眸子却像淬了火一样酷烈。丁天一在他的注视下不由自主地瑟缩了一下，后退一步，色厉内荏地道：“行啊，姓萧的，咱们走着瞧！”

“那你瞧好了。”萧肃盛怒之下毫无表情，伸出一根手指指向门口，“走！”

丁天一的脸色阴晴不定，拿起黑丝绒盒子转身走人。走到门口的时候，他不知为何脚下一个趔趄，狠狠地摔在大理石地板上。

“谁？！”他挣扎着爬起来，左看右看找不到始作俑者，只能悻悻离去。

萧然依稀看到一个瘦高的人影在门厅晃了一下，闪到安全通道去了，暗暗叫了一声解气，回头问萧肃：“哥你没事吧？”

萧肃的左肩挨了丁天一一拳，所幸丁天一是冲着萧然去的，没用太大力，他摇了摇头道：“没事……你这两天别单独出门，让司机跟着，最好从保安部调个靠谱的保镖。”

萧然被他郑重的语气吓了一跳，踟蹰道：“不至于吧？他还敢骚扰我不成？”

萧肃回忆起他刚才的眼神，心中暗暗发怵，那是一种狼一样狡诈阴毒的眼神，他还从来没在别人身上看见过：“这人是个狠角色，以前藏得太好，我们都没看出来。然然，你别大意了，有些男人天生小肚鸡肠，他今天被你伤了自尊，一定对你恨之入骨。”

萧然将信将疑，却还是点了点头：“我回头就安排……哥，你刚才帮我拉了那么多仇恨，他不会对你动手吧？”

萧肃轻轻摇头，其实他刚才说那么多，就是不想让丁天一把仇恨的焦点放在萧然身上。丁天一这种人，顺风的时候好人一样，一旦逆风完全输不起，鬼知道他会做些什么。

有什么就冲着我来吧，反正老子不怕……萧肃心中冷笑，语气却是轻松的：“他且没那个精力，周律师那儿就够他喝一壶的了。不过你是女孩，当心一点总是对的。”

“哦。”萧然轻叹一声，眼圈慢慢红了，喃喃道，“我真的是瞎了眼，当初居然觉得他聪明可靠，还跟他好了一年多。”

萧肃知道她心里难过，帮她披上大衣，安慰道：“你才多大，怎么看得透他这种演技派？你看他今天变脸那个速度，连我都叹为观止……走吧，回家吧。”

萧然点点头，跟着他一起下楼，道：“哥，你陪我回家整理一下东西，我想把丁天一送我的东西都给他还回去。”

“也好。”萧肃也觉得丁天一这种人小肚鸡肠，心理阴暗，还是里里外外断得干干净净为好，“我帮你打包给他快递过去吧，最好以后别再见面了。”

兄妹俩回到碧月湖，已经快中午了。方卉慈和周律师出去度假还没回来，家里只有保姆刘阿姨。刘阿姨看他们俩一起回来，高兴坏了：“可算是放寒假了，这段时间你们一个个忙得不见人影，今天中午就在家吃饭吧。都不许出去吃啊，一个比一个瘦，别家阿姨都笑话我了！”

全家人的事业心都这么强，萧肃感到十分安慰。

萧然回房间整理东西，一年多的工夫，丁天一零零碎碎送了她不少小玩意儿，星巴克的杯子、小店里的手工串珠、拍立得相机……最贵的是一部手机，不过她只用来打打游戏，里头没什么私人信息。

萧然从书架上抽出一本手工制作的手账，一边翻一边感叹：“刚认识他的时候多好啊，他那么温柔，那么阳光，每天公司、学校两头跑，忙完生意就忙论文，还抽空给我做了这本手账。这里面的每一张卡纸都是他亲手裁的，照片也是他给我照的……还有这两张献血卡，是那年学校组织献血，我报了名又后悔，怕疼，他就陪着我一起去献了。他说他为我做什么都愿意，他的血肉都是我的。”

她眼圈红红地对萧肃说：“哥，有几个男孩能为女孩做到这样？我不信他从来没爱过我……我总觉得这一个多月跟做梦似的，我和他怎么就走到了这一步？现在的他和从前的他简直判若两人，他到底是什么时候变成这个样子的？”

萧肃看着手账里零零碎碎的贴图、卡片，还有丁天一亲手写的情书，一时间也怀疑他对萧然是不是真心的——没有爱，一个男人做不到这一步。但如果有爱，又怎么会如此翻脸无情？他到底是一直在隐藏自己的阴暗面，还是在走入社会后终于找到了真实的自己，从温柔的暖男变成了自私的投机者呢？

爱情真的如此虚无缥缈，连一年多的时间考验都经受不起吗？萧肃将所有东西都攒在一块儿，放进纸箱子里，安慰道："大概人都是会变的吧，早变早好，给你机会及时止损。"

萧然喟然长叹，犹豫片刻，还是把手账从箱子里拿了出来："留下做个纪念吧，这点东西他应该不会在意了。"

相册里有两个人的合影，萧肃也觉得还回去不太合适，总不能像电视里演的那样一张张揭下来撕两半："留着吧，剩下的写个地址，我预约快递来取件。"

一段感情就这么结束了，结束得一地鸡毛。萧然虽然是个洒脱的女孩，但到底是受了伤，恹恹地坐在飘窗上出神。萧肃把东西搬下去，再泡了杯热红茶给她："难过就哭一场，虽然你立志要做霸道总裁，但这种时候人设稍微崩一下也没什么。"

萧然勉强笑了笑，但是比哭也好看不到哪儿去，捧着茶杯说："我不想哭，只是觉得人生无常，我们曾经那么好……哥，是不是人都会变？像爸爸妈妈，曾经那么相爱，最后还是互相折磨，痛不欲生。"

萧肃沉默了，无形的阴影悄然漫上心头。良久，他轻轻摸了摸她的头，道："他们没有互相折磨，只是命运太无情了，他们那么努力也没能战胜它。然然，你会幸福的，你和我们都不一样……不，妈妈也会幸福的，周伯伯是个好人。"

萧然缓缓将头倚在他身上，说："是啊，周伯伯是个成熟温柔的男人，他一定能照顾好妈妈……"

萧肃沉默地点头，萧然抱住他的腰，靠了一会儿，终于轻声地哽咽起来："哥你真好，你别离开我好不好，咱们一家人永远在一起行不行？”

萧肃摸着她的头，没有出声，只看着窗外徐徐飘落的雪花出神，是啊，如果人永远不死，该多好。

萧然到底是霸道总裁作风，中午大哭一场，吃饱饭睡了一觉，下午又画着精致的职场妆去公司主持大局了。毕竟方卉慈不在家，她现在就是方氏最大的话事人。

萧肃待在家没什么事，也回了公寓，看了一会儿大王，躺在沙发上一边听相声一边睡觉。夜幕渐渐落下来的时候，他听到门响了一声，是荣锐回来了。

“哥你在家啊？怎么电话也不接？我还以为你在碧月湖。”

他身上带着雪的寒气，萧肃起身往窗外看了一眼，果然又下雪了：“听相声听得睡着了，手机没听见。几点了？”

“六点半，我回来取行李，早上有事没来得及带走。”荣锐穿着上次买的黑灰色短大衣，里头是米色羊绒衫，看上去干干净净，比平时一身黑要柔和许多，“对了，你吃饭了吗？要不要叫外卖，或是我煮点儿方便面？”

“昨天我妹带了刘阿姨做的吃的给我，随便弄点一起吃吧，雪天叫外卖不方便。”

“也行，再煮点儿粥吧，你胃不好，粥养胃。”荣锐将短大衣脱下来，觉得热，又把羊绒衫也脱了，只剩下一件牛仔衬衫，青春逼人。

萧肃穿着软塌塌的家居服，披着羊绒开衫，趿着毛绒拖鞋，感觉自己就像一个慈祥的老年人：“好啊，我来弄吧，你忙一天了，休息一会儿。”

荣锐也不客气，倒了杯水坐在吧台边，一边喝水一边看着他忙碌。萧肃从冰箱里取了刘阿姨包的三鲜包子，又把卤肉放进微波炉解冻，然后再取电饭锅淘米、洗豆子、泡银耳……淡淡的蒸汽氤氲在厨房里，微波炉缓慢地转动，发出轻轻的噪音，有一种非常家常的气氛。

荣锐手托着下巴看他，忽然说：“我家以前也是这样的。”

“嗯？”萧肃摘下眼镜擦了擦雾气，“什么样的？”

“我妈还在的时候。”荣锐道，“她也喜欢蒸包子，经常把家里弄得雾气腾腾的。有一次我隔着雾气看见我爸搂着她，她笑得特别幸福。”

母亲仿佛是他心中的一个执念，每次他说起来的时候神情和语气都非常奇怪，有一种夹杂着恨意的伤怀。萧肃一时之间不知该怎么安慰他，忽听他又冷笑了一声，说：“多傻啊，她到死也没等到他！”

萧肃心里“咯噔”一下，自认识以来还从没见过他这么尖刻的语气，犹豫着问：“你妈妈的死……你上次说是谋杀，她到底出了什么事？”

荣锐沉默了很久，久到萧肃以为他不会回答了，才静静地开口：“医学科研，野外作业的时候遇上意外，在国外出的事，警方赶过去的时候人已经没了。”

萧肃问：“凶手是什么人？抓到了吗？”

荣锐摇头：“当时情况很复杂，反政府军叛乱，警方根本没办法调查。加上需要好几个国家的配合……太难了，最后只能不了了之。”

萧肃没想到会是这样复杂的局面，想了半天，到底没忍住，问：“那你爸爸……”

荣锐的脸色倏然冷下来，手握着杯子，指节发白，声音发寒：“他当时就在出事地点附近执行任务，他甚至收到了我妈妈他们那个科研小队的求救信号……但他没动。”

“叮！”蒸箱突兀地响了一声，荣锐起身打开蒸箱门，热蒸汽喷涌而出，他的语气却像寒冰一样冷：“他是个狙击手。”

萧肃吃了一惊，原以为他爸是搞地质或勘测的，没想到竟然是军人。他顿了一下，安慰道：“也许他也是没办法吧，毕竟在执行任务。”

“人人都这么说。”荣锐低头从蒸箱里取包子，连背影都透着固执的倔强，冷笑道，“他自己心里清楚，这么多年了，从没跟我解释过……算了，不提他，堵心。”

这件事显然是他的心结，萧肃也不敢轻易说什么，只像个长辈一样捏了捏他的肩膀：“入土为安，以后别提了，别让你妈妈在天上心里还不安稳。”

“嗯。”

晚饭好了，虽有点儿简陋，但味道好极了，毕竟刘阿姨是个有事业心的阿姨。荣锐啃了两个鸡腿，心情似乎好了些，说：“哥，你的肩膀怎么样，还疼吗？”

“嗯？”萧肃吃了一惊，他上午确实被丁天一打了一拳，左肩瘀青了一块，问题是……他是怎么知道的？

“对不起事先没告诉你，我早上也去了红酒会所。”荣锐道，“我在调查珑州巧颜，他们的大股东是无暇总裁洪颖。她今天上午来了靖川，和她一起的正是你妹的男朋友——现在该叫前男友了——丁天一。”

萧肃恍然大悟，脑中灵光一闪，忽然想起上午丁天一离开时摔的那一跤，当时门外闪过一个似曾相识的高高的黑影：“今天上午藏在门厅的那个人是你吧？是你把丁天一绊倒，害他摔了一跤？”

荣锐摆摆手，一本正经地说：“没有没有，都是意外。我看他摔倒后喊那么大声也吓了一跳，赶紧躲了起来，免得被他讹上。”

萧肃忍不住笑：“你呀……那我们说的话你都听见了？”

“没有，隔得太远我没怎么听清。”荣锐也笑了，说，“其实我是担心你和你妹吃亏才去的，男女分手这种事，控制不好就得干架。你太斯文了，我怕你干不过他。”

萧肃叹道：“是啊，我也没料到他会翻脸。平时看他挺温和的一个人，竟然敢对萧然动手。”

“男人翻起脸来，是不会顾及从前的感情的。何况你妹这次跟他对上，硬生生地让他栽了个大跟头。”荣锐道，“说起来，丁天一这个人不简单，你妹也算是个聪明人，跟他恋爱这么久，就没看出他另有所图吗？”

这件事也令萧肃很困惑，他说：“我总觉得他对萧然还是有感情的，萧然自己也这么认为，只是随着时间的推移，这份感情慢慢变质了……他们是校园恋，一开始比较纯粹。但后来丁天一毕业进入社会，浸淫商场，心态发生变化，野心膨胀。”

“据我所知，他毕业之后唯一深度接触的商界人士就是他的投资者洪颖。”荣锐道，“所以这次他借萧然对方氏出手，会不会是洪颖在推波助澜？”

商业上的事萧肃所知不多，但想起今天早上看见的情景，心中也有些疑惑：“丁天一和洪颖的关系似乎很亲密，今天上午我看见洪颖亲自开车送他来红酒会所。虽然没看清他们当时的互动，但我觉得洪颖应该知道他今天来这儿是见谁，说不定洪颖之前就知道他和萧然的关系。”

说到这里，他的心一紧，忽然想起一种可能——丁天一这次对萧然下手，难道不是发现她负责新项目所以临时起意，而是老早就得到洪颖的授意，打算从萧然的身上找突破口，踩方氏上位？

但方氏的业务一向和珑州巧颜没有正面冲突，即使这次新项目上线和抗衰针闹得这么大，其实二者在细分市场上也并没有强竞争。如果要说洪颖老早就授意丁天一对付方氏，逻辑上似乎不怎么讲得通。

“哥，你仔细回忆一下你们今天上午的谈话。”荣锐神色一冷，说道，“丁天一的情绪变化、语气转折，有没有什么值得注意的细节？”

萧肃想了想，茫然地摇头：“我不知道，我又不是警察，没有那么好的观察力。”他从茶几上拿起自己的手机，“不过我当时把所有对话都录下来了，你来听听看，说不定能发现点什么。”

荣锐挑眉：“你竟然录了音？”

“嗯，我想着万一他聊着聊着上了头，说不定能吐出点商业机密来，帮到周律师他们。”萧肃说，“你看，你哥我也不是完全的傻白甜，也有腹黑的一面。”

荣锐笑着给他竖了大拇指。

正好粥煮好了，两个人一边喝粥吃包子，一边听早上的录音。一遍放完，萧肃问：“你听出什么细节没有？”

荣锐放下筷子，皱眉思忖片刻道：“你有没有注意到，他有两次提到了‘别人说’。第一次，他说‘别人说’萧然是故意整他，想利用他搞垮巧颜；第二次，他说‘别人说’你们家没一个好东西，从上到下鬼鬼祟祟、心怀鬼胎。”

萧肃一想还真是，心中顿时一惊：“他口中的这个‘别人’到底是谁？”

荣锐道：“从这两句话来看，这个人不但知道丁天一和萧然的恋爱关系，对他商业上的机密也很清楚。并且这个人和丁天一关系非常亲密，否则不会在事业和感情这么重要的事情上，随意表达如此情绪化的观点。”

萧肃点头，补充道：“这个人对我们家还有很深的成见，搞不好有仇。可是我们家一向低调，我和萧然从不和人结怨……我妈在生意场上倒是难免会得罪人，但那个范围就太大了，商业竞争难免有赢有输。人心难测，谁知道对方怎么想。”

“无论如何，我们知道丁天一身边有这么一个人，这个人和他无话不谈，无论是恋爱上的琐事，还是商业上的大事。”荣锐说着看向萧肃，两个人的视线一对，异口同声地道：“洪颖？”

萧肃思索着道：“洪颖是丁天一的投资人，也是抗衰针项目的幕后老板，她非常清楚丁天一的商业机密，包括他和方氏打的这一场攻防战。她今天早上亲自送丁天一来跟萧然谈判，可见对他的私人感情也了解得很深。下午萧然还跟我说，从前的丁天一对她用情至深，死心塌地，她到现在都不明白他们是怎么走到这一步的。为什么丁天一现在会判若两人……”

思路逐渐清晰，萧肃回忆了一下时间线，道：“萧然和丁天一是二〇二七年春天开始恋爱的，第二年年初，丁天一在一个IT经济论坛上认识了洪颖。几个月后，洪颖的无暇向他伸出了橄榄枝。再之后，他就拿到了抗衰针的代理权，开始谋划着利用萧然，对付方氏……如果丁天一身边有这么一个人，这个人八成是洪颖！”

“所以，这个洪颖和你们家到底有什么过节？她为什么要对付方氏？为什么说你们家没一个好东西？”荣锐蹙眉道，“哥，你仔细想一想，你以前真的不认识她？”

萧肃想了又想，断然道：“我绝对不认识她。那天在珑水河边的步行街，我是第一次遇见她。”顿了一下，他又道，“但我觉得她好像认识我，我记得很清楚，那天她隔着半条街看着我，眼神非常……非常奇怪，但是当我看回去的时候，她马上就把视线转移了。对了，那天我们遇到丁天一，他说约了资方吃饭，说的应该就是洪颖。洪颖当时明明就在步行街，可她为什么爽约了呢？”

“你觉得和你有关？”

“我不知道。”萧肃蹙眉摇头，越说越心惊，“说起来，这个女人太奇怪了，我确定我不认识她。但看见她的第一眼，却有一种似曾相识的感觉……她到底是什么来头？”

“我这里只有她的基本资料。”荣锐道，“资料显示洪颖是个越南人，出生在偏僻的乡村，家境极为贫苦。有一年她的家乡发大水，她的家人都遇难了，只她一个人活下来。大概五年前，她忽然收到一笔来自美国的遗产，据说是二十世纪她爷爷的一个什么亲属，在美国发了财，因为无儿无女，所以把几百万美金都留给了她。”

萧肃听得匪夷所思，还真有天降横财这种事：“那她是怎么来的中国？”

“官方资料，是投资创业。”荣锐道，“她继承遗产之后就来中国创办了无暇，至今应该是四年多吧，生意不温不火。除了这次和巧颜合作的抗衰针，没出过什么大风头。”

萧肃万万没想到她居然是越南人，越发觉得奇怪：“那我更不可能认识她了，我从没去过越南，我妈也没有和越南人做过生意。从萧然的商业调查来看，方氏和无暇之前完全是两个领域，不存在任何竞争关系……所以她为什么要仇视我们家呢？”

荣锐想了想，说：“这样，你把她的照片发给你妈妈，让伯母看看认不认识。也许时间久远，有些事情你不知道。”

萧肃一想也是，于是掏出手机，把官网上洪颖的精修图，以及自己上次在珑州拍的侧影都给老妈发了过去。方卉慈大概在游玩，一直没有回复。萧肃瞅着手机，筷子无意识地在酱油碟里戳来戳去。半晌，荣锐夹了一块卤鲍鱼给他：“别急，这都是咱们头脑风暴出来的推论，纸上谈兵，还不知道有几分能落实，先吃饭吧。”

萧肃一想也是，索性撂下手机大口吃饭——要是过年还胖不起来，刘阿姨估计要对自己的职业生涯产生怀疑了。

连吃带聊，不知不觉时间过得飞快。等荣锐收拾完碗盘，时针已经指向十一点钟。外面的雪下大了，隔窗看去白茫茫一片。夜这么深，天气又这么坏，萧肃不放心他带着行李回酒店，便说：“晚了，雪又这么大，车也不好开，要不再住一宿吧。”

荣锐也不客气，从善如流地把整理好的行李箱又摊开，洗完澡换上大王T恤，躺在床上看手机。萧肃下午听相声睡了好几觉，一时间也睡不着，便打开手机游戏玩起来。

淡蓝色的鲛人从海里冒出来，长臂一伸，指间碧波化为一把金色三股叉，随着海底传来的号角声，和同伴们冲进了血腥的战场……

“这么快死了？这什么游戏啊！”不知何时荣锐也凑了过来，有些感兴趣地问，“我怎么从没见过？”

萧肃也是第一次玩这个游戏，还不大上手，死去活来分外惨烈：

“内测，要有邀请码，这款游戏国内还没开放公测，叫《大荒》，是我舅舅的公司开发的。你要玩玩看吗？我发邀请码给你。”

“好啊！”荣锐接了邀请码，“你舅舅？”

萧肃点头道：“是，我小舅方卉泽，做AR引擎起家的。他美国的公司这两年专供AR游戏，今年打算在国内试水，刚刚推出了《大荒》1.0内测版。你审查过我，应该知道他吧？”

“嗯，知道，二〇一六年出国读书，后来定居美国。”荣锐开始下载游戏，“他还有个非常厉害的合伙人，是业内有名的神童，叫文森，也是美籍华人。”

这个萧肃就不知道了。方卉泽出国十几年，一开始还经常和他联系，后来渐渐推说工作忙，就只逢年过节给他发个消息或是寄个礼物。距离是非常残酷的东西，哪怕再深厚的感情，隔着半个地球也会变得越来越淡，越来越薄。

“那你知道他有女朋友吗？”萧肃问，“我妈说他好像有对象了，是不是他的那个合伙人？”

“文森性别男。”荣锐一边安装游戏一边说，“至于他的对象，我就不知道了，当时没有细查。”

“哦。”萧肃有些失望。

荣锐注册好游戏ID，和他面对面加好友：“来玩一场试试，我带着你，不会死得那么惨了。”

“哦。”萧肃回过神来，看到好友列表里多了一个名字：格雷格里奥。

萧肃感觉这个名字有点儿眼熟，开局和他玩了半晌才忽然灵光一闪——格雷格里奥，不是海明威《老人与海》里渔夫的原型吗？我玩个鲛人，你取个渔夫的名字是什么意思？萧肃对小朋友的脑回路也是无语，幸亏自己有文化，要不然被嘲了都不知道。

一走神，萧肃原本就只有六十分的游戏水平直线下降，一局终了，看着战绩表上“0 杀 -13 死 -0 助攻”的数据冷汗直冒——他被击杀了整整十三次！鲛人界的耻辱！

然而神奇的是他们队居然赢了，格雷格里奥以“28 杀 -1 死 -12 助攻”的战绩引领全场，险胜对家。萧肃点开荣锐的头像，背生双翼的战士一袭红衣，身着银色铠甲，手中弓箭熠熠生辉。

“你怎么这么能打……”萧肃不服气地嘟囔了一句。

荣锐无情地嘲讽他：“你怎么这么能送……”

“再来！”萧肃被他刺激到了，振作精神开局再战，坦克鲛人举着大金叉子冲进战场。荣锐摇头叹息，给他背后塞了个靠垫，斜倚在旁边加入战局。射手灭蒙不急不慌地从鲛人头顶掠过，“嗖”的一声射出一支火箭。

萧肃八级手残，但脑子够用，一边打一边算，一边算还一边念，经济、攻击、冷却时间……不但把自己六十分的操作硬生生提到七十五分，还帮荣锐成功地躲过了好几次伏击。最后全队胜利，可惜荣锐的手机卡了几下，送了两个人头，让萧肃拿了 MVP。

“哥你好厉害。”荣锐探头看他手机上的战绩表，“你怎么算得那么快，你是魔鬼吗？”

萧肃瞥了他一眼，打开回放，专门拉到他卡那几下的时段看了看：“你是魔鬼吗？干吗故意让我？”

“没有啊！”荣锐特别无辜地说，“我的手机安全性设置太高，影响游戏操作，等我下回专门买个游戏机跟你玩。”

萧肃也没深究，就当他照顾自己这个废柴老年人的自尊心了：“不用买，我小舅前两天给我寄了两套 AR 装备，这个游戏马上就公测了，到时候会开启 AR 模式，拿手机玩没什么意思。”说着，他起身从衣柜里找出一套没拆封的装备给荣锐：“要试试吗？其他 AR 和 VR 游戏也适用的。”

“很贵吧？怎么好意思拿你的装备。”荣锐打开看了看，翻出说明书浏览，“EUMENIDES？这牌子没见过啊！”

“好像是他们和一家装备公司联合推出的新产品，专门为《大荒》游戏开发的。”萧肃特别大方地说，依稀又找到了当金主的感觉，“反正白送的，你管它贵不贵？拿去用吧，我一个人又用不了两套。”

“哦，那谢谢了。”荣锐取出头盔试了试，又放了回去，“先放你这儿吧，等公测了我来你这儿玩，拿去酒店老孙又要说我不务正业了。”

“行啊，你随时过来玩，反正家里的指纹钥匙也给你录了。”

又玩了一把对战，两个人退出游戏各自休息。也许是睡前用脑过度，萧肃做了一个非常激烈的梦，梦中无数丧尸围城，他变成了一只鲛人，被困在一个混浊的水塘里，血淋淋的丧尸围着水塘各种扭曲号叫。通往大海的水路被残骸堵塞，他绝望地看着水面一点点下降，丧尸越来越近……这时，一只黑色大鸟掠过天空，发出清脆的鸣叫。他大声疾呼，然而那鸟离得太远，不一会儿便自顾自地飞走了。

惊醒时外面已经升起了霞光，萧肃头晕目眩，浑身酸痛，半晌才发现手机在枕边“嗡嗡嗡”地振动。他摸到眼镜戴上，打开微信，是方卉慈终于看到了他昨晚发的照片，问他：“这谁啊？”

萧肃回了，方卉慈说：“我说怎么感觉有点儿眼熟，也许是以前在什么商务场合见过吧。”

萧肃问：“方氏和她有什么竞争关系吗？或者咱家和她有没有什么宿仇？”

方卉慈回：“没有啊，在这次巧颜事件以前，我们和无暇没有任何业务交集。我连她是谁都没印象，又怎么可能和她结仇？”

萧肃又问：“妈，你以前去过越南吗？”

方卉慈道：“没有啊。有一阵越南游很火，我和你爸计划过旅行，但后来你爸的病情加重，就搁到一边了。怎么了？”

萧肃："没什么，她是越南人，最近四五年才来的中国。"

方卉慈："那就更没可能结仇了，我们都没有和越南人做过生意。"

萧肃也感到很疑惑，完全想不出洪颖为什么对方家有这么大的戾气，只能猜测是不是昨晚的头脑风暴有点讨论过头，是自己和荣锐想多了。

"你和周伯伯玩得开心吗？打算什么时候回来？"萧肃问老妈。

"还可以，这边的海很漂亮，我们打算今天去潜水……机票订了下周三的，星悦之美那件事你周伯伯必须赶回去签份文件，那边才能开始走下一步的法律程序。"

萧肃回了句"好"便结束了对话，顺便给周三设了个日程提醒。

"伯母回消息了吗？"荣锐洗漱完毕，见他在玩手机便问道。

萧肃把结果说了，他倒是没有什么失望的表情，只说："别急，慢慢查吧，也许还有其他细节我们没有注意到。"

萧肃见他已经换好了出门的衣服，问："这么早走？"

"快八点了，我得赶去市局和老孙会合。"荣锐道，"你吃什么？我下去买点儿早餐给你带上来？"

萧肃昨晚吃得多，完全没胃口，倒是一宿做噩梦，感觉头昏脑涨的："不用，你忙你的，我再睡一会儿。"

荣锐就下楼去了。萧肃闭着眼睛假寐，片刻后听见楼下有手机响，荣锐简短地应答了几句，语气倏然间冷峻起来："我马上到。"

萧肃下意识地觉得不对，起身下楼，问荣锐："怎么了？"

荣锐急匆匆地换鞋，说："张婵娟死了！"

"啊？"萧肃吃了一惊，"怎么死的？她不是在看守所吗？"

荣锐面色阴沉，说："我先去市局了解一下情况，回头再跟你说。"

萧肃忙点头："你快去忙……开我的车去，路上小心点，才下了雪，路滑。"

荣锐拿钥匙换鞋，一阵风似的走了。出了这么大的事，萧肃也睡不着了，靠在沙发上胡乱猜测着——张婵娟被逮捕已经一个多月了，这一个多月里警方对她的审讯一直没有进展。为了保住尤莉，她一个人把所有的罪名都扛了下来，声称女儿对整件事一无所知。但当警方询问是谁帮她处理现场、连夜抛尸、嫁祸给吴星宇的时候，她却缄口不言。

所以，那个向她透露尤刚修改遗嘱、陪她去别墅谈判、给她出谋划策抛尸嫁祸的“神秘人”到底是谁呢？萧肃拿起手机搜索张婵娟的名字，漫无目的地浏览着，倏然间，昨晚和荣锐讨论时的一个关键词跳了出来——变化。

从网上的资讯来看，张婵娟和尤刚一直维持着互惠互利的关系，常年以恩爱夫妻的模样出席各种公开场合，在资本领域更是二人一体、守望相护。那么，仅仅因为一个遗嘱更改，张婵娟又怎么会对磨合了四十年的丈夫痛下杀手呢？是谁促成了这个转变？

尤莉和尤刚的父女感情一直很好，她这些年的事业都是父亲一手托起来的，为什么在尤刚死后她忽然变得冷血无情，还将他抛尸荒野？一个养尊处优的柔弱女子，怎么可能在极短的时间内完成这样的心理剧变？

一个模糊的影子浮现在脑海中，萧肃隐隐觉得，有那么一个人，像幽灵一样周旋在这一家三口之间，蜘蛛一般吐丝结网、蛰伏狩猎，最终促成了整个惨案的发展。

就像对付丁天一和萧然一样。

一道电光闪过脑海，萧肃蓦地想起一个名字——洪颖！

如果洪颖能通过融资接近丁天一，潜移默化地摧毁他和萧然的感情，那她绝对是一个说服力极强且心机极深的人。而她同样也融资了珑州巧颜，差不多在同样的时间段里，成为张婵娟和尤莉的合伙人。

这只是巧合吗？她会不会像蛊惑丁天一一样，也蛊惑了张婵娟母女俩？

萧肃被自己天马行空的想象吓了一跳，一时间也弄不清自己是因为最近事情太多，所以变得疑神疑鬼、草木皆兵，还是因为家中巨变导致第六感爆发，发现了隐藏在迷雾之中的一丝线索。犹豫良久，他给荣锐在UMBRA上发了一条信息："我旧车里发现的那根头发还在你那儿吗？"

荣锐大概在忙，片刻后才回："在，行李箱拉链夹层里有一个证物袋。"顿了一下，他又说，"行李箱的密码是280408。"

居然把行李箱密码设定成"408案"发生的日子，破案的决心够坚定的……萧肃打开箱子，取出证物袋。那根头发就窝在里面，在灯光下微微泛着点儿红棕色。他又打开手机里洪颖的照片看了一下，她的头发也是红棕色。

萧肃进一步肯定了自己的想法，在UMBRA上呼叫伍心雨："在吗？"

伍心雨秒回，发了个海盗兔乖巧的表情："在哦萧老师，我们研究所好惨哦，没有寒假。好嫉妒你和我姐姐，她现在一定在家躺着撸猫，我还要在实验室搬砖。"

女科学家的怨气都要溢出手机了，萧肃发了个小警盾同情拍肩的表情："知道师姐放假了，所以有件事想麻烦一下你——你那儿现在能做DNA谱图吗？"

"可以啊，你要做什么？"

"一根头发。"

萧肃冒着雪赶到研究所，伍心雨已经在门口等他。这么恶劣的天气，"猪精佩奇"同学仍旧保持着一贯的个人风格——精致的黑色蕾丝LO裙上披着一件大红色的羊绒斗篷，戴着大大的兜帽，蓬松的狐狸毛将小脸衬托得雪白标致。伍心雨看到萧肃手里的便当袋子，她开心得双手合十："辛苦你啦萧老师，下着雪还帮我带午饭。"

“顺路的，客气什么。”萧肃以前无法理解这种烦琐浮夸的裙子，现在倒觉得挺赏心悦目的——果然还是要看脸。

两个人在接待室吃午饭，伍心雨摆好餐盒先自拍一张，又开了美颜APP在那儿折腾。萧肃好奇地问：“你吃饭也要给读者直播吗？”

“没有啦，发给荣银大哥的。”伍心雨笑眯眯地说，“他可惨了，大清早被专案组叫去验尸，这会儿还没出实验室呢，我拍张照片发给他安慰一下。”

你确定这是安慰而不是刺激？萧肃对这俩人的脑回路无法理解。说起来，不知道从什么时候起，伍心雨开始对荣银直呼其名了，偶尔还加上“大哥”二字，听起来怪甜的。

“哪个专案组？”萧肃问她，“谁的尸体？”

“就是吴律师的那个案子嘛。”伍心雨说，“荣银说嫌疑人在看守所死掉了。”

原来她说的是张婵娟，萧肃忙问：“荣银有没有说具体是怎么一回事？”

“不知道哦，他很忙，还没时间跟我讲呢。”伍心雨端着餐盒斯斯文文地吃饭，“萧老师你别着急，有什么消息他会在UMBRA上跟我们说的……对了，你说你带了一根头发来，是谁的头发？”

“现在还不清楚。”萧肃说，“我想先做个DNA谱图留存，免得时间长了样品受到损害或者污染……对了，我想问一下，从样品的DNA谱图能推断出主人的国籍吗？”

伍心雨想了想，说：“严格来讲是不行的，人类的祖先通过迁徙和繁衍，DNA发生融合、变异，现在已经很难精确地区分某个人的基因是来自哪个国家、哪个地区。但是呢，有一种微基因检测法，鉴于同一人种或者地区的人类DNA表达往往有相似之处，所以可以给样本的基因做一个百分比量表，推断样本含有哪些地区的人类基因，百分比又是多少。”

萧肃道：“那麻烦你帮我给这份样本也做一个微基因检测吧，我想知道它有没有越南地区的基因表达。”

“好的呀。”伍心雨特别乖巧地说。

饭后，伍心雨带着样品进了实验室，萧肃则在接待室等着。快五点钟的时候，她拿着一个文件袋出来：“萧老师我都做完啦，微基因检测也做了，可惜完全没有检测到越南基因哦。”

“哦？”萧肃感到十分意外，他有些失望地打开量表，只见占比最多的是“中国北方汉族”，整整百分之六十三，其次是百分之二十一的鞑靼族、百分之十一的蒙古族，而越南京族的数值为零。

“你确定这根头发的主人是越南人？”伍心雨疑惑地问，“有没有可能是华侨，或者蒙古族移民之类的？”

萧肃对洪颖的了解仅限于昨晚荣锐的叙述，他摇头道：“我也不是很清楚，回头再确认一下吧。”微基因检测出现这样的结果，只有两种可能，要么就是他想多了，洪颖跟尤刚的案子毫无关联；要么就是洪颖并不是越南人，而是华人移民。

谢过伍心雨，萧肃带着检测结果回了公寓。出乎意料，才六点半，荣锐就已经回来了，正坐在沙发上看资料。

“这么早回来？”萧肃问，“事情都处理妥了？”

“没什么可处理的，有荣银在，解决起来很快。”荣锐的脸色不大好，一副情绪不高的样子，浓眉微微蹙着。

“到底是怎么回事？”萧肃迫不及待地问，“张婵娟是怎么死的？”

“病死的，猝死。”荣锐抹了一把额头，道，“她被捕的这一个多月里身体一直不大好，疲劳、衰弱、无精打采，不过绝大多数嫌犯都有这种现象。加上她本身年龄比较大，所以看守所方面也没有过于重视。大概一周前，她开始出现小面积的皮肤癣，同监的人发现以后怕被传染，便告诉了狱警。看守所的医生看不出个所以然，就按过敏给她治疗了一下，也就抹了点儿药膏什么的。原本还给她开了抗过敏药，但她说自己胃不好，没吃。”

听到这里，萧肃隐隐猜到是怎么一回事。荣锐又接着道：“两天前她突发心悸，晕倒在监室里。看守所的人感觉不大对劲，怕她隐瞒了什么既往病史，于是把她送到下属的医院。谁知住进医院的当晚，她突发心脏病，医生抢救了半宿也没能将她救回来，她就这么死了。”

萧肃完全明白了，沉声道：“所以，她也注射过耶格尔的那个‘毒针’？”

荣锐点了点头：“荣银的解剖已经证实了，她确实注射过和尤刚、吕白一样的抗衰针。你知道，注射过这种针的人需要长期使用各种抗排异药。但她自从一个多月前被捕，就什么药也没有用过。”

“她也被注射者给骗了，没想到自己停了药会死……这个人好歹毒的心啊！”萧肃的心往下一沉，“现在线索全断了，张婵娟一死，我们就永远也弄不清楚当初是谁帮她杀尤刚、抛尸……除非尤莉站出来。但她是不可能站出来的，张婵娟为了保她扛了这么久，把命都搭上了，她又怎么可能自投罗网。”

“除非我们能够发现新的线索。”荣锐目光冷冽，语气低沉，但极为坚定，“张婵娟的死不是意外，那个给她注射的人一早就计划好了要弄死她。所以如果我们能找到这个人，也许能说服尤莉出面为警方做证。”

“可那个人会是谁呢？查尔斯·耶格尔吗？”萧肃困惑地说，“但他根本没有入境记录，没来过中国。”

“所以他在国内肯定有一个‘代言人’。”荣锐道，“他是空壳公司PHOENIX的老板，他的针是由星悦之美代理的，星悦之美背后的老板，除了张婵娟，还有一个洪颖。”

所有线索就像一个圈，绕到最后又回到了洪颖身上。萧肃想起自己上午的头脑风暴，将自己的猜测告诉了荣锐。荣锐听完眉头紧蹙：“你怀疑帮张婵娟母女俩杀人抛尸的那个人就是洪颖？”

“只是一些天马行空的瞎猜，所以我拿那根头发去了伍心雨那里。”萧肃将文件袋递给荣锐，“结论在这儿。”

荣锐打开文件袋快速浏览了一遍，最后将那张微基因检测量表拿出来：“头发的主人没有越南基因？”

“是，所以我也怀疑是自己想多了。”萧肃坐到沙发上，慢慢地摸着额头，“也许这一切都跟洪颖没有关系，只是我先入为主，因为自己的臆想对她产生了一些成见？不知道为什么，这个女人一直给我一种非常别扭的感觉，她的相貌、举止、背景履历……处处都透着诡异，让我联想到某种爬行动物，很冷，很黏，很危险……我没办法解释这种感觉，但你知道，人和其他动物一样，是有本能的。”

“我明白，我理解你的这种困惑。”荣锐没有轻易否定他的想法，反而说道，“人的第六感往往很准，案情发展到这一步，我们不能放过任何一个疑点。至于这份量表，其实越南有很多华裔，二十世纪战乱时代，有很多中国人流离失所，散落在东南亚的一些小国，越南、缅甸……总之，我会对她进行深入的调查，正好现在星悦之美的案子正在进行，我们可以趁机把触角往洪颖的无暇伸一点。”

“好的。”萧肃松了一口气，说，“对了，我妈说她和周律师下周三回来。星悦之美的调查案要进入下一个程序了，周伯伯得回来签一份什么文件。”

“我知道，下午我和老孙已经和调查组的人碰过面了，他们给我们提供了从星悦之美查获的抗衰针样品。”荣锐道，“瑞典PHENIX那边的原版抗衰针我们也已经拿到了，周三之前伍心雨那边应该能得出二者的比对报告。”

萧肃点点头，虽然案情扑朔迷离，但谜底正在一点一点被揭开。虽然揭得极为艰难，但已经比当初什么都摸不到要好多了。

接下来的几天天气一直不好，一到天黑就下雪。荣锐早出晚归，忙得没时间收拾行李去酒店，萧肃索性一直留他住在公寓里，另一方面也方便自己跟进案情。

转眼到了周三，伍心雨的鉴定结果出来了，在星悦之美查获的抗衰针，和瑞典 PHENIX 提供的抗衰针样品，成分和结构基本相同。也就是说，张婵娟、尤刚、吕白三个人，以及陈建国的那只神兽注射的抗衰针，和星悦之美即将上市的产品完全不是同一种东西，是有人给他们三个人注射了可能排异致死的假针。

虽然萧肃和荣锐对此早有猜测，但真正确认后还是有一种石破天惊的感觉。至此，扑朔迷离的抗衰针事件分裂成两个完全不同的案件，一个是单纯的商业案件，星悦之美非法引进没有获得专利许可的“山寨仿制抗衰针”；另一个则是恶性刑事案件，三名受害人被不明人物以“抗衰美容”为名注射了致死的假“抗衰针”。

到底是谁杀了这三个人？查尔斯·耶格尔吗？他为什么要这么做？吕白和尤刚夫妇之间毫无联系，为什么会死于同一种毒药？“408案”惨死的那对夫妇，又和这两起案子有什么关联？

傍晚时分，萧肃暂且抛下满腹疑惑，驱车回了碧月湖的家。今天是方卉慈和周律师回国的日子，他和萧然说好了要在家里办个家宴，给即将开始新恋情的两位长辈接风洗尘。

两个人原定是八点多到家，但刘阿姨的晚餐热了一遍又一遍，周律师的车始终没有回来。萧肃打方卉慈的电话，一开始没人接，后来直接关机了。他再打周律师的手机，也是一样。

时钟指向九点，萧肃直觉有些不安，给航空公司打了个电话。对方确定方卉慈和周律师的航班是按时落地的，周律师停在机场 VIP 车库里的车子也被他本人开走了。按时间推算，他们俩半个多小时之前就应该会到家。

“我去机场看看吧。”萧肃的心一点一点往下沉，脸上还不敢太表露出来，故作轻松地对萧然说，“他们俩不会背着我们去吃情侣餐了吧？”

“谁知道哦，老房子着火，难说……”萧然的脸色也不太好，但心照不宣地没有说出什么不好的猜测，“那我在家等，你去机场，咱们俩随时保持联系，免得走岔了。”

萧肃去车库开车，犹豫了一下，给荣锐打了个电话——虽然他十分希望自己只是虚惊一场，但潜意识却觉得，万一母亲和周律师真的失联了，这件事八成和星悦之美的案子有关。

深夜，天寒地冻，路上的积雪被来往的车辆碾来碾去，全部压成了瓷实的冰溜子。荣锐开着车，小心翼翼地打着方向盘。萧肃坐在他身边，神色凝重，不停地翻看手机。雪天高速公路封闭，至今尚未开放，去机场只能走省道，比平时慢了足有一半时间。萧肃心急如焚，隔一会儿就试着拨打老妈和周律师的电话，然而那头始终提示“对方未开机”。

“还要多久能到？”萧肃问。

“半个小时。”荣锐看了一眼手表，回道。

萧肃知道他已经尽量在赶了，这种路况实在无法开得更快，然而还是忍不住焦虑，将车窗开了一道缝，摸出烟盒点了一支烟。荣锐瞟了他一眼，说：“我还以为你从东非回来以后就戒烟了——这些天从没见你抽过。”

“没瘾，就是累或者烦的时候抽几支。”萧肃心烦意乱，打开交通台听了几分钟，又关了。

“哥，你什么时候学会抽烟的？”荣锐忽然问他。

“很早了吧，十几岁的时候。”

“为什么抽烟？”他又问，“你爸妈不管你？”

萧肃脑海中闪过十几年前零碎的记忆，长久以来压抑的阴影又悄无声息地飘了过来。他沉默了一会儿，淡淡地道：“抽着玩的，没有瘾，我妈就不管。”

“哦。”荣锐欲言又止，顿了一会儿，忽然道，“我总觉得你有心事，很深沉的那种。”

萧肃哑然，荣锐的洞察力极犀利。他知道，荣锐一直试图调查他、刺探他，为此甚至设法住到他家里来。但有些事情，他不想说。

至少，现在还不是时候。

车子驶出省道，已经能够远远看到机场的航站楼。将近午夜，接机大厅里人已经很少了，萧肃去咨询台查了航班号，和电话里问到的一样，方卉慈和周律师傍晚六点多落地，之后便驾车离开，车子驶出停车场的时候不到六点半。也就是说，即使高速公路关闭，走省道，晚上八点半他们也应该到家了。

萧肃打电话给萧然，得知方卉慈仍旧没回去。他又打电话给周律师的秘书，周律师没在律所，家里的座机没人接，直接转到了自动应答。他们两个人就好像凭空消失了。

“能报警吗？”萧肃开始真正怀疑他们出事了，“是不是不到四十八小时不能立案？”

“也不一定，要看情况。”荣锐道，“周律师涉及一宗即将公诉的商业诈骗案，忽然失联很不正常。你等等，我去给老孙打个电话。”

荣锐去一旁给老孙汇报情况，萧肃心乱如麻，暗暗责怪自己太大意，这些天他只想到让公司保镖保护萧然，完全忽略了老妈和周律师。早知道今天下午他就该亲自带人来机场接他们。

几分钟后，荣锐打完电话回来，对他说：“太晚了，老孙先让人去追踪他们俩的手机信号，暂时还不能调动人员进行大规模搜查，得等搜索的结果出来。”

萧肃看看表，已经快一点了，一时间也不知道该怎么办。继续待在机场仿佛没什么用，回家……不能回家，老妈还不知道在哪儿，他有什么脸回家？

“这样，我们先沿省道慢慢走两遍，看能不能发现什么异常。”荣锐建议道，“你给公司保安部打个电话，让他们多派几辆车出来，我们分段找——从机场到市区的省道，全长也就八十多公里，一寸寸搜总能找到线索。”

“对对。”萧肃被他一说振作了，忙按他说的给公司保安打电话，又给萧然打电话，将事情一五一十地交代清楚，让她坐镇家中，负责进一步的人事调动。萧然的性格他清楚，什么也瞒不住，再说这也不是瞒的时候。

一切安排妥当，两个人再次出发，沿着省道仔细搜寻起来。冬夜寒冷刺骨，暖气已经开到最大，寒气仍然从脚底往上钻。萧肃怕因自己近视看漏了什么细节，不敢关车窗，脸都冻麻了。还好荣锐出门时围了条围巾，解下来硬给他裹上，稍微阻挡了一点寒意。

后半夜又下起了大雪，气温骤降，呵气成冰。萧肃抽光了所有的烟，喉咙肿得说不出话，头也有点闷疼。快五点钟的时候，老孙的电话终于来了，他们查到了方卉慈的手机信号最后消失的地方——离机场二十公里远的一个岔路口。那个路口他们路过了两次，萧肃记得很清楚，连忙通知公司的车赶过去，自己也和荣锐飞车前往。

曙光隐隐升起的时候，他们终于找到了周律师的车。深蓝色的卡宴斜在离岔道口几公里远的一个港湾式临时停车点，里面空无一人，后备厢里的行李不见了，现场只留下方卉慈的一只高跟鞋。萧肃早猜到事情不妙，但看到这个场面的时候还是脑子一炸。幸而荣锐比较淡定，让跟过来的司机和保安全部散开，不要破坏现场痕迹，随后正式替萧肃报了案。

“去车里等吧。”荣锐拉萧肃的胳膊，“外头太冷了，你穿得又这么单薄，要是病了，这么大的事处理起来连个拿主意的人都没有。”

萧肃的脑子仿佛被冻住一般，执拗地站在雪地里不动：“周伯伯为什么要在半路停车？有人追他？有人胁迫他？他们的行李呢？”

荣锐拿他没办法，只得说："车胎瘪了，车子应该滑行了一段路，周律师不得不把它靠边停在港湾里。雪下得太大，很多痕迹都被掩盖了，得等警方的勘验人员过来……哥，咱们回车上行吗？你在这儿站着也没有用。"

萧肃往下一看，果然车的右前轮爆胎了。他想过去看看为什么会爆，被荣锐阻止了："别去，别破坏了现场。"

保安经理送了一袋热饮过来，荣锐硬把萧肃拉回车上，并开大暖气："喝点东西，你这样熬不住的。等会儿警方到场还要问话……萧然大概也要来了。"

经热风一吹，萧肃慢慢回过神来，只觉得头痛欲裂，嗓子干哑，接过雪梨汁一口气喝下半瓶，揉了揉脸："我没事，只是……一定是丁天一那个人渣！"

荣锐还从没听他骂过人，等他平复了一下，才道："哥，你冷静点，先不要做无谓的预设，否则会影响你的思维判断。"

"不是他还会是谁？周律师就是为了他的案子赶回来的。"萧肃摸到烟盒，发现已经瘪了，愤恨地丢在一旁，一向淡漠的面孔上流露出一丝罕见的戾气，低声道，"他敢动我妈一根汗毛，我让他死无全尸！"

他天生一副温文尔雅、金尊玉贵的模样，平日里即使生气也不过竖一竖眉毛。此刻眼镜片下的双眸倏而爆发出凛冽的杀意，仿佛忽然间揭去压抑的伪装，流露出与生俱来的锋利。

然而那锋利转瞬即逝，顷刻间他便垂下眼睑，痛苦地捂住额头。

"怎么了？头疼？"荣锐发现他的颧骨有些发红，轻轻摸了一把他的额头，竟烧得烫手，"你发烧了？什么时候开始的？"

萧肃摇头不语，从手套箱里摸出一个小药格，就着雪梨汁吃了几颗药片。荣锐疑惑地问："这是什么？药不能乱吃，一下子吃这么多……"

“布洛芬，复方氨酚烷胺，都是治感冒的……我太累了，眯一会儿，警察来了叫醒我。”萧肃敷衍地解释了几句，放低座椅靠背，竖起衣领将脸埋在里面，闭上眼睛不再说话。荣锐找了张湿纸巾，用雪水浸湿了，暖到微温，轻轻地敷在他的额头上。

萧肃没有睁眼，只微微勾了一下嘴角，说：“谢谢。”

“睡吧。”荣锐开了音响，放一首他最喜欢的巴赫G大调序曲，眼睛望向窗外铺天盖地的大雪，眼神幽深而锋利。

一个小时后，萧然先赶到，跟她一起来的还有一个膀大腰圆的保镖。萧肃小憩片刻，高烧退去，脸色稍微好了一点，先前那种焦虑激愤的情绪被彻底隐藏起来，像平时一样柔声劝妹妹：“别着急，警方马上就到了，也许他们因为爆胎去附近的村子先住下了。这么大的雪，偏僻地带手机信号不好，听说还有好几个地方停电了。”

萧然何等聪明，第一时间便猜到是丁天一干的，柳眉即刻竖起来：“不会是姓丁的搞鬼吧？哥，这个节骨眼也太寸了，周伯伯提前结束休假回来，就是要签他公司那几份调查文件的，结果前脚下飞机后脚人就失踪了……该死的！我们太大意了，昨晚应该叫公司保安开车去接妈和周律师的。”

到底是兄妹，连想的都一样。萧肃轻轻地摸了摸妹妹的头发：“别慌，然然，公司那边还要靠你盯着，妈这边就交给我，咱们一定要稳住。”

说话间荣锐过来，将一罐热咖啡递给萧然：“是啊，不要急，事情还没弄清楚，别自己乱了阵脚。”

萧然认得他，见哥哥身边有帮手，略微放心了些，接过咖啡道：“谢谢你荣先生……你也是靖大的老师？”她上下打量了荣锐一番，感觉荣锐比自己还小一点，又犹豫道，“还是我哥的学生？”

荣锐摇了摇头，但没有详细解释。这时，警方的人赶到了，在现场周围拉起了警戒线。之后勘验人员进场，开始拍照取证。老孙是跟警车一起过来的，整个人裹在一件长长的羽绒服里，怀里还抱着另一件羽绒服，一见面就丢给荣锐：“记得买新的给我，最好再带双鞋。”

荣锐不理他，将羽绒服抖开递给萧肃：“穿上它，感冒别加重了。”又向他介绍，“老孙，孙之圣，你们在东非已经见过了。”

孙之圣叫“老孙”，其实并不老，恐怕比萧肃还要小一两岁，也就二十四五岁的样子，只是他整个人都透着一股老成持重的气质，一看就相当可靠的那种。萧肃跟他握了握手，孙之圣慢条斯理地说：“别急，我今天在这儿盯着，争取尽快把事情弄清楚。”

“辛苦您了孙处长，麻烦您这么冷的天还跑一趟。”萧肃感激地说，同时发现他身上那件羽绒服和自己裹着的一模一样，于是终于知道荣锐买衣服的手法是跟谁学的了。

“叫我老孙就行，不用这么客气。”老孙摆摆手，四平八稳地钻进警戒线，和勘验人员攀谈起来。荣锐叫萧肃上车去等，自己也跟着钻了进去。

十点多的时候，荣锐回到车上，对萧肃说：“弄清楚了，是有人在路口附近的雪地里放了钉带，雪化成水，温度降低之后又上了冻。天太黑周律师没看清，车子右前轮从钉带上轧过去，爆胎了，滑行了一段路之后才慢慢稳住，开进了港湾式停靠点。”

“钉带？”萧肃感到匪夷所思，“这是省道，哪里来的钉带？”

“应该是有人故意放的。”荣锐道，“以前冬天下大雪的时候也有人这么干过，趁爆胎打劫过路的车辆，还伤过人。不过这些年电子支付盛行，抢不到现金，已经不大有人这么干了。”

“能查到是什么人干的吗？”萧肃问。

“已经让人去查有前科的人了，干这种事的一般都是住在附近的人，对天气和地形比较熟悉，惯犯。”荣锐回答，“勘验在附近找到了一些可疑的车辙，正在通过附近的监控排查可疑车辆。”

听上去事情已经有进展了，但……萧肃看看表，离老妈和周律师失踪已经超过十二个小时，这样的天气，这样的环境，再加上对他们下手的可能是丁天一这种因为面临破产而丧失理智的危险分子，现在流逝的每一个小时，对他们来说都意味着无法想象的灾难。

绑架案的黄金救援期是七十二小时，他们剩下的时间不多了。

勘验告一段落，孙之圣带萧肃进了现场："萧老师，我们根据现场情况还原了一下昨晚的事发过程，大概是这样。"他指着机场的方向说，"你母亲和周律师昨天傍晚六点二十三分离开停车场，行驶到这里大概是七点钟左右。周律师那辆卡宴轧到钉刺带，前轮爆胎，不得不拐进这个港湾式停靠点。"他掏出一部被证物袋装着的手机，接着说："七点过五分，你母亲用导航搜索了附近的汽修厂。七点过八分，她打给最近的一家叫'奥奔宝'的汽修店，让他们派个人过来帮车子换胎。"

萧肃认识那部手机，大红色，还是母亲节那天自己送的。当时老妈很喜欢，折腾到半夜把数据从旧手机上倒过去，就为了第二天能带去上班。

一转眼，物是人非。

"修车店的人过来了吗？见到她没有？"萧肃抱着一线希望问。

孙之圣答道："我们已经跟店里核实过了，他们昨晚确实接到了报修电话，当时老板派了个修车工过来，大概是七点半到达的。但那个工人并没有见到打电话的人，只看见车停在路边，手机又打不通，以为车主等不了，另外叫车走了，就自己回去了。"

萧肃一阵失望。孙之圣又继续说："我们昨晚搜索过你母亲的手机定位情况，信号是在七点十五分消失的。也就是说，有人在那个时间点关掉了手机。所以现在基本可以确定，他们在打完报修电话后的几分钟之内就遭到了劫持。"他示意萧肃跟自己走到卡宴车旁边，指着打开的左前门说，"他们应该是被人强行带走的，司机的安全带挂在手刹上，没来得及整理好。还有你母亲的鞋，水晶扣被扯掉一半，可能是有人抓着她的胳膊把她从车里拖出来，结果鞋子卡住了。”

萧肃一阵热血上冲，几乎能想象出母亲挣扎呼救的样子。孙之圣仍旧一脸平淡，语气沉稳，点了点车门旁凌乱的痕迹，说：“昨晚七点多还没开始下雪，路面上全是冻硬的冰溜子，这些拖痕应该就是他们被拽下来的时候鞋子刮擦形成的。后来下了雪，痕迹被盖住，刚才勘验人员进行了处理，证明其中有你母亲和周律师的脚印。”

萧肃看着被薄雪覆盖的刮痕，耳边依稀响起母亲痛苦的尖叫，紧紧攥着拳头，掌心都掐出了血，咬牙问道：“那劫持他们的人呢？留下脚印没有？”

“有，勘验已经取样了，正在和库里的档案进行比对。如果是惯犯，很快就能锁定身份。”

萧肃质疑道：“你们确定是惯犯做的？荣锐刚才说，这些年电子支付盛行，已经好几年没出过这种事了……还有钉刺带，这玩意儿冻在地上，来往的车辆那么多，为什么偏偏就只扎破了周律师的轮胎？”

“因为出事以后，周律师给钉刺带的前方立了夜光路障。”孙之圣说，“凶手应该是在他们到达前不久放的钉刺带，傍晚六七点气温正在迅速降低，二十分钟内就能冻瓷实——所以就这么寸，只扎破他们这一辆车的轮胎。”

萧肃不相信有这种巧合，喃喃道：“太巧了，一切都像是算计好的，一定是有人查到了他们的航班号，算好时间给他们制造陷阱。”

孙之圣沉默片刻，说：“不错，周律师是举报星悦之美的当事人，他这一失踪，相关部门的工作步调势必全被打乱，调查进程可能要拖延三四周，对星悦之美和它的上线无暇来说非常有利。”

萧肃点点头，他却又说：“但警方的怀疑也没错，后备厢的行李不见了，还有当事人身上的首饰、财物，都是一笔不小的金额，不能排除有人图财绑架……所以萧老师，咱们要有两手准备，你和你妹妹要时刻注意自己的联系方式，看有没有人索要赎金。”

案发到现在已经过了十二个小时，哪有劫匪绑架人这么久还不要钱的……萧肃摇摇头，说：“没有，我们都没有接到要钱的信息。”

说话间，荣锐从警车那边跑过来，说：“鉴定结果出来了，是薄荷巴油、玫瑰香精和氢氧化钠，还有其他更复杂的，得带回实验室去检验。”

萧肃一头雾水地问：“什么氢氧化钠？”

“现场勘验在车里找到的一些粉末。”荣锐解释道，“带走伯母和周律师的人身上沾染着一些化工原料，已经确定的成分有三种，其他的还要再验。”

萧肃精神一振：“玫瑰香精和薄荷巴油？那是护肤品常用制剂，加上氢氧化钠……会不会是制皂厂？做香皂会同时用到这三种原料！”

“我这就去查。”荣锐立刻转身走了。

中午的时候，调查结果出来了，这附近居然有十几家制造手工精油皂的厂家，还不包括没有注册在案的黑作坊。原来早在十几年前，手工精油皂在淘宝兴起，销量每年以几何级数增长。因为这一片以前有很多小日化厂，加上交通便利，渐渐就形成了一个小型手工皂集散地。那些在淘宝和微商平台上成交量极为可观的所谓的独立品牌、大牌A货、海淘品等等，倒有六七成都是从这些山寨小厂流通出去的。

荣锐统计了十几家代工厂，找了张本地地图一一用红笔圈出来，对萧肃说：“太多了，从这里到这里，分布了这么多小厂子，一个一个去找得花不少时间。”

萧肃从昨晚到现在已经有二十四个小时没吃饭了，全靠一点精神头撑着，看地图的时候脑子都有点转不过来，半晌才叫萧然："然然，你从公司调一些人，让他们和警方的人配合一下，按这个名单去一家家走访。如果发现有空置的、人烟稀少的，或者有可疑的人出没，马上给我打电话。"

萧然之前一直在和警方交涉，配合录口供，此刻也是一脸倦色，点点头便哑着嗓子打电话去了。

荣锐又对萧肃道："这些只是注册在案的小工厂，另外还有很多黑作坊，连工商部门都弄不清底细，得去村子里一一走访排查。"

萧肃的腿一阵阵发软，慢慢挪到车上坐下，说："这样不行，大海捞针，得先做排除法……这些厂子有没有和巧颜、无暇、星悦之美有商务往来的？有没有丁天一以前的供货商？"

荣锐道："我翻一翻星悦之美以前的账目表。"

萧肃"嗯"了一声，靠在椅背上，疲惫地闭上眼睛。荣锐摸了摸萧肃的额头，探查到他仍然在发烧，但没有早上那么烫了。萧肃挡开他的手，摇了摇头说："我没事，我的抵抗力差，感冒了总是反复低烧，已经习惯了。"

"吃点东西吧？萧然的秘书给你带了牛肉粥，是刘阿姨做的。"荣锐将保温桶打开，倒了碗粥递过来。萧肃毫无胃口，却还是强迫自己全喝了，抱歉地道，"让你陪我耗着，从昨天到现在连觉都没睡。"

荣锐抱着保温桶喝剩下的粥，左手还不停地翻着手机里的报表："我不困，两三天不睡觉对我们来说是基本专业素质。"

"你们？老孙也这样吗？"萧肃看看外头抄着双手和刑警交谈的孙之圣，有点不可思议——论身材，老孙和自己差不多，不高也不壮，裹在羽绒服里像没分量似的，说话办事也是慢条斯理，一点儿也不像是刑警处长。

"老孙是我们的标杆，每次考核他的成绩都是以满分算。"荣锐道，"论体能，整个行动组只有我和他可以一战。"

这么厉害？萧肃看着他平凡的面容、平凡的表情，实在难以想象这样一个平凡的人是怎么成为标杆的，真是人不可貌相啊！

“你再睡一会儿吧，报表太多了，我还要一些时间才能查完。”荣锐吃完饭，振作了精神，“发现新情况我会马上叫醒你的。”

他做事总是有条有理，精力充沛，有这么一个人在身边，仿佛天大的事情也没有那么可怕了。萧肃调整呼吸让自己放松下来，靠在椅背上假寐。片刻后，耳畔响起悠扬的大提琴声，他不知不觉沉入梦乡。

下午两点多，萧然从方氏调来三十多个员工，和警方的人分工合作，排查附近的日化厂和小作坊。和荣锐说的一样，这附近几个村镇上的黑作坊多得不得了，而且因为玫瑰手工皂特别畅销，所以几乎家家都有用到玫瑰香精。所幸傍晚六点多的时候，警方的鉴证人员终于在现场收集的化学品里检验到了一种比较少见的成分——当归香精。

当归的气味比较独特，以前很少有人用它来做精油皂，但前些年中药养生的概念流行起来，所以网上出现了人参皂、当归皂之类的，卖得还挺火。不过它终究算是小众皂，所以制作厂家并不太多。荣锐将经营产品名录中含当归皂的厂家筛选出来，和自己查到的跟星悦之美有关的名单进行比对，确定了两个可疑对象。八点多的时候，一个方氏的调查员打电话回来，说他在一家小作坊里也发现了当归皂成品。

现在，嫌疑最大的就是这三个地方了。

夜幕降临，大雪初霁，漫天星光映着绵延无际的白雪，让人恍惚间有一种身在凌晨的错觉。萧肃下午睡了一觉，晚上精神尚可，和荣锐开车跟着警方的人去其中一个嫌疑厂家——彩霞制皂工作室。

这是一家中等规模的手工皂制造厂，老板是本地人，租了一个倒闭的洗衣粉厂做工作室。生意看上去并不怎么好，门口的广告灯牌黑了一半，也没有及时修理。警察表明来意，门房将老板叫来说话。老板是个四十出头的中年男人，五大三粗，满脸横肉，但眉宇间有股子丧气劲儿。

听说警方是来查绑架案的，他眉毛都没掀一下，说："我这儿就这么大点地方，哪里能藏什么人，你们随便搜。"

警察里里外外检查了一遍，这个厂子确实不大，前后三个车间，每个都只有百来平方米大小。后院有一个临时搭建的小库房，里面堆满了积压的产品，没有地窖，也没有阁楼，整个厂子几乎一眼能望到底，实在不像是能藏人的地方。

萧肃在外头的车上等着，他之所以坚持跟着这一路人马，是因为这个老板近半年来一直断断续续和丁天一的公司有合作，给他们提供一种美容院专用的中药生发液体皂。而且他还有一个表弟，据民警走访调查，正好在珑州一家什么公司打工。萧肃直觉那家公司不是星悦之美，就是珑州巧颜。

正焦急等待，荣锐从厂里出来，对着他摇了摇头："没有，里里外外都查遍了，没有能藏人的地方。"

萧肃失望极了，内心的焦虑越发浓重："他们会不会还有别的分厂或者仓储？这儿离镇子很近，他们抓了人不一定藏在这么繁华的地方……老板名下还有其他地产吗？"

"只有一套单元房，在镇中心，更繁华。而且他全家老小五口人都住在里面，我觉得应该不会用来藏人。"

萧肃揉了揉脸，正要下车，忽见一个人头在远处的断墙边一闪。星光映雪，正好反射在他脸上，五官看得一清二楚："那不是老板的表弟吗？邻居说在珑州打工的那个！"

荣锐顺着他的视线看去，那个人一下子把头缩了回去。萧肃的心跳加快，匆匆道："今天周四，又是年底，他忽然回来干什么？"

他一边说着，一边打开车门跳了出去。

“哥！”荣锐吓了一跳，拔腿跟上他朝着那个人跑去，同时大喊，“王玉麟！站住！”

萧肃跑了两步便胸口发痛，耳边疾风一闪，荣锐已经如风一般卷到前面，一个飞扑就将那人压倒在地。

难得萧肃四百度的近视眼，在这么关键的时刻居然没看错人。在断墙后窥视他们的年轻人叫王玉麟，正是“彩霞制皂工作室”老板的表弟。荣锐将他逮住后他还努力挣扎了几下，一个劲儿地大叫：“你们干什么？你们抓我干什么？”

“你跑什么？”荣锐反问道。

“你们追我我才跑的，我怎么知道你们是不是坏人！”王玉麟的目光闪烁，不时地瞟向制皂厂大门。这下连萧肃这个外行人都看出他心里有鬼了——刚才明明是他先跑，自己才去追的。

荣锐却没有戳穿他，只问：“你来干什么？为什么躲在断墙后面偷看？”

“我来自己家的制皂厂看看怎么了？犯法呀？”王玉麟结结巴巴说，“大半夜来了好些警察，我好奇看看不行吗？”

荣锐道：“刚才不说怕我们是坏人吗？现在又知道是警察了？”

王玉麟语塞，支支吾吾说不出话来。荣锐又问：“你在珑州打工，不过年也不过节的，这么远跑回来干什么？”

“想回家就回咯，还要跟你们警察打报告啊？”王玉麟梗着脖子说。荣锐犀利的目光盯着他的眼睛，表情是前所未见的凌厉。王玉麟在他的注视下瑟缩起来，眼珠子四下乱转，就是不敢看他的脸。

顿了一下，荣锐忽地道：“人藏哪儿了？”

“什……什么人？”

“老实交代！”荣锐冷声道，“这是你最后的机会了！王玉贵一旦落网，你以为你躲得掉吗？他可是三进宫的老手，到时候全推到你身上，你至少得在号子里待上十几年！”

王玉麟一听王玉贵的名字，脸色立刻变了，讷讷道：“谁？王……王玉贵？他……他怎么了？”

“先操心你自己吧，他这回重操旧业、数罪并罚，恐怕得蹲到退休了。”荣锐沉着脸说，“说！你们俩谁是主谋，谁是从犯？”

王玉麟的脸色变化不定，肥厚的嘴唇嚅动了几下，刚要开口，荣锐忽然拔高音量，一声断喝：“想好了再说话！”

王玉麟猛地打了个哆嗦，被自己的口水呛到，梗着脖子咳了半晌才说：“我什么都不知道！都是王玉贵，王玉贵说最近手头紧，打算重操旧业，跟我打听那俩人的行程……不不不，我什么都不知道，我就提了那么一句，我怎么知道他真上心了，非拉着我一起干……”

荣锐紧绷的脊背几不可察地松了一下，扭头对萧肃道：“去把老孙他们喊出来，说人抓着了，已经吐口了。”

兔起鹘落，连抓人带审讯不过短短三五分钟。萧肃全程呆滞脸，根本没听懂他在说什么，好在最后这句总算听懂了，连忙跑进制皂厂去喊人。

当警方将王玉麟收押，询问他藏匿地点、作案动机的时候，萧肃终于明白荣锐的那番话是什么意思了——他下午看过警方筛选的拦车抢劫惯犯名单，后来又看了“彩霞制皂工作室”的材料，发现制皂厂老板的表弟王玉麟和一个叫王玉贵的惯犯是同一个镇子的人，甚至还住在同一条街道上。乡镇地方小，亲戚们惯常住得比较近，再加上他们俩的名字明显是按同一个族谱取的，荣锐立刻怀疑他们俩是亲戚，可能还是堂兄弟。

所以当萧肃发现王玉麟在制皂厂旁边窥探的时候，他第一时间将这些线索拼凑起来，趁着王玉麟六神无主的时候狠狠地诈了他一把。没想到这小子是个菜鸡，一听王玉贵的名字就信了，一口气把所有事情都招了出来。

萧肃对“小警盾”佩服得五体投地，这么天马行空的主意他是怎么在电光石火间想出来的？自己那个时候连气都还没喘匀呢！

萧肃坐在车上给“小警盾”默默点赞，心急如焚地等待着审问结果。也不知道过了多久，荣锐从不远处的警车上下来，走到他跟前说：“都审出来了。”

原来王玉麟真是珑州巧颜的员工。前一阵星悦之美被查，抗衰针项目停顿，珑州巧颜受到了很大影响，连最后一个季度的绩效工资都没有发出来。珑州巧颜员工的基本工资很低，全靠绩效工资和年终提成，这么一来王玉麟和他的同事们几乎等于是全年白干了。大家都气得不行，派了几个代表去找公司领导谈判，当时接待他们的是丁天一的助理。

助理说公司被一家律师事务所咬上了，马上面临诉讼。如果一旦开庭，很可能会倒闭，别说工资了，连遣散费都发不出来。众人群情激奋，问他是哪家律所。助理说了，还说律所负责人周三晚上六七点会从国外度假回来，周四上午就会去签字，到时候公司就全完了。不过他话锋一转，又说丁总和洪董正在想办法，只要能避过这个风头，就能想办法打通关节，让相关部门偃旗息鼓。所以现在最大的问题，是如何阻止周律师周四签字。

王玉麟当时也是一筹莫展，这种事他们这些底层员工能有什么招？那些律师、董事长、总经理之类的大人物，他们连人家的门朝哪儿开都不知道，又怎么去阻止人家签字？难道要像民工讨薪一样拉上横幅去法院门口请愿？那不是作死吗？

当天晚上正好他隔房的堂哥王玉贵来珑州找他。这货以前因为拦路抢劫被抓过，好在数额不大，只蹲了几年就被放了出来。可是因为有了前科，工作特难找，所以这次想让他帮忙在珑州巧颜找份临时工干干。

俩人聊起这件事，说者无心听者有意，王玉贵当天晚上没吭声，第二天早上忽然对他说，自己有办法让周律师签不了字。王玉麟一听很高兴，问他打算怎么做。王玉贵却让他先跟丁天一的助理去谈条件，甭管自己怎么做，事成之后要一笔钱，还要一份体面的正式工作。

丁天一的助理自然愿意，跟上级请示一下后就同意了。原本他还想让王玉贵先说说计划，后来被他们丁总阻止了。丁天一说，王玉贵又不是什么有权有势的人，八成想不出什么正经主意，公司只管答应他的要求就是了，他怎么干是他自己的事，公司不要牵扯过深。

然后，王玉贵就重操旧业，带着堂弟王玉麟，在昨天晚上把周律师的车给劫了。

“就这样？”萧肃惊叹不已，原以为这件事背后有多么阴险复杂的幕后故事，没想到居然是两个小喽啰的手笔！

可能吗？萧肃隐约觉得这件事太玄、太巧，但不管怎么样，重大线索出现了，只要抓住王玉贵，去藏匿点把周律师和方卉慈给救出来，其他的一切都可以以后再说！

事不宜迟，离绑架案发生已经整整三十个小时了，警方从王玉麟口中得知了藏匿地点，分了一组人去抓王玉贵，剩下的全赶去救人。萧肃和荣锐仍旧开车跟着大部队，穿过镇子往西走了两公里，到达一处废弃的厂房。这里以前是个塑料化工厂，后来靖川市整顿环保，强行关停，就荒在了那儿。彩霞制造工作室去年接过一个大订单，为了扩产租了这儿一年，后来订单没续上，就暂时关着没用了。

王玉麟用随身带的钥匙打开生锈的铁门，说：“人就关在一车间三层的操作室里，我们没怎么着他们，吃的喝的都是按时送的。”

“里面还有没有你们的同伙？”荣锐问道。

“雇了两个村里的后生，不过他们什么都不知道。”王玉麟哭丧着脸说，“王玉贵不让我跟他们说实话，骗他们说这俩人欠了他朋友的钱，只是抓来吓唬吓唬的。”

越是偏远地带，法盲就越多，这大概就是无知者无畏吧。

带队的刑警轻轻推开大铁门，和四个手下悄悄摸进厂里。萧肃心急如焚，想跟着一起进去，却被老孙拉住。孙之圣做了个噤声的手势，小声说："危险，你不能进去，让荣锐去吧。"

荣锐点点头，给了萧肃一个"放心"的眼神，从腋下取出手枪，握在身侧闪进了大铁门里。

每一秒都像一辈子那么长，萧肃连着快四十个小时没正常休息，整个人都是飘的，大脑却异常清醒。也许是因为亢奋的缘故，他的耳朵变得特别灵敏，仿佛能捕捉到静夜里最细小的响动。

一阵杂沓的脚步声，然后是撞门的声音，里面的警察高声厉喝，夹杂着几声痛呼，然后一切归于平静。

"没事，王玉麟应该没撒谎。"孙之圣仍旧一副慢条斯理的模样，对萧肃说，"就俩人，解决起来很快，他们马上能带着你的母亲和周律师出来了。"

萧肃点了点头，悬了一天两夜的心微微放下一点。然而脑子里总觉得绷着一根弦，好像有什么地方不大对劲。

忽然，半掩的门缝里闪过一丝红光。萧肃还没反应过来，孙之圣忽然变了脸色，拔腿就往门里冲："火！"

火？萧肃的脑子一炸，不管三七二十一，推开守在门口的警察，跟在老孙身后冲进了厂里。一栋破旧的砖混车间伫立在庭院里，前面的花园里堆着干枯的野草，草丛中散乱地放着一些盛化工原料的塑料桶，上面稀稀拉拉盖着积雪。一层的窗户破了一半，里面闪烁着令人恐惧的红光，滚滚浓烟正从破碎的窗户里疯狂地蔓延出来！

先前进去的警察正押着两个年轻男人从着火的屋子里往外跑，荣锐断后，一出来便大声喊："打火警电话！里面不知道为什么着火了！"

萧肃惊得手都抖了，飞快地从兜里掏出手机拨打火警电话，却发现嗓子哑得说不出话来。荣锐一把将手机抢过去，飞快而精准地报出方位，拉着萧肃就往门口冲：“后退，这儿全是干草，火会烧过来的！”

萧肃一颗心提在嗓子眼，猛地挣脱开他，往楼上大喊一声：“妈！”

噼里啪啦的燃烧声中依稀传来一道人声，太微弱，连男女都分不清。萧肃不管不顾地要往火场里冲，荣锐一把将他拦腰抱住：“别去！消防队马上来了！火势暂时蔓延不到三楼……”

“妈！我妈在里头，我听见她的声音了！”萧肃嘶声大喊，拼命挣扎，但完全抵不过荣锐的力气，慢慢被他拖到了门口。

“我去！我去看！你答应我，站在这儿别动！”荣锐死死地抱着萧肃，大声道，“车间外面有消防梯，我带一个人上去，应该能把他们弄下来……哥！你听懂我说什么没有？你答应我站这儿不动，懂吗？”

萧肃心跳如擂鼓，说不清是紧张、愤怒还是恐惧，筛糠似的抖个不停。他在荣锐巨大的声音中回过神来，整个人仍旧是呆滞的，满脑子只回荡着一个声音——我妈还在里面……

混乱间，他终于点了点头：“我……我听你的。”

荣锐转身往着火的车间跑去。

车间一共三层楼高，除了内部的楼梯，北面外侧还有一道生锈的铁制消防梯。因为年久失修，下半截已经断了，只有二楼到三楼的一段还连着。一层的火才刚烧起来，还没有蔓延到二楼，但烟已经飘上去了。消防队要一刻钟后才能赶到，谁也不知道被困在里面的人能不能撑那么久，会不会先被浓烟呛死。带队的老刑警怕人质出事，派了个年轻的手下跟着荣锐，让他们从北面外侧的消防梯爬上去。

荣锐的身手极好，加速跑，轻轻一跳便抓住了消防梯断裂的下端，一个屈体爬了上去。年轻人等他上了一段才跟上，动作明显不如荣锐轻巧迅捷。

大门口，萧肃茫然地看着冒火的厂房，在短暂的呆滞过后倏然清醒过来。他虽然答应过荣锐不靠近火区，但一想到老妈还在里面，又怎么忍得住？微喘了一口气，他也冲了进去。

万幸冬日里刮的是北风，北面的烟火相对比较小，萧肃不敢离得太近，就站在绿化带外，提心吊胆地看着荣锐爬上三楼，用衣袖垫着手清理破碎的窗玻璃，随后向下面的年轻人打了个手势。

“人没事，在里面。”孙之圣不知何时走到了萧肃身边，给他解释，“他要进去救人，让那小伙子留在外面接应。”

几分钟的工夫，一楼的火势已经大了起来，二楼隐隐能看到橙红色的光。萧肃心惊胆战，四下观望，喃喃问道：“怎么烧得这么快……车间里会不会有什么危险品？这里以前是化工厂，有没有存放什么化学试剂？”

孙之圣说：“已经跟王玉麟的表哥核实过了，没有，一楼就一些桌椅、柜子，二楼和三楼都是空的。”

萧肃略微放心些，没有可燃性试剂，水泥房子烧不起来，等一楼的桌椅烧完也就差不多了。说话间，荣锐已经从窗户里钻出来，肩上扛着一个人，裹着一件灰色男式呢大衣，但看身形并不高大，更像是女人。

“妈？！”萧肃大声喊道，然而那个人趴在荣锐的肩头一动不动，仿佛已经失去了意识。

怎么会？火势才起来这么一会儿，烟又不大，她怎么可能昏过去？萧肃惊疑不定，就见荣锐将人交给在下面接应的小伙子，转身又钻进了窗户里。小伙子扛着人沿铁梯往下爬，一步一步异常沉重。他堪堪爬到最下面，忽听“咔嚓”一声，梯子从中间断了，两个人同时失足摔了下来。

“啊！”萧肃惊叫一声后冲了过去，众人也跟着冒火跑近，将两个人连拖带拉地弄到安全地带。所幸楼下是绿化带，野草无人打理，长了有半人高，起到了很好的缓冲作用。那小伙子一点事儿都没有，只一个劲儿地问："人质呢？人质没事吧？"

萧肃颤抖着打开呢大衣的衣领，果然是方卉慈。只是不知道为什么，她完全没有意识，连呼吸都极为困难。萧肃探了探她的鼻息，又趴在她的胸口听了听心跳，一个可怕的猜测浮上脑海。

正在这时，刺耳的警笛声骤然响起，消防和急救同时赶到。一大群消防员冲进来，两名急救员大声问："伤员呢？受伤的人在哪儿？"

"这儿！"萧肃连忙将方卉慈抱起来，放到他们抬过来的担架上，急匆匆地道，"她已经昏迷了，应该是香樟树花粉过敏！她有严重的过敏症，接触少量就会呼吸道肿胀，导致窒息……"

"香樟树花粉？哪儿来的香樟树花粉？现在可是冬天！"急救员不可思议地说，"你是家属？跟我们走吧！"

萧肃一颗心分成两半，顿了一下，还是毅然说："你们快送她去医院，我让我妹妹的车跟你们在镇口会合……我还有亲属在里面没救出来！"

急救员表示了解，抬着方卉慈走了。萧肃一边给萧然打电话，一边跑回车间北侧，焦急地看着浓烟渐起的三楼。消防梯已经断了，但好歹还有一半挂在墙上，如果爬到最下端再跳下来，落到干草堆里应该没事的……

萧肃紧张地问孙之圣："他们还没出来？"

话音未落，荣锐出现了。他扶着周律师从窗口爬出来，一边让对方先下，一边大声喊："老孙，我让他跳了！你们接应一下！"

周律师往下爬了两格，一阵风忽然吹来，北风改南风，一楼里闷着的火"呼啦啦"一下从北面的窗户冒了出来，瞬间将下面的枯草点燃，噼里啪啦地疯狂燃烧起来！周律师没法往下走了，只能爬上去回到窗台上，扑打着裤腿上的小火苗。

这种情况只能先把一楼的火控制住再让他们下来，好在消防车已经就位，消防员正在准备水喉，很快就能把火势压制住。

“老板呢？消防栓好的吗？里面有没有水？”一个扛着水管的消防员大声问道。

王玉麟的表哥哭丧着脸蹲在两名刑警中间，说：“没有！我半年没开工了，没交水费，自来水早就停了！”

“妈的！”消防员骂了一句，然而下一秒，另一名消防员便说：“哎？这不是有水吗？”

“啊？”王玉麟的表哥愣住了。

所有人都松了一口气，几名消防员二话不说开始接水管，准备灭火。萧肃的眼睛一眨不眨地盯着三楼窗口，紧张得紧紧地攥着拳头。这时，他忽然感觉手心一阵刺痛。摊开手一看，是之前不小心用指甲把掌心掐破了，刚才抱老妈的时候也不知道抓到了什么，现在伤口一片通红，已经肿了起来。

什么东西？萧肃凑到鼻端嗅了嗅，一股子碱味，似乎是氢氧化钠。氢氧化钠是常见的化工原料，做手工皂也要大量用到。但刚刚老板已经明确说了这里没有任何试剂啊……萧肃有些疑惑，用手指搓了搓，在指甲缝里抠出两粒小小的灰白色晶体。晶体外层吸收了他手心的汗水，已经溶解了大半，露出里面银灰色的硬芯。

这是什么？

钠？

萧肃大惊——这不是工业氢氧化钠，是金属钠！因为金属钠太活泼，暴露在潮湿的空气中很容易生成一层白色氢氧化钠外皮，所以他才误以为是氢氧化钠！

完全错了！在周律师的车上发现的也不是氢氧化钠，而是金属钠！萧肃看向刚才方卉慈落地的草丛，旁边正好堆着几个发黄的大塑料桶，桶上盖着枯草，枯草上是稀稀拉拉的积雪。

“住手！别开消防栓！”萧肃的脑子里“嗡”的一声，用尽全力朝消防员大喊一声，同时冲了过去——金属钠一遇水就会剧烈燃烧，烧起来根本浇不灭，只会越浇越猛！

然而已经晚了，激烈的水柱往一楼着火的窗口喷去，轰然压住了乱窜的火苗。与此同时，大量的余水洒在外面草地里堆放着的塑料桶上，盖在上面的积雪迅速融化，雪水透过稀疏的干草流进塑料桶里。

“砰——砰——”几声闷响后，塑料桶内喷出大量的气体，将盖在上面的干草吹开。紧接着，疯狂的火苗从桶里蹿出来，分分钟便融化了单薄的塑料桶壁！桶里灰白色的碎片和着不知名的液体涌出来，瞬间铺满整个草坪！消防水喉喷出的水落在碎片上，表面灰白色的氢氧化钠被迅速溶解，露出里面银白色的金属钠，一见水便腾出亮金色的火焰！

空气中弥漫着刺鼻的汽油味，原来之前浸泡着金属钠的是石油醚！石油醚一遇火便彻底烧了起来，点燃周边半人高的野草，原本只有一两米高的火焰立刻冲天而起，烧到了二楼顶端！

“关水！”萧肃嘶声大喊，不顾一切地冲到消防栓旁边，推开消防员自己关闭阀门。消防员也惊呆了，领头的人失声道：“这是钠！金属钠！”

所有人都大惊失色，老刑警让手下统统退后，消防队队长连声叫人撤掉水喉，调干粉灭火。然而金属火灾太罕见了，连最资深的消防员也只是在演习中见过，根本没有实战经验，折腾了半天也没能把火给压下去。

这么多的金属钠，全部烧光要三四个小时，但这栋楼又破又旧，根本经不起这么烧，怕再烧下去就要酥了，塌了……萧肃抱着一个干粉灭火器，死死地盯着三楼的窗户。荣锐始终没有出现，周律师也被他拉了进去，这么长时间过去，谁也不知道他们俩怎么样了，有没有被烧伤。

怎么办？怎样才能把他们救下来？萧肃要疯了，周律师是为了方氏才惹上丁天一这条疯狗，荣锐是为了救方卉慈才冲进火场，但凡这两个人其中一个出点什么事，他要怎么面对他们的亲人呢？

他又怎么面对自己的良心呢？

忽然，脑中电光一闪——刚才似乎在厂门口看见停着几辆运沙车？

用沙子！沙子的覆盖效果不比干粉差，几卡车的沙子全部倾倒过来，应该能压住至少两三米的火势！萧肃扔掉干粉灭火器，将大衣一脱，跑去跟消防员说自己的计划。消防队长正一筹莫展，立刻叫人跟他去开运沙车。不幸中的万幸，沙场有人值班，因为看见这边着火了，全都起来看热闹，其中有三个是司机。萧肃千恩万谢，拿了钥匙和两名消防员开出来三辆大卡车，冲进了制皂厂。

直到把沙子全倾倒完，他才想起来自己没有A证，根本不会开卡车。不过这个时候就算交警要拘留他他也无所谓了。

三车沙子倒下去，盖住了大半的金属钠，空气被阻隔，火一下子小了下来。萧肃一身汗加一身土，连眼镜都被烟灰糊住了。匆忙间他胡乱擦了两把，又大声喊："荣锐！荣锐！"

荣锐不知道用什么东西蒙着口鼻，从窗口探出头来，看动作十分敏捷，应该是没有受伤。萧肃松了一口气，嗓子都喊哑了："你没事吧？周律师呢？"

荣锐摇了摇头，看向外面的消防梯。萧肃顺着他的视线看去，心一沉——铁制梯子被烧得变了形，下端通红，根本没办法用。

"跳下来！"萧肃心一横，对着他喊，"下面全是沙子，拖下去万一火再烧起来就麻烦了！"三卡车沙子倒下去，堆了有半人高。现在从三楼往下跳，等于离地只有四五米，而且沙子是软的，可以起到缓冲作用，以荣锐的身手肯定没问题。

果然，荣锐对他做了个"OK"的手势，回头朝里面说了一句什么，之后率先钻出窗户跳了下来。

看见他落在沙子里的那一瞬间，萧肃快要哭了，不顾劝阻连滚带爬地扑进沙堆，把他拽了出来。

“我没事，没事，别哭。”荣锐踉跄着站稳，龇牙一笑，黑黢黢的脸上露出八颗白晃晃的牙齿。萧肃的眼睛又酸又痛，擦了一把，才发现自己刚才是真的哭了，也不知道是急的还是被烟熏的。

“周律师！下来吧。没事，沙子很软！”荣锐抬头，中气十足地冲三楼喊。

周律师的身影出现在窗口，探头往下看了看，有些犹豫。他毕竟快五十岁的人了，这个高度对荣锐来说不算什么，对他这样的普通人来说还是比较恐怖的。

“周伯伯，快跳！”萧肃嘶声大喊，“等下火还会烧大的！”虽然外面的金属火暂时被压住，但里面的火还在狂烧。而且因为不能用水灭，短时间内只会越烧越大。如果烧上三楼，那就麻烦了！

周律师一再犹豫，终于一咬牙，爬上了窗台。

就在这个时候，“轰隆”一声，二楼的墙面忽然裂开，烧酥了的砖片坍塌下来。与此同时，三楼的楼板跟着也塌了，连同窗户一起轰然坠落。周律师已经起跳，整个人掉在沙堆里。然而萧肃和荣锐还没来得及上前去把他拖出来，坍塌的砖石和瓦砾便纷纷坠落，将他整个人埋在了里面。

“周……”萧肃张了张嘴，没能喊出来，双腿一软差点摔倒。荣锐一把将他抱住：“哥？！”

萧肃在短暂的休克后迅速清醒过来，大口呼吸着焦煳味的空气，摇头道：“我没……没事，快……快救周伯伯！”

“救人！”消防员已经蜂拥而上，用各种工具清理起压着周律师的残垣断壁来。萧肃缓过一口气，冲过去帮他们捡砖头、抬水泥块，手指扒得鲜血直流，却完全感觉不到痛。这时，他的手机忽然响了，电话那头是妹妹萧然。

“哥？”萧然的声音带着一丝哽咽，“你在哪儿呢？”

“我……我在现场……还在处理一些事情。”萧肃尽量压着气息，让自己的语调平稳一点，“你在哪儿？妈呢？她怎么样？”

“我……我在医院。”萧然带着哭腔说，“妈刚刚被送进抢救室，他们让我在病危通知书上签字……哥我好怕，我不敢签……哥，你在哪儿？你快来医院啊！”

萧肃哽得几乎说不出话来，拼命稳住情绪，厉声道：“你马上签字！需要什么治疗、什么手术全听医生的。他们让你签你就签，不要耽误了妈的治疗，懂吗？”

萧然“呜呜”地小声哭起来：“哥，我好怕。他们说妈是香樟树花粉过敏……为什么会这样？”

香樟树花粉……听到这个词，萧肃混乱的大脑忽然清明起来——方卉慈对香樟树花粉严重过敏，但靖川几乎没有香樟树，所以这么多年，知道这件事的人寥寥无几。联想起车间外面不该出现的金属钠、废弃半年却忽然有水的消防栓，他隐隐意识到，这么精密的一环套一环的阴谋，根本不可能是一个被荣锐诈两句就吓傻的王玉麟能够想得出来的。

他看向在远处墙角蹲着的王玉麟，还有他的表哥，这俩人像傻子一样看着坍塌的厂房和冲天的大火，仿佛被扼住喉咙的鸭子，是比他这个当事人还要震惊的样子。

谁？到底是谁？丁天一？

他怎么会知道老妈对香樟树花粉过敏？这件事连萧然都不知道！

一张疑惑已久的面孔浮现在眼前，萧肃看着熊熊烈火，蓦地想起那天自己在珑水河畔见到的女人——洪颖。

电光石火间，他忽然明白为什么会觉得她眼熟了。

（未完待续）